L'ÉCHO DES MORTS

Johan Theorin est né en 1963. Grâce à son premier roman, *L'Heure trouble*, il a rencontré un grand succès auprès du public et de la critique dans le monde entier.

Paru dans Le Livre de Poche :

L'Heure trouble

JOHAN THEORIN

L'Écho des morts

ROMAN TRADUIT DU SUÉDOIS PAR RÉMI CASSAIGNE

ALBIN MICHEL

Titre original :

NATTFÅK
Paru chez Wahlström & Widstrand, Stockholm, Suède.
Publié en français avec l'accord de Bonnier Group Agency,
Stockholm, Suède.

ISBN : 978-2-253-16638-2 – 1re publication LGF

« Les morts se rassemblent chaque hiver pour fêter Noël. Une année, ils furent dérangés par une commère restée vieille fille. Son horloge s'étant arrêtée, elle s'était levée trop tôt et s'était rendue à l'église en pleine nuit de Noël. On y entendait un brouhaha, comme un jour d'affluence à l'office. Soudain, la commère reconnut le fiancé qu'elle avait eu dans sa jeunesse. Il s'était noyé jadis, et voilà qu'il était assis sur un banc d'église, avec tous les autres. »

Légendes populaires suédoises du XIXe siècle.

HIVER 1846

C'est ici que commence mon livre, Katrine, l'année de la construction d'Åludden. Pour moi, ce n'est pas seulement un endroit où j'ai vécu avec ma mère, c'est là que je suis devenue adulte.

Le pêcheur d'anguilles Ragnar Davidsson m'a un jour raconté qu'une grande partie des bâtiments avait été construite avec l'épave d'un bateau allemand transportant une cargaison de bois. Je le crois. Tout au fond du grenier à foin, dans la grange, on lit gravé sur une planche : À LA MÉMOIRE DE CHRISTIAN LUDWIG.

J'ai entendu les morts chuchoter dans les murs. Ils ont tant à raconter.

Mains jointes, Valter Brommesson prie. Dans une petite maison de pierre, à Åludden, il prie Dieu que le vent et les vagues qui déferlent cette nuit-là n'emportent pas ses deux phares.

Il en a vu d'autres, mais jamais tempête aussi violente. Un mur blanc de neige et de glace arrivé du nord-est qui a stoppé le chantier.

Les tours, Seigneur, laisse-nous les achever…

Brommesson est bâtisseur de phares, mais c'est la première fois qu'il construit ce modèle à lentille sur la Baltique. Arrivé sur Öland en mars de l'année précédente, il s'est aussitôt mis au travail : engager les hommes, commander de l'argile et du calcaire, louer des chevaux de trait.

Un printemps frais, un été chaud, un automne ensoleillé : il faisait bon vivre sur la côte. Le chantier avançait bien, les deux phares s'élevaient doucement vers le ciel.

Puis le soleil a disparu, l'hiver s'est installé et, quand la température a commencé à baisser, les gens se sont mis à en parler. Et elle a fini par arriver, la tourmente. Un soir, tard, elle s'est jetée sur la côte, comme une bête sauvage.

À l'approche de l'aube, le vent mollit enfin.

Alors, soudain, des cris arrivent de la mer. Ils sortent des ténèbres, devant Åludden – longs, déchirants, des appels au secours dans une langue étrangère.

Ils réveillent Brommesson. À son tour, il va tirer du lit les ouvriers épuisés.

« Un bateau échoué, dit-il. Il faut y aller. »

Les hommes, à moitié endormis, traînent des pieds, mais il arrive à les pousser dehors, dans la neige.

Ils se hâtent vers le rivage, arc-boutés contre le vent glacé. Brommesson tourne la tête et constate que les deux tours de pierre à moitié achevées sont toujours debout au bord de l'eau.

De l'autre côté, vers l'ouest, il ne voit rien. Le paysage plat de l'île s'est transformé en désert de neige ondoyant à perte de vue.

Les ouvriers se déploient sur la grève et scrutent la mer.

Impossible de rien voir dans l'ombre grise, du côté du banc de sable, mais on entend toujours, mêlés au ressac, de faibles cris – et les craquements cinglants des clous qui cèdent et du bois qui se brise.

Un gros bateau s'est échoué sur le sable et il est en train de couler.

Écouter depuis la grève le fracas du naufrage et les cris de l'équipage, c'est finalement tout ce que les ouvriers peuvent faire. Trois fois, ils tentent de mettre une embarcation à la mer, mais en vain. La vue est trop mauvaise, les vagues trop violentes et la mer en outre encombrée de lourdes poutres.

Le bateau échoué devait transporter sur son pont une énorme cargaison de bois. Quand la coque a commencé à sombrer, les vagues ont tout emporté par-dessus bord. Des poutres longues comme des béliers sont poussées en masse vers la côte. Elles s'accumulent déjà dans les criques tout autour du cap, s'entrechoquent, s'abîment.

Lorsque le soleil se lève dans la brume grise, on trouve le premier corps. C'est un jeune homme qui flotte parmi les vagues à une dizaine de mètres du rivage, bras tendus, comme s'il avait jusqu'au bout tenté d'agripper une des poutres.

Deux des ouvriers descendent dans l'eau peu profonde, saisissent fermement le mort par le drap grossier de sa chemise et le tirent sur le fond sablonneux jusqu'à terre.

Une fois sur la grève, les deux hommes l'attrapent chacun par un de ses poignets glacés et le hissent d'un coup sec. Le corps sort de l'eau, mais il est grand, large d'épaules, lourd à porter. Il faut le traîner sur le rivage enneigé, lesté par ses vêtements trempés.

Les ouvriers s'assemblent en silence autour du corps, sans le toucher.

Brommesson finit par se baisser et le retourne sur le dos.

Le marin noyé a une épaisse tignasse noire, une large bouche à demi ouverte, comme s'il avait renoncé au milieu d'une respiration. Ses yeux regardent fixement le ciel gris.

Le maître d'œuvre lui donne une vingtaine d'années. Célibataire, espérons-le, mais peut-être déjà père de famille. Mort sur une côte étrangère. Sans doute ne savait-il même pas le nom de l'île sur laquelle son bateau est venu s'échouer.

« On appellera le pasteur tout à l'heure », dit Brommesson en lui fermant les yeux pour ne plus croiser ce regard vide.

Trois heures plus tard, les corps de cinq marins se sont échoués tout autour du cap d'Åludden. Une planche brisée rejetée sur le rivage porte le nom du bateau : CHRISTIAN LUDWIG – HAMBURG.

Et du bois, quantité de bois.

Cette épave tombe du ciel. Elle appartient désormais à la couronne suédoise, la même qui finance les phares d'Åludden. Le chantier dispose tout à coup d'un stock de solide sapin qui doit bien valoir plusieurs centaines de rixdales.

« Tout le monde s'y mettra pour remonter ce bois, dit Brommesson. On l'empilera hors de portée des vagues. »

Il hoche la tête en balayant du regard le talus couvert de neige qui descend vers le rivage. On manque cruellement de bois sur l'île. À la place de la petite maison en pierre prévue à Åludden pour les gardiens des phares et leurs familles, avec tout ce bois il peut désormais voir beaucoup plus grand.

Brommesson a une vision : une vaste demeure, avec de nombreuses pièces. Un foyer sûr pour ceux qui devront s'occuper de ces phares plantés ici, au bout du monde.

Mais une maison bâtie avec le bois d'une épave risquerait de porter malheur. Il faudrait prévoir un monument, peut-être même une chapelle. Une pièce où se souvenir des morts d'Åludden, pour les pauvres âmes qui n'ont pas trouvé le repos en terre consacrée.

Brommesson continue à penser à ce projet de grande maison. Plus tard, le jour même, il commence à en mesurer les fondations, à grandes enjambées.

Mais quand la tempête s'estompe et que les ouvriers transis commencent à hisser les poutres hors de l'eau pour les empiler sur l'herbe, beaucoup d'entre eux entendent encore l'écho des cris des noyés.

Je suis certaine que les ouvriers n'ont jamais oublié les cris d'agonie des marins. Et je suis tout aussi certaine que les plus superstitieux d'entre eux n'ont pas vu d'un bon œil le projet de Brommesson de construire une vaste demeure avec le bois d'une épave.

Une demeure bâtie avec le bois auquel des marins mourants se sont désespérément agrippés avant que la mer ne les emporte – ma mère et moi n'aurions-nous pas mieux fait de ne pas nous y installer à la fin des années cinquante ? Et toi, fallait-il vraiment que tu viennes y vivre avec ta famille, trente ans plus tard, Katrine ?

Mirja Rambe

CHANGEZ DE VIE – PARTEZ HABITER À LA CAMPAGNE

Domaine d'Åludden, nord-est d'Öland

Magnifique demeure de gardien de phare, milieu du XIXe siècle. Situation isolée dans site préservé avec vue imprenable sur la Baltique, plage à moins de 300 mètres. Votre voisin le plus proche : le ciel.

Vaste terrain en pente douce au-dessus de la plage avec pelouses – idéal pour jeux d'enfants – entouré au nord par des bosquets de feuillus, à l'ouest par une réserve d'oiseaux (tourbière d'Offermossen) et par des prairies côtières et des champs au sud.

Beau corps de logis sur deux étages (pas de sous-sol), 280 m^2, à rénover et moderniser. Ossature, charpente et façade en bois. Toit en tuiles. Véranda vitrée plein est. Cinq poêles de faïence en état de marche. Parquet de sapin dans toutes les pièces. Adduction d'eau communale, fosse septique.

Buanderie en pierre calcaire sur un étage, 80 m^2, avec eau et électricité, parfait pour location après quelques travaux de rénovation.

Communs (grange en pierre calcaire et bois), 450 m^2, plus rudimentaires, assez mauvais état.

VENDU

OCTOBRE

1

Une voix claire appela à travers les pièces obscures :

« Man-man ? »

Le cri le fit sursauter. Le sommeil était comme une grotte emplie d'étranges échos, chaude et sombre. En sortir brusquement était douloureux. Une conscience quelques secondes sans nom, sans lieu : pensées et souvenirs confusément mêlés. *Ethel ? Non, pas Ethel… Katrine, Katrine…* Deux yeux écarquillés clignant à la recherche de lumière dans tout ce noir.

Quelques secondes plus tard, son propre nom remonta à la surface. Il s'appelait Joakim Westin. Et il était couché dans un lit double à Åludden, au nord-est d'Öland.

Joakim était chez lui. Il vivait là depuis une journée. Sa femme Katrine et leurs deux enfants habitaient la maison depuis deux mois. Lui venait d'arriver.

01 : 23. Les chiffres rouges du radio-réveil étaient la seule source de lumière dans cette chambre aveugle.

Les bruits qui l'avaient réveillé avaient disparu,

mais Joakim les savait réels. Il avait entendu des plaintes étouffées ou des gémissements : quelqu'un, dans une autre partie de la maison, avait le sommeil agité.

Un corps immobile était allongé près de lui dans le lit double. C'était Katrine, profondément endormie. Elle avait glissé vers le bord en emportant sa couverture. Elle lui tournait le dos, mais il devinait les doux contours de son corps et sentait sa chaleur. Elle avait dormi ici seule presque deux mois – Joakim, lui, était resté travailler à Stockholm, descendant un week-end sur deux. Une situation pénible pour tout le monde.

Alors qu'il tendait la main vers le dos de Katrine, il entendit à nouveau le cri :

« Man-maaan ? »

Il reconnut la voix claire de Livia. Il rabattit aussitôt sa couverture et se leva.

Le poêle en faïence, dans son coin, diffusait encore un peu de chaleur, mais le plancher était glacé sous ses pieds. Il faudrait l'isoler, comme ils l'avaient fait dans la cuisine et les chambres des enfants, mais ça attendrait après le nouvel an. Pour l'hiver, ils pourraient toujours se procurer d'autres tapis. Et du bois. Il fallait qu'ils trouvent du bois bon marché pour les poêles – il n'y avait pas d'arbres à élaguer sur leur terrain.

Katrine et lui allaient devoir faire de nombreux achats avant les grands froids – dès demain, il faudrait commencer les listes.

Joakim retint son souffle et écouta. Plus rien.

Sa robe de chambre pendait au dossier d'une chaise. Il l'enfila sans bruit sur son pyjama, se faufila entre deux cartons du déménagement et se glissa dehors.

Dans le noir, il se trompa : à Stockholm, il tournait toujours à droite pour rejoindre les chambres des enfants, mais ici elles étaient vers la gauche.

La chambre à coucher de Joakim et Katrine était une petite pièce dans les profondeurs de la maison. Elle était desservie par un couloir encombré de cartons empilés le long des murs, jusqu'à un hall plus vaste, dont les fenêtres donnaient sur la cour dallée, flanquée des communs.

Åludden tournait le dos à la terre et s'ouvrait sur la mer. Joakim s'approcha d'une des fenêtres et regarda vers le rivage, au-delà de la clôture.

Une lumière rouge clignotait en contrebas, là où les phares jumeaux se dressaient chacun sur leur îlot. Le faisceau du phare sud balayait le varech amassé sur la grève avant de se perdre au-dessus de la Baltique, tandis que la tour nord demeurait aveugle. Katrine lui avait dit que le phare nord ne s'allumait jamais.

Il entendit le vent siffler autour de la maison et vit des ombres inquiétantes s'élever entre les phares. Des vagues. Elles lui faisaient toujours penser à Ethel, même si ce n'était pas les vagues qui l'avaient tuée, mais le froid.

Dix mois, seulement.

Le bruit sourd recommença au fond du couloir, dans le dos de Joakim. Ce n'était plus des gémissements. Plutôt comme si Livia parlait toute seule, à voix basse.

Joakim rebroussa chemin. Il franchit doucement le seuil en bois de la chambre. Elle était plongée dans une obscurité complète. Une seule fenêtre, rideau tiré. Sur un fond vert, cinq joyeux cochons roses y dansaient la ronde.

« Parti..., fit une voix claire d'enfant dans le noir. Parti. »

Le pied de Joakim heurta une petite peluche toute douce tombée au pied du lit. Il la ramassa.

« Maman ?

– Non, dit Joakim, c'est seulement Papa. »

Il entendit une faible respiration et devina dans l'obscurité les mouvements endormis du petit corps sous la couverture à fleurs. Il se pencha au-dessus du lit.

« Tu dors ? »

Livia releva la tête.

« Quoi ? »

Joakim posa la peluche dans le lit, tout contre elle.

« Bêêbert était tombé par terre.

– Il s'est fait mal ?

– Non, ne t'en fais pas... je crois qu'il ne s'est même pas réveillé. »

Elle passa le bras autour de son doudou préféré, une peluche à deux jambes et tête de mouton achetée sur l'île de Gotland l'été précédent. Moitié mouton, moitié homme.

Il tendit la main pour caresser doucement le front de Livia. La peau était fraîche. Elle se détendit, laissa retomber sa tête sur l'oreiller et le regarda du coin de l'œil.

« Tu es là depuis longtemps, Papa ?

– Non, dit Joakim.

– Il y avait quelqu'un.

– C'était juste un rêve. »

Livia hocha la tête et ferma les yeux. Elle replongeait déjà dans le sommeil.

Joakim se redressa, tourna la tête et vit à nouveau la faible lueur du phare sud palpiter à travers le rideau. Il s'approcha de la fenêtre et le releva de quelques centimètres. La fenêtre donnait sur l'ouest, le phare n'était pas directement visible, mais la lueur rouge balayait le champ désert derrière la maison.

La respiration de Livia était à nouveau régulière, elle s'était rendormie. Au matin, elle ne se rappellerait même plus sa visite.

Il jeta un coup d'œil dans l'autre chambre d'enfant. C'était la dernière rénovation en date : Katrine y avait refait le papier peint et l'avait meublée pendant que Joakim nettoyait à fond la villa de Stockholm après le déménagement.

Là, grand silence. Gabriel, deux ans et demi, reposait tel un paquet inerte dans son petit lit calé contre la cloison. Depuis un an, Gabriel se couchait tous les soirs vers huit heures pour dormir dix heures d'une seule traite : le rêve pour des parents.

Sans bruit, Joakim fit demi-tour et repartit dans le couloir sur la pointe des pieds. La maison craquait un peu tout autour de lui. On aurait presque dit des pas sur un plancher.

Il retrouva son lit et Katrine profondément endormie.

Dans la matinée, la famille reçut la visite d'un homme d'une cinquantaine d'années, au sourire tranquille. Il frappa à la porte de la cuisine, sur le côté nord du bâtiment. Joakim lui ouvrit tout de suite, pensant que c'était un voisin.

« Bonjour, dit l'homme. Bengt Nyberg, de l'*Ölands-Posten.* »

Nyberg était en haut du perron, un appareil photo sur son gros ventre et un carnet à la main. Joakim lui serra la main, un peu hésitant.

« J'ai entendu dire que plusieurs camions de déménagement étaient arrivés à Åludden ces dernières semaines, dit Nyberg, alors je me suis dit qu'avec un peu de chance vous seriez là.

– Je suis le seul nouveau venu, dit Joakim. Le reste de la famille habite ici depuis déjà un moment.

– Vous avez déménagé par étapes ?

– Je suis enseignant. Il fallait que je continue à travailler jusqu'à maintenant. »

Le reporter hocha la tête.

« Nous devons faire un article, dit-il, vous comprenez. Nous avions publié le printemps dernier un entrefilet sur la vente d'Åludden mais, à présent, les gens voudraient bien entendu savoir qui sont les nouveaux propriétaires…

– Juste une famille ordinaire, lâcha Joakim. Écrivez-le.

– D'où venez-vous ?

– De Stockholm.

– Comme la famille royale, alors », dit Nyberg.

Il regarda Joakim.

« Et allez-vous faire comme le roi, ne venir ici qu'aux beaux jours ?

– Non, nous nous installons à demeure. »

Katrine l'avait rejoint. Il la regarda à la dérobée. Un bref hochement de tête, et ils firent entrer Nyberg. Il franchit le seuil sans se presser.

Ils choisirent de s'installer à la cuisine : avec son équipement moderne et son parquet remis à neuf, c'était pour le moment la pièce la mieux rénovée de la maison.

Au moment des travaux, en août, Katrine et le menuisier y avaient fait une curieuse découverte : une cachette sous le plancher, un écrin en pierres calcaires plates. Dedans, une cuillère en argent et une chaussure d'enfant toute moisie. Une offrande, avait expliqué le menuisier, qui était d'Öland. Pour assurer aux habitants de la maison des enfants nombreux et une nourriture abondante.

Joakim fit du café, Nyberg s'assit à la longue table en chêne. Il ouvrit son carnet.

« Alors, comment ça a commencé ?

– Eh bien… nous aimons les maisons en bois, dit Joakim.

– Nous les adorons, dit Katrine.

– Mais tout de même… de là à acheter Åludden et quitter Stockholm ?

– Le pas n'était pas si grand que ça, dit Katrine. Nous avions une villa à Bromma, mais nous voulions changer et trouver une maison ici. Nous avons commencé à chercher l'an dernier.

– Et pourquoi justement le nord d'Öland ? » dit Nyberg.

C'était le tour de Joakim :

« Katrine est un peu originaire d'Öland… sa famille vivait ici. »

Katrine lui lança un regard de travers : si quelqu'un devait raconter son passé, c'était elle. Et elle n'en raffolait pas.

« Ah bon, et où ?

– Ici et là, dit Katrine sans regarder le journaliste. Ils déménageaient très souvent. »

Joakim aurait pu ajouter que sa femme était la fille de Mirja Rambe et la petite-fille de Torun Rambe – Nyberg aurait peut-être du coup écrit un article nettement plus long – mais il se tut. Katrine et sa mère ne se parlaient presque plus.

« Moi, j'ai grandi dans le béton, préféra-t-il dire. Dans un immeuble de huit étages à Jakobsberg, très triste : la circulation, l'asphalte… alors j'avais envie de me mettre au vert. »

Livia resta d'abord sagement sur les genoux de Joakim, mais elle se lassa vite de la conversation et se précipita vers sa chambre. Gabriel, qui était avec Katrine, sauta de ses genoux et lui emboîta le pas.

Joakim écouta le bruit de ses pas énergiques sur le parquet puis débita la rengaine qu'il répétait ces derniers mois à ses amis de Stockholm :

« Nous sommes aussi conscients que c'est un endroit idéal pour les enfants : des prés, des bois, de l'air pur et de l'eau claire. Ils ne tombent jamais malades. Pas de voitures qui laissent tourner leur moteur… c'est un endroit merveilleux pour toute la famille. »

Bengt Nyberg nota consciencieusement ces bonnes paroles. Ils partirent alors visiter le rez-de-chaussée, traversant les pièces rénovées et toutes celles où les papiers peints étaient déchirés, le plafond rafistolé et le sol sale.

« Les poêles de faïence sont formidables, indiqua Joakim au passage. Et les parquets incroyablement bien conservés… nous n'aurons qu'à les récurer de temps en temps. »

Son enthousiasme était sans doute contagieux car, très vite, Nyberg laissa là les questions toutes faites de son interview pour regarder autour de lui avec curiosité. Il insista pour visiter aussi le reste du domaine – Joakim aurait préféré éviter qu'on lui rappelle tout ce qui restait encore à faire.

« En fait, il n'y a rien d'autre à voir, dit-il. Rien que des pièces vides.

– Allez, juste un coup d'œil », dit Nyberg.

Joakim finit par opiner du chef et ouvrir la porte qui menait à l'étage.

Katrine et le journaliste lui emboîtèrent le pas. L'escalier de bois branlant débouchait sur un couloir plongé dans la pénombre : les fenêtres donnant sur la mer, obturées par des plaques d'aggloméré, ne laissaient passer que de minces filets de jour.

Le vent sifflait dans les pièces obscures.

« Ici, il y a un sacré courant d'air, dit Katrine en faisant la moue. L'avantage, c'est que la maison est restée bien sèche – l'humidité a vraiment fait très peu de dégâts.

– Ah, bon, très bien… »

Nyberg considéra le lino gondolé, les papiers peints tachés en lambeaux et les rideaux de toiles d'araignées qui pendaient aux poutres.

« Apparemment, il y a encore pas mal de travail.

– Oui, nous savons.

– On a hâte d'en avoir fini.

– Ce sera sûrement très bien, dit Nyberg, avant de demander : Au fait, que savez-vous de cette maison ?

– Vous voulez dire de son histoire ? dit Joakim. Pas grand-chose, mais l'agent immobilier nous a un peu raconté. Elle a été construite au milieu du XIXe siècle, en même temps que les phares. Mais elle a subi des modifications depuis. La véranda vitrée, sur la façade, date apparemment des années 1910. »

Il se tourna alors vers Katrine pour voir si elle souhaitait en dire plus – parler peut-être de l'époque où sa mère et sa grand-mère étaient locataires à Åludden – mais elle ne croisa pas ses yeux.

« Nous savons juste que les gardiens des phares vivaient ici avec famille et domestiques, se contenta-t-elle d'ajouter. Ces pièces ont dû voir passer du monde. »

Nyberg hocha la tête en embrassant du regard l'étage abandonné à la saleté.

« Je ne crois pas que beaucoup de gens aient habité ici ces vingt dernières années, dit-il. Il y a quatre ou cinq ans, on y avait installé des réfugiés, des familles fuyant la guerre des Balkans. Mais ça n'a pas duré longtemps. Un peu dommage que ce soit resté vide… c'est quand même un endroit épatant ! »

Ils redescendirent l'escalier. Même les pièces les plus sales du rez-de-chaussée semblaient lumineuses et accueillantes comparées à celles de l'étage.

« Elle a un nom ? demanda Katrine en se tournant vers le journaliste.

– Qui ça ? dit Nyberg.

– Cette maison. Tout le monde l'appelle Åludden, mais ce n'est que le nom du lieu-dit.

– Oui, Åludden, la pointe qui s'avance sur Ålgrundet, ces hauts-fonds où viennent frayer les anguilles, l'été…, récita Nyberg. Non, je ne crois pas que la maison elle-même ait un nom.

– On leur donne souvent des surnoms, dit Joakim. Nous avions appelé notre maison de Bromma la Villa des Pommiers.

– Cette maison-ci n'a pas de nom, pas à ma connaissance, en tout cas. »

Nyberg descendit la dernière marche.

« Par contre, il y a un certain nombre de légendes qui circulent à son sujet.

– Des légendes ?

– J'en ai entendu quelques-unes… On raconte par exemple que le vent se met à souffler sur la côte quand quelqu'un éternue ici. »

Katrine et Joakim éclatèrent de rire.

« On fera souvent le ménage, alors, dit Katrine.

– Et puis il y a aussi quelques vieilles histoires de fantômes, dit Nyberg. »

Silence.

« Des histoires de fantômes ? dit Joakim. L'agent immobilier aurait dû nous raconter ! »

Il s'apprêtait à secouer la tête en souriant, mais Katrine le devança :

« J'en ai entendu quelques-unes en prenant le café chez les Carlsson… nos voisins. Mais ils m'ont dit de ne pas y ajouter foi.

– Nous n'avons pas le temps de nous occuper des fantômes », dit Joakim.

Nyberg hocha la tête et avança de quelques pas vers la porte.

« Non, mais quand une maison est restée longtemps vide, les gens se mettent toujours à parler, dit-il. Et si on sortait, que je vous tire le portrait pendant qu'il fait encore jour ? »

Bengt Nyberg acheva sa visite en traversant la cour où l'herbe poussait entre les dalles de pierre pour jeter un rapide coup d'œil aux communs – d'un côté l'énorme grange avec son rez-de-chaussée en pierre surmonté d'un étage en bois peint en rouge et de l'autre la buanderie, de plus petite taille, en calcaire blanc.

« Je suppose que vous allez aussi la rénover ? dit Nyberg en jetant un œil par la fenêtre poussiéreuse de la buanderie.

– Bien sûr, répondit Joakim. Mais une maison après l'autre.

– Pour ensuite la louer aux touristes, l'été ?

– Peut-être. Nous avons envisagé d'en faire un bed and breakfast d'ici quelques années.

– Vous n'êtes pas les seuls à avoir eu l'idée, sur l'île », dit Nyberg.

Pour finir, le journaliste prit une vingtaine de photos de la famille Westin sur la pelouse jaunissante, en contrebas de la maison.

Katrine et Joakim, côte à côte, plissaient les yeux dans le vent froid en regardant en direction des deux phares, vers la mer. Joakim se redressa devant l'objectif, en pensant aux voisins, à Stockholm qui, à trois reprises l'année passée, avaient eu les honneurs sur papier glacé du mensuel *Demeures de charme*. Les Westin se contenteraient, eux, d'un article dans l'*Ölands-Posten*.

Gabriel était juché sur les épaules de Joakim, emmitouflé dans un anorak vert un peu trop grand. Livia était debout entre ses parents, son bonnet blanc en laine enfoncé sur le front. Elle regardait l'appareil d'un air méfiant.

Åludden se dressait derrière eux, montant la garde en silence comme une forteresse de bois et de pierre.

Après, une fois le journaliste reparti, toute la famille descendit jusqu'à la plage. Le vent était plus froid que les autres jours et le soleil déjà bas au-dessus du toit, derrière eux. Un parfum de varech flottait dans l'air.

Descendre au bord de l'eau à la pointe d'Åludden donnait l'impression d'être arrivé au bout du monde, au terme d'un long voyage, loin des autres hommes. Joakim s'y plaisait.

Le nord-est d'Öland semblait n'être qu'un ciel immense écrasant une mince bande de terre brune. Ici et là, des îlots comme des récifs couverts d'herbe, éparpillés en mer. La côte plate de l'île, découpée en profondes criques et en caps étroits, s'enfonçait presque imperceptiblement dans l'eau, se transformant en un fond uniforme de sable et d'argile qui plongeait doucement dans la Baltique.

À une centaine de mètres, les phares blancs s'élevaient contre le ciel bleu sombre.

Les phares jumeaux d'Åludden. Joakim avait l'impression que leurs deux îlots étaient artificiels, comme si on avait déversé là deux tas de gravier et de pierres, fixés par de plus gros rochers et du béton. Cinquante mètres au nord, un long brisevague s'étendait depuis le rivage – une jetée légèrement incurvée de gros blocs de pierre, sûrement installée là pour protéger les phares contre les tempêtes d'hiver.

Bêêbert bien serré sous son bras, Livia s'élança soudain sur la jetée large d'un mètre qui menait aux phares.

« Moi aussi ! Moi aussi ! cria Gabriel, mais Joakim le tenait fermement par la main.

– On y va ensemble », dit-il.

Au bout d'une dizaine de mètres, la jetée se divisait en Y, formant deux branches plus étroites, chacune vers un des îlots. Katrine cria :

« Ne cours pas, Livia ! Attention à l'eau ! »

Elle s'arrêta, montra du doigt le phare sud en criant d'une voix à peine plus forte que le vent :

« C'est ma tour !

– À moi aussi ! cria Gabriel derrière elle.

– Un point c'est tout ! » cria Livia.

C'était sa nouvelle expression favorite cet automne, elle l'avait apprise à la maternelle. Katrine la rattrapa et fit un signe de tête en direction du phare nord.

« Alors ce phare-là est à moi.

– D'accord, alors moi, je reste m'occuper de la maison, dit Joakim. Si vous venez juste me donner un coup de main de temps en temps, ce sera un jeu d'enfant.

– D'accord, dit Livia. Un point c'est tout ! »

La petite éclata de rire mais, pour Joakim, ce n'était bien sûr pas qu'une plaisanterie. Il avait hâte de s'attaquer à tout le travail qui l'attendait cet hiver. Katrine et lui allaient chacun de leur côté essayer de trouver un poste d'enseignant sur l'île, mais ils rénoveraient ensemble la maison les soirs et les week-ends. Elle s'y était déjà mise.

Il s'attarda un instant sur l'herbe, le long de la plage, et se retourna pour embrasser les bâtiments du regard.

Situation isolée dans site préservé, comme disait l'annonce.

Joakim avait encore du mal à s'habituer à la taille du corps de logis : avec ses angles blancs et ses murs en bois peints en rouge, il se dressait au sommet de la pelouse en pente douce. Deux belles cheminées dépassaient du toit de tuiles comme des tours noires de suie. Une chaude lumière jaune éclairait la fenêtre de la cuisine et la véranda, alors que le reste de la maison était plongé dans une complète obscurité.

Tant de familles ont vécu ici, songea-t-il, usé les murs, les seuils et les sols année après année – les gardiens de phare, leurs aides, et qui sais-je encore. Ils ont tous laissé une trace ici.

Souvenez-vous que lorsque vous prenez possession d'une vieille maison, elle prend en même temps possession de vous, avait lu Joakim dans un livre sur la rénovation des maisons en bois. Pour Katrine et lui, ce n'était pas le cas – ils n'avaient eu aucun problème pour quitter la villa de Bromma – mais ils avaient souvent eu l'occasion de rencontrer des gens qui prenaient soin de leur maison comme d'un enfant.

« On va jusqu'aux phares ? demanda Katrine.

– Oui ! cria Livia. Un point c'est tout !

– Les rochers peuvent être glissants », prévint Joakim.

Il ne voulait pas que Livia et Gabriel cessent de craindre la mer et se risquent seuls sur le rivage. Livia ne pouvait nager que quelques mètres, et Gabriel ne savait pas nager du tout.

Katrine et Livia s'étaient pourtant déjà engagées main dans la main sur l'étroite jetée. Joakim attrapa Gabriel sous son bras droit et les suivit d'un pas mal assuré sur les rochers disjoints.

Ils n'étaient pas aussi glissants qu'il le craignait, juste accidentés et inégaux. À certains endroits, les rochers battus par les vagues s'étaient détachés du béton qui les tenait ensemble. Le vent était faible ce jour-là, mais Joakim devinait la puissance des forces de la nature. Hiver après hiver, les glaces, et les vagues, et les violentes tempêtes sur la pointe d'Åludden – et pourtant les phares avaient tenu le coup.

« Leur hauteur, à ton avis ? demanda Katrine en regardant les tours.

– Bon, je n'ai pas le compas dans l'œil mais... je dirais vingt mètres ? » dit Joakim.

Livia pencha elle aussi la tête en arrière pour regarder le sommet de son phare.

« Pourquoi il n'est pas allumé ?

– Ils doivent attendre qu'il fasse nuit, dit Katrine.

– Et celui-là, il ne s'allume jamais ? demanda Joakim en levant la tête vers la tour nord.

– Je ne crois pas, dit Katrine. Il est resté éteint depuis notre arrivée. »

Quand la jetée se divisa, Livia choisit la branche de gauche, vers le phare de sa maman.

« Fais attention, Livia ! » dit Joakim en baissant les yeux vers l'eau noire.

Il n'y avait peut-être qu'un ou deux mètres de fond, mais il n'aimait pas ces ombres et ce froid en contrebas. Il nageait correctement, mais il n'avait jamais aimé se jeter à l'eau, dans les vagues, l'été, même quand il faisait vraiment très chaud.

Katrine était arrivée sur l'îlot. Elle descendit au bord de l'eau, embrassant la côte du regard. Au nord, on ne voyait que des plages désertes et des bosquets, au sud des prairies avec, au loin, quelques petits cabanons de pêcheurs.

« Pas un chat, dit-elle. Je pensais qu'on verrait au moins quelques voisins.

– Il y a trop de caps et d'îlots qui nous cachent la vue », dit Joakim.

De sa main libre, il fit un geste vers le nord.

« Regardez là-bas. Vous avez vu ? »

Une épave était échouée sur la côte rocheuse, à environ un kilomètre – elle était si vieille qu'il ne restait que la carcasse d'une coque en planches blanchie par le soleil. Voilà bien des années, le bateau avait dérivé vers la côte lors d'une tempête d'hiver qui l'avait jeté sur la plage, où il était resté. L'épave gisait sur le flanc tribord au milieu des rochers. Pour Joakim, les membrures qui dépassaient ressemblaient aux côtes d'une gigantesque cage thoracique.

« L'épave, oui, dit Katrine.

– Ils n'ont pas vu les phares ? dit Joakim.

– Parfois, les phares ne suffisent pas… en cas de tempête, dit Katrine. Avec Livia, on est allées voir l'épave de près, il y a quelques semaines. On a cherché des jolies choses en bois, mais tout a déjà été ramassé. »

On accédait au phare par une entrée voûtée profonde d'un mètre, fermée par une imposante porte en métal très rouillé qui ne gardait que quelques traces de sa couleur blanche d'origine. Il n'y avait pas de trou de serrure, juste une barre bloquée par un cadenas rouillé. Joakim saisit la porte par un coin et tira, sans arriver à la faire bouger d'un millimètre.

« J'ai vu un trousseau de vieilles clés en haut du placard de la cuisine, dit-il. Un jour, il faudra venir les tester.

– Ou alors il faudra voir avec le service des phares et balises », dit Katrine.

Joakim hocha la tête et recula d'un pas. Les phares n'étaient de toute façon pas compris dans le prix de vente.

« Les phares ne sont pas à nous, Maman ? » dit Livia, alors qu'ils rebroussaient chemin vers la plage.

Elle avait l'air déçue.

« Si, dit Katrine. D'une certaine façon. Mais nous n'avons pas à les entretenir. C'est bien ça, Kim ? »

Elle sourit à Joakim, qui hocha la tête :

« Nous avons assez à faire avec la maison. »

Katrine s'était retournée dans le lit double pendant que Joakim était allé voir Livia et, quand il revint se glisser sous la couverture, elle le chercha à tâtons dans son sommeil. Il sentit son parfum et ferma les yeux.

Tout ça, seulement ça.

La vie dans la grande ville semblait un chapitre clos. Stockholm n'était plus qu'une tache grise à l'horizon, et les souvenirs de la recherche d'Ethel s'étaient estompés.

Paix.

La plainte étouffée recommença alors dans la chambre de Livia. Il retint son souffle.

« Man-man ? »

Elle criait plus fort à présent. Son appel prolongé traversait la maison. Joakim poussa un soupir las.

À côté de lui, Katrine leva la tête en tendant l'oreille.

« Quoi ? fit-elle d'une voix pâteuse.

– Man-man ? » appela à nouveau Livia.

Katrine se redressa sur son séant. À la différence de Joakim, elle était capable de se réveiller en quelques secondes.

« J'ai déjà essayé, dit-il à voix basse. Je croyais qu'elle s'était rendormie, mais…

– J'y vais. »

Katrine sortit du lit sans hésiter, enfila rapidement ses pantoufles et sa robe de chambre.

« Maman ?

– J'arrive, petite crapule », marmonna-t-elle.

Ce n'est pas bien, pensa Joakim. Pas bien que Livia veuille tous les soirs avoir sa maman à côté d'elle pour dormir. Elle avait pris cette habitude l'année passée, quand son sommeil était devenu plus agité – peut-être à cause d'Ethel. Elle avait du mal à s'endormir, et ne dormait vraiment paisiblement qu'avec Katrine couchée près d'elle. Jusqu'alors, il n'avait pas encore été possible d'habituer Livia à passer une nuit toute seule.

– À plus tard, *loverboy* », murmura Katrine en quittant la pièce sur la pointe des pieds.

Durs devoirs de parents. Joakim tendit l'oreille : plus de bruit dans la chambre de Livia. Katrine avait pris les choses en main, il se détendit et ferma les yeux. Il sentit le sommeil lentement revenir.

Tout était silencieux dans la maison.

Sa vie à la campagne avait commencé.

2

Le bateau, dans sa bouteille, est une petite œuvre d'art, pensa Henrik : une frégate trois mâts aux voiles cousues en tissu blanc, de presque quinze centimètres de long, sculptée dans un seul morceau de bois. Chaque voile était fixée par des haubans en fil noir à de minces tiges de balsa. Mâts baissés, guidé par des fils de fer et des pincettes, le bateau avait été soigneusement introduit dans la vieille bouteille de rhum et collé à une mer de mastic bleu. Puis les mâts avaient été relevés et les voiles déployées à l'aide d'aiguilles à tricoter tordues. Enfin, la bouteille avait été rebouchée et scellée à la cire.

Il avait certainement fallu plusieurs semaines pour le construire, mais les frères Serelius ne mirent que quelques secondes à le détruire.

Balayant l'étagère du revers de la main, Tommy Serelius envoya la bouteille se fracasser en tessons tranchants sur le parquet flambant neuf. La maquette elle-même résista au choc et glissa encore sur quelques mètres. La botte de son frère cadet Freddy l'arrêta net. Intrigué, il l'éclaira quelques secondes, puis la piétina complètement en trois grands coups de talon.

« Ça, c'est du travail d'équipe ! cria Freddy.

– Je déteste ces putains de bibelots ! » dit Tommy en se grattant la joue, avant de disperser d'un coup de pied l'épave de la frégate.

Henrik, le troisième homme, sortit d'une des chambres, où il était en train de chercher des objets de valeur dans les placards. Il regarda les restes du bateau et de la bouteille en secouant la tête.

« Arrêtez de tout casser, bordel ! » dit-il à voix basse.

Tommy et Freddy aimaient le bruit du verre brisé, du bois défoncé – Henrik l'avait compris dès leur première nuit de travail, en cambriolant une demi-douzaine de chalets de vacances inhabités au sud de Byxelkrok. Les deux frères aimaient casser. En roulant vers le nord, Tommy avait écrasé un chat noir et blanc dont les yeux brillaient au bord de la route : un bruit sourd sous la roue droite de la fourgonnette et les deux frères avaient aussitôt éclaté de rire.

Henrik, lui, ne cassait jamais rien. Il forçait délicatement les fenêtres pour s'introduire dans les chalets. Mais une fois les frères dans la place, ils se comportaient en vandales. Ils renversaient les bars, écrasaient par terre les verres et la vaisselle. Ils cassaient aussi les miroirs – seuls épargnés, les vases du Småland en verre soufflé, parce qu'on pouvait les vendre.

Au moins, les victimes n'étaient pas des insulaires. Henrik avait dès le début décidé de ne choisir que des maisons appartenant à des continentaux.

Henrik n'était pas lié aux frères Serelius, simplement il n'arrivait pas à s'en débarrasser – un peu comme de parents éloignés venus vous voir un soir et qui s'incrustent chez vous.

Mais Tommy et Freddy n'étaient pas de l'île, ni ses amis, ni de sa famille. Des potes de Morgan Berglund.

Ils avaient sonné à la porte du petit appartement de Henrik à Borgholm fin septembre, vers dix heures, alors qu'il pensait aller se coucher. Il était allé ouvrir : deux types de son âge, épaules larges, crâne presque rasé. Les types avaient hoché la tête puis étaient entrés sans demander la permission. Ils sentaient la sueur, l'huile de moteur, le siège auto crasseux, et ils empestèrent bientôt tout l'appartement.

« Hubba bubba, Ricky ! » dit le premier type.

Il portait de grosses lunettes de soleil. Ça aurait dû être drôle, mais ce n'était pas le genre de personne qui donnait envie de rire. Ses joues et son menton portaient de longues marques rouges, comme si on l'avait griffé.

« Ça gaze ? dit l'autre, plus grand et costaud.

– On fait aller, répondit lentement Henrik. Vous êtes qui ?

– Tommy et Freddy. Les frères Serelius. Putain, tu nous connais pas, Henrik ? Fais un effort ! »

Tommy rajusta ses lunettes et se gratta longuement la joue. Henrik comprit alors d'où venaient les griffures sur son visage – il ne s'était pas battu, il se les était faites lui-même.

Les deux frères firent rapidement le tour de son petit studio, puis s'affalèrent sur le canapé devant la télévision.

« Des chips ? dit Freddy. T'en as ? »

Il posa ses godasses sur la table en verre de Henrik. Quand il déboutonna sa veste, sa bedaine de buveur de bière sauta sous son T-shirt bleu clair portant l'inscription SOLDIER OF FORTUNE FOR EVER.

« Tu as le bonjour de ton pote Morggy », dit l'aîné, Tommy, en ôtant ses lunettes de soleil. Il était un peu plus mince que Freddy et dévisagea Henrik, un petit sourire au coin des lèvres et un sac en cuir noir à la main. « C'était l'idée de Morggy qu'on vienne faire un tour par ici. »

– En Sibérie, dit Freddy, qui avait accaparé le bol de chips que Henrik avait sorti.

– Morggy ? Morgan Berglund ?

– Ben tu vois, quand tu veux, fit Tommy en s'asseyant dans le canapé à côté de son frère. Vous êtes bien potes, non ?

– On *était*, précisa Henrik. Morggy a déménagé.

– On sait, il est au Danemark. Il bossait dans un club de jeu à Copenhague, au noir.

– Dealer au noir, dit Freddy.

– On a fait un tour en Europe, dit Tommy. Presque un an. La Suède, c'est vraiment minable, on s'en rend compte.

– Un putain de trou paumé, ajouta Freddy.

– D'abord en Allemagne. Hambourg et Düsseldorf, c'était trop le top. Ensuite Copenhague, on a aussi bien rigolé. » Tommy regarda à nouveau tout autour de lui. « Et nous voilà. »

Il hocha la tête et se ficha une cigarette au coin de la bouche.

« On ne fume pas, ici », dit Henrik.

Il se demanda pourquoi les frères Serelius avaient quitté les grandes villes européennes – puisqu'ils s'éclataient tellement sur le continent – pour venir s'enterrer dans ce coin paumé de Suède. Avaient-ils cherché des poux aux mauvaises personnes ? Sans doute.

« Vous ne pouvez pas rester dormir ici, dit Henrik en montrant son studio. Il n'y a pas la place. Vous voyez bien. »

Tommy avait rangé sa cigarette. Il n'avait pas l'air d'avoir entendu.

« Nous sommes satanistes, on te l'a dit ?

– Satanistes ? » fit Henrik.

Tommy et Freddy hochèrent la tête.

« Des adorateurs du diable, quoi ? » demanda Henrik avec un petit sourire.

Tommy ne sourit pas.

« Adorateurs que dalle, dit-il. Satan, c'est la force qui est en l'homme. C'est à ça qu'on croit.

– *The force*, fit Freddy en engloutissant les derniers chips.

– C'est ça, dit Tommy. *Might makes right* – c'est notre devise. Nous prenons ce que nous voulons avoir. Tu connais Aleister Crowley ?

– Ben, non…

– Un grand philosophe, dit Tommy. Crowley voyait la vie comme un combat perpétuel entre les forts et les faibles. Entre les malins et les timbrés. Et c'est toujours le plus fort et le plus malin qui gagne.

– Logique », fit Henrik, qui n'avait jamais été trop religieux. Il n'avait pas non plus l'intention de le devenir.

Tommy continua à inspecter l'appartement.

« Elle s'est barrée quand ? demanda-t-il.

– Qui ça ?

– Ta meuf. Celle qui a mis ces rideaux, ces fleurs séchées, toute cette merde. C'est pas toi, quand même ?

– Elle est partie le printemps dernier », dit Henrik.

Il revit sans le vouloir Camilla lisant étendue sur le canapé, à la place des frères Serelius. Il comprit que Tommy était un peu plus malin qu'il n'en avait l'air – il remarquait les détails.

« C'était quoi, son nom ?

– Camilla.

– Elle te manque ?

– Tu déconnes ? fit-il du tac au tac. Mais comme je disais, vous ne pouvez pas rester…

– T'inquiète, on crèche à Kalmar, dit Tommy. On s'est arrangés, mais on pensait venir bosser ici, sur Öland. Alors il nous faut un petit coup de main.

– Quel genre ?

– Morggy nous a raconté le genre de trucs que vous faisiez tous les deux, l'hiver. Il a parlé des chalets de vacances…

– Ah, d'accord…

– Il a dit que tu t'y remettrais bien. »

Merci, Morggy, pensa Henrik. Ils s'étaient pas mal disputés pour le partage de l'argent avant que Morggy se barre – c'était peut-être là sa façon de se venger.

« C'était il y a longtemps, dit-il. Quatre ans… et puis seulement deux hivers.

– Et alors ? Morggy a dit que ça s'était bien passé.

– Pas mal », dit Henrik.

Presque tous les cambriolages s'étaient bien passés mais, une fois ou deux, Morggy et lui avaient été repérés par des voisins et avaient dû s'enfuir en sautant les murets de pierres comme des voleurs de pommes. Ils prévoyaient toujours deux issues, une pour fuir à pied, l'autre avec la voiture.

Il continua :

« Parfois, il n'y avait aucun objet de valeur... mais une fois, on est tombés sur un cabinet, une putain d'antiquité. Un cabinet à tiroirs allemand du dix-septième, on en a tiré trente mille à Kalmar. »

Henrik s'était un peu échauffé en racontant, presque nostalgique. C'est qu'il s'était à l'époque découvert un talent pour entrer sans effraction par les portes fermées des vérandas et les fenêtres. Il en était aussi fier que son grand-père, menuisier à Marnäs, l'avait été de son savoir-faire.

Mais il se souvenait aussi combien toutes ces nuits passées à écumer le nord d'Öland l'avaient usé. Il y faisait froid, l'hiver, que ce soit dehors en plein vent, ou dans les maisons inhabitées. Tous ces villages de vacances vides et silencieux.

« Ces vieilles baraques, c'est vraiment la caverne d'Ali Baba, dit Tommy. Alors tu en es ? On a besoin de toi pour se repérer, là-haut. »

Henrik ne répondit rien. Il se dit que celui dont la vie était triste et prévisible devait lui-même être triste et prévisible. Il ne voulait pas l'être.

« Alors c'est d'accord ? dit Tommy. Ok ?

– On verra, dit Henrik.

– Ça ressemble à un oui, ça.

– Peut-être bien.

– Hubba bubba ! » dit Tommy.

Henrik hocha la tête, hésitant.

Il voulait être passionnant, avoir une vie passionnante. Maintenant que Camilla était partie, les soirées étaient tristes et les nuits vides, mais il hésitait pourtant. Ce n'était pas le risque de se faire prendre qui l'avait conduit à arrêter les cambriolages, c'était une autre sorte de peur.

« Il fait sombre dans ces bleds, dit-il.

– Parfait, dit Tommy.

– *Sacrément* sombre, dit Henrik. Pas un lampadaire, le courant coupé dans les baraques. On n'y voit presque rien.

– Pas de problème, dit Tommy. On a piqué des lampes de poche dans une station-service, hier. »

Henrik hocha lentement la tête. Les lampes de poche chassaient bien sûr l'obscurité, mais en partie seulement.

« J'ai un cabanon de pêche qu'on peut utiliser, dit-il. Pour stocker les trucs, en attendant de trouver le bon acheteur.

– C'est le top ! dit Tommy. Reste à repérer les bonnes maisons. Morggy a dit que t'avais des bons tuyaux.

– Un paquet, dit Henrik. Ça fait partie du boulot.

– Donne voir les adresses, qu'on contrôle si elles sont clean.

– Comment ça ?

– On va demander à Aleister.

– Quoi ?

– On a l'habitude de causer à Aleister Crowley », dit Tommy en posant son sac sur la table. Il l'ouvrit et en sortit une petite boîte plate en bois noir. « On le contacte avec ça. »

Henrik regarda sans rien dire Tommy déplier la boîte et la poser sur la table. Des lettres, des mots et des chiffres étaient pyrogravés à l'intérieur : tout l'alphabet, les chiffres de zéro à neuf et les mots OUI et NON. Tommy sortit ensuite un petit gobelet de son sac.

« Ah oui, j'ai joué à ça quand j'étais gosse, dit Henrik. L'esprit caché dans le verre, c'est ça ?

– Putain, la ferme ! C'est sérieux, ce truc ! » Tommy posa dessus le gobelet. « C'est une planche ouija.

– Une planche quoi ?

– C'est comme ça que ça s'appelle, dit Tommy. Le bois vient du couvercle d'un vieux cercueil. Baisse un peu la lumière, tu veux ? »

Henrik riait sous cape, mais alla pourtant éteindre.

Ils s'assirent tous les trois autour de la table. Tommy posa le petit doigt sur le gobelet et ferma les yeux.

Le silence se fit. Il se gratta lentement le cou, avec l'air de tendre l'oreille.

« Qui est là ? demanda-t-il. C'est Aleister ? »

Rien ne se passa pendant quelques secondes. Puis le gobelet commença à se déplacer sous le doigt de Tommy.

Dès le lendemain, à la tombée de la nuit, Henrik était allé mettre de l'ordre dans le cabanon de pêche de son grand-père.

Une petite baraque en bois, peinte en rouge, sur un pré à une dizaine de mètres du rivage, à côté de deux autres appartenant à des estivants qui ne s'y montraient plus après la mi-août. On y était donc tranquille.

Il avait hérité ce cabanon de son grand-père Algot. De son vivant, plusieurs fois chaque été il partait avec lui en mer poser des filets, puis tous deux dormaient sur place pour aller les relever à cinq heures du matin.

À présent, au bord de la Baltique, il regrettait cette époque. C'était triste que Grand-Père ne soit plus là. À sa retraite, Algot avait continué à travailler : menuiserie, des bricoles. Jusqu'à sa dernière attaque, il avait pourtant l'air content de son sort, lui qui n'avait que de très rares fois quitté son île.

Henrik ouvrit le cadenas et plongea ses yeux dans l'obscurité. Là-dedans, rien n'avait vraiment changé depuis la mort du grand-père, six ans plus tôt. Les filets pendaient toujours aux murs, l'établi était à sa place et le poêle en fonte rouillait dans son coin. Camilla aurait voulu faire place nette et repeindre le cabanon en blanc, mais Henrik le trouvait bien en l'état.

Il poussa les bidons d'huile, les boîtes à outils et tout ce qui encombrait le sol, où il étala une bâche pour le butin. Il sortit ensuite sur le ponton respirer l'odeur d'algues et d'eau saumâtre. De ce petit cap, il voyait au nord les deux phares d'Åludden se dresser au-dessus de la mer.

Son bateau à moteur était amarré au ponton, avec son volant à l'air libre. Il s'aperçut que l'habitacle était rempli d'eau de pluie et descendit écoper.

Ce faisant, il repensa à la soirée de la veille, aux frères Serelius et à leur séance – tout leur cirque.

Le gobelet n'arrêtait pas de bouger sur la tablette, pour répondre à toutes leurs questions – mais c'était évidemment Tommy qui le déplaçait. Il fermait les yeux, mais devait de temps en temps regarder en douce pour que le gobelet s'arrête au bon endroit.

Il s'était en tout cas avéré que l'esprit d'Aleister approuvait sans réserve leurs projets de cambriolages. Quand Tommy lui avait demandé pour Stenvik, que Henrik avait proposé, le gobelet s'était placé sur OUI. Trouveraient-ils des objets de valeur ? Même réponse : OUI.

Pour finir, Tommy avait demandé :

« Aleister, crois-tu… qu'on peut se faire confiance ? »

Le gobelet était resté quelques secondes immobile puis s'était lentement déplacé vers la case NON.

Rire court et rauque de Tommy.

« Ok, avait-il dit en regardant Henrik. Je ne fais pas confiance à un seul de ces salauds. »

Quatre jours plus tard, Henrik et les frères Serelius avaient fait leur première expédition vers le nord, dans la zone de chalets de vacances que Henrik avait choisie et Aleister approuvée. Tout était inhabité, plongé dans l'obscurité complète.

Henrik et les frères Serelius ne recherchaient pas de petits objets en s'introduisant par effraction dans les chalets – ils savaient qu'aucun estivant n'était assez idiot pour y laisser du liquide, des montres de marque ou des colliers en or pendant l'hiver. Mais il restait toujours des bibelots qu'ils n'avaient pas le courage d'emporter, les vacances finies : téléviseurs, chaînes hi-fi, bouteilles d'alcool, cartouches de cigarettes, clubs de golf. Et dans les abris de jardin on pouvait trouver des tronçonneuses, des bidons d'essence, des perceuses.

Quand Tommy et Freddy eurent fini de démolir la maquette de bateau et Henrik marmonné ce qu'il avait à dire à ce sujet, ils repartirent chacun de leur côté à la chasse au trésor.

Henrik continua d'inspecter les petites pièces. La façade de cette maison tout en longueur donnait sur les falaises de la côte et le détroit : par la baie vitrée, il voyait la lune blafarde suspendue au-dessus de l'eau. Stenvik était un des villages de pêcheurs déserts de la côte ouest de l'île.

Chaque nouvelle pièce l'accueillait en silence, mais Henrik avait pourtant l'impression que le parquet et les murs le surveillaient. Aussi se déplaçait-il doucement, sans rien heurter.

« Eh oh ! Ricky ? »

C'était Tommy. Henrik répondit :

« Où t'es ?

– Là, devant la cuisine... il y a une sorte de bureau. »

Henrik traversa la cuisine en se guidant au son de sa voix. Debout devant un mur dans une pièce sans fenêtre, il montrait quelque chose de sa main droite gantée.

« Qu'est-ce que c'est, à ton avis ? »

Il ne souriait pas – Tommy ne souriait presque jamais – mais il levait la tête avec le regard de celui qui a peut-être déniché le gros lot. Au mur, une grande pendule en bois sombre, avec sous verre un cadran en chiffres romains.

Henrik hocha la tête.

« Ouais... ça a peut-être de la valeur. C'est vieux ?

– Je crois, dit Tommy en ouvrant le verre du cadran. Avec un peu de chance, c'est une antiquité. Allemande, ou française.

– Elle est arrêtée.

– Il doit falloir la remonter. » Il referma le verre et appela : « Freddy ! »

Au bout de quelques secondes, le frère cadet se pointa en traînant les pieds.

« Quoi ?

– Viens donner un coup de main », dit Tommy.

Du trio, Freddy avait les plus longs bras. Il décrocha l'horloge du mur et la descendit. Henrik l'aida ensuite à la porter.

« Allez, on la sort », dit Tommy.

La fourgonnette était garée tout près, dans l'ombre, derrière la maison.

PLOMBERIE GÉNÉRALE KALMAR placardé sur la carrosserie. Tommy avait acheté et placé lui-même les lettres autocollantes. Le nom était inventé, mais c'était moins suspect de se promener de nuit avec un véhicule professionnel que dans une fourgonnette anonyme.

« Ils vont rouvrir un commissariat de police à Marnäs la semaine prochaine », dit Henrik, alors qu'ils passaient l'horloge par une fenêtre brisée de la véranda.

Il n'y avait presque pas de vent cette nuit-là, mais il faisait très froid.

« Comment tu sais ça ? dit Tommy.

– C'était dans le journal ce matin. »

Il entendit dans le noir le rire rauque de Freddy.

« Bon, alors c'est cuit, dit Tommy. Tu ferais aussi bien d'aller nous balancer, ça te ferait une réduction de peine. »

Il baissa la lèvre inférieure pour montrer ses dents – c'était sa façon de sourire.

Henrik sourit à son tour dans le noir. La police avait des milliers de résidences secondaires à surveiller sur l'île, et elle ne travaillait presque que pendant la journée.

Ils chargèrent la pendule dans la fourgonnette. Elle contenait déjà un vélo d'appartement pliant, deux grands vases en calcaire poli, un magnétoscope, un petit moteur de bateau, un ordinateur avec une imprimante et un téléviseur à son stéréo.

« On se barre ? dit Tommy en refermant la fourgonnette.

– Oui… je crois qu'il n'y a plus rien. »

Henrik retourna pourtant fermer la fenêtre fracturée. Il ramassa par terre quelques bouts de schiste bien plats pour caler le cadre fendu.

« Allez, grouille ! » cria Tommy dans son dos.

Les frères trouvaient que refermer derrière soi après un cambriolage était une perte de temps. Mais Henrik savait qu'il pouvait s'écouler des mois avant qu'on vienne : fenêtre ouverte, la pluie et la neige détruiraient tout le mobilier.

Tommy démarra quand Henrik monta sur le siège passager. Puis il plongea la main dans la boîte à gants. Emballée dans des bouts d'essuie-tout, de la *glace* – des amphétamines.

« T'en veux encore ? dit Tommy.

– Non, j'en ai assez. »

La glace, les deux frères l'avaient rapportée du continent, pour la revendre, et pour leur consommation personnelle. Les cristaux donnaient un coup de fouet, mais si Henrik en prenait plus d'une dose par soir, il se mettait à trembler comme une feuille et avait du mal à aligner deux idées. Tout s'embrouillait dans sa tête et il n'arrivait pas à s'endormir.

Non, il n'était pas drogué – mais pas non plus rabat-joie. Une dose par-ci, par-là, pourquoi pas ?

Tommy et Freddy n'avaient apparemment pas le même problème que lui, ou leur intention était de passer une nuit blanche une fois rentrés à Kalmar. Ils se mirent les cristaux dans la bouche, encore emballés dans leur papier et avalèrent le tout avec une gorgée d'eau. Tommy appuya alors sur l'accélérateur. Il fit le tour de la maison et ressortit dans la rue déserte du village.

Henrik regarda sa montre – il était presque minuit et demi.

« Bon, au cabanon, alors », dit-il.

Une fois remonté jusqu'à la grand-route, Tommy s'arrêta bien sagement au stop, alors qu'il n'y avait pas une voiture, et tourna vers le sud.

« Prends par là » dit Henrik dix minutes plus tard, en voyant le panneau ENSLUNDA.

Il n'y avait pas un chat. Le chemin couvert de gravier s'arrêtait devant les cabanons. Tommy recula autant que possible.

Il faisait noir comme dans un four du côté de la mer, mais au nord clignotait le phare d'Åludden.

Henrik ouvrit la portière et entendit le ressac. Le bruit montait de la mer noir d'encre. Cela lui fit penser à son grand-père. Il était mort ici même, voilà six ans. Algot avait quatre-vingt-cinq ans, était malade du cœur, mais avait pourtant réussi à se traîner hors de son lit pour venir ici en taxi, un jour d'hiver, par grand vent. Le chauffeur l'avait laissé sur le chemin, et l'infarctus avait dû se produire juste après. Algot avait pourtant réussi à arriver jusqu'à son cabanon, et c'est là qu'on l'avait retrouvé mort, sur le pas de la porte.

« J'ai une idée, dit Tommy, tandis qu'ils déchargeaient leur butin à la lumière des lampes de poche. Une proposition. Écoutez et dites-moi ce que vous en pensez.

– Quoi ? »

Tommy ne répondit pas. Il se contenta d'attraper quelque chose au fond de la fourgonnette. Ça ressemblait à un grand bonnet de laine.

« On a trouvé ça à Copenhague », dit-il.

Il tint alors le tissu noir devant sa lampe de poche, et Henrik vit que ce n'était pas un bonnet. C'était une cagoule, avec des trous pour les yeux et la bouche.

« Ce que je propose, c'est de mettre ça la prochaine fois, dit Tommy, et de laisser tomber les chalets de vacances.

– Ah oui ? Et quoi, à la place ?

– Des maisons habitées. »

Ils restèrent un moment silencieux, dans l'ombre, au bord de la plage.

« Ok ! » dit Freddy.

Henrik regarda la cagoule sans rien dire. Il réfléchissait.

« Je sais… ça augmente les risques, dit Tommy. Mais aussi les gains. On ne trouvera jamais de fric ou de bijoux dans les chalets de vacances… seulement dans des maisons habitées toute l'année. » Il alla remettre la cagoule dans la fourgonnette et continua : « Bien sûr, il faudra voir avec Aleister si c'est Ok. Et choisir des maisons sûres, à l'écart, sans alarmes.

– Et sans chiens, dit Freddy.

– C'est ça. Pas de putains de chiens non plus. Et personne ne pourra nous reconnaître avec les cagoules, fit Tommy en regardant Henrik. Qu'est-ce que tu en dis, alors ?

– Je ne sais pas. »

Au fond, ce n'était pas l'argent qui comptait – Henrik avait à présent un bon travail d'artisan – ce qu'il recherchait, surtout, c'était l'excitation qui chassait le train-train quotidien.

« Freddy et moi, on peut y aller en solo, dit Tommy. Ça nous fera plus de fric, c'est pas un problème. »

Henrik se dépêcha de secouer la tête. Ces virées avec Tommy et Freddy ne dureraient peut-être pas, mais il voulait décider lui-même quand y mettre fin.

Il songea au bateau fracassé avec sa bouteille un peu plus tôt dans la soirée et dit :

« J'en suis… si on y va mollo. Sans blesser personne.

– Et qui tu voudrais blesser ? dit Tommy.

– Les propriétaires des maisons.

– Mais putain, ils dormiront… et s'il y en a un qui se réveille, on parlera qu'en anglais. Comme ça ils penseront qu'on est étrangers. »

Henrik hocha la tête, pas tout à fait convaincu. Il recouvrit le butin avec la bâche et referma le cadenas du cabanon.

Ils remontèrent dans la fourgonnette et se mirent en route vers le nord de l'île.

Vingt minutes plus tard, ils entrèrent dans Borgholm où des rangées de lampadaires repoussaient les ténèbres de l'automne. Mais les trottoirs étaient aussi déserts que la grand-route. Tommy ralentit et s'arrêta sous l'immeuble de Henrik.

« Bon, dit-il. Dans une semaine, alors ? Mardi soir, la semaine prochaine ?

– D'accord… mais je remonterai sûrement au cabanon d'ici là.

– Alors, comme ça, tu te plais dans ce bled paumé ? »

Henrik hocha la tête.

« Ok, dit Tommy. Mais n'essaie pas de magouiller tout seul avec les bibelots. On s'occupe de trouver un acheteur à Kalmar.

– D'accord, débrouillez-vous », dit Henrik en claquant la portière.

Il gagna sa porte plongée dans le noir et regarda sa montre. Une heure et demie. Il était quand même relativement tôt : il allait pouvoir dormir cinq bonnes heures tout seul dans son lit, avant de devoir se lever pour aller travailler, comme d'habitude.

Il songea à toutes les maisons de l'île où des gens étaient en train de dormir. Les résidents permanents.

Il se sauverait si quelque chose arrivait. Si quelqu'un se réveillait pendant le cambriolage, il se sauverait sans demander son reste. Les frères Serelius et leur foutu esprit sorti du gobelet n'auraient qu'à se débrouiller.

3

Tilda Davidsson attendait dans le couloir de la maison de retraite de Marnäs, le magnétophone dans son sac, devant la chambre de son vieux parent Gerlof. Elle n'était pas seule : plus loin, deux femmes aux cheveux blancs s'étaient assises dans un canapé, peut-être en attendant le café de l'après-midi.

Elles n'arrêtaient pas de parler, et Tilda ne put faire autrement qu'écouter leurs messes basses.

C'était un concert de jérémiades.

« Ah ça, ils ont la bougeotte, dit celle qui était la plus proche de Tilda. Toujours partis à l'étranger. Plus c'est loin, plus ils sont contents.

– C'est comme ça, ils ne se refusent rien, dit l'autre. Pour sûr…

– C'est bien vrai, et ils ne regardent pas au prix… quand c'est pour eux. J'ai appelé ma cadette la semaine dernière. Elle et son mari vont acheter une nouvelle voiture. “Mais vous avez déjà une jolie voiture”, que j'ai dit. “Oui, mais tous nos voisins en ont changé cette année”, qu'elle m'a répondu.

– Oui, toujours acheter, acheter, tout le temps.

– Eh oui. Et puis ils ne donnent pas non plus de leurs nouvelles.

– Non, non... Mon fils n'appelle *jamais*, même pas pour mon anniversaire. C'est toujours à moi de lui téléphoner, et il n'a jamais le temps de parler. Il est toujours en train de partir quelque part, ou il y a quelque chose à la télé.

– Ah oui, ils passent leur temps à changer de téléviseurs, et il leur faut de grandes maisons...

– Et de nouveaux frigos.

– Des cuisinières, aussi. »

Tilda n'eut pas le temps d'en entendre davantage, car la porte de la chambre de Gerlof s'entrouvrit.

Le long dos de Gerlof était un peu voûté et ses jambes tremblotaient – mais il adressa à Tilda le sourire d'un vieillard serein et elle lui trouva l'œil plus vif que la dernière fois qu'elle l'avait vu, l'hiver précédent.

Gerlof, qui était né en 1915, avait alors fêté ses quatre-vingts ans dans la maison de vacances de Stenvik. Ses deux filles étaient là : l'aînée, Lena, avec son mari et ses enfants, et la cadette, Julia, avec son nouveau compagnon accompagné de ses trois enfants. Ce jour-là, ses rhumatismes avaient cloué Gerlof sur son fauteuil tout l'après-midi. Mais aujourd'hui il était sur pied, appuyé sur sa canne dans l'embrasure de la porte, en costume de gabardine gris foncé.

« Voilà. La météo est finie, dit-il à voix basse.

– Parfait. »

Tilda se leva. Elle avait dû attendre à sa porte car il fallait absolument qu'il écoute les prévisions météo à la radio. Tilda n'avait pas bien compris pourquoi c'était si important – il y avait peu de chances qu'il sorte, par ce froid – mais se tenir au courant du temps qu'il faisait et de la force du vent était sans doute une habitude de l'époque où il naviguait sur la Baltique à bord de ses cotres.

« Entre, entre. »

Il lui serra la main sur le pas de la porte – Gerlof n'était pas du genre à embrasser les gens. Tilda ne l'avait même jamais vu taper sur l'épaule de quelqu'un.

Sa poigne était ferme. Gerlof avait pris la mer dès l'adolescence : il avait beau être revenu à terre depuis vingt-cinq ans, ses mains étaient toujours calleuses, à force d'avoir tiré des cordages, soulevé des caisses et écorché ses doigts sur des chaînes.

« Alors, ce temps ? demanda-t-elle.

– Ne me demande pas. » Gerlof soupira et alla s'asseoir, les jambes raides, sur une des chaises qui entouraient le guéridon où il prenait le café. « La radio a encore une fois changé l'horaire du bulletin météo, alors j'ai raté les températures locales. Mais il va faire plus froid dans le Norrland, alors ici, ça devrait suivre. » Il jeta un regard méfiant au baromètre pendu près de la bibliothèque, puis un coup d'œil par la fenêtre, vers l'arbre dénudé, en ajoutant : « L'hiver sera rude, cette année, un hiver froid et précoce. On voit ça aux étoiles qui sont très brillantes en ce moment, surtout la Grande Ourse. Et avec l'été qu'on a eu.

– L'été ?

– Été mouillé, hiver gelé, dit Gerlof. Tout le monde sait ça.

– Pas moi, dit Tilda. Mais est-ce que ça change quelque chose pour nous ?

– Oh que oui. Un hiver long et froid a toutes sortes de conséquences. Le trafic maritime sur la Baltique, par exemple. La glace ralentit les bateaux, et les affaires marchent moins bien. »

Tilda s'avança au milieu de la pièce et découvrit tous les souvenirs de marin de Gerlof. Au mur, des photos noir et blanc de ses cotres, les plaques de bois huilé portant leurs noms, leurs certificats de navigation encadrés. Il y avait aussi des petits portraits de ses parents et de son épouse, disparus.

Ici, le temps s'est arrêté, songea Tilda.

Elle s'assit face à Gerlof et posa le magnétophone entre eux deux, sur le guéridon. Elle brancha ensuite le petit micro tout plat.

Gerlof jeta à son matériel d'enregistrement le même regard qu'au baromètre. Le magnétophone n'était pas bien gros, mais Tilda vit qu'il l'avait à l'œil.

« Alors, on va juste… parler ? dit-il. De mon frère ?

– Entre autres, dit Tilda. Rien de plus simple, non ?

– Mais *pourquoi ?*

– Eh bien, pour garder le souvenir de ces histoires… avant qu'elles ne disparaissent, dit Tilda, en s'empressant d'ajouter : Tu as encore de longues années devant toi, Gerlof, ce n'est pas ce que je voulais dire. Je veux juste enregistrer ces histoires, par précaution. C'est que Papa ne m'a pas beaucoup parlé de Grand-Père, avant sa mort. »

Gerlof hocha la tête.

« Parler, c'est facile. Mais si on enregistre, il faut faire attention à ce qu'on dit.

– Ne t'inquiète pas, dit Tilda, on peut toujours effacer ou enregistrer par-dessus. »

Gerlof avait tout de suite dit oui à l'enregistrement quand elle l'avait appelé en août pour lui annoncer son déménagement à Marnäs, et pourtant il semblait un peu tendu.

« C'est en route, là ? murmura-t-il. La bande tourne ?

– Non, pas encore, dit Tilda. Je te préviendrai. »

Elle enfonça la touche d'enregistrement, vérifia que la cassette tournait et hocha la tête vers Gerlof en signe d'encouragement.

« Et voilà… on peut y aller. » Tilda se redressa et, d'une voix qu'elle trouva plus solennelle et tendue qu'à l'ordinaire, elle commença : « Tilda Davidsson, à la maison de retraite de Marnäs en compagnie de Gerlof, le frère de mon grand-père Ragnar, pour parler un peu de la famille… et de la vie de mon grand-père ici même, à Marnäs. »

Gerlof se pencha vers le magnétophone, un peu raide, pour la reprendre d'une voix bien articulée :

« Mon frère Ragnar n'a pas vécu à Marnäs. Il habitait sur la côte, près de Rörby, au sud de Marnäs.

– Tout à fait, Gerlof… et quels souvenirs gardes-tu de Ragnar ? »

Gerlof hésita quelques secondes.

« Beaucoup de bons souvenirs. Nous avons grandi ensemble à Stenvik dans les années vingt, mais après, bien sûr, nous avons choisi des métiers complètement différents… il a acheté une petite maison pour devenir paysan et pêcheur, et moi je suis descendu à Borgholm et je me suis marié. Et j'ai acheté mon premier cotre.

– Vous vous voyiez souvent ?

– Eh bien, de temps en temps, quand je rentrais à terre. À Noël, et une fois pendant l'été. C'était le plus souvent Ragnar qui venait nous voir, en ville.

– C'était la fête, alors ?

– Oui, surtout à Noël.

– Comment c'était ?

– On était à l'étroit, mais c'était agréable. On s'en mettait plein la panse. Du hareng, du jambon, des pieds de cochon, des boulettes de pommes de terre. Et Ragnar apportait toujours une quantité d'anguilles, fumées ou marinées, et plein de morue conservée dans la soude… »

En parlant, Gerlof se détendait peu à peu. Tilda aussi.

Ils continuèrent encore pendant une demi-heure mais, après une longue histoire de moulin à vent incendié à Stenvik, Gerlof fit un faible signe de la main à Tilda. Elle comprit qu'il était fatigué et se dépêcha d'éteindre le magnétophone.

« Très bien, dit-elle. C'est fou tout ce dont tu te souviens, Gerlof.

– Oui, on retient les histoires de famille, à force de les entendre. Et puis raconter à voix haute aide la mémoire. » Il regarda le magnétophone. « Tu penses que ça a marché ?

– Mais oui. »

Tilda rembobina et appuya sur « play ». La voix enregistrée de Gerlof était sourde, un peu renfrognée, mais on l'entendait distinctement.

« Bien, dit-il. Ça fera un document pour les ethnologues.

– Oh, c'est surtout pour moi, dit Tilda. Je n'étais pas née quand Grand-Père s'est noyé, et Papa n'était pas doué pour parler de la famille. Alors, forcément, je suis curieuse.

– Ça vient avec les années, quand on commence à avoir une bonne partie de sa vie derrière soi, dit Gerlof. On s'intéresse alors à ses origines, j'ai remarqué ça aussi chez mes filles… Mais toi, quel âge as-tu ?

– Vingt-sept.

– Et tu viens travailler sur Öland ?

– Et comment ! J'ai fini mes études.

– Pour combien de temps ?

– On verra. En tout cas jusqu'à l'été prochain.

– J'en suis ravi. Ça fait toujours plaisir de voir des jeunes venir ici et trouver du travail. Et tu habites à Marnäs ?

– J'ai trouvé un studio sur la place. J'ai une vue sur la côte, vers le sud… je peux presque voir la maison de Grand-Père.

– C'est une autre branche de la famille qui en a hérité, dit Gerlof, mais on pourra toujours aller la voir. Et aussi ma maison de Stenvik, bien entendu. »

Tilda quitta la maison de retraite de Marnäs juste après quatre heures et demie, le magnétophone dans son sac à dos.

Son manteau boutonné, comme elle se dirigeait vers le petit centre-ville de Marnäs, un jeune la dépassa à toute vitesse en pétaradant sur sa mobylette bleu clair. Elle secoua la tête pour lui montrer ce qu'elle pensait de son excès de vitesse, mais il ne la regarda même pas. En vingt secondes, il avait disparu.

Gamine, Tilda ne trouvait rien de plus cool que les gamins de quinze ans à mobylette. Aujourd'hui, pour elle, ils étaient comme les moustiques – petits mais énervants.

Elle rajusta son sac à dos et se mit en route vers Marnäs. Elle pensait faire un saut à son travail, même si elle ne commençait officiellement que le lendemain, puis rentrer chez elle continuer à défaire les cartons. Et appeler Martin.

Les pétarades de la mobylette n'avaient pas complètement disparu dans son dos, et voilà qu'elles augmentaient à nouveau. Le jeune motocycliste avait fait demi-tour du côté de l'église et revenait à présent vers le centre du bourg.

Il roulait à fond sur le trottoir, mais il fallait qu'il double Tilda. Il ralentit un peu, mais fit hurler son moteur de façon menaçante en tentant de forcer le passage. Elle lui fit face et lui barra la route. La mobylette s'arrêta.

« Ben quoi ? cria le gamin, en essayant de couvrir le bruit du moteur.

– Tu ne peux pas passer en mobylette sur le trottoir, répliqua Tilda sur le même ton. C'est interdit.

– D'accord, opina le gamin. Mais comme ça on peut rouler plus vite.

– On peut aussi renverser quelqu'un.

– Ah ouais ? dit le gamin en prenant l'air blasé. Alors tu vas appeler la police ? »

Tilda secoua la tête.

« Ça, non, parce que…

– Y a plus de police par ici. » Le gamin fit hurler son moteur. « Ils ont fermé il y a deux ans. Il n'y a plus un flic dans tout le nord d'Öland. »

Tilda en avait assez d'essayer de couvrir les pétarades du moteur. Elle se pencha et, d'un geste rapide, débrancha la bougie. La mobylette s'arrêta net.

« Maintenant, si, dit-elle tout bas, d'une voix calme. Je suis policière ici.

– Toi ?

– C'est mon premier jour. »

Le gamin la fixa, incrédule. Tilda sortit son portefeuille et lui montra sa carte. Il la regarda un long moment, puis releva la tête vers elle. On lisait du respect dans ses yeux.

Les gens regardaient toujours autrement quelqu'un dont ils savaient qu'il était de la police. Quand Tilda portait l'uniforme, elle se regardait d'ailleurs autrement elle-même.

« Tu t'appelles comment ?

– Stefan.

– Mais encore ?

– Stefan Ekström. »

Tilda sortit de son sac son carnet et y nota le nom.

« Pour cette fois-ci, tu n'auras qu'un avertissement, mais la prochaine fois ce sera une amende, dit-elle. Ta mobylette est trafiquée. Tu as limé les pistons ? »

Stefan hocha la tête.

« Alors il va falloir descendre et la pousser jusqu'à chez toi, dit Tilda. Tu devras ensuite remettre ton moteur aux normes. »

Stefan descendit de selle.

Ils marchèrent en silence côte à côte vers la place centrale de Marnäs.

« Dis à tes copains que la police est de retour à Marnäs, dit Tilda. La prochaine mobylette trafiquée, ce sera l'amende et la saisie. »

Stefan hocha à nouveau la tête. Maintenant qu'il s'était fait arrêter, il avait presque l'air content de lui.

« Vous avez une arme, alors ? demanda-t-il une fois dans le bourg.

– Oui, répondit Tilda. Sous clé.

– Qu'est-ce que c'est, comme marque ?

– Un Sig Sauer.

– Vous avez déjà tiré sur des gens ?

– Non, dit Tilda. Et je n'ai pas l'intention de m'en servir ici.

– Ok. »

Stefan parut déçu.

Elle avait convenu avec Martin de l'appeler vers six heures, avant qu'il ne rentre chez lui. Cela lui laissait le temps d'aller jeter un coup d'œil à son futur lieu de travail.

La nouvelle antenne de police de Marnäs était située à deux rues de la place. Les insignes de la police en plastique blanc surmontaient la porte.

Tilda sortit les clés de sa poche. Elle était allée les chercher la veille à Borgholm, mais elle trouva la porte ouverte. Elle entendit des voix masculines à l'intérieur.

L'antenne se réduisait à une pièce, sans réception. Tilda se souvenait vaguement qu'il y avait là une confiserie quand elle venait à Marnäs, petite. Les murs étaient nus, pas de rideaux aux fenêtres, pas de tapis sur le plancher.

Deux hommes imposants, dans la force de l'âge, étaient en grande conversation. L'un était en uniforme bleu foncé, l'autre en civil, avec un anorak vert. Ils avaient gardé leurs chaussures boueuses.

Ils s'arrêtèrent net en tournant la tête vers Tilda, comme si elle les avait surpris au milieu d'une plaisanterie obscène.

Tilda avait déjà rencontré l'un d'entre eux, celui qui était en civil – c'était le commissaire Göte Holmblad, chef de la police de proximité. Il avait des cheveux gris coupés court et toujours un petit sourire au coin des lèvres. Il avait l'air de la reconnaître.

« Bonjour, dit-il. Bienvenue dans le nouveau district.

– Merci. » Elle serra la main de son chef et se tourna vers l'autre homme, cheveux noirs plus fins, sourcils broussailleux, la cinquantaine. « Tilda Davidsson.

– Hans Majner. » Sa poignée de main était brève et sèche. « Il paraît qu'on va travailler en équipe, là-haut, tous les deux. »

Il n'a pas l'air très convaincu, pensa Tilda. Elle ouvrit la bouche pour acquiescer, mais il poursuivit :

« Bien sûr, au début, je ne serai pas beaucoup là. Je passerai de temps en temps, mais je travaillerai surtout à Borgholm. Mon bureau reste là-bas. »

Il sourit au chef de la police de proximité.

« Ah, je vois, dit Tilda en comprenant soudain qu'elle serait encore plus seule dans le nord d'Öland qu'elle ne l'avait pensé. C'est dans le cadre d'un projet particulier ?

– On peut le dire, dit Majner en jetant un regard par la fenêtre, comme s'il avait vu quelque chose de suspect dans la rue. Il s'agit de drogue, bien sûr. Cette merde arrive sur l'île, comme partout ailleurs.

– Voici votre bureau, Tilda, dit Holmblad, depuis la fenêtre. On vous installera par la suite des ordinateurs, un fax… et une radio, là-bas. Mais pour le moment, il faudra vous contenter du téléphone.

– Ok.

– De toute façon, vous ne passerez pas beaucoup de temps ici. C'est ça l'idée, avec la police de proximité : on doit vous voir sur le terrain. Les priorités sont les infractions au code de la route, les dégradations de biens, les vols à la tire, les cambriolages. Des enquêtes simples. Et bien sûr la délinquance juvénile.

– Ça me va, dit Tilda. J'ai arrêté une mobylette trafiquée en venant.

– Très bien, très bien. » Holmblad hocha la tête. « Comme ça, tu as montré que la police était à nouveau présente. Et la semaine prochaine, nous ferons l'inauguration officielle. La presse est invitée. Journaux, radio locale… Vous en serez ?

– Bien entendu.

– Très bien, très bien. Après, j'imagine que… comment dire ? Je sais que vous étiez à Växjö avant, et ici, sur cette île, votre travail sera un peu plus autonome. Pour le meilleur et pour le pire. Plus de liberté pour organiser votre journée de travail, mais aussi plus de responsabilités… C'est qu'il faut une bonne demi-heure pour arriver de Borgholm, et il n'y a pas toujours du monde au commissariat. Alors, s'il se passait quelque chose, les renforts pourraient tarder à arriver. »

Tilda hocha la tête.

« À l'école de police, nous avons souvent eu des exercices avec des renforts retardés. Mon tuteur veillait toujours à… »

Majner ricana.

« Les profs de l'école de police n'ont aucune idée de la manière dont les choses se passent dans la réalité. Ils n'ont pas mis les pieds sur le terrain depuis une éternité.

– À Växjö, ils étaient très compétents », répliqua Tilda.

Elle se serait crue revenue à la place du bleu, au fond de la voiture de patrouille – supposée la fermer et laisser parler les anciens. Tilda avait toujours détesté ça.

Holmblad se tourna vers elle :

« Il faut juste ne jamais perdre de vue les grandes distances, sur cette île, avant de vous mettre toute seule dans une situation problématique. »

Elle hocha la tête.

« J'espère être à la hauteur. »

Le chef de la police rouvrit la bouche, peut-être pour continuer à lui faire la leçon – mais il fut coupé par le téléphone mural.

« Je prends l'appel, dit-il en s'éloignant du bureau de quelques pas. C'est peut-être Kalmar. »

Il décrocha.

« Police de proximité, antenne de Marnäs, Holmblad. »

Puis il écouta.

« Où ça ? » demanda-t-il.

Il se tut à nouveau.

« D'accord, dit-il enfin. On y va. »

Il raccrocha.

« C'était Borgholm. On a signalé un accident mortel au nord d'Öland. »

Majner se leva de son bureau vide.

« Près d'ici ?

– Au phare d'Åludden, dit Holmblad. Quelqu'un sait où c'est ?

– Åludden est plus au sud, dit Majner. Peut-être six ou sept kilomètres.

– Bon, on prend la voiture. L'ambulance aussi est en route… apparemment, il s'agit d'une noyade. »

HIVER 1868

Une fois les phares jumeaux construits, bateaux et hommes étaient en sécurité au cap d'Åludden. C'est en tout cas ce que croyaient ceux qui les avaient bâtis : que la vie sur la côte serait sûre, désormais. Mais les femmes, elles, savaient qu'il n'en allait pas toujours ainsi.

Autrefois la mort était plus proche, elle venait jusque dans les maisons.

Dans le grenier à foin, dans la vieille grange, on trouve un nom de femme gravé à la hâte : CAROLINA CHÉRIE 1868. *Carolina est morte depuis plus d'un siècle, mais elle m'a chuchoté à l'oreille à travers le mur ce qui pouvait se passer à Åludden – à cette époque qu'on appelle parfois le bon vieux temps.*

Mirja RAMBE

Le bâtiment est vaste, si vaste. Kerstin passe de pièce en pièce pour trouver Carolina, mais il y a tellement d'endroits où chercher. Trop d'endroits à Åludden, trop de pièces.

Et la tourmente arrive, c'est un poids dans l'air, dehors, et Kerstin sait que le temps est compté.

Le bâtiment est solide, la tempête ne l'emportera pas, mais les hommes ? Dans la tourmente, tout le monde se blottit autour des cheminées, comme des oiseaux perdus, en attendant qu'elle passe.

Un été difficile avec de mauvaises récoltes a été suivi sur l'île par un hiver âpre. C'est la première semaine de février, le froid est tellement mordant sur la côte que personne ne sort sans y être obligé. Les gardiens des phares et les forgerons du chantier ont leur tour de garde et ce jour-là, tous les hommes valides à l'exception du patron de phare Karlsson, sont à pied d'œuvre sur le cap pour préparer les phares en vue de la tempête de neige.

Les femmes sont restées dans la maison, mais Carolina demeure introuvable. Kerstin a cherché dans toutes les pièces des deux étages, et même sous la charpente, au grenier. Elle ne peut parler ni aux autres servantes ni aux femmes des gardiens des phares, car personne n'est au courant de l'état de Carolina. Il y a peut-être des soupçons, mais personne ne sait avec certitude.

Carolina a dix-huit ans, deux ans de moins que Kerstin. Elles sont toutes deux servantes chez le patron de phare Sven Karlsson. Kerstin se considère comme la plus prudente des deux. Carolina est plus vive, elle fait plus confiance aux gens – d'une certaine façon, c'est une aventurière, comme la sœur aînée de Kerstin, Fina, partie en Amérique l'année précédente – et cela lui vaut parfois des soucis. Ces derniers temps, Carolina a un souci de plus en plus gros, dont elle n'a parlé qu'à Kerstin.

Si Carolina est sortie pour gagner la forêt ou la tourbière, Kerstin ne pourra pas la retrouver. Carolina savait que la tourmente arrivait. Est-elle à ce point désespérée ?

Kerstin sort du corps de logis. Le vent tournoie dans la cour intérieure enneigée, comme prisonnier. La tourmente approche, ceci n'est qu'un prélude.

Elle entend un cri vite étouffé. Ce n'est pas le vent.

C'est un cri de femme.

La bourrasque fait claquer son fichu et son tablier, Kerstin doit avancer courbée. Elle ouvre à grand-peine la porte de la grange.

À l'intérieur, les vaches meuglent et s'agitent tandis qu'elle cherche parmi elles. Rien. Puis elle grimpe l'escalier raide qui mène au vaste grenier à foin. L'air y est gelé.

Quelque chose bouge le long du mur, en bas du tas de foin. De vagues mouvements dans l'ombre et la poussière.

C'est Carolina. Elle est couchée sur le sol couvert de paille, jambes immobiles sous une couverture sale. Son souffle est court et sifflant quand Kerstin s'approche d'elle, ses yeux sont pleins de honte.

« Kerstin… je crois que ça y est, dit-elle. Je crois que c'est sorti. »

Kerstin s'approche en tremblant de la couverture et se met à genoux.

« Il y a quelque chose ? chuchote Carolina. Ou c'est seulement du sang ? »

La couverture sur les jambes de Carolina est poisseuse, mais Kerstin en soulève un pan et hoche la tête.

« Oui, dit-elle, tu l'as sorti.

– C'est vivant ?

– Non… il n'est pas fini. »

Kerstin se penche vers le visage blême de son amie.

« Comment vas-tu ? »

Carolina a le regard perdu.

« Il est mort sans être baptisé, murmure-t-elle. Nous devons… le mettre en terre consacrée, pour qu'il ne revienne pas nous hanter… ce sera une malédiction si on ne l'enterre pas.

– C'est impossible, dit Kerstin. La tourmente est là… sortir sur les chemins, c'est la mort assurée.

– Il faut le cacher, chuchote Carolina, le souffle court. Ils vont penser que je suis une criminelle… que j'ai voulu le faire passer.

– Ne t'occupe pas de ce qu'ils pensent. » Kerstin pose la main sur son front brûlant et dit à voix basse : « J'ai reçu une nouvelle lettre de ma sœur. Elle veut que je la rejoigne en Amérique. À Chicago. »

Carolina n'a plus vraiment l'air d'entendre, elle halète doucement, Kerstin continue pourtant :

« Je vais traverser l'Atlantique jusqu'à New York, et de là continuer. Elle a même déposé de l'argent pour un billet à Göteborg. » Elle se penche encore plus près. « Et tu peux venir toi aussi, Carolina. Tu veux ? »

Carolina ne répond pas. Elle ne lutte même plus pour respirer. L'air s'échappe juste de ses poumons, à peine audible.

À la fin, elle reste immobile dans le foin, les yeux grand ouverts. Tout est silencieux dans la grange.

« Je reviens bientôt », chuchote Kerstin, des sanglots dans la voix.

Elle ramasse ce qui traîne dans le foin et l'enroule plusieurs fois dans la couverture pour cacher les taches de sang et de liquide amniotique. Puis elle se lève, le baluchon dans les bras.

Kerstin ressort dans la cour, où le vent a nettement forci. Elle doit lutter pour rejoindre le corps de logis, arc-boutée contre le mur de pierre de la grange. Elle va droit dans sa petite chambre de bonne, ramasse ses quelques effets personnels et ceux de Carolina, et enfile vêtement sur vêtement en prévision de la longue marche qui l'attend quand la tourmente sera passée.

Puis, sans hésiter, elle se dirige vers la grande salle, où les lampes à pétrole et le poêle de faïence diffusent chaleur et lumière dans la nuit d'hiver. Le patron de phare Sven Karlsson est attablé dans son fauteuil, au milieu de la pièce, et son ventre tend son uniforme noir.

En tant que fonctionnaire de la Couronne, Karlsson est un des privilégiés de la paroisse. Il dispose de presque la moitié du corps de logis d'Åludden et a un banc à son nom à l'église de Rörby. À côté de lui trône sa femme Anna. Quelques servantes se tiennent en retrait, en attendant que passe la tourmente. Dans un coin sombre, Sara la Vieille, venue de l'hospice des pauvres de Rörby après que le patron de phare a fait l'offre la plus basse pour la recueillir chez lui.

« Où étiez-vous passée ? » demande Madame en voyant entrer Kerstin.

La femme du patron de phare a toujours une voix cassante et haut perchée, mais elle est aujourd'hui plus stridente que d'habitude, pour couvrir le sifflement du vent.

Kerstin s'incline, vient se camper en silence devant la table et attend que tout le monde la regarde. Elle songe à sa grande sœur, là-bas, en Amérique.

Elle pose alors son baluchon sur la table, juste devant Sven Karlsson.

« Bonsoir, monsieur, dit Kerstin d'une voix forte en dépliant la couverture. J'ai là quelque chose… quelque chose que Monsieur semble avoir perdu. »

4

Le troisième matin de Joakim à Åludden fut le début de sa dernière journée heureuse avant longtemps – peut-être même de toute sa vie.

Il était hélas trop stressé pour goûter son bonheur.

Il avait veillé tard le soir précédent avec Katrine. Les enfants endormis, ils avaient inspecté les pièces sud du rez-de-chaussée pour réfléchir aux couleurs qui leur conviendraient le mieux. Le blanc serait bien sûr la base, aux murs comme aux plafonds, mais les détails en bois comme les corniches ou les encadrements de portes pourraient varier.

Ils s'étaient couchés vers minuit. Tout était alors silencieux mais, quelques heures plus tard, Livia avait recommencé à crier. Avec un soupir, Katrine avait quitté le lit, sans rien dire.

Toute la famille se leva juste après six heures. L'horizon à l'est était toujours d'un noir d'encre.

Les profondes ténèbres de l'hiver approchent, songea Joakim. Plus que deux mois avant Noël.

La famille se rassembla vers six heures et demie dans la cuisine. Joakim voulait se mettre en route pour Stockholm sans tarder : il finit son thé avant même que Katrine et les enfants aient le temps de s'asseoir. En rangeant sa tasse dans le lave-vaisselle, il vit le soleil toujours caché derrière la mer pointer un rayon orange et, plus haut dans le ciel, une formation en V d'oiseaux migrateurs qui traversaient la Baltique en se balançant légèrement.

Des oies ou des grues ? Il faisait encore trop sombre pour bien les voir, et il ne s'y connaissait pas bien en oiseaux.

« Vous voyez les oiseaux, là-bas ? dit-il par-dessus son épaule. Ils font comme nous… ils déménagent plus au sud. »

Personne ne répondit. Katrine et Livia mastiquaient leurs tartines, Gabriel était concentré sur son biberon de bouillie.

Au bord de l'eau, les phares jumeaux s'élevaient contre le ciel comme des tours de contes de fées. La lumière rouge du phare sud clignotait régulièrement. Des vitres au sommet du phare nord provenait une lumière blanche plus faible, qui ne clignotait pas.

C'était un peu étrange, car le phare nord n'avait jusqu'ici jamais été allumé. Joakim s'approcha de la fenêtre. Cette lueur blanche était peut-être un reflet du soleil levant – pourtant, elle semblait provenir de l'intérieur même de la tour.

« Tu as vu d'autres oiseaux qui déménagent, Papa ? demanda Livia dans son dos.

– Non. »

Joakim quitta les phares des yeux. Il revint ranger la table du petit déjeuner.

Les oiseaux migrateurs avaient une longue route devant eux, exactement comme Joakim. Il devait faire quatre cent cinquante kilomètres ce jour-là, pour récupérer les dernières bricoles dans la villa de Bromma. Il passerait ensuite la nuit chez sa mère, Ingrid, dans son pavillon de Jakobsberg, avant de rentrer à Öland le lendemain.

C'était son dernier voyage dans la capitale, au moins pour cette année.

Gabriel était en pleine forme, mais Livia semblait renfrognée. Katrine l'avait aidée à se lever, mais elle était encore endormie et taciturne. Sa tartine à la main, appuyée sur ses coudes, elle fixait son verre de lait.

« Finis de manger, Livia.

– Mmmh. »

Elle n'était pas du matin mais, une fois avec ses petits camarades, elle retrouvait d'habitude son entrain. La semaine précédente, on l'avait mise avec un groupe de plus grands et elle s'y plaisait.

« Alors, qu'est-ce que vous allez faire à la crèche aujourd'hui ?

– C'est pas la crèche, Papa. » Elle lui lança un regard noir. « Gabriel va à la crèche. Moi, c'est l'école.

– L'école maternelle, dit Joakim. C'est bien ça ?

– L'école, dit Livia.

– D'accord… et qu'est-ce que vous allez faire, alors, aujourd'hui ?

– J'sais pas, dit Livia avant de replonger le nez vers la table.

– Tu vas jouer avec un nouveau copain ?

– J'sais pas.

– Bon, mais bois ton lait, maintenant. On va bientôt partir pour Marnäs… pour aller à l'école.

– Mmmh. »

À sept heures et quart, le soleil pointa à l'horizon. Ses rayons jaunes se frayaient timidement un passage au-dessus de la mer calme, sans diffuser aucune chaleur. La journée serait ensoleillée, mais froide – le thermomètre pendu à l'extérieur de la maison indiquait trois degrés.

Dans la cour, Joakim gratta le givre sur le pare-brise de la Volvo. Puis il ouvrit aux enfants les portières arrière.

Livia s'installa toute seule sur son siège enfant, Bêêbert dans les bras. Joakim attacha Gabriel dans le siège plus petit à côté d'elle, et s'installa derrière le volant.

« Maman ne vient pas nous dire au revoir ? demanda-t-il.

– Elle devait aller au petit coin, dit Livia. Faire la grosse commission. Ça lui prend un bon moment d'habitude. »

Livia avait vite repris du poil de la bête après le petit déjeuner et retrouvé sa langue. Elle aurait de l'énergie à revendre à la maternelle.

Joakim se cala au fond de son siège et regarda le petit vélo rouge de Livia et le tricycle de Gabriel dans la cour. Sans antivol. On n'était pas dans la grande ville, ici.

Katrine sortit quelques minutes plus tard, éteignit la lumière dans le hall et referma la porte derrière elle. Elle portait un anorak rouge vif avec une capuche en tissu et un pantalon de survêtement bleu. Elle s'habillait souvent en noir à Stockholm mais ici, sur Öland, elle avait commencé à mettre des vêtements plus amples aux couleurs un peu plus gaies.

Elle leur fit au revoir de la main, en donnant au passage une petite tape amicale à la façade peinte en rouge. Elle avait des cernes sombres à cause du manque de sommeil, mais sourit pourtant en direction de la voiture.

C'était chez eux. Joakim agita la main et Katrine lui sourit.

« Allez, on y va, dit Livia sur le siège arrière.

– Vas-y ! Vas-y ! » cria Gabriel en agitant la main en direction de la maison.

Joakim démarra. Les phares illuminèrent la maison. Une fine couche de verglas couvrait le sol, un signe précoce de l'hiver. Il faudrait bientôt qu'il mette ses pneus cloutés.

Livia se dépêcha d'attraper ses écouteurs sur le siège arrière, pour écouter les aventures de Bamse le nounours – on lui avait offert un magnétophone, dont elle avait appris à se servir en quelques minutes. Quand il y avait des chansons, elle laissait Gabriel écouter lui aussi.

Le chemin de gravier qui menait à la grand-route serpentait entre un petit bois de feuillus très touffu et un fossé au bas d'un vieux muret de pierres. Le chemin étroit tournait beaucoup : Joakim roulait au pas, agrippé au volant. Il ne connaissait pas encore tous les virages par cœur.

Au bord de la grand-route, leur toute nouvelle boîte aux lettres en tôle était fichée au bout de son piquet. Joakim marqua un arrêt pour voir s'il apercevait les phares d'autres voitures. Mais tout était sombre et désert dans les deux directions. Aussi désert que de l'autre côté de la route, où s'étendait une tourbière aux teintes brunâtres.

Ils ne croisèrent aucune autre voiture sur la route côtière qui passait par le petit village de Rörby avant de rejoindre Marnäs. Dans le bourg lui-même, il n'y avait pas grand monde dans les rues. La voiture d'un poissonnier les dépassa.

Quelques écoliers d'une dizaine d'années se dépêchaient, leur cartable bringuebalant sur le dos.

Joakim tourna dans la rue principale, jusqu'à la place. Quelques centaines de mètres plus loin, l'école de Marnäs et, dans un enclos avec des toboggans et des bacs à sable, la section de Livia et Gabriel. C'était un bâtiment bas en bois. Une chaude lumière jaune sortait de la baie vitrée.

Plusieurs parents déposaient leurs enfants sur le trottoir, et Joakim se gara derrière eux sans couper son moteur.

Quelques parents le saluèrent de la tête en souriant – après l'article de la veille dans l'*Ölands-Posten*, beaucoup, à Marnäs, le reconnaissaient.

« Attention aux voitures ! dit Joakim. Restez sur le trottoir !

– Salut ! » cria Livia en ouvrant la portière et s'extirpant du siège enfant. Elle ne s'éternisa pas en adieux : elle était habituée aux absences de son père.

Gabriel, lui, ne dit rien. Quand Joakim l'eut aidé à descendre de son siège, il fila.

« Salut ! cria Joakim dans leur dos. À demain ! »

Les portières refermées, Livia était déjà loin, Gabriel sur ses talons. Joakim embraya la première et reprit la route d'Åludden.

Il gara sa voiture à côté de celle de Katrine dans la cour et sortit prendre ses affaires pour la nuit et dire au revoir.

« Il y a quelqu'un ? cria-t-il dans l'entrée. Katrine ? »

Pas de réponse. La maison était absolument silencieuse.

Il alla dans la chambre prendre son sac et ressortit.

Il s'arrêta à nouveau sur le chemin de gravier.

« Katrine ? »

Quelques instants de silence, puis un grattement sourd qui venait de la cour.

Joakim tourna la tête. C'était la grande porte en bois de la grange qui s'ouvrait. Katrine sortit de la pénombre et lui fit signe.

« Salut ! »

Il lui fit signe à son tour avant de s'approcher.

« Qu'est-ce que tu faisais ? demanda-t-il.

– Rien, dit-elle. Tu y vas ? »

Joakim hocha la tête.

« Sois prudent sur la route. »

Katrine se pencha d'un mouvement vif et appuya sa bouche contre la sienne – un baiser chaud dans le froid. Il huma une dernière fois le parfum de sa peau et de ses cheveux.

« Bonjour à Stockholm, dit-elle avec un regard appuyé. À ton retour, je te parlerai du grenier.

– Le grenier ? dit Joakim.

– Le grenier à foin, dans la grange, dit Katrine.

– Qu'est-ce qu'il a de spécial ?

– Je te montrerai demain », dit-elle.

Il la regarda.

« D'accord… j'appelle ce soir de chez Maman. » Il ouvrit la portière de la voiture. « N'oublie pas d'aller chercher nos petits agneaux. »

À huit heures vingt, il était à la station-service, à l'entrée de Borgholm, pour prendre livraison de la remorque de location. Elle était déjà réservée et payée, il n'y avait plus qu'à l'accrocher et se mettre en route.

La circulation se densifia après Borgholm et Joakim se retrouva dans une longue file de voitures – sans doute principalement des insulaires qui faisaient l'aller-retour pour aller travailler à Kalmar, sur la terre ferme. Ils roulaient tranquillement, en bons campagnards.

La route tourna vers l'ouest et, quand la terre disparut, il était sur le pont. Il aimait le traverser, en suspens entre l'île et la terre ferme, très haut au-dessus du détroit. Ce matin-là, la surface de l'eau semblait noire. Il faisait encore très sombre. Une fois de l'autre côté, sur la route de Stockholm, il vit le soleil continuer à s'élever au-dessus de la Baltique. Joakim sentit sa chaleur à travers la vitre de la portière.

Il mit une radio qui diffusait du rock, appuya sur l'accélérateur et s'engagea à grande vitesse vers le nord sur la route côtière. Les villages défilaient. Le trajet était assez sinueux mais beau, même par temps froid et nuageux : épaisses forêts de sapins, bosquets de feuillus le long de la côte, criques et rivières qui se jetaient dans la mer.

Peu à peu, la route obliqua vers l'ouest et quitta la côte pour se diriger vers Norrköping. Juste avant la ville, Joakim s'arrêta pour manger quelques sandwichs au restaurant désert d'un hôtel. Pas moins de sept eaux minérales différentes lui étaient proposées dans un présentoir réfrigéré : suédoise, norvégienne, italienne et françaises – il était décidément revenu à la civilisation, ce qui ne l'empêcha pas de choisir plutôt de l'eau du robinet.

Après manger, il continua vers Södertälje, puis Stockholm. Il atteignit les premiers immeubles des faubourgs de la capitale vers une heure et demie, et la Volvo avec sa remorque se mêla à la cohorte des véhicules de toutes tailles qui se suivaient en longues files devant des entrepôts, des grands ensembles et des gares de banlieue, en route vers le centre.

De loin, Stockholm avait fière allure, majestueuse au bord de la Baltique, dispersée sur des confettis d'îles, mais Joakim ne ressentait pourtant aucune joie à retrouver la ville de son enfance. Tout ce qu'il voyait, c'était les embouteillages, les files de voitures où chacun jouait des coudes pour passer en premier. L'espace manquait pour tout : logement, places de stationnement, crèches – même dans les cimetières ! On encourageait désormais les gens à se faire incinérer, Joakim l'avait lu dans le journal, pour économiser l'espace.

Åludden lui manquait déjà.

L'autoroute se ramifiait à présent en un labyrinthe incompréhensible de ponts et de croisements. Joakim choisit une sortie un peu au hasard et se jeta dans le réseau intriqué des rues du centre-ville avec ses feux rouges, son vacarme de moteurs et ses souterrains. À un carrefour, il se retrouva coincé entre un bus et un camion poubelles. Une femme se frayait un chemin avec une poussette. L'enfant lui demandait quelque chose, mais sa mère regardait droit devant elle, l'air renfrogné.

Joakim avait quelques affaires à régler en ville. En premier lieu, passer dans une petite galerie de peinture d'Östermalm récupérer un paysage, un héritage dont il aurait préféré ne pas assumer la responsabilité.

Le propriétaire n'était pas là, mais sa vieille mère reconnut Joakim. Son reçu en main, elle disparut dans l'arrière-boutique, derrière une porte blindée, pour chercher le Rambe. Il était à l'intérieur d'une caisse en bois plate au couvercle vissé.

« Nous l'avons regardé hier, avant de l'emballer, dit-elle. Absolument magnifique.

– Oui, il nous a manqué, dit Joakim, même si ce n'était pas tout à fait vrai.

– Il reste d'autres toiles de ce peintre, sur Öland ?

– Je ne sais pas. La famille royale en possède une, je crois, mais ça m'étonnerait qu'elle l'expose dans sa résidence de Solliden. »

Le tableau enfermé dans le coffre de sa voiture, Joakim se dirigea vers l'ouest, vers les villas de Bromma. Il était deux heures et demie, la circulation n'était pas encore trop dense. Il ne lui fallut qu'un quart d'heure pour quitter la ville et gagner la Villa des Pommiers.

Contrairement à Stockholm, il revit son ancien domicile avec un pincement au cœur. La maison n'était qu'à quelques centaines de mètres de l'eau, dans un vaste jardin entouré d'épaisses haies de lilas. Il y avait cinq autres villas dans la rue, mais on n'en apercevait qu'une seule, parmi les arbres.

La Villa des Pommiers était une vaste et lumineuse demeure en bois construite au début du XXe siècle pour un directeur de banque mais, avant que Joakim et Katrine ne l'achètent, elle était occupée par une communauté new age : les jeunes héritiers des propriétaires en avaient loué les chambres à des gens visiblement plus soucieux de méditation transcendantale que de menuiserie et de peinture.

Aucun membre de la communauté n'avait jamais pris soin de la maison, et les voisins avaient mené bataille plusieurs années durant pour les faire partir. Quand Joakim et Katrine leur avaient finalement succédé, la villa menaçait ruine et le jardin était presque retourné à l'état de friche – mais ils s'étaient tous les deux attelés à la rénovation de la Villa des Pommiers avec la même énergie que pour leur premier appartement sur Rörstrandsgatan, où une vieille folle de quatre-vingt-deux ans avait vécu avec sept chats.

Joakim travaillait alors comme professeur de travaux manuels et consacrait ses soirées et ses week-ends à la villa, tandis que Katrine avait gardé son demi-poste de professeur de dessin, et passait le reste de son temps à la rénovation.

Ils avaient fêté les deux ans de Livia avec Ethel et Ingrid dans un bric-à-brac de planchers défoncés, de pots de peinture, de rouleaux de papier peint et de ponceuses – sans eau chaude, car la chaudière avait rendu l'âme la veille.

Pour ses trois ans, en revanche, ils avaient pu organiser un anniversaire à l'ancienne sur des planchers fraîchement récurés, avec des murs poncés et tapissés, des escaliers et des rampes restaurés et huilés. Et pour le premier anniversaire de Gabriel, la rénovation était quasiment achevée.

La maison avait à présent retrouvé son apparence de villa Belle Époque, si on faisait abstraction des feuilles mortes et de la pelouse qui n'avait pas été entretenue. Elle n'attendait plus que ses nouveaux propriétaires, les Stenberg – un couple de trentenaires sans enfants qui travaillaient tous les deux en centre-ville mais voulaient vivre en périphérie.

Joakim s'arrêta devant le chemin de gravier et manœuvra pour entrer à reculons, la remorque dans l'axe de la porte du garage. Puis il descendit de voiture et regarda autour de lui.

Le quartier était silencieux. Les seuls voisins dont la villa était en vue étaient les Hesslin, Lisa et Michael Hesslin, qui avaient été de bons amis de Katrine et Joakim – mais il n'y avait cet après-midi aucune voiture dans leur entrée. Ils avaient repeint leur villa cet été, en jaune cette fois. Quand *Demeures de charme* avait publié un reportage sur elle deux ans auparavant, elle était blanche.

En se dirigeant vers le portail en bois et le chemin d'accès à la Villa des Pommiers, Joakim pensa involontairement à Ethel. Presque un an était passé, mais il se souvenait encore de ses cris.

Près de la clôture, un sentier étroit s'enfonçait dans un bosquet. Personne n'avait vu Ethel s'y engager ce soir-là, mais c'était le chemin le plus court pour gagner le bord de l'eau.

Il s'approcha de la maison, les yeux levés vers la façade blanche. La couleur avait gardé son éclat. Joakim se souvenait encore du travail, deux étés plus tôt : tout repeindre à grands coups de pinceau, avec de minces couches d'huile de lin.

Il tourna la clé, poussa la porte et entra. Une fois enfermé à l'intérieur, il demeura immobile.

Il avait lui-même passé ces dernières semaines à nettoyer à fond la maison après le déménagement : il n'y avait toujours pas trace de poussière sur le sol. Tous les meubles, les tapis et les tableaux avaient disparu – mais les souvenirs demeuraient. Ils étaient nombreux. Pendant plus de trois ans, Katrine et lui s'étaient dédiés corps et âme à cette maison.

Dans les pièces à présent silencieuses, il entendait l'écho du marteau et de la scie. Il ôta ses chaussures et s'avança dans le hall. Une vague odeur de détergent flottait encore dans l'air.

Il fit le tour des pièces, sans doute pour la dernière fois. À l'étage, il s'arrêta un instant sur le seuil d'une des deux chambres d'amis. Une petite pièce, avec une seule fenêtre. Des tapisseries blanches et lisses, un sol nu. C'était ici qu'avait dormi Ethel, quand elle vivait chez eux.

Il restait un certain nombre de choses à la cave qui n'avaient pas trouvé place dans le camion du déménagement. Joakim descendit l'escalier raide et étroit, et commença à les rassembler : un fauteuil, quelques chaises, deux matelas, un escabeau et une cage à oiseaux poussiéreuse – souvenir de Willie la perruche, mort voilà des années. Le ménage n'était pas tout à fait fini au sous-sol, mais il restait un de leurs aspirateurs. Il le brancha et vint rapidement à bout du sol en ciment peint, puis passa un coup de chiffon sur les placards et les corniches.

Voilà, la maison était vide et impeccable.

Il rassembla ensuite le matériel d'entretien – l'aspirateur, les seaux, le détergent et les serpillières – au pied de l'escalier de la cave.

Dans son atelier de menuiserie, sur la gauche, pendaient de nombreux outils de rechange. Il les rassembla dans un carton de déménagement. Marteaux, limes, tenailles, chignoles, équerres, tournevis – les visseuses modernes étaient peut-être bien plus pratiques, mais rien ne valait les bons vieux tournevis.

Pinceaux, scies égoïnes, niveau à eau, mètre pliant…

Soudain, Joakim entendit la porte d'entrée s'ouvrir. Un rabot à la main, il se redressa en tendant l'oreille. Une voix de femme :

« Il y a quelqu'un ? Kim ? »

C'était Katrine, elle semblait inquiète. Il l'entendit refermer la porte derrière elle et s'avancer dans le hall.

« En bas ! cria-t-il. Dans la cave ! »

Il écouta. Aucune réponse.

Joakim fit un pas vers l'escalier de la cave et s'arrêta à nouveau, aux aguets. Comme tout semblait plongé dans un silence de mort au-dessus de lui, il monta l'escalier quatre à quatre, tout en réalisant combien il était peu vraisemblable qu'il trouve Katrine dans le hall.

En effet, elle n'y était pas. Le hall était aussi vide qu'il l'avait trouvé en arrivant, une demi-heure plus tôt. La porte d'entrée était fermée.

Il alla tâter la poignée. Elle n'était pas fermée à clé.

« Il y a quelqu'un ? » cria-t-il.

Pas de réponse.

Joakim passa les dix minutes suivantes à fouiller la maison, pièce par pièce – même s'il savait qu'il ne trouverait Katrine nulle part. Enfin, c'était impossible : elle était restée sur Öland.

Pourquoi aurait-elle pris sa voiture pour le suivre jusqu'à Stockholm, sans d'abord appeler ?

Il avait mal entendu. Il devait avoir mal entendu.

Joakim regarda sa montre. Quatre heures et quart. Il faisait déjà presque nuit.

Il sortit son téléphone portable et composa le numéro d'Åludden. Katrine devait être rentrée avec Livia et Gabriel.

Six sonneries, puis sept, huit. Pas de réponse.

Joakim s'efforça de ne pas s'inquiéter tout en rassemblant les derniers outils, les meubles et en chargeant le tout dans la remorque. Quand il eut fini, éteint et verrouillé la villa, il sortit pourtant son téléphone pour composer un numéro local.

« Westin. »

Il trouvait que sa mère, Ingrid, avait toujours un ton inquiet en répondant au téléphone.

« Bonjour Maman, c'est moi.

– Ah, bonjour Joakim. Tu es à Stockholm ?

– Oui, mais…

– Quand arrives-tu ? »

Il entendit clairement sa joie en comprenant que c'était lui et sa déception lorsqu'il lui annonça qu'il ne pourrait pas venir la voir ce soir-là.

« Ah bon ? Il s'est passé quelque chose ?

– Non, non, s'empressa-t-il de dire. Je crois juste qu'il vaut mieux que je rentre à Öland dès ce soir. J'ai un Rambe dans mon coffre et plein d'outils dans ma remorque. Je préfère ne pas laisser tout ça passer la nuit dans la rue.

– Oui, je vois, murmura Ingrid.

– Maman… est-ce que Katrine t'a téléphoné, aujourd'hui ?

– Aujourd'hui ? Non.

– Bien, se dépêcha-t-il de dire. Je me demandais juste.

– Et tu reviens quand ?

– Je ne sais pas, dit-il. Nous habitons Öland, maintenant, Maman. »

La conversation achevée, Joakim rappela aussitôt Åludden.

Toujours pas de réponse. Il était quatre heures et demie.

La dernière chose que fit Joakim avant de se mettre en route fut de passer déposer la clé de la Villa des Pommiers chez l'agent immobilier. Désormais, Katrine et lui n'étaient plus propriétaires à Stockholm.

Il se retrouva sur l'autoroute à l'heure de pointe : il lui fallut plus de trois quarts d'heure pour quitter la capitale. La circulation devint plus fluide aux alentours de six heures moins le quart, et Joakim s'arrêta sur une aire à la hauteur de Södertälje pour appeler encore une fois Katrine.

Quatre sonneries, puis on décrocha.

« Tilda Davidsson. »

C'était une voix de femme – mais ce nom lui était inconnu.

« Allô ? » fit Joakim.

Il avait dû faire un faux numéro.

« Qui est au téléphone ? dit la femme.

– Joakim Westin, articula-t-il lentement. J'habite Åludden.

– Je comprends. »

Elle ne dit rien de plus.

« Ma femme ou mes enfants sont-ils là ? » demanda Joakim.

Silence.

« Non.

– Mais qui êtes-vous ?

– Je suis de la police, dit la femme. Je voudrais que vous…

– Où est ma femme ? » la pressa Joakim.

Nouveau silence.

« Où êtes-vous, Joakim ? Ici, sur l'île ? »

D'après sa voix, la policière semblait jeune et un peu tendue. Elle ne lui inspirait pas tellement confiance.

« Je suis à Stockholm, dit-il. Enfin, j'en reviens… je suis au niveau de Södertälje.

– Donc vous redescendez à Öland ?

– Oui, dit-il. Avec la dernière partie de notre déménagement. » Il voulait avoir l'air le plus cohérent possible pour qu'elle commence à répondre à ses questions. « Pouvez-vous me dire ce qui s'est passé ? Est-ce que quelqu'un…

– Non, l'interrompit-elle. Je ne peux rien vous dire. Mais il faudrait que vous rentriez au plus vite.

– Est-ce que…

– Maintenez votre allure », dit la policière, avant de raccrocher.

Joakim resta figé, le portable silencieux vissé à l'oreille, les yeux perdus sur le parking vide. Les voitures sans passagers qui fonçaient en sifflant sur l'autoroute le balayaient de leurs phares.

Il embraya et se remit en route vers le sud, vingt kilomètres-heure au-dessus de la vitesse limite. Mais quand des images l'assaillirent, celles de Katrine et des enfants qui lui faisaient au revoir de la main devant la maison d'Åludden, il quitta à nouveau l'autoroute et alla garer sa voiture.

Seulement trois sonneries cette fois.

« Davidsson. »

Joakim se dispensa cette fois-ci des formules de politesse :

« C'est un accident ? »

La policière se tut.

« Il faut que vous me disiez ! insista Joakim.

– Vous êtes toujours au volant ?

– Pas en ce moment. »

Quelques secondes de silence, puis vint la réponse :

« Il y a eu une noyade.

– Quelqu'un est… mort ? » demanda Joakim.

La policière se tut à nouveau quelques secondes. Puis elle répondit, comme si elle récitait une leçon :

« Nous ne donnons pas ce genre de renseignement par téléphone. »

Dans la paume de Joakim, le petit appareil semblait peser cent kilos. Les muscles de son bras droit tremblaient.

« Si. Cette fois-ci vous allez le faire, articula-t-il lentement. Je veux un nom. Si un membre de ma famille s'est noyé, vous devez me donner son nom. Sinon je continue à appeler. »

Silence à l'autre bout du fil.

« Un instant. »

La femme disparut à nouveau, l'attente lui sembla durer plusieurs minutes. Joakim grelottait dans sa voiture. Puis il entendit des grésillements dans l'écouteur.

« J'ai un nom, à présent, dit la femme à voix basse.

– Lequel ? »

La voix de la policière était mécanique, comme si elle lisait un texte :

« La personne accidentée s'appelle Livia Westin. »

Joakim retint son souffle et baissa la tête. À peine eut-il entendu qu'il aurait voulu être ailleurs, loin de cet instant, loin de cette soirée.

L'accidentée.

« Allô ? » fit la policière.

Joakim ferma les yeux. Il aurait voulu se boucher les oreilles pour ne plus entendre aucun bruit.

« Joakim ?

– Je suis là. J'ai entendu le nom.

– Bon, alors nous pouvons…

– Encore une question, la coupa-t-il. Où sont Katrine et Gabriel ?

– Chez les voisins, à la ferme.

– Alors j'arrive. J'y vais, maintenant. Dites seulement… dites à Katrine que j'arrive.

– Nous restons là toute la soirée, dit la policière. Quelqu'un sera là pour vous accueillir.

– D'accord.

– Voulez-vous qu'un prêtre soit présent ? Je peux…

– Pas besoin, la coupa-t-il. On va se débrouiller. »

Joakim éteignit son téléphone, démarra et se remit en route à vive allure.

Il ne voulait plus parler à des policiers ou à un prêtre, il voulait au plus vite retrouver Katrine.

Elle était chez les voisins, avait dit la policière. Ça devait être la grosse ferme au sud-ouest d'Åludden, dont les vaches paissaient sur les prairies côtières – mais il n'avait pas leur téléphone, il ne savait même pas le nom de ceux qui y habitaient. Katrine devait avoir fait leur connaissance. Mais pourquoi ne l'avait-elle pas directement appelé ? Était-elle trop choquée ?

Soudain, Joakim se rendit compte qu'il ne pensait pas à la bonne personne.

Il n'y voyait plus. Les larmes avaient commencé à couler le long de ses joues. Vite, il se gara sur la bande d'arrêt d'urgence, alluma ses feux de détresse et s'effondra sur le volant.

Il ferma les yeux.

Livia avait disparu. Le matin même, elle écoutait de la musique sur le siège arrière, et voilà qu'elle avait disparu.

Il renifla et regarda par la vitre. La route était plongée dans le noir.

Joakim pensa à Åludden, et à des puits.

Il devait y avoir un puits. N'y avait-il pas un couvercle de puits dans la cour ?

Des vieux puits au couvercle vermoulu – pourquoi n'avait-il pas vérifié ? Livia et Gabriel allaient et venaient librement entre les bâtiments, il aurait dû parler avec Katrine de ce risque.

Trop tard.

Il toussa et redémarra la Volvo. Désormais il ne s'arrêterait plus.

Katrine attendait.

De retour sur la route, il vit son visage flotter devant lui. Tout avait commencé avec Katrine, quand ils s'étaient rencontrés lors de cette visite d'appartement. Puis Livia était venue.

Assumer la responsabilité de Livia avait été un grand pas, se souvint-il. Ils voulaient tous les deux des enfants, mais pas tout de suite. Katrine voulait faire les choses dans l'ordre. Ils pensaient commencer par vendre l'appartement et acheter une maison en périphérie avant l'arrivée d'un enfant.

Il se rappela comment Katrine et lui avaient parlé d'elle autour de la table de la cuisine, des heures durant.

« Comment va-t-on faire ? disait Katrine.

– J'adorerais m'occuper de ce bébé, avait dit Joakim. Simplement je ne suis pas certain que ce soit le meilleur moment.

– Ce *n'est pas* le meilleur moment, s'était énervée Katrine. Loin de là. Mais c'est comme ça. »

Ils avaient fini par dire oui à Livia. Ils avaient de toute façon acheté une maison et, trois ans plus tard, Katrine était tombée enceinte. Gabriel avait été programmé, à la différence de Livia.

Mais comme il l'avait pressenti, Joakim avait adoré la voir grandir. Adoré sa voix claire, son énergie et sa curiosité.

Katrine.

Comment allait-elle ? Elle l'avait appelé intérieurement, il l'avait entendue.

Joakim passa la vitesse supérieure et appuya sur l'accélérateur. Avec la remorque, il ne pouvait pas se maintenir à l'allure maximale jusqu'à Öland, mais presque.

La priorité absolue à présent était d'arriver le plus vite possible sur l'île, à la maison – de retrouver sa femme et son fils. Il fallait qu'ils soient ensemble.

Il voyait le visage clair de Katrine flotter devant la voiture.

5

Vers huit heures du soir, tout était calme au phare d'Åludden. Tilda Davidsson attendait dans la grande cuisine.

La maison tout entière était plongée dans un silence complet. Même la faible brise marine s'était tue.

Tilda regarda autour d'elle avec la sensation de s'être trompée de siècle. Abstraction faite des appareils électroménagers, on se serait cru à la fin du XIXe. Dans une demeure bourgeoise. La table était en lourd bois de chêne. Sur les étagères, la batterie de cuisine en cuivre, la vaisselle de la Compagnie des Indes et des bouteilles en verre soufflé. Les murs et le plafond étaient blancs, mais les placards et les corniches bleu clair.

Tilda aurait bien aimé trouver chaque matin cette cuisine tout droit sortie d'un livre de Carl Larsson, plutôt que la kitchenette de son studio sur la place de Marnäs.

Elle était restée seule à Åludden. Hans Majner et deux collègues venus de Borgholm sur les lieux de l'accident étaient repartis vers sept heures. Son chef Göte Holmblad les avait accompagnés mais avait fait profil bas et s'était éclipsé dès cinq heures, presque en même temps que l'ambulance.

Joakim Westin, le père de la famille, devait rentrer de Stockholm tard dans la soirée – et Tilda avait été chargée de l'attendre. Elle était la seule à s'être proposée spontanément, pour elle cela allait de soi, et ses collègues s'étaient empressés d'approuver.

Ce n'était pas parce qu'elle était une femme, voulait croire Tilda, mais parce qu'elle était la plus jeune, avec le moins d'ancienneté.

La soirée s'était bien passée. La seule chose qu'elle avait eu à faire de l'après-midi, à part répondre au téléphone et à la radio, avait été de refouler un journaliste de l'*Ölands-Posten* qui voulait s'approcher du lieu de l'accident avec son appareil. Elle l'avait adressé au service de presse de la police, à Kalmar.

Quand les ambulanciers étaient descendus vers le rivage avec leur brancard, elle les avait accompagnés. Elle les avait regardés sortir doucement le corps, entre la jetée et le phare nord. Les bras pendaient, inertes, l'eau coulait des vêtements. C'était le cinquième mort que Tilda voyait en service, mais jamais on ne s'habituait au spectacle de ces corps sans vie sortis de l'eau ou extraits de carcasses de voitures.

C'était également Tilda qui avait répondu au téléphone à Joakim Westin. Il était en principe contraire aux règles de la police d'informer un proche d'un décès par téléphone, mais cela s'était bien passé. Les nouvelles étaient mauvaises – on ne pouvait pas en imaginer de pires – mais la voix de Westin semblait calme et contenue pendant toute la conversation. Parfois, il valait mieux entendre le pire tout de suite.

Fournissez aux victimes et aux proches la meilleure information possible dans les plus brefs délais, c'était ce que Martin lui avait enseigné à l'école de police.

Elle quitta la cuisine et se dirigea vers l'intérieur du corps de logis. Il y avait une vague odeur de peinture. Les pièces voisines de la cuisine, avec leurs papiers peints tout frais et leurs parquets comme neufs, semblaient tout à fait habitées mais, en continuant le long du couloir, elle tomba sur des salles froides et sombres, sans meubles. Cela lui évoqua les taudis qu'elle avait vus quand elle débutait dans la police, des appartements sans chauffage où des gens vivaient comme des rats.

Finalement, Tilda n'aurait pas aimé habiter une maison comme Åludden, surtout pas en hiver. C'était trop grand. Et si la côte était certainement magnifique par beau temps, l'endroit était totalement sinistre un soir comme celui-ci. Marnäs, avec son unique rue commerçante, faisait figure de métropole surpeuplée, comparée à la désolation qui régnait à Åludden.

Elle laissa la lumière allumée, sortit sur la véranda vitrée et ouvrit la porte extérieure.

Un froid humide montait de la mer. Une seule lampe éclairait la cour, une ampoule abritée par un globe fendu qui répandait des reflets jaunes sur les dalles hérissées d'herbes folles.

Tilda se mit à l'abri contre le mur de la grange, près d'un tas de feuilles humides, et sortit son téléphone. Elle avait envie de parler avec quelqu'un, mais elle n'avait pas pu appeler Martin ce soir et maintenant c'était bien trop tard – il était déjà rentré chez lui. Elle composa plutôt le numéro des voisins, la famille Carlsson. La mère répondit après deux sonneries.

« Comment vont-ils ? demanda Tilda.

– Je viens d'aller voir, ils dorment tous les deux, dit Maria Carlsson à voix basse. Ils sont dans notre chambre d'amis.

– Bien, dit Tilda. Combien de temps allez-vous encore veiller ce soir ? Je pensais passer avec Joakim Westin, mais il n'arrivera pas de Stockholm avant trois ou quatre heures.

– Venez, ne vous inquiétez pas. Roger et moi nous attendrons aussi longtemps qu'il faudra. »

En raccrochant, Tilda se sentit de nouveau terriblement seule.

Il était à présent huit heures et demie. Elle envisagea de retourner chez elle, à Marnäs, pour se reposer quelques heures, mais il y avait un gros risque que Westin ou quelqu'un d'autre appelle.

Elle rentra par la véranda.

Cette fois-ci, elle continua dans le couloir et ne s'arrêta que sur le seuil d'une des chambres. Elle était petite, chaleureuse, comme la chapelle claire d'un château obscur. Les papiers peints étaient jaunes avec des étoiles rouges et une dizaine de peluches étaient alignées le long du mur sur des petites chaises en sapin.

C'était sûrement la chambre de la petite.

Tilda entra sur la pointe des pieds et se plaça sur le tapis moelleux, au milieu de la pièce. Elle devina que les parents avaient commencé par aménager les chambres des enfants, pour qu'ils se sentent très vite chez eux à Åludden. Elle songea à celle où elle avait elle-même grandi, une chambrette qu'elle partageait avec un de ses frères dans un appartement de Kalmar. Elle avait toujours eu envie d'une pièce à elle.

Le lit était court mais large, avec une couverture jaune clair et plein de coussins rebondis ornés de dessins : des éléphants, un lion dans son lit avec un bonnet de nuit.

Tilda s'assit au bord du matelas. Il grinçait un peu, mais était moelleux.

La maison était toujours silencieuse autour d'elle.

Elle se pencha en arrière, se cala dans les coussins et laissa son regard errer au plafond. Tandis que ses pensées vagabondaient, la surface blanche se transformait en toile de cinéma où se projetaient ses souvenirs.

Tilda vit Martin apparaître au plafond, tel qu'il était la dernière fois qu'il avait dormi près d'elle. C'était encore dans son ancien appartement de Växjö, voilà presque un mois. Elle espérait qu'il viendrait bientôt la voir ici.

Qu'on se sentait bien dans une chambre d'enfant !

Elle soupira profondément et ferma les yeux.

Si tu ne viens pas à moi, je viendrai à toi…

Tilda se redressa dans un sursaut, le souffle coupé, sans savoir où elle était. Son père était avec elle, elle entendait sa voix.

Elle ouvrit les yeux.

Mais non, son père était bien mort, il était sorti de la route voilà onze ans de cela.

Tilda cligna des yeux, regarda autour d'elle et comprit qu'elle s'était endormie.

Elle sentit l'odeur du bois fraîchement récuré, vit au-dessus d'elle un plafond qui venait d'être repeint : elle comprit qu'elle était sur un petit lit, à Åludden. Aussitôt l'assaillit un désagréable souvenir d'eau ruisselante – l'eau qui avait coulé des vêtements du cadavre, sur le rivage.

Elle s'était endormie dans la chambre d'enfant.

Tilda cligna des yeux pour finir de se réveiller et se dépêcha de regarder sa montre : onze heures dix. Elle avait dormi deux heures et fait de drôles de rêves au sujet de son père. Il lui avait rendu visite dans la chambre d'enfant.

Elle perçut un bruit et leva la tête.

La maison n'était plus silencieuse. Elle entendit de faibles sons qui allaient et venaient, comme des paroles.

Des gens qui parlaient tout bas.

On aurait dit un murmure étouffé. Comme un groupe de personnes en grande conversation, à voix basse, quelque part dehors.

Tilda se leva en silence, avec l'impression d'écouter aux portes.

Elle retint son souffle pour mieux entendre et fit quelques pas, sortit de la chambre d'enfant puis s'arrêta, aux aguets.

Ce n'était peut-être que le vent entre les corps de bâtiment ?

Elle ressortit sur la véranda – et au moment précis où elle pensait enfin pouvoir distinguer les voix à travers la baie vitrée, elles cessèrent d'un coup.

Tout était silencieux et obscur à l'extérieur.

L'instant d'après, une lumière vive balaya la maison – les phares d'une voiture.

Elle entendit le ronronnement sourd d'un moteur approcher et comprit que Joakim Westin était de retour à Åludden.

Tilda jeta un dernier regard à l'intérieur de la maison pour s'assurer que tout était en ordre. Elle songea aux bruits étranges qu'elle avait entendus, avec la vague sensation d'avoir fait quelque chose d'interdit – même s'il lui avait semblé aller de soi d'attendre au chaud dans la maison. Elle enfila ses chaussures et ressortit dans le noir.

Elle gagna l'arrière du bâtiment, où elle trouva la voiture en train de manœuvrer avec sa remorque sur le terre-plein.

Le chauffeur coupa le moteur et sortit. Joakim Westin. Un homme grand et mince d'environ trente-cinq ans, en jean et anorak. Tilda ne distinguait pas son visage dans le noir, mais il lui sembla qu'il lui lançait un regard noir. Il quitta la voiture avec des gestes rapides et tendus.

Il claqua la portière et vint vers elle.

« Bonjour », fit-il.

Il salua d'un signe de tête, sans lui tendre la main.

« Bonjour. » Elle hocha la tête à son tour. « Tilda Davidsson, de la police de proximité… c'est moi que vous avez eue au téléphone. »

Elle aurait préféré avoir son uniforme, ne pas être en civil. Ç'aurait été plus convenable pour un soir aussi sombre.

« Vous êtes seule ? demanda Westin.

– Oui. Mes collègues sont partis, dit Tilda. L'ambulance aussi. »

Ils se turent. Westin restait là, comme indécis, et elle ne trouvait pas quoi lui demander.

« Livia, finit par dire Westin en tournant les yeux vers les fenêtres allumées de la maison. Elle n'est… plus là ?

– On l'a prise en charge, dit Tilda. Ils l'ont emmenée à Kalmar.

– Où c'était ? demanda Westin en se tournant vers elle. Où ça s'est passé ?

– Sur le rivage… près des phares.

– Elle est allée vers les phares ?

– Non, c'est-à-dire… nous ne savons pas encore. »

Le regard de Westin allait et venait entre Tilda et la maison.

« Et Katrine et Gabriel ? Ils sont toujours chez les voisins ? »

Tilda hocha la tête.

« Ils se sont endormis, j'ai téléphoné pour avoir des nouvelles il y a un petit moment.

– C'est là-bas ? dit Westin en regardant la lumière en direction du sud-ouest. La ferme ?

– Oui.

– J'y vais, dit-il.

– Je peux vous y conduire, dit Tilda. Nous pouvons…

– Non merci. J'ai besoin de marcher. »

Il passa devant elle, enjamba un muret de pierres et s'enfonça droit devant lui dans le noir, à grandes enjambées.

Ne jamais laisser seule une personne endeuillée, avait appris Tilda à l'école de police. Elle se hâta de le suivre. Ce n'était pas le moment de tenter de détendre l'atmosphère en posant des questions sur son voyage à Stockholm ou en bavardant de la pluie et du beau temps : elle se contenta de marcher en silence à travers champs vers la lumière qui luisait au loin.

Ils auraient eu besoin d'une lampe de poche ou d'une lanterne, il faisait noir comme dans un four. Mais Westin avait l'air de trouver son chemin.

Tilda croyait qu'il avait oublié sa présence, mais il tourna soudain la tête, pour dire à voix basse :

« Attention… du fil barbelé. »

Il contourna la clôture, en se rapprochant de la grand-route. Tilda entendait à l'est le faible ressac de la mer obscure. On aurait dit des chuchotements, et elle repensa aux bruits qu'elle avait entendus dans la maison. Les voix étouffées qui sortaient des murs.

« Y a-t-il d'autres habitants que vous, à Åludden ? demanda-t-elle.

– Non », lâcha Westin.

Il ne lui demanda pas ce qu'elle voulait dire, et Tilda n'ajouta rien.

Après quelques centaines de mètres, ils tombèrent sur un chemin de gravier qui menait droit à la ferme. Ils passèrent devant une sorte de silo et une rangée de tracteurs. Tilda sentit une odeur de fumier et entendit de faibles meuglements provenant d'une étable sombre, de l'autre côté de la cour.

Ils étaient arrivés devant la maison en brique des Carlsson. Un chat noir dévala l'escalier et se faufila le long de la façade. Westin demanda à voix basse :

« Qui l'a retrouvée ? Katrine ?

– Non, dit Tilda. Je crois que c'est une des dames de l'école. »

Joakim Westin se tourna vers elle et la regarda un long moment, comme s'il ne comprenait pas de quoi elle parlait.

Tilda songea après coup qu'elle aurait dû rester plus longtemps avec lui sur les marches du perron, pour tout de suite tirer ça au clair. Au lieu de quoi elle monta les deux dernières marches et frappa doucement à un des carreaux de la porte-fenêtre.

Au bout de quelques minutes, une femme blonde vêtue d'une jupe et d'un cardigan vint ouvrir. Maria Carlsson.

« Bonjour, entrez, dit-elle à voix basse, je vais les réveiller.

– Vous pouvez laisser dormir Gabriel, dit Joakim. »

Maria Carlsson acquiesça de la tête et retourna dans le hall, lentement suivie par les deux visiteurs. Ils s'arrêtèrent sur le seuil de la grande pièce, à la fois séjour et salle à manger. Des bougies avaient été allumées aux fenêtres, avec de la musique pour flûte en fond sonore.

Une ambiance solennelle d'enterrement, pensa Tilda, comme si c'était ici que quelqu'un était mort, et non près des phares d'Åludden.

Maria Carlsson disparut dans une chambre plongée dans l'obscurité. Au bout de quelques minutes, elle ressortit accompagnée d'une petite fille.

Elle était habillée, en pantalon et T-shirt, serrait une peluche sous son bras et les regarda, l'air endormi et indifférent. Mais en voyant qui était là, elle retrouva bien vite le sourire.

« Bonjour Papa ! » s'écria-t-elle, s'approchant en sautillant.

La fille ne sait rien, comprit Tilda. Personne ne lui a encore dit que sa maman s'est noyée.

Encore plus étrange : le père, Joakim Westin, restait pétrifié sur le seuil, sans aller à la rencontre de sa fille.

Tilda se tourna vers lui et vit qu'il n'était plus renfermé sur lui-même, mais choqué et désemparé – presque terrorisé.

La voix de Joakim Westin était paniquée :

« Mais enfin, c'est Livia, dit-il en regardant Tilda. Et Katrine ? Ma femme, où… où est Katrine ? »

NOVEMBRE

6

Joakim attendait sur un banc en bois devant un bâtiment bas de l'hôpital régional de Kalmar. Le temps était froid et ensoleillé. À côté de lui, un jeune aumônier en anorak bleu, une bible à la main. Les deux hommes se taisaient.

Dans ce bâtiment, il y avait une pièce où Katrine attendait. Une plaque annonçait à l'entrée : CHAMBRE D'ADIEU.

Joakim refusait d'y entrer.

« J'aimerais que vous alliez la voir, lui avait dit l'auxiliaire en l'accueillant. Si vous vous en sentez capable. »

Joakim secoua la tête.

« Je peux vous expliquer ce que vous allez voir, avait-elle continué. L'endroit est digne, respectueux, avec des lumières tamisées et des bougies. La défunte repose sur une civière, avec un drap qui couvre…

– … un drap qui couvre le corps, en laissant voir le visage, compléta Joakim. Je sais. »

Il savait, il avait vu Ethel dans une chambre d'adieu l'année précédente. Mais il ne pouvait pas voir Katrine couchée là. Il baissa les yeux et secoua la tête en silence.

L'auxiliaire avait fini par hocher la tête.

« Attendez ici, alors. Il y en a pour un petit moment. »

Elle disparut dans le bâtiment et Joakim alla s'asseoir dans la faible lumière du soleil d'automne, le regard levé vers le ciel bleu. L'aumônier se tortillait dans son épais anorak, comme si le silence lui pesait.

« Vous étiez mariés depuis longtemps ? finit-il par demander.

– Sept ans, dit Joakim. Et trois mois.

– Vous avez des enfants ?

– Deux. Un garçon et une fille.

– Les enfants sont toujours les bienvenus ici, dit le prêtre à voix basse. Cela peut les aider… à aller de l'avant. »

Joakim secoua à nouveau la tête.

« On va leur épargner ça. »

Nouveau silence. Après quelques minutes, l'auxiliaire revint avec quelques polaroïds et un grand paquet brun.

« J'ai mis un peu de temps à trouver l'appareil », dit-elle.

Elle tendit alors les photos à Joakim.

Il les prit : c'était des gros plans du visage de Katrine. Deux vues de face, deux de profil. Les yeux de Katrine étaient fermés, mais impossible pour Joakim de se dire qu'elle ne faisait que dormir. Sa peau était blanche et sans vie, et elle avait des écorchures noires au front et sur une joue.

« Elle est blessée, dit-il à voix basse.

– C'est la chute, dit l'auxiliaire. Elle a glissé sur les rochers de la jetée et s'est cogné le visage avant de tomber à l'eau.

– Mais elle s'est… noyée ?

– C'est l'hypothermie… Un choc thermique. En cette saison, la Baltique ne dépasse pas les dix degrés, dit-elle. L'eau est entrée dans ses poumons quand elle a coulé.

– Mais elle est tombée à l'eau, dit Joakim à voix basse. Pourquoi est-elle tombée ? »

Aucune réponse.

« Voici ses vêtements, dit l'auxiliaire en lui remettant le paquet brun. Donc vous ne voulez toujours pas la voir ?

– Non.

– Pas lui dire adieu ?

– Non. »

Les enfants s'endormirent chacun dans leur chambre tous les soirs de la semaine qui suivit la mort de Katrine. Ils posaient beaucoup de questions sur son absence, mais finissaient pourtant par s'endormir.

Joakim, lui, couché dans le grand lit, passait des heures et des heures à fixer le plafond. Et quand enfin il s'endormait, il ne trouvait pas le repos. Plusieurs nuits, il refit le même rêve.

Il rêvait qu'il était rentré à Åludden. Il avait été longtemps absent, des années peut-être, mais à présent il était de retour.

Sous un ciel gris, il était sur le rivage, du côté des phares, puis remontait vers la maison. Elle avait l'air à l'abandon, complètement délabrée. La pluie et la neige avaient eu raison de la peinture rouge de la façade, à présent gris clair.

Les fenêtres de la véranda étaient cassées, la porte entrouverte. Tout était noir à l'intérieur.

Les pierres plates de l'escalier qui montait à la véranda étaient déchaussées et fendues. Joakim les gravissait lentement dans le noir.

Il frissonnait et regardait autour de lui dans l'entrée obscure, mais l'intérieur de la maison était dans le même état de délabrement que l'extérieur. Les papiers peints étaient arrachés, des gravats et de la poussière couvraient les parquets, tous les meubles avaient disparu. De la rénovation que Katrine et lui avaient entreprise, il ne restait aucune trace.

Il entendait alors des bruits dans plusieurs des pièces.

De la cuisine provenaient des murmures et des raclements.

Joakim traversait le couloir et s'arrêtait sur le seuil.

À la table de la cuisine, Livia et Gabriel étaient penchés sur un jeu de cartes. Ses enfants étaient toujours petits, mais sur leur visage couraient de fins faisceaux de rides autour de la bouche et des yeux.

Maman est à la maison ? demandait Joakim.

Livia hochait la tête.

Elle est dans la grange.

Elle habite le grenier, dans la grange, disait Gabriel.

Joakim hochait la tête et sortait doucement de la cuisine, à reculons. Ses enfants restaient là, silencieux.

Il ressortait, traversait la cour envahie d'herbe et ouvrait la porte de la grange.

Il y a quelqu'un ? criait-il.

Aucune réponse, mais il entrait pourtant.

Il s'arrêtait devant l'escalier raide qui montait au grenier à foin. Puis il s'y engageait. Les marches étaient froides et humides.

Arrivé en haut, il ne voyait pas de foin, rien que des flaques d'eau sur le plancher.

Katrine était tout au fond, debout contre le mur, de dos. Elle portait sa chemise de nuit blanche, mais trempée.

Tu as froid ? demandait-il.

Elle secouait la tête, sans se retourner.

Qu'est-ce qui s'est passé, sur la plage ?

Ne demande pas, disait-elle en commençant à s'enfoncer entre les fentes du plancher.

Joakim faisait un pas vers elle.

Man-man ? appelait une voix, au loin.

Katrine était immobile contre le mur.

Livia s'est réveillée, disait-elle. *Il faut aller t'occuper d'elle, Kim.*

Joakim se réveilla en sursaut.

Ce bruit n'était pas un rêve. C'était Livia qui appelait.

« Man-man ? »

Il ouvrit grand les yeux dans le noir, mais resta couché. Seul.

Tout était à nouveau silencieux.

Le réveil, sur la table de nuit, indiquait 03 : 15. Joakim était certain de ne s'être assoupi que quelques minutes – pourtant, son rêve sur Katrine avait duré une éternité.

Il ferma les yeux. S'il restait là sans bouger, Livia se rendormirait peut-être toute seule.

La réponse ne tarda pas :

« Man-man ? »

Il sut alors que ce n'était pas la peine d'attendre au lit. Livia était réveillée et continuerait à appeler jusqu'à ce que sa mère vienne se coucher près d'elle.

Joakim se redressa lentement sur son séant et alluma sa lampe de chevet. La maison était froide et la solitude le paralysait.

« Man-man ? »

Bien sûr qu'il devait s'occuper des enfants. Il n'en avait pas envie, n'en avait pas le courage, mais il n'y avait personne avec qui partager cette responsabilité.

Il quitta la chaleur du lit et gagna en silence la chambre de Livia.

Elle leva la tête quand il se pencha sur le lit. Il lui caressa le front, sans rien dire.

« Maman ? murmura-t-elle.

– Non, c'est juste moi, dit-il. Rendors-toi, Livia. »

Elle ne répondit rien, mais se laissa doucement retomber sur l'oreiller.

Joakim resta près d'elle dans le noir jusqu'à ce que sa respiration soit à nouveau régulière.

Il recula alors d'un pas, puis d'un autre. Puis il se tourna vers la porte.

« Pars pas, Papa. »

Sa voix claire et distincte le fit sursauter.

Elle parlait comme si elle était tout à fait réveillée, alors qu'elle n'était encore qu'une ombre dans le lit. Il se tourna lentement vers elle.

« Pourquoi ? demanda-t-il à voix basse.

– Reste », dit Livia.

Joakim ne répondit rien. Il retint son souffle, aux aguets. Sa voix semblait éveillée, pourtant elle avait l'air de dormir.

Après être resté là immobile quelques minutes, il commença à se sentir comme un aveugle dans la pièce obscure.

« Livia ? » chuchota-t-il.

Pas de réponse, mais une respiration tendue, irrégulière. Il savait qu'elle allait bientôt l'appeler à nouveau.

Il eut soudain une idée, qui le mit d'abord mal à l'aise, puis qu'il décida d'essayer.

Il franchit le seuil sur la pointe des pieds et se faufila dans la salle de bains plongée dans l'obscurité. Il avança à tâtons, se cogna contre le grand lavabo et repéra le panier à linge sale, près de la baignoire. Il était presque plein, personne n'avait fait la lessive depuis presque une semaine. Joakim n'avait pas eu le courage.

Il entendit alors dans la chambre de Livia le cri attendu :

« Man-man ? »

Joakim savait qu'elle continuerait à appeler Katrine.

« Man-man ? »

Ce serait la même chose, nuit après nuit. Ça ne finirait jamais.

« Du calme », marmonna-t-il devant le panier de linge sale.

Il souleva le couvercle et commença à fouiller parmi les vêtements.

Les parfums l'assaillirent. La plupart des vêtements au sale étaient *à elle* : les pulls, les pantalons et les sous-vêtements qu'elle avait portés les derniers jours avant l'accident. Joakim attrapa un jean, un pull rouge en laine, une jupe en coton blanc.

Il ne put s'empêcher d'y enfouir son visage.

Katrine.

Il aurait voulu s'attarder parmi les souvenirs intenses qu'évoquaient ces parfums, à la fois doux et douloureux – mais l'appel plaintif de Livia ne lui laissa pas de répit.

« Man-man ? »

Joakim prit le pull rouge. Il passa devant la chambre silencieuse de Gabriel et regagna celle de Livia.

À force de gigoter, elle s'était presque entièrement découverte et maintenant elle était sur le point de se réveiller – elle leva la tête à son arrivée et le dévisagea en silence, désorientée.

« Rendors-toi, Livia, dit Joakim. Maman est là. »

Il posa le pull de Katrine tout près du visage de Livia et lui remonta la couverture jusqu'au menton. Il la borda ensuite soigneusement, lui faisant comme un cocon.

« Rendors-toi, répéta-t-il encore plus bas. »

Elle murmura confusément, cherchant le sommeil, se détendant peu à peu. Sa respiration s'était calmée, elle avait pris dans ses bras le pull de sa maman et enfoui son visage dans la laine. Elle avait abandonné de l'autre côté du lit sa peluche à tête de mouton.

Livia s'était rendormie.

Le danger était passé, et Joakim savait qu'au matin Livia ne se souviendrait même pas s'être réveillée.

Il souffla et s'assit au bord de son lit, la tête basse.

Une chambre plongée dans le noir, un lit, des rideaux tirés.

Il aurait voulu s'endormir d'un sommeil aussi profond que celui de Livia et s'oublier lui-même. Il n'avait plus le courage de penser, était à bout de forces.

Et pourtant, il n'arrivait pas à dormir.

Il repensa à la corbeille de linge sale, aux vêtements de Katrine et, au bout de quelques minutes, il se leva et regagna la salle de bains. La corbeille.

Presque au fond, il trouva ce qu'il cherchait : la chemise de nuit de Katrine, blanche avec un cœur rouge sur le devant. Il la sortit de la corbeille.

Dans le couloir, il s'arrêta en tendant l'oreille devant les deux chambres des enfants, mais tout était calme.

Joakim retourna dans sa chambre, alluma et refit le lit. Il secoua les draps, les lissa, arrangea les oreillers et écarta la couverture. Il se coucha et ferma les yeux en sentant le parfum de Katrine se répandre dans la pièce.

Il tendit la main et toucha le doux tissu.

À nouveau le matin. La sonnerie obstinée du réveil lui fit ouvrir l'œil – ce qui signifiait qu'il avait dormi.

Katrine est morte, se dit-il à lui-même.

Il entendit Gabriel et Livia s'agiter dans leurs lits – puis l'un des deux marcher pieds nus sur le parquet vers la salle de bains – et il réalisa alors qu'il sentait le parfum de sa femme. Ses mains tenaient quelque chose de fin et doux.

La chemise de nuit.

Dans la pénombre, il fixa le vêtement, presque honteux. Il se souvint de ce qu'il avait fait la nuit précédente dans la salle de bains et se dépêcha de le cacher sous la couverture.

Joakim se leva, se doucha, s'habilla, prépara les enfants et leur servit le petit déjeuner. Il les regarda à la dérobée pour voir s'ils le dévisageaient – mais ils étaient tous les deux penchés sur leurs assiettes.

L'obscurité et le froid des matins n'empêchaient pas Livia d'être en pleine forme. Gabriel parti aux toilettes, elle se tourna vers son papa :

« Quand est-ce qu'elle revient, Maman ? »

Joakim ferma les yeux. Il lui tournait le dos, près du plan de travail, se réchauffant les doigts sur sa tasse de café.

La question flottait dans l'air. Il n'en pouvait plus, mais Livia la posait matin et soir depuis la mort de Katrine.

« Je ne sais pas bien, répondit-il lentement. Je ne sais pas quand Maman va revenir.

– Mais *quand* ? » fit Livia en haussant la voix.

Elle attendait sa réponse.

Joakim resta silencieux, mais finit par se retourner. Ce ne serait jamais le bon moment pour lui dire. Il regarda Livia.

« En fait… je crois que Maman ne reviendra pas, dit-il. Elle est partie, Livia. »

Livia le dévisagea.

« Nan, fit-elle d'une voix dure et résolue. Elle n'est *pas* partie.

– Livia, Maman ne…

– Bien sûr que si ! cria Livia par-dessus la table. Elle *va* revenir. Un point c'est tout ! »

Puis elle recommença à manger sa tartine. Joakim baissa les yeux et but son café, vaincu.

Il conduisait les enfants à Marnäs à huit heures le matin, loin du silence qui régnait à Åludden.

Des rires clairs et des cris les accueillirent à l'entrée de la crèche de Gabriel. Joakim était à bout de forces. Il prit son fils dans ses bras d'un geste las pour lui dire au revoir. Gabriel tourna vite les talons pour courir vers les cris joyeux de ses copains, dans la salle de jeux.

L'énergie des enfants s'éteindrait pourtant avec le temps, songea Joakim, ils vieilliraient, blanchiraient, leur peau se flétrirait. Derrière ces visages pleins de vie, il y avait des crânes aux orbites vides.

Il secoua la tête pour chasser ces idées noires.

« Au revoir, Papa ! dit Livia quand il la laissa dans le vestiaire de la maternelle. Maman va revenir, ce soir ? »

C'était comme si elle ne l'avait pas entendu au petit déjeuner.

« Non, pas ce soir, dit-il à voix basse. Mais je viendrai te chercher.

– Tôt ? »

Livia voulait toujours qu'on vienne la chercher tôt – mais quand Joakim arrivait tôt à la maternelle, elle ne voulait jamais quitter ses petits camarades pour rentrer à la maison.

« Bien sûr, dit-il. Je viendrai assez tôt. »

Il hocha la tête en silence, et Livia disparut pour rejoindre les autres enfants. Au même moment, une femme aux cheveux gris passa la tête dans le vestiaire.

« Bonjour Joakim, dit-elle juste en le regardant d'un air triste.

– Bonjour à vous. »

Il la reconnaissait. C'était la directrice, Marianne.

« Comment ça va ?

– Pas très bien », dit Joakim.

Il devait être au bureau des pompes funèbres à Borgholm vingt minutes plus tard, et il se dirigea vers la sortie. Mais Marianne fit un pas vers lui.

« Je comprends, dit-elle. Comme tout le monde, ici.

– Elle en parle ? dit Joakim avec un signe de tête vers la salle de classe.

– Livia ? Oui, elle…

– Je veux dire, elle parle de sa maman ?

– Pas beaucoup. Et nous non plus, d'ailleurs. Je veux dire… » Marianne se tut quelques secondes, avant de poursuivre : « Si vous êtes d'accord, nous n'avons pas changé de comportement vis-à-vis de Livia, par rapport à avant. Elle reste comme tous les autres enfants de la classe. »

Joakim se contenta de hocher la tête.

« Si vous n'étiez pas au courant… c'est moi qui l'ai trouvée, dans l'eau, dit Marianne.

– Ah bon. »

Joakim ne lui demandait rien, mais elle continua quand même, comme si elle avait besoin de lui raconter :

« Il ne restait plus que Livia et le petit Gabriel, ce jour-là… il était cinq heures, et toujours personne n'était venu les chercher. Et personne ne répondait au téléphone. Alors je les ai mis dans ma voiture et nous sommes allés à Åludden. Les enfants se sont précipités à l'intérieur, c'était ouvert… mais la maison était vide et silencieuse. Je suis sortie pour jeter un coup d'œil, et c'est alors que j'ai vu une tache rouge dans l'eau, du côté des phares. Un anorak rouge. »

Joakim écouta tout en se demandant à quoi la tête de Marianne ressemblait, sous sa fine peau. Un crâne assez étroit, se dit-il, avec des pommettes blanches, très hautes.

Elle poursuivit :

« Oui, j'ai vu l'anorak, puis un pantalon… c'est alors que j'ai compris que quelqu'un était tombé à la mer. J'ai appelé les secours puis j'ai couru vers le rivage. Mais j'ai compris que… qu'il était trop tard. C'est si étrange… la veille encore j'avais parlé avec elle. »

Marianne se tut en baissant les yeux.

« Et il n'y avait personne d'autre ? dit Joakim.

– Qu'est-ce que vous voulez dire ?

– Les enfants n'étaient pas là. Ils n'ont pas vu Katrine.

– Non, ils étaient restés dans la maison. Après, je suis allée les déposer chez les voisins. Ils n'ont rien vu.

– Bien.

– Les enfants vivent dans le présent, ils s'adaptent, dit Marianne. Ils… ils oublient. »

En retournant à sa voiture, Joakim était certain d'une chose : il ne voulait pas que Livia oublie Katrine.

Lui non plus. Oublier Katrine serait impardonnable.

HIVER 1884

La flamme du phare nord s'est éteinte cette année-là. À ma connaissance, elle n'a jamais été rallumée depuis.

Ragnar Davidsson m'a pourtant raconté qu'on voit parfois une lueur dans la tour du phare – quand quelqu'un va mourir.

Peut-être s'agit-il d'un feu ancien qui parfois se ravive. Le souvenir d'un grave accident.

Mirja RAMBE

Deux heures après le coucher du soleil, le phare nord d'Åludden s'éteint.

C'est le 16 décembre 1884. La tempête arrivée sur l'île au cours de l'après-midi est à son comble, le fracas du vent et des vagues qui déferlent couvre tous les autres bruits près des phares.

Le gardien de phare Mats Bengtsson s'apprête à sortir dans le mauvais temps pour gagner le phare sud. Il est dehors et regarde en direction du rivage quand il s'aperçoit à travers l'épais rideau de neige qu'il s'est passé quelque chose. Le phare sud clignote comme d'habitude, mais le nord n'éclaire plus – il s'est éteint telle une bougie qu'on souffle.

Bengtsson n'en croit pas ses yeux. Il rebrousse alors chemin dans la cour et remonte en courant le perron du corps de logis. Il ouvre d'un coup la porte du hall.

« Plus de lumière ! crie-t-il vers l'intérieur de la maison. Le Nord est éteint ! »

Bengtsson entend quelqu'un répondre de la cuisine, peut-être sa femme Lisa, mais il ne s'attarde pas au chaud. Il ressort dans la tourmente.

Sur la prairie balayée par le vent qui descend vers le rivage, il doit se plier en avant comme un infirme : il se sent transpercé par le vent arctique.

L'assistant Jan Klackman est seul en haut du phare, il a pris son tour de garde à quatre heures. Klackman est le meilleur ami de Bengtsson. Bengtsson sait qu'il peut avoir besoin d'aide pour rallumer le phare, quelle que soit la situation.

Au début de l'hiver, on a installé une corde tendue sur des piquets de fer pour marquer le chemin jusqu'aux phares : Bengtsson s'y cramponne à présent à deux mains comme à un filin jeté à la mer. Il lutte contre le vent de face jusqu'au rivage, puis s'engage sur la jetée. Il y a là une chaîne pour se tenir, mais les rochers glissants comme du savon sont couverts de glace.

Quand il atteint enfin l'îlot du phare nord, il lève les yeux vers la tour obscure. La lumière a beau être éteinte, il voit une lueur jaune se refléter dans la grande lentille, au sommet de la tour.

Quelque chose brûle là-dedans, ou luit.

Le pétrole. Ce nouveau combustible qui a remplacé le charbon – c'est sûrement le pétrole qui a pris feu.

Bengtsson ouvre la porte métallique et entre dans la tour. La porte se referme en claquant derrière lui. Le vent cesse d'un coup, mais on entend toujours les grondements du tonnerre.

Il monte quatre à quatre l'escalier en colimaçon.

Bengtsson commence à s'essouffler. Il y a cent soixante-quatre marches – il les a grimpées un nombre incalculable de fois, il les a comptées. Pendant l'ascension, il sent la tempête secouer les murs épais pourtant d'un bon mètre. Le phare semble vaciller dans la tourmente.

À mi-chemin, une odeur frappe ses narines.

L'odeur de la chair brûlée.

« Jan ? crie Bengtsson. Jan ! »

Vingt marches plus haut, il trouve le corps. Il gît tête en bas dans l'escalier raide, jeté comme un torchon. Son uniforme noir brûle encore par endroits.

Klackman a dû perdre l'équilibre en haut du phare et renverser du pétrole en feu sur ses vêtements.

Bengtsson monte les dernières marches, ôte son manteau et attaque le feu.

Quelqu'un monte l'escalier derrière lui et Bengtsson crie, sans se retourner :

« Il brûle ! »

Puis il continue d'étouffer le feu sur le corps de Klackman, il le débarrasse du pétrole en feu.

« Ici ! »

Il sent une main sur son épaule. C'est l'assistant Westerberg, il a une corde, qu'il se dépêche de glisser sous les bras de Klackman.

« On soulève ! »

Westerberg et Bengtsson dévalent l'escalier en colimaçon avec le corps fumant de Klackman.

Une fois en bas, on peut reprendre son souffle. Mais Klackman respire-t-il ? Westerberg est venu avec une lampe qu'il a posée par terre. Dans sa lueur, Bengtsson voit combien son ami est grièvement brûlé. Plusieurs de ses doigts ont l'air carbonisés et les flammes ont léché ses cheveux et son visage.

« Il faut le sortir d'ici ! » dit-il.

Ils poussent la porte du phare et sortent en chancelant dans la tempête, chargés de Klackman. Bengtsson inspire à fond l'air glacé. La tempête de neige commence à se calmer, mais les vagues sont toujours menaçantes.

Ils arrivent sur le rivage à bout de forces. Westerberg laisse échapper le pied de Klackman et tombe à genoux dans la neige, hors d'haleine. Bengtsson le lâche aussi, mais se penche vers son visage.

« Jan ? Tu m'entends ? Jan ? »

Trop tard. Le corps de Klackman gît immobile, il a rendu l'âme.

Bengtsson entend des cris et des voix inquiètes qui s'approchent. Il lève les yeux. Il voit le patron de phare Johsson et les autres gardiens se hâter dans la bourrasque.

Derrière eux, les femmes d'Åludden. Bengtsson voit parmi elles l'épouse de Klackman, Anne-Marie.

Il se sent la tête vide. Il faut qu'il lui dise quelque chose, mais que dire quand le pire est arrivé ?

« Non ! »

Une femme accourt. Bouleversée de douleur, elle se jette sur le corps de Klackman, le secoue désespérément.

Mais ce n'est pas Anne-Marie Klackman – c'est Lisa, la femme de Bengtsson, étendue, en pleurs, près du corps sans vie.

Bengtsson comprend que rien n'était comme il le croyait.

Il croise le regard de sa femme quand elle se relève. Lisa a retrouvé ses esprits et a compris ce qu'elle vient de faire, mais Bengtsson se contente de hocher la tête.

« C'était mon ami », dit-il juste avant de tourner les yeux vers le phare éteint.

7

« Alors tu trouves que tout était mieux avant, Gerlof ? » dit Maja Nyman.

Gerlof posa sa tasse de café et réfléchit quelques secondes avant de répondre, comme il le faisait toujours.

« Pas tout. Et pas tout le temps. Mais souvent, en tout cas, les choses étaient… mieux conçues. On avait le temps de réfléchir. Plus maintenant.

– Mieux conçues ? dit Maja. Ah, tu trouves… Tu te souviens du cordonnier, à Stenvik ? Celui qui était au village, quand on était petits ?

– Tu veux dire Paulsson la Galoche ?

– Arne Paulsson, oui, dit Maja. Le pire cordonnier du monde. Il n'avait jamais pu apprendre la différence entre un pied gauche et un pied droit, ou alors il avait décrété que ça ne servait à rien. Alors il ne faisait qu'une seule sorte de chaussure.

– Oui, dit Gerlof à voix basse. Je me rappelle.

– On se rappelle les ampoules, à défaut d'autre chose, dit Maja en souriant. Les sabots de Paulsson serraient les pieds sans pour autant y tenir. On les perdait toujours en courant. Est-ce que ça, c'était le bon vieux temps ? »

Tilda leur tenait compagnie dans la salle à manger de la maison de retraite de Marnäs et écoutait leur conversation, fascinée. Elle avait presque oublié ses soucis professionnels.

Des conversations de ce genre sur les temps anciens devraient être conservées, se dit-elle – mais elle avait laissé son magnétophone sur le secrétaire de Gerlof.

« Bon, d'accord, admit celui-ci en reprenant sa tasse de café. Tout le monde ne réfléchissait pas forcément beaucoup plus loin que le bout de son nez, autrefois. Mais au moins, les gens *réfléchissaient*. »

Vingt minutes plus tard, Tilda était avec Gerlof, dans sa chambre, le magnétophone allumé. Avec le tic-tac de la pendule en bruit de fond, Gerlof commença à raconter son apprentissage de marin sur la Baltique, quand il était adolescent.

Cette maison de retraite n'était pas triste et ennuyeuse, découvrait Tilda – juste paisible. Elle-même se sentait de mieux en mieux dans la petite chambre de Gerlof, car elle arrivait presque à y oublier les événements des derniers jours. Le fiasco d'Åludden.

Mauvais nom, mauvaise information, mauvais accueil – un époux en deuil qui refusait à présent de lui adresser la parole et sans doute un tas de ragots parmi ses collègues, dès ses premiers jours dans la police de proximité.

Et pourtant, l'erreur ne venait pas que d'elle.

Elle s'aperçut soudain que Gerlof avait fini et la regardait.

« Eh oui, dit-il. Tout change. »

La cassette continuait à tourner dans le magnétophone posé sur le guéridon.

« Ça, les temps ont changé, fit-elle à haute voix. Et quand tu repenses au passé… de quoi tu te souviens ?

– Eh bien… pour moi, c'est bien sûr la marine, répondit Gerlof en recommençant à jeter au magnétophone des regards méfiants. Tous ces cotres magnifiques qu'on voyait autour du port de Borgholm. Leur odeur quand on montait à bord… le goudron, la peinture, l'huile de moteur… l'eau croupie en fond de cale et le graillon qui montait de la cambuse.

– Et alors, qu'est-ce qui était le mieux, à cette époque ?

– Le calme… et le silence. On prenait le temps qu'il fallait pour tout. Quand je naviguais sur des cotres à voile, il y avait bien sûr des petits moteurs sur la plupart, mais si on n'avait que des voiles et que le vent tombait, le soir, on n'avait pas le choix. On jetait l'ancre et on attendait le lendemain, que le vent se lève. Et personne ne connaissait précisément la position du cotre, avant le téléphone et les ondes courtes. Un jour, de la côte, on les voyait apparaître et voguer toutes voiles dehors vers leur port d'attache. Alors les femmes de marin pouvaient respirer, pour cette fois, en tout cas. »

Tilda hocha la tête. Elle repensa alors au faire-part de décès erroné de la semaine précédente, et demanda :

« Qu'est-ce que tu sais d'Åludden, Gerlof ?

– Åludden ? Ah, ça, un rayon. Vu de Stenvik, c'était du mauvais côté de l'île, mais ton grand-père était leur voisin.

– Vraiment ?

– Plus ou moins. Sa maison était quelques kilomètres plus au nord. Ragnar y allait pêcher l'anguille, et il était chargé de jeter un œil sur les phares.

– Est-ce qu'il y a des histoires, sur cet endroit ?

– Oh oui, Åludden a toujours eu une certaine réputation, dit Gerlof. On raconte que ses fondations ont été faites avec le granit d'une ancienne chapelle abandonnée, et que le bois qui a servi à la construction vient d'une épave. On parlait déjà de recyclage, à l'époque !

– Pourquoi n'y a-t-il qu'une tour allumée ? demanda Tilda.

– Il y a eu un accident, je crois que c'était un incendie… On avait construit un double phare pour distinguer Åludden d'autres points d'Öland, mais ça a fini par coûter trop cher de maintenir les deux allumés toutes les nuits. Un seul suffisait. » Gerlof réfléchit un moment, avant d'ajouter : « Et puis maintenant, les bateaux sont guidés par satellite, alors on n'en a même plus besoin.

– Les temps modernes, dit Tilda.

– C'est ça. Chaussure droite et chaussure gauche. »

Le silence se fit.

« Tu es allée à Åludden ? » demanda Gerlof.

Tilda hocha la tête. Ils avaient fini de parler de la famille Davidsson, aussi coupa-t-elle le magnétophone.

« J'y étais la semaine dernière, dit-elle alors. Il y a eu une noyade.

– Oui, j'ai lu ça dans l'*Ölands-Posten*. Une jeune femme. C'était bien la mère de la famille qui a racheté la propriété ?

– Oui.

– Et alors, qui l'a retrouvée ? »

Tilda hésita.

« Je crois qu'il vaut mieux que j'évite d'en parler.

– Je comprends. La police s'occupe de l'affaire. Quelle tragédie.

– Oui. Surtout pour le mari et les enfants. »

Tilda finit pourtant par presque tout lui raconter. Comment elle avait été appelée sur les lieux. Comment on avait sorti le corps de l'eau du côté des phares.

« Cette femme, Katrine Westin, était seule. Elle a déjeuné, lancé le lave-vaisselle. Puis elle est descendue sur le rivage, et s'est avancée jusqu'au bout de la jetée. Elle a glissé, ou s'est jetée à l'eau.

– Elle s'est noyée, dit Gerlof.

– Oui. Elle s'est tout de suite noyée, alors qu'il n'y a pas beaucoup de fond à cet endroit.

– Pas partout. C'est plus profond au bout de la jetée, j'ai vu des voiliers venir y mouiller. Est-ce que quelqu'un a assisté à la noyade ? »

Tilda secoua la tête.

« Aucun témoin ne s'est en tout cas manifesté. La côte était déserte.

– La côte d'Öland est presque toujours déserte en hiver, dit Gerlof. Et il n'y avait aucune trace de la présence de quelqu'un d'autre, à Åludden ? Quelqu'un qui aurait pu la pousser à l'eau ?

– Non, elle était seule sur la jetée. Pour l'atteindre, il faut traverser la plage, et il n'y avait aucune autre trace sur le sable. » Tilda regarda le magnétophone. « Et si on parlait de Ragnar ? »

Gerlof n'avait pas l'air de l'écouter. Il se leva péniblement et gagna son secrétaire. Il sortit d'un de ses tiroirs un carnet noir.

« Je note toujours le temps qu'il fait », dit-il. Il le feuilleta jusqu'à la bonne page. « Il n'y avait presque pas de vent ce jour-là. Un à deux mètres par seconde, seulement.

– Oui, quelque chose comme ça. Tout était calme à Åludden.

– Donc les vagues n'ont pas pu effacer d'éventuelles traces, dit Gerlof.

– Non. Il y avait d'ailleurs encore dans le sable les empreintes des chaussures de cette femme. Je les ai vues moi-même.

– Est-ce qu'elle était blessée, d'une manière ou d'une autre ? »

Tilda tarda à répondre. Elle se serait bien passée d'évoquer ces images.

« Je ne l'ai vue que très brièvement, mais elle avait quelques plaies au front.

– Des écorchures ?

– Oui… la chute, sans doute, elle a dû heurter les rochers de la jetée en tombant. »

Gerlof se rassit lentement.

« Des ennemis ?

– Comment ?

– Avait-elle des ennemis, cette femme qui s'est noyée ? »

Tilda soupira.

« Comment je saurais, Gerlof ? Les mamans d'enfants en bas âge ont-elles souvent des ennemis mortels, sur l'île ?

– Je me disais juste…

– Changeons de sujet, maintenant. » Tilda regarda Gerlof d'un air sérieux. « Je sais que tu aimes bien réfléchir à ce genre de choses, mais je ne vais pas parler de ça avec toi.

– Non, non, bien sûr. C'est toi qui es de la police, dit Gerlof.

– De la police de proximité, en effet. Pas la criminelle. » Elle se dépêcha d'ajouter : « D'ailleurs il n'y a pas d'enquête criminelle. Il n'y a aucune trace de meurtre, aucun motif. Son mari n'a pas l'air de croire à l'accident, mais il est lui-même incapable de dire qui aurait pu avoir une raison de la tuer.

– Oui, oui, dit Gerlof. C'était juste histoire de réfléchir. C'est que j'aime ça, comme tu disais.

– Bon. Mais maintenant, il faut continuer l'enregistrement. »

Gerlof resta silencieux.

« Je lance le magnétophone. D'accord ? dit Tilda.

– De la mer, peut-être ? dit Gerlof.

– Quoi ?

– Et si quelqu'un avait longé la côte en bateau, pour venir mouiller à Åludden ? Alors, il n'y aurait aucune trace dans le sable. »

Tilda soupira.

« Bon, je n'ai plus qu'à partir à la recherche d'un bateau. » Elle le regarda, et demanda : « Gerlof, tu les trouves pénibles, ces séances d'enregistrement ? »

Gerlof hésita.

« J'ai un peu de mal à parler des disparus de la famille, finit-il par dire. J'ai l'impression qu'ils sont là, et que les murs ont des oreilles.

– Je crois qu'ils seraient fiers.

– Peut-être. Peut-être pas, dit Gerlof. Ça dépend ce qu'on raconte sur eux.

– C'est surtout de Grand-Père que nous parlons, dit Tilda.

– Je sais. » Gerlof hocha gravement la tête. « Mais peut-être qu'il écoute, lui aussi.

– C'était dur de l'avoir pour grand frère, Ragnar ? »

Gerlof resta silencieux quelques secondes.

« Il avait son caractère. Il était sacrément rancunier. S'il sentait que quelqu'un l'avait trompé, il ne faisait plus jamais affaire avec cette personne… Il n'oubliait jamais quand on lui avait manqué.

– Je ne me souviens pas de lui, dit Tilda. Papa s'en souvenait à peine. En tout cas, il n'en parlait jamais. »

Nouveau silence.

« Ragnar est mort de froid pendant une tempête d'hiver, reprit Gerlof. On a retrouvé le corps au sud de chez lui. Ton père t'a raconté ça ?

– Bien sûr, c'est quand même lui qui a trouvé Grand-Père. Il devait bien sortir pêcher ? C'est ce que Papa m'a raconté.

– Ce jour-là, il avait posé des filets fixes pour la pêche à l'anguille, dit Gerlof, et quand le vent s'est levé, il s'est échoué au cap d'Åludden. Il était chargé de surveiller l'endroit, les gens l'ont vu du côté des phares. Les vagues ont dû disloquer son bateau, car Ragnar a longé la plage pour rentrer chez lui… c'est alors qu'est venue la tourmente. Ragnar est mort dans la neige.

– Personne n'est mort à coup sûr avant d'avoir été réchauffé, dit Tilda. Des gens retrouvés gelés, sans pouls sous la neige se sont parfois réanimés une fois mis au chaud.

– Qui dit ça ?

– Martin.

– Martin ? Qui est-ce ?

– Mon… petit ami », dit Tilda.

Elle regretta aussitôt ces mots. Martin n'aurait pas apprécié.

« Alors comme ça tu as un petit ami ?

– Oui… enfin, façon de parler.

– Petit ami, ça me va. Martin comment ?

– Martin Ahlquist.

– Bien, et il habite sur l'île, ton Martin ? »

Mon Martin, songea Tilda.

« Il vit à Växjö. Il est enseignant.

– Mais il vient te voir de temps en temps, j'espère ?

– J'espère bien. Il en a été question.

– Bien. » Gerlof sourit. « Tu as l'air amoureuse.

– Ah oui ?

– Tu t'éclaires quand tu parles de ton Martin, ça fait plaisir à voir. »

Il sourit d'un air encourageant. Elle sourit à son tour.

Tout semblait si simple, quand elle parlait de Martin avec Gerlof, pas de complications.

8

Livia s'endormait tous les soirs blottie contre le pull rouge de Katrine, et Joakim avec sa chemise de nuit sous l'oreiller. Rien de plus apaisant.

La vie continuait à Åludden, au ralenti. Il fallait conduire et aller chercher les enfants à Marnäs tous les jours, Joakim s'en acquittait. Entre les deux, il restait sept heures seul à la maison, sans pourtant qu'on le laisse tranquille. Les pompes funèbres l'appelaient plusieurs fois par jour avec des questions sur l'enterrement et il devait quant à lui faire toutes sortes de démarches administratives pour que soit enregistré le décès de Katrine. Les membres de leurs deux familles téléphonaient, des amis de Stockholm envoyaient des fleurs. Plusieurs tenaient même à être présents à l'enterrement.

Joakim aurait aimé pouvoir couper le téléphone et s'enfermer à Åludden. Arrêter les frais.

Bien sûr, ce n'était pas le travail qui manquait pour la rénovation de la maison, l'entretien du jardin, de la façade aussi – mais au fond, tout ce qu'il voulait, c'était rester couché, sentir le parfum des vêtements de Katrine en fixant le plafond blanc.

Et puis il y avait la police. S'il avait eu le courage, il aurait essayé de trouver un responsable des enquêtes internes, si une telle personne existait – mais c'était au-dessus de ses forces.

La seule à se manifester avait été cette jeune fonctionnaire de la police de proximité, Tilda Davidsson.

« Je suis désolée. Terriblement désolée. »

Elle ne lui avait pas demandé comment il allait, avait juste continué à présenter ses excuses pour la confusion des noms. Elle avait lu un papier avec le mauvais nom – c'était un malentendu.

Un malentendu ? Joakim était rentré chez lui pour consoler sa femme, et il l'avait trouvée morte.

Il avait écouté Davidsson en silence, répondu par monosyllabes, sans poser d'autres questions. La conversation avait été courte.

Il s'était ensuite assis devant l'ordinateur pour rédiger un courrier à l'*Ölands-Posten*, dans lequel il rendait compte de ce qui s'était passé après la mort de Katrine. Il concluait en résumant :

Pendant plusieurs heures, j'ai cru que ma fille s'était noyée et que mon épouse vivait, alors que c'était le contraire. Est-ce trop demander à la police de faire la différence entre les vivants et les morts ?

Je ne le pense pas. Nous, les proches, sommes en droit de l'exiger.

Joakim W*ESTIN, Åludden*

Comme il s'y attendait, aucun responsable ne se manifesta.

Deux jours plus tard, il rencontra Åke Högström, le pasteur de Marnäs qui devait enterrer sa femme.

« Et vous n'avez pas trop de mal à dormir ? demanda le prêtre autour du café, après avoir une dernière fois récapitulé le déroulement de la cérémonie.

– Ça va. »

Il essaya de se remémorer ce qu'ils avaient prévu. Ils avaient téléphoné à l'organiste pour choisir les psaumes, mais il avait déjà oublié les titres.

Le pasteur de Marnäs, la cinquantaine souriante, avait une barbiche, une veste noire et un polo gris. Les murs de son bureau, dans le presbytère, étaient couverts de rayonnages où s'entassaient des livres de toutes sortes. Sur sa table, une photo de lui, hilare, brandissant un brochet.

« Vous n'êtes pas gêné par la lumière du phare ? demanda-t-il alors.

– Quelle lumière ?

– Ce clignotement permanent, la nuit, le signal du phare d'Åludden ? »

Joakim secoua la tête.

« On doit s'habituer, dit Högström. Ça doit être à peu près comme avoir les lumières de la circulation sous ses fenêtres. Vous viviez au centre de Stockholm avant, n'est-ce pas ?

– En proche banlieue. »

Simple bavardage, pour essayer de détendre l'atmosphère. Pourtant, chaque mot coûtait à Joakim.

« Bien. Ce sera donc le psaume 289 pour commencer, le psaume 256 après la cérémonie proprement dite et le psaume 297 pour la sortie, récapitula Högström. C'est bien ce que nous avions décidé, n'est-ce pas ?

– Ce sera très bien. »

Une dizaine de personnes arrivèrent de Stockholm la veille de l'enterrement : la mère de Joakim, son oncle, deux cousins et quelques amis proches. Ils se déplaçaient avec précaution à travers la grande maison, parlaient surtout entre eux. Livia et Gabriel étaient tout excités de voir ces visiteurs, mais ne demandèrent pas ce qu'ils venaient faire.

La cérémonie eut lieu à onze heures un jeudi à l'église de Marnäs. Les enfants n'étaient pas là – Joakim les avait déposés comme d'habitude à la maternelle à huit heures, sans rien leur dire. Pour eux, c'était un jour comme les autres. Lui, par contre, était rentré à Åludden enfiler son costume noir et s'étendre encore une fois sur le lit double.

Le tic-tac de l'horloge arrivait du couloir : Joakim se souvint que c'était sa femme qui l'avait remontée. Elle n'aurait plus dû marcher, maintenant que Katrine avait disparu, et pourtant si.

Il fixa le plafond de la chambre en songeant à tout ce que Katrine avait laissé d'elle dans cette maison. Il crut l'entendre qui l'appelait.

Une heure plus tard, assis sur un banc inconfortable, Joakim fixait une grande peinture murale. Elle représentait un homme de son âge cloué sur un instrument de torture romain : une croix.

L'église de Marnäs avait une voûte élevée, emplie d'échos. Le bruit des pleurs étouffés flottait dans la nef.

Joakim était au premier rang. À côté de lui, sa mère, en voile de deuil, pleurait, tête baissée, en reniflant discrètement. Lui, il savait qu'il ne pleurerait pas du tout, de même qu'il n'avait pas versé une larme à l'enterrement d'Ethel, l'année précédente. Ça venait toujours après, tard dans la nuit.

À onze heures moins deux, la porte de l'église s'ouvrit et une femme grande et large d'épaules entra à grands pas. Elle portait une cape noire et un voile de deuil qui lui cachait les yeux, mais ses lèvres étaient maquillées d'un rouge vif. Le bruit de ses talons sur les dalles de pierre fit se retourner beaucoup de têtes. La femme s'avança et s'installa au premier rang, à droite de l'allée, à côté des quatre demi-frères et demi-sœurs de Katrine.

C'était leur mère et celle de Katrine : Mirja Rambe. La belle-mère de Joakim, l'artiste peintre, la chanteuse. Il ne l'avait pas revue depuis son mariage, sept ans plus tôt. À la différence d'alors, elle semblait aujourd'hui à jeun.

Au moment précis où Mirja s'asseyait, les cloches se mirent à sonner.

Moins de quarante-cinq minutes plus tard, c'était fini. Joakim ne se souvenait pas de ce qu'avait bien pu dire le pasteur, ni quels psaumes avaient été chantés. Pendant toute la cérémonie, sa tête avait été remplie de vagues qui déferlaient et d'eau qui ruisselait.

Après, dans la maison paroissiale, de l'autre côté du cimetière glacial, une foule de gens s'approchèrent pour lui parler.

« Je suis vraiment désolé, Joakim, dit un barbu en lui tapant sur l'épaule. On l'aimait beaucoup. »

Joakim le regarda mieux et soudain le reconnut – c'était son oncle de Stockholm.

« Merci… merci beaucoup. »

Il n'y avait pas grand-chose d'autre à dire.

Plusieurs autres personnes présentes voulaient lui passer une main dans le dos ou le prendre gauchement dans leurs bras. Il les laissa faire, il était leur peluche.

« C'est tellement horrible… je lui ai parlé il y a seulement quelques jours », dit à Joakim une jeune fille de vingt-cinq ans, en pleurs.

Derrière le mouchoir avec lequel elle s'essuyait les yeux, il reconnut la petite sœur de Katrine. On l'appelait Tournesol, se souvint-il. Mirja avait donné à chacun de ses cinq enfants des deuxièmes noms bizarres : pour Katrine, c'était Clair de Lune – elle détestait.

« Et elle était tellement plus gaie, continua Tournesol.

– Je sais… elle était contente que nous nous soyons installés ici.

– Oui, et elle était aussi contente d'avoir des nouvelles de son père. »

Joakim la regarda.

« Son père ? Katrine n'a jamais eu de contact avec lui.

– Je sais, dit Tournesol. Mais Maman a écrit un livre où elle parle de lui. »

Elle se remit à pleurer, le prit dans ses bras et rejoignit ses frères et sœurs.

Joakim aperçut alors Albin et Viktoria Malm, des amis de Stockholm, assis à une table en compagnie des Hesslin, leurs voisins de Bromma.

Il vit aussi sa mère, seule avec sa tasse de café à une autre table, mais n'alla pas lui tenir compagnie.

En se retournant, il vit de l'autre côté de la pièce le pasteur Högström en grande conversation avec une petite femme aux cheveux gris. Il les rejoignit.

Högström tourna vers lui son regard bienveillant.

« Joakim, dit le pasteur. Comment ça va ? »

Joakim se contenta de hocher plusieurs fois la tête. C'était une réponse convenable, qui pouvait signifier tout et son contraire. La petite bonne femme lui adressa un sourire crispé et hocha la tête à son tour, mais elle non plus ne savait pas trop quoi dire. Elle recula alors discrètement de deux pas et s'éclipsa.

C'est comme ça avec les gens en deuil, songea Joakim, ils sentent la mort et il vaut mieux les éviter.

« J'ai réfléchi à quelque chose, dit-il gravement à Högström.

– Ah oui ?

– Si on entend quelqu'un appeler à l'aide, ici, sur l'île, alors qu'on se trouve soi-même à des centaines de kilomètres de là, sur le continent, qu'est-ce que cela peut bien signifier ? »

Le pasteur le regarda, interloqué.

« À des centaines de kilomètres de là… mais comment pourrait-on donc l'entendre ? »

Joakim secoua la tête.

« Et pourtant c'est ce qui s'est passé, dit-il. J'ai entendu ma femme… Katrine, au moment de sa mort. Je me trouvais alors à Stockholm, mais je l'ai entendue au moment où elle s'est noyée. Elle m'a appelé. »

Le pasteur regarda le fond de sa tasse.

« Vous avez peut-être entendu quelqu'un d'autre ? »

Il avait baissé la voix, comme s'ils parlaient de choses interdites.

« Non, dit Joakim. C'était Katrine.

– Je comprends.

– Je *sais* que c'est elle que j'ai entendue, dit Joakim. Et qu'est-ce que cela signifie ?

– Qui sait, qui sait ? se contenta de répondre Högström avec une légère tape sur son épaule. Reposez-vous, Joakim. Nous pouvons en reparler dans quelques jours. »

Puis il se retira.

Joakim resta planté devant une annonce affichée au mur : une collecte de dons organisée par l'église en faveur des irradiés de Tchernobyl. Dix ans s'étaient écoulés depuis la catastrophe.

NOTRE PAIN QUOTIDIEN POUR LES VICTIMES DES RADIATIONS, en grosses lettres.

Notre Tchernobyl quotidien, pensa Joakim.

Le soir finit par arriver, et il se retrouva à Åludden. Cette longue journée allait s'achever.

Dans le corps de logis, Livia et Gabriel s'apprêtaient à aller au lit avec leur grand-mère. Lisa et Michael Hesslin se tenaient dans la cour, près de leur voiture. Il était tard et ils avaient encore une longue route jusqu'à Stockholm, mais ils avaient tenu à raccompagner Joakim jusqu'à Åludden.

« Merci d'être venus, dit Joakim.

– C'est normal », dit Michael en accrochant son porte-habit à l'arrière de la voiture.

Le silence s'installa, un silence tendu.

« Tu viendras bientôt nous voir à Stockholm, hein ? dit Lisa. Ou à Gotland, avec les enfants, dans notre maison de vacances.

– Pourquoi pas ?

– On s'appelle, Joakim », dit Michael.

Joakim hocha la tête. Gotland lui disait déjà plus que Stockholm – il ne voulait plus jamais y retourner.

Lisa et Michael montèrent dans leur voiture, et Joakim recula d'un pas sur le gravier pour les regarder partir.

La voiture s'engagea sur la route. Quand elle eut disparu, Joakim se tourna vers les phares.

Sur son petit îlot, le phare sud projetait à la surface de l'eau sa lumière rouge clignotante. Mais la tour nord, le phare de Katrine, n'était qu'une colonne noire dressée dans la nuit. Il n'y avait vu qu'une seule fois de la lumière.

Après s'être plusieurs fois trompé, il finit par trouver le sentier de la plage, qu'il avait plusieurs fois emprunté avec Katrine et les enfants pendant l'automne.

Il entendait la mer dans la nuit, sentait le vent glacé. Prudemment, il s'approcha de l'eau, franchit les touffes d'herbe du rivage, la bande de sable, et s'avança sur les rochers qui protégeaient les phares des vagues.

La houle était comme une lente respiration dans le noir, ce soir-là, songea Joakim. Comme Katrine quand ils faisaient l'amour – elle l'attirait à elle dans le lit, le tenait fort et respirait dans son oreille.

Elle était plus forte que lui. C'était Katrine qui avait décidé qu'ils s'installeraient ici.

Joakim se rappela la beauté de cette côte, la première fois qu'ils étaient venus. C'était une belle journée de printemps ensoleillée, début mai, Åludden ressemblait à un palais de bois perché au-dessus du rivage.

Après avoir visité la maison, Katrine et Joakim étaient descendus main dans la main par un étroit sentier à travers des champs d'anémones en fleur.

Sous le ciel immense de la côte, les îlots plats au nord semblaient flotter, magiques, couverts d'herbe nouvelle. Partout, des oiseaux : des vols de gobe-mouches, des bécasses et des alouettes volubiles. Des petits groupes de morillons noir et blanc nageaient autour des phares et, plus près du rivage, des canards et des grèbes.

Joakim se rappelait le visage de Katrine dans la lumière vive du soleil.

Ah, je veux rester ici ! s'était-elle exclamée.

Il frissonna. Il s'avança alors précautionneusement sur le dernier rocher de la jetée et plongea son regard dans l'eau noire.

Elle s'était tenue là.

Les traces dans le sable montraient que Katrine s'était rendue seule sur la jetée. Puis elle était tombée ou s'était jetée à l'eau, avant de couler rapidement.

Pourquoi ?

Il ne trouvait pas de réponse. Il savait juste qu'au moment où Katrine se noyait, il se trouvait dans un sous-sol à Stockholm et l'avait entendue entrer.

Joakim l'avait entendue appeler. Il en était certain, et cela voulait dire que le monde était encore plus incompréhensible qu'il ne le croyait.

Après être resté environ une demi-heure dans le froid, il rentra.

Sa mère, Ingrid, était la seule de la famille à être restée après l'enterrement. Il la trouva assise à la cuisine. Il lui fit peur en arrivant, elle se tourna vers lui, une ride inquiète au front. Cette ride n'avait fait que se creuser ces dernières années, d'abord avec la maladie de son mari, puis chaque fois qu'Ethel revenait à la maison en pleine crise.

« Bon, les derniers sont partis, dit Joakim. Les enfants se sont endormis ?

– Oui, je crois. Gabriel a bu son biberon de bouillie et s'est endormi d'un coup. Mais Livia était inquiète… elle s'est redressée pour m'appeler la première fois que j'ai essayé de m'éclipser. »

Joakim hocha la tête et alla mettre de l'eau à chauffer pour le thé.

« Parfois, elle fait semblant de dormir, dit-il. C'est pour nous tester.

– Elle a parlé de Katrine.

– Ah oui ? Tu veux du thé ?

– Non merci, ça ira. Mais elle fait ça, d'habitude ?

– Pas au moment de s'endormir.

– Qu'est-ce que tu lui as dit ?

– Sur Katrine ? Pas grand-chose. J'ai dit… que Maman était partie.

– Partie ?

– Qu'elle était partie ailleurs, pour un moment… comme quand moi j'étais resté à Stockholm et que Katrine était déjà ici avec les enfants. Je n'ai pas le courage de leur en dire plus pour le moment. » Il regarda Ingrid, soudain inquiet. « Et toi, qu'est-ce que tu lui as dit, ce soir ?

– Rien. C'est à toi de le faire, Joakim.

– Oui, je le ferai. Quand tu seras partie. Lorsqu'il n'y aura plus que moi et les enfants ici. »

Maman est morte, Livia. Elle s'est noyée.

Quand y serait-il prêt ? C'était aussi impossible que de donner une gifle à Livia.

« Vous allez revenir, maintenant ? » demanda Ingrid.

Joakim la dévisagea. Il savait qu'elle voulait qu'il abandonne, mais feignit pourtant l'étonnement.

« Revenir ? À Stockholm, tu veux dire ? »

Quitter Katrine ? pensa-t-il.

« Euh… oui… c'est que j'y habite, moi, dit Ingrid.

– Je n'ai plus rien à moi à Stockholm, dit Joakim.

– Tu peux encore racheter la villa de Bromma, non ?

– Je ne peux rien acheter, dit-il. Je n'ai pas l'argent, même si je voulais. Tout est allé dans cette maison.

– Mais tu pourrais la vendre… »

Ingrid se tut et regarda autour d'elle dans la cuisine.

« Vendre Åludden ? dit Joakim. Qui voudrait de cette maison, à présent ? Il faut d'abord la retaper… c'est ce que nous devions faire ensemble, Katrine et moi. »

Sa mère regarda par la fenêtre sans rien dire, l'air renfrogné. Puis elle demanda :

« Cette femme, à l'enterrement, celle qui est arrivée en retard… c'était bien la mère de Katrine ? L'artiste ? »

Joakim hocha la tête.

« C'était Mirja Rambe.

– Oui, il me semblait bien la reconnaître, je l'avais vue à votre mariage.

– Je ne savais pas si elle viendrait.

– Quand même, dit Ingrid. C'était sa fille.

– Mais elles n'avaient presque plus aucun contact. Je ne l'avais pas revue une seule fois depuis le mariage.

– Elles étaient fâchées ?

– Non… Mais je ne crois pas non plus qu'elles s'entendaient particulièrement bien. Elles s'appelaient de temps en temps, mais Katrine ne parlait presque jamais de Mirja.

– Elle habite par ici ?

– Non. À Kalmar, je crois.

– Tu ne vas pas la contacter ? Tu devrais, il me semble.

– Je ne crois pas, dit Joakim. Mais on se croisera peut-être un de ces jours. L'île est un mouchoir de poche. »

Il regarda par la fenêtre vers la cour plongée dans l'obscurité. Il ne voulait voir personne. Il voulait s'enfermer une bonne fois pour toutes ici, à Åludden, pour ne plus jamais en sortir. Il ne voulait pas chercher un nouveau poste d'enseignant, ni continuer la restauration de la maison.

Il voulait juste passer le restant de sa vie à dormir, auprès de Katrine.

9

Nuit de novembre sans pluie, mais froide, brumeuse, sombre. Seule clarté, une pâle demi-lune voilée par une mousseline de nuages.

Un temps à cambriolages.

La villa, sur la côte nord-ouest de l'île, avait été construite au bord de la falaise très récemment, un ou deux ans plus tôt. C'était une maison d'architecte, avec beaucoup de bois et de verre. Commandée par des estivants bien trop riches, pensa Henrik. Il se souvint que son grand-père appelait les riches continentaux « Stockholmois », d'où qu'ils viennent.

« Hubba bubba ! dit Tommy en se grattant le cou. On y va ! »

Freddy et Henrik lui emboîtèrent le pas sur la montée de gravier qui conduisait à la villa. Ils étaient tous les trois en jeans et blousons noirs, Tommy et Henrik portaient aussi chacun un sac à dos noir.

Avant de se mettre en route vers le nord, les frères Serelius avaient eu une nouvelle séance de planche ouija dans la cuisine de Henrik, à Borgholm. À dix heures et demie, ils avaient allumé trois bougies et Tommy avait installé la planche sur la table de la cuisine, avec le gobelet posé au centre.

Le silence s'était installé, dans une atmosphère de plus en plus chargée.

« Il y a quelqu'un ? » demanda Tommy, le doigt sur le gobelet.

La question resta en l'air dix ou quinze secondes, puis le gobelet tressaillit et se déplaça sur le côté. Il s'arrêta sur le mot OUI.

« C'est Aleister ? »

Le gobelet de bougea pas.

« Est-ce que c'est un bon soir, Aleister ? » demanda Tommy.

Le gobelet resta quelques secondes encore sur OUI.

Puis il commença à indiquer des lettres.

« Écris ! » siffla Tommy à Henrik.

Henrik nota, avec une sensation froide et désagréable au ventre.

Å-L-U-D-D

Le gobelet finit par s'immobiliser au milieu de la planche. Il baissa les yeux vers le papier, pour lire ce qu'il avait écrit.

« ÅLUDDEN ÅLUDDEN ŒUVRES D'ART ÅLUDDEN TOUT SEUL ALLER LÀ-BAS », lut-il.

« Åludden ? dit Tommy. C'est quoi cette connerie ? »

Henrik regarda la planche.

« Je connais… c'est un phare.

– Et il y a pleins d'œuvres d'art, là-bas ?

– Moi, j'ai rien vu. »

Vers minuit, Henrik et les frères Serelius s'étaient garés derrière un cabanon de pêche, à cinq cents mètres, puis, cachés parmi les rochers de la plage, avaient attendu que les dernières lumières s'éteignent aux grandes baies vitrées de l'étage. Ils avaient encore laissé passer presque une demi-heure, pris chacun une dose d'amphétamines avant de rabattre leurs cagoules et de se diriger vers la villa.

Henrik avait un peu froid, mais son pouls s'était accéléré sous l'effet des cristaux. Plus grand le risque, plus vive l'excitation. Un soir comme celui-ci, il ne pensait presque pas à Camilla.

Le ressac sur les galets étouffait leurs pas et c'est presque sans bruit qu'ils gravirent la pente rocheuse.

Le terrain était entouré d'une clôture métallique, mais Henrik savait qu'il y avait une grille ouverte du côté de la mer. Ils se retrouvèrent très vite tapis dans l'ombre au pied de la villa.

La porte vitrée coulissante du rez-de-chaussée était fermée par une simple serrure. Henrik sortit de son sac à dos un marteau et un crochet. Un petit coup sec et elle sauta.

La porte grinça un peu quand Tommy la fit coulisser, mais le bruit n'était pas beaucoup plus fort que le sifflement du vent.

Pas d'alarme.

Tommy glissa sa tête cagoulée dans l'embrasure de la porte. Puis il se tourna pour faire un signe de tête à Henrik.

Pendant que Freddy restait à faire le guet, ils entrèrent tous les deux au chaud. Le bruit du ressac disparut, les ombres de la maison les entourèrent.

Ils s'avancèrent sur le béton peint d'un vaste sous-sol. Une table au milieu de la pièce, une table de billard. Il y avait beaucoup de bibelots.

Comme un soldat de commando, Tommy fit signe de se séparer. Henrik hocha la tête et partit vers la gauche. Dans la longueur de la pièce, un bar avec une dizaine de bouteilles alignées. Cinq non encore ouvertes, que Henrik glissa doucement une à une dans son sac. Puis il continua, après l'escalier en bois qui menait à l'étage.

Il arriva à une petite salle avec un canapé de cuir, devant un téléviseur et un magnétoscope. Il les porta l'un après l'autre à Freddy. Il revint ensuite jeter un coup d'œil sous le canapé.

Il y avait là-dessous quelque chose de brillant. Un sac de golf ?

Il se pencha et tira vers lui avec quelque difficulté une bâche pliée. Dessus, un équipement de plongée complet : palmes, bouteilles, détendeurs, combinaison noire. L'équipement paraissait neuf, peut-être acheté l'été dernier pour un adolescent qui avait voulu apprendre à plonger pour tromper son ennui, avant de changer d'avis.

Sur la bâche, il y avait aussi un vieux fusil de chasse.

L'arme semblait bien entretenue, avec une crosse en bois poli et une bandoulière en cuir huilé. Une petite boîte rouge de cartouches était posée à côté.

Henrik prit une chose à la fois. Il commença avec les bouteilles et tomba sur Tommy qui venait de déposer à la porte un écran d'ordinateur.

Tommy hocha la tête d'un air satisfait en voyant les bouteilles.

« C'est pas fini », chuchota Henrik en repartant.

Il prit le reste de l'équipement de plongée sous un bras et revint, le fusil à l'épaule. Il avait mis la boîte de cartouches dans son sac. À la porte coulissante, il trouva Tommy en train de porter un vélo d'appartement, qui avait lui aussi l'air neuf, mais Henrik fit non de la tête.

« Pas de place, chuchota-t-il.

– Mais si, dit Tommy. On le dévisse et... »

Un bruit sourd dans le noir.

Suivi de pas. Ils venaient de l'étage.

« Il y a quelqu'un ? cria une voix d'homme.

– Laisse tomber le vélo ! » siffla Henrik.

Ils détalèrent en même temps. La porte coulissante, la pelouse, puis la grille, jusqu'à la plage. Tous les trois croulaient sous la charge, mais la fourgonnette n'était pas bien loin.

Henrik posa son butin, puis reprit son souffle en regardant autour de lui. Toutes les fenêtres de la villa étaient à présent éclairées, mais personne n'avait l'air de les poursuivre.

« Chargez ! » cria Tommy, qui enleva sa cagoule et s'installa au volant.

Il mit le contact, sans allumer les phares.

Henrik et Freddy se dépêchèrent de tout caser dans le coffre, sacs à dos, téléviseur, équipement de plongée... Ils avaient réussi à tout emporter, à l'exception du vélo. Henrik avait toujours le fusil à l'épaule.

Tommy appuya sur l'accélérateur et la fourgonnette démarra. Une fois remonté sur la route goudronnée, il fila vers le sud, en longeant la côte. Il attendit d'être hors de vue de la villa pour allumer ses phares.

« Prends la route est, dit Henrik.

– De quoi t'as peur ? dit Tommy. Des barrages routiers ? »

Henrik secoua la tête.

« Vas-y quand même. »

Il était à présent une heure et demie, mais Henrik était en pleine forme, il sentait son pouls battre très fort. Ils avaient réussi. Ils avaient trouvé de l'or sur la côte. C'était presque comme avant, comme à l'époque des virées avec Morggy.

« Il faudra recommencer, dit Tommy, une fois sur la grand-route. Putain, c'était trop facile !

– Assez facile, dit Henrik, à côté de lui. On les a quand même réveillés.

– On s'en fout, dit Tommy. Qu'est-ce qu'ils pouvaient faire ? On était plus rapides. Ni vu, ni connu. »

En voyant surgir un panneau qui indiquait une sortie, Tommy pila. Puis braqua le volant.

« Où tu vas ?

– Un dernier truc. Un coup facile, avant qu'on se casse. »

Un grand bâtiment blanc en pierre apparut parmi les arbres à gauche de la route. Long, étroit, éclairé par des projecteurs.

Une église, vit Henrik.

C'était l'église médiévale de Marnäs. Il se souvint vaguement que les parents de sa mère s'y étaient mariés voilà des décennies.

« C'est ouvert ? » demanda Tommy en contournant le mur du cimetière. Il continua une dizaine de mètres sur un chemin de gravier le long de l'église et s'arrêta à l'abri de quelques gros arbres. « D'habitude, il n'y a qu'à entrer.

– Pas en pleine nuit, dit Henrik.

– Et alors ? On n'a qu'à forcer la porte. »

Henrik secoua la tête pendant que Tommy garait la fourgonnette.

« Je ne marche pas, dit-il.

– Et pourquoi ?

– Ce sera sans moi. »

Henrik n'avait pas l'intention de parler du mariage de ses grands-parents maternels. Il se contenta de regarder fixement Tommy, qui hocha la tête.

« Ok, alors tu restes à faire le guet… mais si on trouve quelque chose, ce sera pour nous. Pour moi et mon frangin. »

Tommy prit le sac à dos avec les outils, claqua la portière et disparut dans le noir en direction de l'église, suivi de Freddy.

Henrik se pencha en arrière et attendit. L'obscurité était compacte sous les arbres. Il songea à sa grand-mère, qui avait grandi dans la région.

La portière s'ouvrit brusquement. Henrik sursauta.

C'était Freddy. Ses yeux brillaient comme après un casse particulièrement réussi et il s'emballa :

« Mon frangin arrive tout de suite. Mais mate ça ! C'était dans une armoire de la sacrost… sacaris… Putain, comment ça s'appelle ?

– La sacristie, dit Henrik.

– À ton avis, ça peut valoir combien ? »

Henrik regarda les vieux chandeliers que lui montrait Freddy. Quatre, apparemment en argent. Les avait-on allumés au mariage de ses grands-parents ? Il y avait des chances.

Tommy venait d'arriver, en sueur, tout excité. Quand il sauta sur le siège passager, on entendit un tintement joyeux.

« Vas-y, démarre ! dit-il à Henrik. Il faut que je compte ça. »

Il tenait un sac plastique, dont il vida le contenu entre ses jambes. Un tas de pièces et de billets.

« Leur tronc était en bois, dit-il en riant. Juste à l'entrée, il n'y avait qu'à le dégommer à coups de pied.

– Des billets de cent ! s'exclama Freddy, penché entre les deux sièges.

– Attends, je vais les compter, dit Tommy en regardant Henrik. Mais n'oublie pas que c'est notre fric.

– Gardez-le », murmura Henrik.

Il ne se sentait plus bien du tout. C'était dégueulasse d'aller piquer dans une église de l'argent destiné à des retraités, des lépreux en Somalie, ou n'importe quoi d'autre. Dégueulasse. Mais c'était fait.

« Qu'est-ce que c'est ce truc ? » demanda Tommy en se penchant.

Il avait trouvé le fusil, sous le siège.

– C'était dans la villa, dit Henrik.

– Oh putain ! » Tommy le souleva. « Un vieux Mauser. Les collectionneurs les recherchent, mais les gens continuent de chasser avec. Ils sont fiables. »

Il examina le canon avec curiosité et tira la culasse.

« Eh, vas-y mollo, dit Henrik.

– T'inquiète… il y a la sécurité.

– Alors comme ça tu t'y connais en armes ?

– Sûr, dit Tommy. On est des vieux chasseurs d'élan. Quand le paternel n'était pas saoul, on était tout le temps en forêt.

– Alors il vaut mieux que tu t'en occupes », dit Henrik.

Il démarra sans allumer les phares. Il fit demi-tour et sortit doucement de sous les arbres.

« Ça commence à bien faire, dit-il une fois revenu sur la route.

– Quoi ?

– Ces virées. J'en ai bientôt ma claque.

– Il faut encore en faire quelques-unes. Disons quatre.

– Deux, dit Henrik. Encore deux virées avec vous.

– Ok. Et lesquelles ? »

Henrik resta silencieux derrière le volant.

« Des endroits que je connais, finit-il par dire. Un presbytère où il pourrait y avoir des bijoux. Et puis peut-être Åludden.

– Åludden ? dit Tommy. C'est le tuyau d'Aleister. »

Henrik hocha la tête, même s'il était convaincu que c'était Tommy qui avait bougé le gobelet sur la tablette, pas Aleister.

« Il faudra aller voir s'il avait raison, dit Tommy.

– Oui… mais après, stop. »

Henrik fixait la route déserte, l'air renfrogné. Putain. Ces types étaient complètement barges – rien à voir avec Morggy.

Il aurait dû se donner plus de mal pour empêcher le dernier cambriolage.

Voler dans les églises portait malheur.

10

« La police est de retour à Marnäs et nous tenons à l'œil tous les voyous au nord d'Öland. Je veux que tout le monde le sache. »

Le commissaire Holmblad était éloquent, se dit Tilda en l'écoutant, et il avait l'air d'aimer se mettre en avant. Il balaya du regard la douzaine d'auditeurs rassemblés dans la rue en plein vent glacé devant la nouvelle antenne de police de Marnäs – des journalistes, des collègues et peut-être deux ou trois habitants – et poursuivit son discours d'inauguration :

« La police de proximité est une police d'un genre nouveau, plus proche des gens… on pourrait la comparer aux gardes champêtres d'autrefois, qui connaissaient tout le monde là où ils travaillaient. Notre société est aujourd'hui plus complexe, les réseaux plus nombreux, mais nos policiers placés au nord d'Öland sont bien préparés. Ils travailleront de concert avec les associations et les entreprises, avec une attention toute particulière pour la délinquance juvénile. »

Le chef de la police de proximité marqua une pause. « Des questions ?

– Qu'allez-vous faire pour les graffitis sur la place ? dit une personne âgée dans le public. C'est vraiment lamentable.

– La police arrête tous les taggeurs qu'elle prend sur le fait, répondit Holmblad. Nous sommes habilités à les fouiller et à saisir leurs bombes de peinture – et sur ce sujet, nous appliquons bien entendu la tolérance zéro. Mais le vandalisme est aussi l'affaire de l'école et des parents.

– Et les voleurs, alors ? demanda une autre voix d'homme. Tous ces cambriolages dans les maisons de vacances et les églises ?

– Lutter contre les cambriolages est aussi une mission de la police de proximité, dit Holmblad. Notre priorité est de trouver et d'arrêter leurs auteurs. »

Tilda était plantée telle un mannequin derrière son chef, raide comme un piquet, le regard braqué droit devant elle. Elle était la seule femme présente, mais aurait voulu être ailleurs qu'à Marnäs ce jour-là. Elle aurait aussi préféré être quelqu'un d'autre – en tout cas pas dans la police. Engoncée dans son uniforme trop épais, elle étouffait.

Et elle ne voulait pas être si près de son nouveau collègue, Hans Majner.

Joakim Westin, le père de la famille qui vivait à Åludden, avait publié dans l'*Ölands-Posten* trois jours plus tôt un courrier critiquant la façon dont la police avait confondu sa femme noyée et sa fille vivante. Il n'avait désigné personne nommément mais, depuis ce courrier, Tilda avait l'impression que les gens la regardaient différemment dans les rues de Marnäs, comme s'ils la toisaient, la jugeaient. Et, hier soir, Holmblad l'avait appelée pour lui demander d'aller avec lui à Åludden présenter ses excuses.

« … et pour finir, j'ai ici deux choses pour nos nouveaux policiers de proximité, Hans Majner et Tilda Davidsson. Les clés des locaux et ceci… » Le commissaire Holmblad saisit un paquet brun posé à ses pieds. Il l'ouvrit et en sortit une peinture à l'huile représentant un voilier, un trois-mâts affrontant une rude tempête en pleine mer. « C'est un cadeau de la part du commissariat de Borgholm... une sorte de symbole : nous sommes tous dans le même bateau. »

Holmblad remit solennellement le tableau et deux trousseaux de clés à Majner et Tilda. Majner ouvrit la porte de l'antenne de police et invita d'un geste de la main tous les présents à entrer.

Tilda s'effaça pour laisser les hommes entrer d'abord.

L'antenne de police était impeccable avec son parquet flambant neuf. Au mur, des cartes d'Öland et de la Baltique. Holmblad avait commandé quatre pains-surprise aux crevettes, présentés avec du café entre les bureaux de Majner et Tilda.

Plusieurs piles de papiers encombraient déjà le bureau de Tilda. Elle prit une des chemises plastique et s'approcha de son collègue.

Majner était en train de manger des petits sandwichs près de son bureau. Il parlait avec deux collègues de Borgholm qui riaient de quelque chose qu'il venait de dire.

« Hans, tu as un moment ?

– Mais bien sûr, Tilda. » Majner sourit à ses collègues et se tourna vers elle. « C'est à quel sujet ?

– J'aimerais te parler de ton message.

– Lequel ?

– Au sujet du décès, à Åludden. » Tilda l'attira un peu à l'écart. « Tu reconnais ceci, n'est-ce pas ? »

Elle tenait le papier qu'elle avait mis dans la chemise dès le lendemain du drame. C'était une preuve.

Trois noms y étaient inscrits, à l'encre. Dans l'ordre : LIVIA WESTIN, KATRINE WESTIN et GABRIEL WESTIN.

Près du nom de Livia, une croix : †

« Eh bien ? dit Majner en hochant la tête. Ce sont les noms que le central d'urgence m'a transmis.

– C'est ça, dit Tilda. Et tu devais indiquer le nom de la personne qui s'était noyée. C'est moi qui te l'avais demandé. »

Majner ne souriait plus.

« Et alors ?

– Tu as mis la croix devant celui de Livia Westin.

– Et alors ?

– Mais c'était une erreur. C'est la mère, Katrine Westin, qui s'est noyée. »

Majner embrocha quelques crevettes sur la pointe de sa fourchette et les porta à sa bouche. Il avait l'air de se désintéresser complètement de la conversation.

« D'accord, dit-il en mâchant les crevettes. Une erreur. Même nous autres les policiers nous en commettons parfois.

– Oui, mais c'est ton erreur, dit Tilda. Pas la mienne. »

Majner la dévisagea.

« Alors tu n'as pas confiance en moi ? dit-il.

– Si, mais…

– Très bien, dit Majner. Et souviens-toi que…

– Alors, vous faites connaissance ? » les interrompit une voix.

Le commissaire Holmblad s'était approché. Tilda hocha la tête.

« On essaye, dit-elle.

– Bien. N'oubliez pas que nous avons une visite à faire après ça, Tilda. »

Holmblad hocha la tête en souriant, puis continua en direction du journaliste de l'*Ölands-Posten*.

Majner donna une légère tape sur l'épaule de Tilda.

« C'est important de pouvoir compter sur un collègue, Davidsson, dit-il. Vous n'êtes pas d'accord ? »

Elle hocha la tête.

« Bien, dit Majner. À tort ou à raison… un policier doit savoir qu'il aura toujours des renforts. En cas de coup dur. »

Il lui tourna le dos et rejoignit ses collègues.

Tilda resta plantée là – elle aurait décidément voulu être ailleurs.

« Et bien voilà, Davidsson, dit Göte Holmblad une demi-heure plus tard, une fois trois des pains-surprise mangés et le quatrième mis au frigidaire. Voilà, nous pouvons aller à notre petit rendez-vous. Prenons ma voiture. »

Le chef de la police et Tilda s'étaient retrouvés seuls dans l'antenne à peine inaugurée. Hans Majner avait été un des premiers à partir.

À ce stade, Tilda avait décidé de ne même plus essayer de l'apprécier.

Elle coiffa son képi, ferma le bureau à clé et suivit Holmblad jusqu'à sa voiture.

« Nous ne sommes pas tenus de faire une visite de ce genre, expliqua Holmblad une fois dans la voiture. Mais Westin a téléphoné à Kalmar en demandant à me parler, à moi ou à un autre responsable, aussi j'ai pensé qu'il serait bon d'aller le voir directement. » Il démarra, quitta le trottoir où il s'était garé et poursuivit : « Ce qui compte, c'est d'éviter qu'il dépose une plainte et qu'il y ait une enquête interne. Les visites de ce genre n'ont rien d'officiel, mais elles permettent généralement de dissiper les malentendus.

– J'ai appelé Westin quelques jours après l'accident, dit Tilda, mais à ce moment-là, il n'avait pas l'air d'avoir très envie de parler.

– Je peux essayer de le raisonner cette fois-ci, dit Holmblad. Ça se passera peut-être un peu mieux. Attention, il ne s'agit pas de s'excuser, mais juste de…

– Je n'ai aucune raison de m'excuser, dit Tilda. L'erreur sur la personne ne vient pas de moi.

– Ah non ?

– C'est un collègue qui m'a transmis un papier avec le mauvais nom. Je me suis contentée de lire.

– Ah oui ? Mais vous savez bien qu'il ne faut pas annoncer les décès au téléphone. Nous devons collectivement endosser la responsabilité de cette bourde.

– C'est aussi l'avis de ce collègue », dit Tilda.

Ils sortirent de Marnäs et longèrent la côte vers le sud, en direction d'Åludden. La route était complètement déserte, ce soir-là.

« Ça fait longtemps que je pense à acheter une maison sur l'île, dit Holmblad en jetant un œil vers les prairies du bord de mer. Ici, sur la côte est.

– Ah oui ?

– C'est tellement beau.

– Oui, dit Tilda. Ma famille vient de par ici, des villages autour de Marnäs. Du côté de mon père.

– Ah bon ? Et c'est pour ça que vous êtes revenue ?

– C'est une des raisons, dit Tilda. Le travail m'intéressait, aussi.

– Le travail, ça…, dit Holmblad. C'est aujourd'hui que commencent les choses sérieuses. »

Quelques minutes plus tard apparut le panneau jaune d'Åludden, et Holmblad s'engagea sur le chemin sinueux.

On distinguait à présent les phares, avec la lumière rouge. Cette fois-ci, Tilda voyait la grande propriété à la lumière du jour, même si le soleil était voilé par des nuages gris.

Holmblad manœuvra sur le terre-plein et arrêta sa voiture devant le corps de logis.

« Souvenez-vous, lui dit-il, que vous n'êtes pas forcée de parler, si vous n'en avez pas envie. »

Tilda hocha la tête. La moins gradée n'a qu'à se taire. Exactement comme quand elle était petite, à table, avec ses deux grands frères.

À la lumière du jour, Åludden semblait plus accueillant, même si elle trouvait toujours la maison trop vaste pour s'imaginer y vivre.

Holmblad frappa à la porte-fenêtre de la cuisine. Elle s'ouvrit au bout d'une minute.

« Bonjour, dit Holmblad. Eh bien, nous voilà. »

Le visage de Joakim Westin semblait encore plus gris, trouva Tilda. Elle savait qu'il avait trente-cinq ans, mais il en paraissait cinquante. Son regard était sombre et las. Il hocha juste la tête en direction de Holmblad, et rien pour Tilda, même pas un regard.

« Entrez. »

Westin disparut dans la pénombre, et ils le suivirent à l'intérieur. Tout était bien rangé dans la maison, bien propre, pas de moutons, mais en regardant autour d'elle, Tilda eut l'impression que tout était recouvert d'une pellicule grise.

« Du café ? demanda Westin.

– Oui, volontiers », dit Holmblad.

Westin alla s'occuper de la cafetière.

« Vous êtes maintenant seul, ici… vous et les enfants ? demanda Holmblad. Pas de parents ?

– Ma mère est venue nous voir, dit Westin, mais elle est rentrée à Stockholm. »

Silence. Holmblad rajusta son uniforme.

« Pour commencer, nous aimerions vous dire combien nous sommes désolés… ce genre d'erreur ne devrait pas arriver, dit-il. Les règles à suivre en cas de décès n'ont pas été correctement appliquées.

– Je suis bien d'accord, dit Westin.

– Oui, nous sommes désolés. Mais…

– J'ai cru que c'était ma fille, dit Westin.

– Pardon ?

– J'ai cru que ma fille s'était noyée. Je l'ai cru pendant plusieurs heures, tout le trajet entre Stockholm et Öland. Et ma seule consolation… ce n'était bien sûr pas grand-chose, mais ma seule consolation était que ma femme Katrine serait là à mon arrivée, plus triste encore que moi. Alors j'aurais en tout cas pu essayer de la consoler, tout le reste de notre vie. » Westin fit une pause, puis continua, à mi-voix : « Au moins nous aurions été là l'un pour l'autre. »

Il se tut, le regard perdu par la fenêtre.

« Oui, encore une fois, nous sommes désolés, dit Holmblad. Mais le mal est fait, on ne peut pas revenir là-dessus, juste veiller à ce que cela ne se reproduise pas. Je veux dire dans une situation analogue. »

Westin semblait à peine écouter. Quand Holmblad se tut, il regarda ses mains en demandant à voix basse :

« Et comment va l'enquête ?

– L'enquête ?

– L'enquête de police. Sur la mort de ma femme.

– Mais il n'y a pas d'enquête, se dépêcha de dire le chef de la police. Il n'y a enquête ou instruction préliminaire qu'en cas de suspicion de meurtre, ce qui n'est pas le cas. »

Westin leva les yeux de la table.

« Donc, ce qui s'est passé n'a rien d'inhabituel ?

– Évidemment, ce n'est pas habituel, dit Holmblad, mais… »

Westin prit son élan et continua :

« Le matin, ma femme m'a dit au revoir devant la maison. Puis elle est retournée décaper des fenêtres. Après quoi elle s'est préparé à déjeuner avant de descendre sur la plage. Et elle est allée au bout de la jetée sauter à la mer. Ça semble normal ?

– Rien ne dit qu'il s'agissait d'un suicide, dit Holmblad. Mais, comme je disais, il n'y a aucune suspicion de meurtre. Si par exemple elle avait bu quelques verres de vin au déjeuner avant de s'aventurer sur des rochers glissants…

– Est-ce que vous voyez une seule bouteille, ici ? » le coupa Westin.

Tilda regarda autour d'elle. En effet, pas une bouteille dans la cuisine.

« Katrine ne buvait jamais, continua Westin. Jamais une goutte d'alcool. Vous auriez pu le contrôler, à l'autopsie.

– Oui, mais…

– Je ne bois pas non plus. Nous n'avons pas du tout d'alcool ici.

– Peut-on vous demander pourquoi ? dit Holmblad. Vous êtes religieux ? »

Westin le regarda, outragé. La question était peut-être déplacée, se dit Tilda.

« Nous avons vu les méfaits de l'alcool et des drogues, finit-il par dire. Pas de ça chez nous.

– Je comprends, dit Holmblad. »

Le silence s'installa dans la grande cuisine. Tilda regarda par la fenêtre en direction des phares et de la mer. Elle songea à Gerlof, avec son insatiable curiosité.

« Votre femme avait-elle des ennemis ? » demanda-t-elle soudain.

Du coin de l'œil, elle vit Holmblad la regarder comme si elle surgissait soudain du néant.

Joakim Westin sembla lui aussi surpris par cette question. Pas fâché, juste surpris.

« Non…, dit-il. Aucun de nous deux n'a d'ennemis. »

Il sembla pourtant à Tilda qu'il hésitait, comme s'il cachait quelque chose.

« Donc personne ne l'avait menacée, ici, sur l'île ? »

Westin secoua la tête.

« Pas que je sache… Katrine a vécu ici seule avec les enfants ces derniers mois. Je ne venais de Stockholm que les week-ends. Mais elle ne m'a jamais parlé de rien de ce genre.

– Donc elle semblait comme d'habitude avant sa mort ?

– Plus ou moins, dit Joakim en regardant dans sa tasse de café. Un peu fatiguée et déprimée, peut-être… Katrine trouvait pénible de rester seule ici pendant que je restais travailler à Stockholm. »

Nouveau silence.

« Je peux utiliser vos toilettes ? » dit Tilda.

Westin hocha la tête.

« Après le hall, c'est à droite dans le couloir. »

Tilda sortit de la cuisine et trouva sans difficulté : elle avait déjà eu l'occasion de visiter.

L'odeur de peinture fraîche s'était un peu dissipée à présent, la maison semblait un peu plus habitée.

Dans le couloir qui conduisait aux chambres était accroché un nouveau tableau. C'était une peinture à l'huile, un paysage gris – cela ressemblait au nord d'Öland en hiver. Une tempête de neige s'abattait sur l'île en brouillant tous les contours. Tilda ne se souvenait pas avoir jamais vu une représentation de l'île aussi sombre et sinistre, et elle resta un moment devant le tableau avant de continuer vers la salle de bains.

Elle était petite mais chaleureuse, toute carrelée, avec un épais tapis bleu et une baignoire à l'ancienne montée sur des pattes de lion en fonte. Elle revint ensuite par le couloir, passant devant les portes fermées des chambres des enfants. Elle s'arrêta devant la porte entrouverte de la pièce suivante.

Un coup d'œil ?

Tilda glissa la tête et aperçut une petite chambre à coucher avec un lit double. Un petit bureau jouxtait le lit, avec une photo encadrée de Katrine Westin faisant un signe par une fenêtre.

Puis Tilda vit les vêtements.

Une douzaine de cintres chargés de vêtements de femme pendaient aux murs comme des tableaux.

Des pulls, des pantalons, des débardeurs, des corsages.

Le lit double était soigneusement fait, avec une chemise de nuit autour d'un des oreillers – comme si elle attendait que sa propriétaire vienne l'enfiler à la nuit tombée.

Tilda regarda un moment cette curieuse collection de vêtements avant de ressortir de la chambre.

En approchant de la cuisine, elle entendit la voix du chef de la police de proximité :

« Eh bien, nous n'avons plus qu'à retourner à nos devoirs. »

Göte Holmblad avait fini son café et s'était levé de table.

L'atmosphère semblait à présent plus détendue. Joakim Westin se leva à son tour et jeta un bref regard à Tilda et son chef.

« Bon, dit-il. Merci d'être passés.

– Pas de quoi, dit Holmblad, avant d'ajouter : Vous avez bien évidemment toujours la possibilité de porter plainte dans cette affaire, je tiens à ce que vous le sachiez, mais, au sein de la police, nous apprécierions bien sûr que… »

Westin secoua la tête.

« Je n'irai pas plus loin… ça suffit. »

Il les raccompagna jusqu'à leur voiture. Sur le perron, il leur serra la main à tous les deux.

« Merci pour le café », dit Tilda.

La nuit tombait, il y avait dans l'air une odeur de feuilles brûlées. En contrebas, sur la plage, clignotait la lumière du phare.

« Notre ami fidèle, dit Westin en montrant de la tête le faisceau.

– Devez-vous vous occuper des phares d'une façon ou d'une autre ? demanda Holmblad.

– Non, ils sont automatisés.

– J'ai entendu dire que les pierres qui ont servi à leur construction provenaient d'une vieille chapelle abandonnée, dit Tilda avec un geste vers les bois, au nord. Là-bas, vers le cap. »

Elle eut l'impression d'en faire trop, de jouer au guide touristique – mais, de fait, Westin sembla intéressé.

« Qui vous a raconté ça ?

– Gerlof, dit Tilda, en expliquant : C'est le frère de mon grand-père, à Marnäs, il en connaît un rayon sur Åludden. Si vous voulez en savoir plus, je pourrai lui demander de...

– Bien sûr, dit Westin. Dites-lui de passer un jour prendre le café, lui aussi. »

Une fois dans la voiture, Tilda se tourna vers le large corps de logis. Elle songea à toutes les pièces vides qu'il contenait. Puis aux vêtements pendus aux murs de la chambre à coucher.

« Il ne va pas bien, dit-elle.

– Évidemment, dit Holmblad. Il est en deuil.

– Je me demande comment ça se passe avec les enfants.

– Les petits enfants oublient assez vite », dit Holmblad.

Il s'engagea sur la route côtière en direction de Marnäs et jeta un regard à Tilda.

« Dans la cuisine, dit-il tout à coup, vous avez posé quelques questions... inattendues, Davidsson. C'était dans un but particulier ?

– Non... c'était plutôt une façon d'établir le contact.

– Oui, et ça a peut-être marché.

– Nous aurions peut-être pu lui poser davantage de questions.

– Comment ça ?

– Je crois qu'il avait des choses à raconter.

– Quel genre ?

– Je ne sais pas, dit Tilda. Peut-être… des secrets de famille.

– Tout le monde a ses secrets, dit Holmblad. Suicide ou accident ? C'est la question… mais ce n'est pas de notre ressort.

– On pourrait quand même chercher des traces, dit Tilda. Sans idées préconçues.

– Des traces de quoi ?

– Eh bien… de la présence de quelqu'un d'autre dans la maison.

– Mais les seules traces qu'on a pu trouver étaient celles de la morte, dit Holmblad. Et puis Westin est le dernier à avoir vu sa femme. Il l'a dit lui-même. Si on cherchait un meurtrier, il faudrait commencer par lui.

– Je me disais, si j'ai le temps de…

– Vous n'aurez pas de temps de quoi que ce soit, Davidsson, continua Holmblad. Dans la police de proximité, on manque toujours de temps. Vous allez rendre visite à des classes, arrêter des ivrognes au volant, faire cesser les tags, enquêter sur des cambriolages, patrouiller dans les rues de Marnäs, et surveiller la circulation sur les routes. Et en plus envoyer des rapports à Borgholm. »

Tilda réfléchit.

« En d'autres termes, dit-elle… si après tout ça il me reste du temps, je pourrais aller frapper aux portes autour d'Åludden pour chercher des témoins de la mort de Katrine Westin. Ce serait d'accord ? »

Holmblad regarda par la vitre, sans sourire.

« Je devine près de moi une future commissaire de la police criminelle, dit-il.

– Merci, dit Tilda, mais je ne suis pas carriériste.

– On dit ça… » Holmblad soupira, comme s'il songeait à ses propres choix. « Faites comme vous voulez, finit-il par dire. Vous gérez votre temps à votre façon, Davidsson, nous sommes d'accord, mais si vous trouvez quelque chose, il faudra s'en remettre aux experts. L'important est de rendre compte de toutes vos activités à Borgholm.

– J'adore la paperasse », dit Tilda.

HIVER 1900

Devant l'abîme, Katrine – que faire ? Rester sur le bord, ou sauter ?

À la fin des années 1950, j'étais dans un compartiment du train pour Borgholm, assise à côté d'une vieille femme. Elle s'appelait Ebba Lind, fille d'un gardien de phare, et en entendant que j'habitais Åludden, elle m'a raconté une histoire qui s'est passée là-bas, la veille du jour où elle est montée dans le grenier à foin pour graver dans le mur le nom de son frère : PETTER LIND *1885-1900.*

Mirja RAMBE

C'est la première année du nouveau siècle. Temps calme et ensoleillé en ce premier mercredi de janvier, mais Åludden est entièrement isolé du reste du monde.

La semaine passée, tout Öland a été pris dans la tourmente et, en une douzaine d'heures, la côte a disparu sous la neige. À présent le vent est tombé, mais il fait moins quinze. La grand-route a disparu sous des congères de plusieurs mètres et les familles qui habitent Åludden n'ont plus aucun courrier ni aucune visite depuis six jours. Les bêtes ont largement assez de fourrage dans la grange, mais les pommes de terre sont bientôt terminées et, comme toujours, on manque de bois.

Petter et Ebba Lind sont sortis scier des blocs de glace qu'on enterrera au fond de la remise pour garder les aliments au frais au printemps. Après le petit déjeuner, ils ont franchi les congères blanches de glace mêlée de neige qui barrent la plage. Le soleil se levait alors sur la banquise immaculée. Vers neuf heures, ils ont dépassé le dernier îlot et se retrouvent sur une étendue de neige scintillant au soleil.

Ils marchent sur l'eau, comme Jésus. La couche de neige sur la glace crisse sous leurs pas.

Petter a quinze ans, deux ans de plus que sa sœur Ebba. Il est devant, mais s'arrête de temps en temps.

« Ça va ?

– Oui, dit Ebba.

– Tu es assez couverte ? »

Elle hoche la tête, presque trop essoufflée pour parler.

« Tu crois qu'on apercevra le sud de Gotland, là-bas ? » demande-t-elle.

Petter secoue la tête.

« Non, c'est trop plat… et un peu trop loin. »

Après encore une demi-heure, ils finissent par apercevoir l'eau libre au-delà de la glace. La crête des vagues brille au soleil, mais la mer est d'un noir d'encre.

Il y a beaucoup d'oiseaux. Les fuligules se sont rassemblés en masse sur la mer et plus près de la glace nage un couple de cygnes. Un aigle de mer fait des cercles à la frontière entre la glace et l'eau.

Ebba se dit qu'il guette quelque chose, peut-être les fuligules – mais le rapace se laisse soudain tomber puis remonte, quelque chose de long et noir entre ses serres. Elle crie alors à Petter :

« Regarde ! »

Des anguilles, des quantités d'anguilles luisantes, se tortillent sur la glace. Des centaines d'anguilles qui se sont traînées hors de l'eau et sont à présent incapables d'y retourner. Petter se précipite dans leur direction et pose sa scie dans la neige.

« Allez, on en attrape quelques-unes ! » crie-t-il en se penchant pour ouvrir son sac. Les anguilles filent, elles se tordent, tentent de fuir en rampant, mais il les poursuit et en attrape une. Puis d'autres, une demi-douzaine. Son havresac semble s'animer, tordu par toutes ces anguilles qui se lovent les unes aux autres en cherchant frénétiquement à s'échapper.

Ebba s'éloigne un peu vers le nord pour en attraper elle aussi. Elle les prend par leur queue plate pour éviter leurs petites dents aiguisées, mais elle les trouve gluantes, elle a du mal à les tenir. Elles sont charnues, chaque femelle pèse plusieurs kilos.

Elle en fourre deux dans sa besace puis en poursuit une troisième qu'elle finit aussi par capturer.

L'air s'est rafraîchi. Elle lève les yeux et voit des cirrus venus de l'ouest qui voilent le soleil. Des nuages bas chargés de pluie arrivent derrière, plus sombres, et le vent s'est levé.

Ebba ne l'a pas vu venir, mais elle entend à présent le bruit des vagues qui se brisent contre la glace.

« Petter, crie-t-elle. Petter, il faut rentrer ! »

Il est à plus de cent mètres d'elle, au milieu des anguilles, et il n'a pas l'air de l'entendre.

Les vagues sont de plus en plus hautes, elles commencent à déferler par-dessus le rebord de la glace, qui se met à bouger lentement de haut en bas. Ebba la sent se balancer sous ses pieds.

Elle lâche l'anguille qu'elle vient d'attraper et se met à courir vers Petter. Alors, elle entend un bruit terrifiant. Comme des coups de tonnerre – qui ne viennent pas du ciel, mais de la plaque gelée, sous ses pieds.

C'est le bruit caverneux de la glace qui se brise sous les coups de boutoir des vagues et du vent.

« Petter ! » crie-t-elle encore une fois, terrorisée.

Il a arrêté de courir après les anguilles et s'est retourné. Mais il est encore à presque cent mètres d'elle.

Ebba entend alors tout près d'elle un claquement sec, semblable à un coup de canon, et elle voit la glace se fendre. Une crevasse noire est apparue dans tout ce blanc, à une dizaine de mètres, vers le rivage.

L'eau remonte à la surface. La fente s'élargit très vite.

D'instinct, Ebba oublie tout et se met à courir. Quand elle s'arrête au bord de la crevasse, elle a presque un mètre de large, et elle continue à s'élargir.

Ebba ne sait pas nager, elle a peur de l'eau. Elle regarde la crevasse puis se retourne, désespérée.

Petter court vers elle, il court, une main sur sa besace, mais il est encore à une cinquantaine de pas en arrière. Il fait des gestes vers le rivage.

« Saute, Ebba ! »

Et elle s'élance au-dessus de l'eau noire.

Elle atterrit juste au bord, de l'autre côté, trébuche et tombe à la renverse.

Petter se retrouve seul sur la plaque de glace. Il arrive au bord une demi-minute seulement après Ebba, mais la fente fait déjà plusieurs mètres de large. Il s'arrête, hésite, et elle grandit encore.

Le frère et la sœur se regardent, épouvantés. Petter secoue la tête et fait un signe vers la plage.

« Il faut aller chercher de l'aide, Ebba ! Il faut sortir un bateau ! »

Ebba hoche la tête et tourne les talons. Elle se met à courir.

La glace continue à se disloquer sous l'effet des vagues et du vent. Les fissures la poursuivent. Deux fois s'ouvrent devant elle de nouveaux abîmes, mais elle saute par-dessus.

Elle se retourne et voit Petter une dernière fois. Seul sur une gigantesque plaque, de l'autre côté d'un détroit toujours plus large.

Puis il faut qu'elle se remette à courir. Le fracas de la glace qui se brise retentit jusqu'au rivage.

Ebba court, court, le vent toujours plus fort la pousse dans le dos et elle aperçoit enfin la maison entre les deux phares – chez elle. Mais la grande bâtisse n'est encore qu'un petit cube rouge sombre sur la côte, très loin sur la glace. Elle prie Dieu, pour Petter, pour elle, elle lui demande pardon de s'être aventurés si loin.

Elle saute par-dessus une nouvelle crevasse, dérape sans s'arrêter de courir.

Enfin elle atteint les congères de la plage. Elle se met à quatre pattes pour les escalader, reniflant, la goutte au nez. Voilà, elle est en sécurité.

Ebba se redresse et regarde autour d'elle. L'horizon a disparu dans la brume.

La plaque de glace aussi a disparu. Elle dérive vers l'est, vers la Finlande et la Russie.

Ebba se remet en marche en reniflant. Elle sait qu'il faut vite remonter à la maison pour que les gardiens des phares mettent un bateau à la mer. Mais dans quelle direction chercher Petter ?

Toutes ses forces l'abandonnent, elle tombe à genoux dans la neige.

Là-haut, sur sa colline, Åludden la regarde. Le toit du corps de logis est blanc de neige, mais les vitres des fenêtres sont d'un noir d'encre.

Noires comme des trous dans la glace ou des yeux en colère. Ebba se dit que les yeux de Dieu sont comme ça.

11

Au jour le jour.

Ils n'en parlaient jamais, mais Livia et Gabriel avaient l'air de croire que leur maman était partie en voyage et reviendrait un jour. Ce n'était pas bien, mais Joakim s'était presque mis à y croire lui aussi.

Katrine était partie en vacances, mais elle reviendrait peut-être à Åludden.

C'était le lendemain de la visite de la police, il regardait par la fenêtre de la cuisine. Pas d'oiseaux migrateurs dans le ciel ce jour de novembre, seulement quelques mouettes égarées qui tournaient au-dessus de la mer.

Quelques heures plus tôt, il avait déposé ses enfants à la maternelle, avec l'intention d'aller ensuite faire des courses. Il était entré dans la supérette de la place, mais était resté comme figé.

Tous ces produits, toute cette publicité…

Une annonce, tout au fond, au rayon boucherie, proposait FLANCHETTE DE VEAU EN PETITS MORCEAUX SEULEMENT 79,90/KG.

Flanchette de veau ? Il devait avoir mal lu mais, en même temps, il avait peur de s'approcher pour voir ce qui était vraiment écrit. Alors, il avait lentement reculé et quitté le magasin.

Joakim n'avait pas le courage d'acheter de quoi manger.

Il était rentré à Åludden. De retour dans le grand silence de la maison, il avait ôté son manteau. Puis s'était posté à la fenêtre. Il n'avait pas d'autre projet que de rester là aussi longtemps que possible.

Devant lui, sur le bois blanc du plan de travail de la cuisine, une salade oubliée dans un plat. L'avait-il achetée, lui, ou était-ce Katrine ? Il ne se rappelait pas mais, ces derniers jours, la salade avait commencé à noircir sous son plastique. Il ne fallait pas laisser les aliments pourrir dans une cuisine, il aurait dû la jeter.

Il n'en avait pas le courage.

Il jeta un dernier regard par la fenêtre de la cuisine vers tout ce gris, cette mer vide mêlée au ciel nuageux devant Åludden, et partit sur une nouvelle idée : il se coucherait pour ne plus jamais quitter son lit.

Joakim gagna la chambre et s'étendit de tout son long sur le lit double soigneusement bordé. Il fixa le plafond. Katrine avait arraché les horribles plaques d'aggloméré qu'on y avait clouées pour reconstituer le plafond original, tapissé de papier blanc comme au XIXe siècle.

Le plafond était réussi, on avait l'impression d'être couché sous un nuage blanc.

Soudain, il entendit qu'on frappait doucement à la porte. Puis qu'on tambourinait sur une vitre.

Il tourna la tête.

Des mauvaises nouvelles ? Il était toujours prêt au pire.

Les coups recommencèrent, plus insistants.

Ils venaient de la porte-fenêtre de la cuisine.

Il se leva lentement et y alla.

Par la vitre, il vit sur le perron deux personnes habillées en sombre.

Un homme et une femme, de l'âge de Joakim. L'homme portait un costume, la femme une cape bleu marine et une jupe. Ils lui adressèrent un sourire aimable quand il leur ouvrit.

« Bonjour, dit la femme. Nous sommes Filip et Marianne. Pouvons-nous entrer ? »

Il hocha la tête et leur ouvrit grand la porte. Venaient-ils du bureau des pompes funèbres de Marnäs ? Il ne les reconnaissait pas, mais plusieurs personnes des pompes funèbres lui avaient téléphoné ces dernières semaines, toujours très aimables.

« Oh, comme c'est joli, ici », dit la femme en entrant dans la cuisine.

L'homme regarda aussi autour de lui, hocha la tête et se tourna vers Joakim.

« Nous parcourons l'île ce mois-ci, dit-il, et nous avons vu qu'il y avait quelqu'un.

– Nous habitons ici toute l'année… moi, ma femme et nos deux enfants, dit Joakim. Vous voulez du café ?

– Non, merci, jamais de caféine, dit Filip en s'installant à la table de la cuisine.

– Et vous, comment vous appelez-vous ? demanda Marianne. Si ça ne vous dérange pas de le dire ?

– Joakim.

– Joakim, nous aimerions vous donner quelque chose. C'est important. »

Marianne sortit quelque chose de son sac et le posa sur la table, devant Joakim. Une brochure.

« Regardez ça. N'est-ce pas magnifique ? »

Joakim regarda la mince brochure. Sur la couverture, un dessin représentant une verte prairie sous un ciel bleu. Un homme et une femme en blanc étaient assis dans l'herbe. L'homme posait la main sur un agneau couché à ses pieds, la femme tenait un grand lion. Ils se souriaient.

« N'est-ce pas le paradis ? » dit Marianne.

Joakim leva les yeux vers elle.

« Je pensais que cette maison était le paradis, dit-il. Autrefois. Plus maintenant. »

Marianne le regarda quelques secondes, désemparée. Puis elle recommença à sourire.

« Jésus est mort pour nous, dit Marianne. Il est mort pour nous offrir toute cette beauté. »

Joakim regarda à nouveau le dessin et hocha la tête.

« Très beau. » Il désigna les hautes montagnes à l'arrière-plan. « Belles montagnes.

– C'est le royaume des Cieux, dit Marianne.

– Il y a une vie après la mort, Joakim, dit Filip en se penchant au-dessus de la table, comme s'il lui révélait un grand secret. Une vie éternelle… c'est fantastique, n'est-ce pas ? »

Joakim hocha la tête. Il ne pouvait pas détacher les yeux de ce dessin. Il avait déjà vu ce genre de brochure, sans jamais remarquer combien leurs images du paradis étaient magnifiques.

« J'aimerais bien vivre dans ces montagnes », dit-il.

Le bon air des montagnes. Là, il aurait pu vivre avec Katrine. Mais l'île sur laquelle ils s'étaient installés était toute plate, sans montagnes. Et sans Katrine…

Joakim eut soudain du mal à respirer. Il se pencha en avant, sentant monter les larmes.

« Ça… ça ne va pas ? » dit Marianne.

Il secoua la tête, la pencha vers la table et se mit à pleurer. Non, ça n'allait pas. Il n'allait pas bien, il avait *la flanchette en petits morceaux*.

Ah, Katrine… et Ethel…

Il sanglota sans pouvoir s'arrêter pendant plusieurs minutes, effondré sur la table de la cuisine. Très loin, il entendit des chuchotements, des chaises qui raclaient le sol, mais rien à faire. Il sentit une main chaude se poser quelques secondes sur son épaule. Puis la porte qu'on refermait doucement.

Quand ses larmes enfin se tarirent, il cligna des yeux et se retrouva tout seul. Un moteur de voiture démarra dehors.

La brochure avec le couple et les animaux dans le pré était toujours sur sa table. Le bruit de la voiture disparu, Joakim renifla dans le silence et regarda le dessin.

Il fallait qu'il fasse quelque chose. N'importe quoi.

Avec un soupir las, il jeta la brochure à la poubelle, sous le plan de travail.

La maison était tout à fait silencieuse autour de lui. Il parcourut le couloir jusqu'à la grande salle vide et regarda longtemps les bidons, les bouteilles et les chiffons alignés par terre. Apparemment, Katrine avait entrepris de nettoyer à la soude les cadres des fenêtres la semaine passée.

Elle avait des idées beaucoup plus précises que lui concernant l'aménagement de la maison : elle avait choisi les couleurs pour toutes les pièces, tous les papiers peints et les corniches. Le matériel était déjà acheté, et elle l'avait disposé le long des murs dans chaque pièce, prêt à l'emploi.

Joakim soupira à nouveau.

Puis il ouvrit une bouteille de soude, prit un chiffon et s'attaqua aux cadres des fenêtres avec obstination et méthode.

Le gémissement du chiffon sur le bois était sinistre dans le silence.

N'appuie pas si fort, Kim, crut-il entendre Katrine lui dire dans le creux de l'oreille.

Le week-end arriva. Les enfants jouaient dans la chambre de Livia.

Joakim en avait fini avec les fenêtres de la grande salle et, ce samedi, il avait l'intention de commencer la pose des papiers peints dans la pièce de l'angle sud-ouest. Après le petit déjeuner, il y avait installé une table et préparé un seau de colle.

C'était une chambre à coucher assez petite qui, comme beaucoup d'autres, avait dans un coin un poêle en faïence vieux de cent vingt ans. Les tapisseries fleuries dans la plupart des pièces dataient du début du XXe siècle, mais étaient hélas trop endommagées pour pouvoir être conservées. Elles étaient couvertes de taches d'humidité et, par endroits, partaient en lambeaux. Katrine les avait arrachées cet automne, puis avait poncé et enduit les murs afin qu'ils soient prêts pour la pose du papier peint.

Katrine aimait particulièrement cette pièce d'angle. Mais Joakim ne devait pas évoquer davantage de souvenirs d'elle. Il ne fallait pas penser, juste poser le papier peint.

Il prit les rouleaux blanc de zinc : un modèle anglais, épais, fait main, les mêmes qu'ils avaient utilisés pour la Villa des Pommiers. Il prit ensuite le cutter, la longue règle et commença à découper.

Katrine et lui avaient toujours posé les papiers peints ensemble.

Joakim soupira, mais se mit au travail. On ne pouvait se stresser en posant des papiers peints, et ce travail se transforma presque en méditation. Il était moine, la maison un couvent.

Une fois les quatre premiers lés posés dans la largeur de la pièce puis brossés, Joakim entendit soudain un choc sourd. Il descendit de son escabeau et tendit l'oreille. Les chocs étaient réguliers, à quelques secondes d'intervalle, et ils venaient du dehors.

Il alla ouvrir la fenêtre qui donnait à l'arrière de la maison. L'air froid s'engouffra dans la pièce.

En contrebas, un peu sur le côté, un petit garçon d'un ou deux ans plus âgé que Livia, un ballon de foot en plastique jaune à ses pieds. Le garçon avait des cheveux bruns bouclés qui dépassaient d'un bonnet en laine. Son blouson était mal boutonné. Il leva des yeux curieux vers Joakim.

« Bonjour, dit Joakim.

– Bonjour.

– Ce n'est pas bien de jouer au ballon ici, dit Joakim. Tu pourrais casser une vitre si tu tapes à côté.

– Je vise le mur, dit le garçon. Et je vise toujours juste.

– Très bien, et tu t'appelles comment ?

– Andreas. »

Le garçon frotta son nez rougi par le froid.

« Et tu habites où ?

– Là-bas. »

Il fit un geste en direction de la ferme. Donc Andreas était un des enfants des Carlsson, parti tout seul en exploration ce samedi matin.

« Tu veux entrer ? dit Joakim.

– Pour quoi faire ?

– Tu pourrais faire la connaissance de Livia et Gabriel, dit Joakim. Mes enfants... Livia est aussi grande que toi.

– J'ai sept ans, dit Andreas. Elle aussi ?

– Non. Mais elle est *presque* aussi grande que toi. »

Andreas hocha la tête. Il se gratta à nouveau le nez avant de se décider.

« D'accord, mais pas longtemps. On va bientôt manger. »

Il ramassa son ballon et disparut au coin de la maison.

Joakim ferma la fenêtre et sortit de la pièce.

« Livia, Gabriel ! cria-t-il. Nous avons de la visite ! »

Quelques secondes s'écoulèrent, puis sa fille sortit, Bêêbert à la main.

« Quoi ?

– Il y a quelqu'un qui voudrait te voir.

– Qui ça ?

– Un garçon.

– Un garçon ? » Livia écarquilla les yeux. « Je ne veux pas le voir. Il s'appelle comment ?

– Andreas. Il habite à la ferme, juste à côté.

– Mais, Papa, je ne le connais pas ! »

Il y avait de la panique dans sa voix, cependant, avant que Joakim trouve comment lui expliquer qu'on ne tombait pas malade rien qu'en rencontrant des gens, la porte s'ouvrit et Andreas entra dans le vestibule. Il resta planté sur le paillasson.

« Entre, Andreas, dit Joakim. Enlève ton bonnet et ton blouson.

– D'accord. »

Le garçon laissa tomber ses vêtements par terre.

« Tu es déjà venu ici ?

– Non. La maison est tout le temps fermée.

– Plus maintenant, maintenant c'est ouvert. Nous habitons ici. »

Andreas regarda Livia, qui le regarda aussi, mais les enfants ne se saluèrent pas.

Gabriel risqua un œil timide hors de sa chambre, sans rien dire lui non plus.

« J'ai aidé à rentrer nos vaches, dit Andreas au bout d'un moment, en regardant autour de lui dans la pièce. Elles étaient dans le bocage, là-derrière.

– Aujourd'hui ?

– Non, la semaine dernière. Il faut qu'elles soient dedans en ce moment. Elles mourraient de froid sinon.

– Oui, tout le monde a besoin de chaleur l'hiver, dit Joakim. Les vaches, les oiseaux et nous. »

Livia continuait à fixer Andreas avec curiosité, sans participer à la conversation. Joakim aussi avait été timide, petit, et elle avait malheureusement hérité ce trait de caractère.

« Vous pouvez un peu jouer au ballon, dit-il. Je connais une pièce très bien pour ça. »

Il montra le chemin vers l'intérieur de la maison, suivi des enfants. Dans la grande salle, qui était encore presque vide, il n'y avait que quelques chaises et des cartons de déménagement par terre.

« Ici, vous pouvez jouer », dit Joakim en se servant de trois cartons pour protéger les fenêtres.

Andreas posa son ballon, dribbla un peu puis l'envoya vers Livia. La vieille poussière s'envola en formant un léger brouillard grisâtre dans la pièce.

Livia donna un coup de pied en voyant arriver le ballon. Manqué. Gabriel lui courut après, sans réussir à le rattraper.

« Arrêtez-le d'abord avec le pied, dit Joakim à ses enfants, comme ça vous pouvez le contrôler. »

Livia lui lança un regard noir, comme pour lui dire de garder pour lui ses bons conseils. Puis elle alla chercher le ballon dans un coin de la pièce et le renvoya d'un grand coup de pied.

« Bien joué ! » fit Andreas.

Dragueur, pensa Joakim. Livia, elle, souriait, ravie.

« Mets-toi là-bas, dit Andreas en lui indiquant l'autre porte, dans la largeur de la pièce, on dira que c'est les buts. »

Livia courut se placer au milieu de la porte double. Joakim les laissa et retourna à ses papiers peints. Il entendit le ballon rebondir derrière lui.

« But ! » entendit-il Andreas crier. Livia et Gabriel poussèrent un cri aigu puis tous les trois éclatèrent de rire.

Joakim aimait entendre ces cris joyeux dans la maison. Parfait, il avait trouvé un camarade de jeux pour ses enfants.

Il replongea son pinceau dans le bidon de colle, touilla un peu puis s'attaqua au mur dans la longueur. Lé après lé, la pièce changeait de couleur et devenait peu à peu plus lumineuse. Joakim chassa les bulles formées sous le papier puis élimina le surplus de colle avec une éponge humide.

Quand il ne resta plus qu'une bande d'un mètre de vieille tapisserie, il se rendit compte que les cris d'enfants avaient cessé dans la grande salle.

La maison était à nouveau complètement silencieuse.

Joakim descendit de son escabeau et tendit l'oreille.

« Livia ? appela-t-il. Gabriel ? Vous voulez du sirop ? Et des gâteaux ? »

Pas de réponse.

Il écouta encore quelques secondes puis sortit dans le couloir vers la grande salle. À mi-chemin, pourtant, il regarda par la fenêtre qui donnait sur la cour et s'arrêta net.

La porte de la vaste grange était entrouverte.

Elle était pourtant fermée, tout à l'heure ?

Il vit alors que les vêtements chauds d'Andreas Carlsson n'étaient plus par terre.

Joakim enfila un anorak et des chaussures, puis sortit dans la cour.

Ensemble, les enfants avaient dû réussir à tirer la lourde porte. Peut-être s'étaient-ils aventurés dans le noir ?

Joakim gagna l'embrasure de la porte.

« Il y a quelqu'un ? »

Pas de réponse.

Jouaient-ils à cache-cache ? Il s'avança sur le sol de pierres en humant le parfum de vieux foin.

Katrine et lui avaient parlé de transformer cette grange en galerie. Plus tard, quand ils auraient tout nettoyé, le foin, les bouses et autres traces des animaux.

Voilà qu'il pensait à nouveau à Katrine, alors qu'il n'aurait pas dû. Mais le jour de sa noyade, il l'avait vue sortir de la grange. Elle avait l'air gênée, comme quelqu'un pris sur le fait.

Pas un mouvement dans la grange, mais Joakim crut entendre des chocs ou des craquements dans le grenier à foin, comme des pas.

Un escalier en bois raide et étroit y menait. Il saisit la rampe et commença à grimper.

Monter là-haut, en venant des allées et des stalles plongées dans la pénombre de la grange, donnait l'impression de pénétrer dans une église, songea Joakim. Il n'y avait là qu'une seule grande pièce, destinée à faire sécher le foin – un espace ouvert, comme disent les agents immobiliers. Loin au-dessus, le toit pentu flottait dans le noir. À quelques mètres de la tête de Joakim passaient les grosses poutres de la charpente.

À la différence de l'étage du corps de logis, on ne pouvait pas se perdre, ici, même s'il était difficile de se frayer un chemin parmi tout le bric-à-brac qui s'entassait sur le plancher.

Des piles de journaux, des pots de fleurs, des chaises cassées, de vieilles machines à coudre – le fenil était devenu un débarras. Deux pneus de tracteur presque de la taille d'un homme étaient appuyés contre un mur. Comment les avait-on montés là ?

En voyant ce grenier encombré, Joakim se souvint soudain qu'il avait rêvé de Katrine à cet endroit. Dans son rêve, le sol était dégagé et elle se tenait là-bas, contre le mur du fond, de dos. Il avait eu peur de s'approcher d'elle.

Le vent d'hiver faisait comme un faible chuchotement dans le toit de la grange. Il ne se sentait pas très à l'aise, seul là-haut dans le froid.

« Livia ? » appela-t-il.

Le plancher craqua devant lui. Pas d'autre réponse. Les enfants s'étaient peut-être cachés dans le noir, ils l'espionnaient sûrement dans l'ombre.

Ils se cachaient pour qu'il ne les trouve pas. Il regarda autour de lui, l'oreille aux aguets.

« Katrine ? » fit-il tout bas.

Pas de réponse. Il attendit plusieurs minutes dans le noir mais, comme rien ne venait rompre le silence, il tourna les talons et redescendit.

Revenu dans la maison, il trouva ses enfants là où il aurait dû tout de suite les chercher – dans une chambre.

Livia dessinait, assise par terre, comme si de rien n'était. Gabriel avait apparemment l'autorisation de sa grande sœur de rester avec elle, car il avait apporté quelques jouets de sa chambre.

« Où étiez-vous passés ? » demanda Joakim d'une voix plus dure qu'il n'aurait voulu.

Livia leva les yeux de son cahier de dessin. Katrine n'avait jamais peint spontanément, alors qu'elle était professeur d'arts plastiques, mais Livia aimait dessiner.

« Ici, dit-elle sur le ton de l'évidence.

– Mais avant… vous êtes sortis ? Toi, Andreas et Gabriel ?

– On est allés faire un tour là-bas.

– Il ne faut pas aller dans la grange, dit Joakim. Vous vous êtes cachés ?

– Non. Il y a rien à faire là-bas, de toute façon.

– Et où est Andreas ?

– Il est rentré manger.

– D'accord. Nous aussi, on va bientôt manger. Mais personne ne sort sans me le dire, Livia.

– D'accord. »

La nuit qui suivit la visite de Joakim dans la grange, Livia se remit à parler dans son sommeil.

Elle s'était couchée sans problème ce soir-là. Une fois Gabriel endormi, vers sept heures, comme Joakim l'aidait à se laver les dents, Livia observa avec curiosité sa tête, de près.

« Tu as de drôles d'oreilles, Papa », dit-elle alors.

Joakim reposa le gobelet et la brosse à dents de sa fille sur leur étagère et demanda :

« Qu'est-ce que tu veux dire ?

– Tes oreilles, elles ont l'air tellement… vieilles.

– Ah bon ? Mais elles ne sont pas plus vieilles que moi. Il y a des poils dedans ?

– Pas trop.

– Ça, c'est bien, dit Joakim. Les poils dans le nez ou les oreilles, c'est pas jojo… dans la bouche non plus d'ailleurs. »

Livia aurait voulu rester encore un peu à faire des grimaces devant le miroir, mais Joakim la fit doucement sortir de la salle de bains. Il la borda dans son lit, lui lut deux fois le passage où Zozo la Tornade se coince la tête dans une soupière, puis éteignit sa lampe de chevet. En quittant la chambre, il l'entendit se blottir sous la couverture et enfoncer le visage dans son oreiller.

Le pull rouge de Katrine était toujours à côté d'elle dans le lit.

Il alla à la cuisine se faire quelques sandwichs et lancer le lave-vaisselle. Il éteignit alors toutes les bougies allumées aux fenêtres. Dans le noir, il regagna à tâtons sa chambre où il alluma le plafonnier.

Il était là, le lit double vide et froid. Et tout autour, aux murs, pendaient des vêtements. Les vêtements de Katrine, qui à présent avaient perdu son odeur. Il faudrait les enlever, mais pas ce soir.

Il éteignit, se glissa dans le lit et resta immobile dans le noir.

« Maman ? »

La voix de Livia lui fit lever la tête. Il se réveilla d'un coup.

Il tendit l'oreille. Dans la cuisine, le lave-vaisselle s'était tu et le radio-réveil indiquait 23 : 52. Il avait dormi plus d'une heure.

« Man-man ? »

Joakim sortit du lit. Il gagna la chambre de Livia. Il s'arrêta sur le seuil, jusqu'à l'entendre à nouveau.

« Maman ? »

Il franchit le seuil et s'approcha du lit. Livia était sous la couverture, yeux clos mais, à la lueur du couloir, Joakim vit que sa tête s'agitait sur l'oreiller. Sa main s'était prise dans le pull de Katrine. Il alla doucement la libérer.

« Maman n'est pas là », dit-il à mi-voix en repliant le pull.

Quelques secondes de silence.

« Si.

– Dors, maintenant, Livia. »

Elle ouvrit alors les yeux et le reconnut.

« Je n'arrive pas à dormir, Papa, dit-elle.

– Mais si.

– Non, dit Livia. Il faut que tu dormes avec moi. »

Joakim soupira, mais Livia était à présent tout à fait réveillée, et il n'y avait rien à faire. Katrine s'était toujours occupée de ça.

Doucement, il se glissa sur le côté du lit. Il était trop court, il n'arriverait jamais à dormir.

Il s'endormit en deux minutes.

Il y avait quelqu'un dehors.

Joakim ouvrit les yeux dans le noir. Il n'entendait rien, mais sentait que la maison avait eu un visiteur.

Il était à nouveau réveillé.

Quelle heure était-il ? Il n'en avait aucune idée. Il pouvait avoir dormi plusieurs heures.

Il leva la tête du lit de Livia et tendit l'oreille. La maison était calme et silencieuse. Aucun autre bruit que le vague tic-tac d'une horloge – et la respiration presque inaudible de sa fille, à côté de lui.

Il se leva du lit doucement, sans un bruit, mais, après avoir fait deux pas, il entendit la voix claire derrière lui :

« Pars pas, Papa ! »

Il s'arrêta et se retourna.

« Pourquoi ?

– Pars pas ! »

Livia était immobile, tournée contre le mur. Mais était-elle réveillée ?

Joakim ne voyait pas son visage, juste ses cheveux blonds. Il revint vers le lit et s'assit doucement à côté d'elle.

« Tu dors, Livia ? » demanda-t-il à voix basse.

Après quelques secondes arriva la réponse :

« Non. »

Elle avait l'air réveillée, mais calme, comme si elle dormait encore.

« Tu dors ?

– Non… je vois des choses.

– Où ça ?

– Dans le mur. »

Elle parlait d'une voix monocorde, sa respiration était lente et calme. Joakim se rapprocha de sa tête, dans le noir.

« Qu'est-ce que tu vois ? demanda-t-il.
– De la lumière, de l'eau… des ombres.
– Et puis ?
– Il y a de la lumière.
– Tu vois des gens ? »
Elle se tut à nouveau, avant de répondre :
« Maman. »
Joakim se raidit. Il retint son souffle, soudain effrayé à l'idée que ce soit vrai – que Livia dorme et qu'elle voie vraiment des choses à travers le mur. *Ne pose pas d'autres questions,* pensa-t-il. *Va te coucher.*
Mais il ne put s'empêcher de continuer :
« Où est-ce que tu vois Maman ?
– Derrière la lumière.
– Est-ce que tu vois… »
Livia lui coupa la parole :
« Ils sont tous là à attendre, dit-elle, presque avec véhémence. Et Maman est avec eux.
– Qui ça ? Qui attend ? »
Elle ne répondit pas.
Livia avait déjà parlé dans son sommeil, mais jamais aussi clairement. Joakim la soupçonnait toujours d'être réveillée et de le faire marcher. Mais il continua pourtant ses questions :
« Comment va Maman ?
– Elle attend.
– Comment ?
– Elle veut entrer.
– Dis-lui… » Joakim avala sa salive, la bouche sèche. « Dis-lui qu'elle peut entrer quand elle veut.
– Elle ne peut pas.
– Elle ne nous trouve pas ?
– Pas dans la maison.
– Tu peux parler avec elle ? »

Silence. Joakim articula, très lentement :

« Tu peux demander à Maman… ce qu'elle faisait au bord de l'eau ? »

Livia resta immobile dans le lit. Toujours pas de réponse, mais il s'obstina :

« Livia ? Tu peux parler avec Maman ?

– Elle veut entrer.

– Essaye de…

– Elle veut parler, le coupa Livia.

– C'est vrai ? De quoi ? Qu'est-ce que Maman veut dire ? »

Livia ne dit rien de plus.

Joakim se tut lui aussi. Il se leva doucement du lit. Ses genoux craquèrent : il était resté longtemps dans une position inconfortable.

Il alla en silence écarter un peu le store pour regarder par la fenêtre vers l'arrière de la maison. Il aperçut dans la vitre son reflet diaphane, comme un personnage brumeux – pas grand-chose d'autre.

Il n'y avait pas de lune, pas d'étoiles. Les nuages bouchaient le ciel. L'herbe du pré ondulait un peu dans le vent, rien d'autre ne bougeait.

Y avait-il quelqu'un là, dehors ? Joakim lâcha le rideau. Sortir pour vérifier signifiait laisser les enfants seuls, ce qu'il ne voulait pas. Il resta indécis à la fenêtre de la chambre, avant de finir par tourner la tête.

« Livia ? »

Pas de réponse. Il fit un pas vers le lit, mais vit qu'elle dormait profondément à présent.

Il aurait voulu continuer à lui poser des questions. Peut-être même la réveiller pour lui demander si elle se souvenait de ce qu'elle avait vu en dormant – mais ce n'était bien sûr pas une bonne idée de lui forcer la main.

Joakim remonta la couverture à fleurs sur ses petites épaules, la borda.

Il regagna en silence son propre lit. Il s'y glissa avec l'impression que le plafond le protégeait de l'obscurité.

Tendu, il guetta des bruits dans le couloir, du côté de la chambre de Livia. La maison était silencieuse, mais Joakim pensait à Katrine. Il mit plusieurs heures à se rendormir.

12

Vendredi soir, fin novembre.

Le grand presbytère de Hagelby, vieux de presque deux siècles, était au bout d'un chemin forestier, un demi-kilomètre à l'écart du village. Il n'appartenait plus à l'Église suédoise : Henrik savait que la propriété avait été vendue à un couple de retraités d'Emmaboda.

Henrik et les frères Serelius avaient garé leur fourgonnette dans un bosquet le long de la grand-route. Ils n'emportaient que deux sacs à dos avec les outils et beaucoup de place pour leur butin. Avant de traverser la forêt et d'enjamber le mur de pierre qui entourait l'église et le cimetière, ils avaient pris chacun leur dose de cristaux, avec de la bière pour les faire passer.

Henrik avait bu beaucoup de bière, il était sur les nerfs, ce soir-là. C'était la faute à cette foutue tablette – la planche ouija des frères Serelius.

Ils avaient organisé une brève séance dans la cuisine de Henrik, sur le coup de onze heures du soir. Henrik avait éteint les lumières, Freddy allumé des bougies.

Tommy posa son index sur le gobelet.

« Il y a quelqu'un ? »

Le gobelet se mit tout de suite en mouvement. Jusqu'au mot OUI. Tommy se pencha en avant.

« C'est Aleister ? »

Le gobelet glissa vers les lettres A, puis L...

« Il est là », chuchota Tommy.

Mais le gobelet s'arrêta ensuite sur G, O, puis T. Après quoi il s'arrêta.

« Algot ? dit Tommy. Putain, c'est qui ? »

Henrik se figea. Le gobelet avait recommencé à se déplacer sur le plateau. Il attrapa vite un papier pour écrire ce qu'il épelait.

ALGOT ALGOT PAS BIEN TOUT SEUL HENRIK PAS BIEN VIT PAS BIEN HENRIK PAS

Henrik arrêta d'écrire.

« J'en peux plus », lâcha-t-il en repoussant le papier.

Il respira profondément, se leva, alla allumer le plafonnier et vida ses poumons.

Tommy ôta son doigt du gobelet et le regarda.

« Eh, calmos mec, dit-il. La planche, c'est juste une aide... allez, on y va. »

À minuit et demi, ils arrivèrent enfin au presbytère. Le temps était couvert, la maison plongée dans le noir.

Henrik songeait toujours au message de la planche. Algot ? Son grand-père s'appelait Algot !

« Ils sont là ? » chuchota Tommy dans l'obscurité. Ils étaient tapis parmi quelques bouleaux en bas du jardin. Comme Freddy et Henrik, il avait rabattu sa cagoule noire.

Henrik se secoua. Il fallait qu'il se réveille à présent, qu'il se concentre sur le job.

« Ils sont sûrement là, dit-il. Mais ils dorment à l'étage. Là-haut, là où ils aèrent. »

Il montra du doigt une fenêtre entrouverte à un angle de la façade.

« Bon, alors on y va, dit Tommy. Hubba bubba ! »

Le premier, il remonta l'allée et l'escalier. Puis il se pencha sur la serrure, perplexe.

« Ça a l'air solide, chuchota-t-il à Henrik. Si on essayait plutôt par une fenêtre ? »

Henrik secoua la tête.

« Ici, on est à la campagne, chuchota-t-il à son tour. Et chez des retraités… Attends voir. »

Il tendit la main, enfonça la poignée et tira la porte. Elle n'était pas fermée à clé.

Tommy ne dit rien. Il se contenta de hocher la tête et franchit le seuil en premier. Henrik le suivit et, en se retournant, il trouva Freddy juste derrière lui.

Ça n'allait pas – trois à l'intérieur, c'était un de trop. Il fit signe à Freddy de rester dehors faire le guet, mais ce dernier se contenta de secouer la tête et franchit le seuil à son tour.

Tommy ouvrit la porte suivante et disparut dans la maison proprement dite. Henrik lui emboîta le pas.

Ils se trouvaient dans un grand hall plongé dans l'obscurité. Il faisait très chaud – les retraités sont frileux, se dit Henrik, ils mettent toujours les radiateurs à fond.

Le sol était couvert d'un tapis persan rouge sombre qui étouffait le bruit de leurs pas. Au mur pendait un énorme miroir dans un cadre doré.

Henrik sursauta. Un épais portefeuille en cuir noir était posé sur une tablette en marbre sous le miroir. Il tendit vite la main et fourra le portefeuille dans la poche de son blouson.

En levant les yeux, il se vit en buste : une silhouette recroquevillée, vêtements sombres, bonnet noir sur le crâne et grand sac à dos.

Voleur, pensa-t-il. Il lui semblait presque entendre la voix de son grand-père Algot. C'était à cause de la cagoule – avec ça, n'importe qui avait l'air d'un assassin.

Trois portes donnaient dans le hall, dont deux entrouvertes. Tommy s'était arrêté devant celle du milieu. Il écouta, secoua la tête et choisit d'ouvrir celle de droite.

Henrik le suivit. Il sentait la respiration de Freddy et sa démarche pesante juste derrière lui.

La porte s'ouvrait sur un salon – une pièce cossue, avec plusieurs guéridons couverts de bibelots. Beaucoup de camelote, apparemment, mais aussi un grand vase en cristal du Småland. Bien. Henrik le fourra dans son sac.

« Ricky ? »

Tommy chuchotait depuis l'autre côté du salon. Dans les tiroirs d'un secrétaire, Henrik vit qu'il avait fait une vraie trouvaille : quantité de couverts en argent et une dizaine de porte-serviettes en or. Des colliers, des broches et même quelques liasses de billets de cent et des devises étrangères.

La cachette du magot.

Ils se mirent à deux pour vider le secrétaire, sans un mot. Les couverts s'entrechoquèrent un peu, mais Henrik les emballa dans des serviettes en lin pour étouffer le bruit.

Les sacs à dos étaient lourds et bien garnis.

D'autres objets prêts à changer de propriétaires ?

Les murs étaient couverts de tableaux, mais trop grands. Henrik vit un objet rectangulaire près d'une fenêtre. Il écarta le rideau.

C'était une sorte de vieille lanterne en bois verni, d'une trentaine de centimètres de haut et quinze de large. Charmant. Ça irait bien chez lui si aucun receleur n'en voulait. Il l'entoura d'une nappe et la tassa dans son sac.

Ça suffirait comme ça.

En ressortant dans le hall, il ne vit plus Freddy. Avait-il continué plus loin ?

Une porte s'ouvrit – celle de la cuisine. Henrik était tellement certain que c'était Freddy qu'il ne tourna même pas la tête – mais soudain il entendit Tommy retenir son souffle.

Henrik tourna la tête et vit dans l'embrasure une sorte de Père Noël aux cheveux blancs.

En pyjama marron, il s'apprêtait à chausser d'épaisses lunettes.

Bordel de merde. Encore surpris.

« Qu'est-ce que vous faites ? »

Question idiote qui resta sans réponse. Mais Henrik sentit près de lui Tommy se raidir, comme un robot passant en mode attaque.

« J'appelle la police ! dit l'homme.

– *Shut up !* »

Tommy s'élança. Il avait une tête de plus que le bonhomme et n'eut pas de mal à le refouler dans la cuisine.

« *No moves !* » cria Tommy en lui donnant un coup de pied.

Le type perdit ses lunettes en trébuchant sur le seuil et s'étala de l'autre côté. Il poussa juste un long sifflement.

Tommy se jeta alors sur lui, avec quelque chose de pointu à la main. Un couteau ou un tournevis.

« Ça suffit, maintenant ! »

Henrik se précipita pour l'arrêter, mais se prit les pieds dans un tapis – et trébucha sur le type, en lui écrasant la main sous son talon. On entendit les os craquer.

« Allez ! » cria quelqu'un – peut-être lui ?

« Cause en anglais ! » siffla Tommy.

Henrik recula en chancelant, se cogna à la tablette de marbre du hall. Le grand miroir tomba par terre et se brisa en mille morceaux. Putain. Tout partait en vrille. Et où était fourré Freddy, bordel ?

Il entendit alors une voix plus claire dans son dos :

« Allez-vous-en ! »

Henrik fit volte-face. Il vit une femme debout près de l'homme étendu à terre. Elle était plus petite que lui et semblait morte de peur.

« Gunnar ? cria-t-elle en se penchant. Gunnar, j'ai appelé la police !

– Viens ! »

Henrik décampa, sans voir si Tommy obéissait ou non. Freddy n'avait toujours pas réapparu.

Par la véranda, il fonça dans la nuit.

Henrik courut sur la pelouse gelée, contourna la maison et s'enfonça droit dans les bois. Des branches lui griffaient le visage, le sac à dos lui sciait les épaules et il ne retrouvait pas le chemin, mais il continua pourtant à courir.

Il se prit le pied dans quelque chose et fit un vol plané.

Droit dans le noir, où il s'étala parmi les feuilles humides et les branches mortes. Il se cogna très fort la tête. La nuit devint floue.

Noir malaise.

Henrik revint à lui à quatre pattes. Il avança doucement, la tête endolorie, vers une ombre noire qui grandissait devant lui. Une petite grotte. Il rampa dans le trou et s'y blottit. On était à ses trousses mais, là-dedans, il était en sécurité.

Il lui fallut plusieurs minutes pour retrouver ses esprits. Il leva la tête et regarda autour de lui.

Silence. Noir complet. Putain, où avait-il atterri ?

Il sentit de la terre sous ses doigts et comprit qu'il était entré dans une sorte de caveau dans les bois, non loin du presbytère. Il y faisait froid et humide.

Une odeur de champignon, comme du moisi.

Soudain, il réalisa qu'il s'était réfugié dans un ancien dépositoire. Un endroit où on mettait les morts en attendant de les enterrer au cimetière.

Une bestiole lui atterrit soudain sur l'oreille. Une araignée mal réveillée. Il s'en débarrassa d'un geste vif.

Henrik commençait à se sentir claustrophobe. Il se traîna alors péniblement vers la surface. Son sac s'accrocha à la voûte, mais il se dégagea et finit par déboucher à l'air libre, sur le sol gelé.

L'air frais de l'hiver.

Il se releva et se mit en marche parmi les branchages, en s'éloignant des lumières du presbytère qu'on apercevait entre les arbres. Une fois atteint le mur du cimetière, il retrouva son chemin.

Il entendit soudain une portière claquer. Il tendit l'oreille.

Un moteur ronronnait au loin.

Henrik accéléra parmi les arbres, déboucha sur un large sentier où il se mit à courir. Les arbres se clairsemaient et il aperçut la fourgonnette des frères Serelius. Elle était en train de manœuvrer. Il se précipita et parvint au dernier moment à ouvrir la portière coulissante.

Freddy et Tommy tournèrent aussitôt la tête.

« Vas-y ! » lui cria Tommy.

Henrik sauta à bord et claqua la portière. Quand la voiture démarra, il souffla un grand coup et se rejeta en arrière, la tête douloureuse, prête à éclater.

« Putain, qu'est-ce que t'as foutu ? » demanda Tommy par-dessus son épaule.

Il respirait fort, agrippé au volant. Ses épaules étaient encore raides de colère.

« Je me suis perdu, dit Henrik en posant son sac à dos. Trébuché sur une souche. »

Freddy rit tout seul.

« J'ai dû sauter par une fenêtre ! dit-il. En plein dans les buissons.

– Un bon butin, en tout cas », dit Tommy.

Henrik hocha la tête, mâchoires serrées. Et le retraité que Tommy avait mis par terre – que lui était-il arrivé ? Il préférait ne pas trop y penser pour le moment.

« Prends vers l'est. Vers mon cabanon.

– Et pourquoi ?

– La police va rappliquer par ici cette nuit, dit Henrik. En cas d'agression, ils viennent directement de Kalmar… je ne veux pas tomber dessus sur la grand-route. »

Tommy soupira, mais prit l'embranchement vers la côte est.

Il fallut une bonne demi-heure pour décharger le butin et le cacher dans le cabanon, mais ça valait le coup : c'était plus sûr comme ça. En regagnant la fourgonnette, Henrik n'avait gardé que les billets de banque et la vieille lanterne dans son sac à dos.

Ils firent un détour en longeant la côte est jusqu'à Borgholm, mais ne croisèrent pas de policiers. Dans les faubourgs de la ville, Tommy écrasa un chat ou un lièvre mais, cette fois-ci, il semblait trop fatigué pour s'en réjouir.

« On va faire une pause, dit-il une fois dans les rues éclairées. Quelques jours de vacances. »

Ils s'engagèrent dans la rue de Henrik. Il était trois heures et quart.

« Bon, dit-il juste en ouvrant la porte. Il faudra aussi compter l'argent… pour que ce soit équitable. »

Il n'avait pas l'intention d'oublier que les frères Serelius avaient failli partir en l'abandonnant dans la forêt.

« On te contactera », dit Tommy par la vitre baissée.

Henrik hocha la tête et se dirigea vers chez lui.

Ce ne fut qu'une fois dans l'appartement qu'il vit dans quel état lamentable il se trouvait. Son jean et son blouson étaient maculés de terre. Il les jeta dans la corbeille à linge, but un verre de lait et regarda par la fenêtre, les yeux vides.

Ses impressions de la nuit au presbytère étaient floues, et il ne tenait pas particulièrement à les clarifier. Malheureusement, l'image la plus nette était celle de la main du propriétaire écrasée sous son talon. Il n'avait pas fait exprès, mais…

Il éteignit et alla se coucher.

Il eut du mal à s'endormir. Son front lui faisait mal et il était sur les nerfs mais, peu après quatre heures, il s'assoupit.

Quelques heures plus tard, Henrik entendit du bruit dans l'appartement.

Comme des coups sur du verre. Puis du silence.

Il leva la tête de l'oreiller et, en pleine confusion, scruta les ténèbres de la chambre.

Les craquements sourds recommencèrent. Ça semblait venir de l'entrée.

Henrik sortit de la chaleur du lit et tituba dans le noir pour aller écouter.

Ça sortait de son sac à dos. Trois craquements, puis silence. Et ainsi de suite.

Il se pencha pour ouvrir la fermeture Éclair. La vieille lanterne du presbytère était toujours emballée dans sa nappe.

Henrik l'attrapa.

Son cadre en bois avait dû se refroidir dans la fourgonnette, supposa-t-il. À présent il se réchauffait à la température ambiante. D'où les craquements. Il posa la lanterne sur la table de la cuisine, referma la porte et retourna se coucher.

Il entendait de temps en temps de faibles bruits dans la cuisine. C'était aussi énervant qu'un robinet qui goutte, mais Henrik était si fatigué qu'il finit par s'endormir.

Qu'est-ce que c'était comme dieux ?
Des dieux païens.
C'est quoi ?
Eh bien, ce sont… des dieux un peu méchants,
oakim – l'histoire des religions n'était pas son
Des dieux vikings comme Odin ou Freya. Et
lieux de la nature qui vivaient dans la terre
arbres. Mais ils n'existent plus.
t pourquoi ?
arce que les gens ont arrêté de croire en eux,
akim en se remettant en route. Allez, venez.
ux monter sur mon dos, Gabriel ? »
fils secoua gaiement la tête et se remit à cou-
ns le sillage de Livia. Ils prirent vers le nord
it sentier qui longeait au sec la tourbière.
s'étendaient des champs et, derrière, Rörby,
église blanche se dressait à l'horizon.
im aurait bien voulu aller plus loin mais,
aux champs, les enfants ralentirent sensi-
t. Il ôta son sac à dos.
ez, on s'arrête casser la croûte ! »
la Thermos de chocolat et manger les
prit un quart d'heure. Ils étaient assis cha-
un rocher, tout était silencieux. Joakim
ue la tourbière était une réserve ornitholo-
ais on ne voyait pas un seul oiseau ce jour-

la pause, ils rejoignirent la grand-route.
hoisit un sentier le long du petit bois qui
au nord-ouest d'Åludden. Un bois
bas et de fourrés, comme tous ceux qu'il
sur l'île. Il était fait de sapins qui sem-
us pencher vers l'intérieur des terres, fuir
s vents marins. Au sol, d'épaisses brous-
noisetiers et d'aubépines.

13

L'important était de ne pas oublier Katrine.

Quand Joakim cessait de penser à elle, ne fût-ce qu'un instant, c'était chaque fois la même douleur au moment où il se rappelait soudain qu'elle n'était plus là. Pour cette raison, il essayait de toujours la garder à l'esprit – juste assez pour qu'elle soit toujours présente et qu'il parvienne ainsi à contenir son chagrin.

Le dimanche de la troisième semaine après l'accident, il emmena les enfants pour une grande promenade dans les environs. Ils partirent droit vers l'ouest, tournant le dos à la mer. Joakim sentait derrière lui la présence d'Åludden. Il se dit que Katrine était restée à la maison pour finir de coller quelques lés de papier peint. Peut-être allait-elle bientôt sortir et prendre à travers champs pour les rattraper ?

C'était un jour de novembre venteux mais ensoleillé. Ils avaient des brioches et du chocolat chaud. Le sac à dos de Joakim était équipé d'une nacelle où Gabriel pouvait se reposer quand il était fatigué mais, la plupart du temps, il courait dans les prés avec Livia.

En arrivant sur la grand-route, Joakim leur cria d'attendre, et ils traversèrent tous ensemble en regardant d'abord des deux côtés, comme il leur avait appris.

Livia avait dormi plus calmement les dernières nuits, elle ne semblait pas fatiguée du tout, mais Joakim, lui, ressentait le manque de sommeil comme un poids permanent derrière les yeux. Il allait un peu mieux pendant la journée, maintenant qu'il n'avait plus la *flanchette* et que le chantier de la maison avait repris, mais ses nuits étaient encore difficiles. Même quand Livia dormait profondément, il restait éveillé dans le noir. Il écoutait.

Parler dans son sommeil n'avait pas l'air de perturber Livia, presque au contraire.

Elle avait cependant commencé à rapporter des dessins de la maternelle. Beaucoup représentaient une femme aux cheveux blonds, tantôt devant la mer, tantôt devant une maison rouge. Des lettres maladroites formaient au-dessus le mot MAMAN.

Livia continuait à demander presque matin et soir quand Katrine allait rentrer, et Joakim répétait sans cesse la même réponse : « Je ne sais pas. »

De l'autre côté de la grand-route, une fois escaladé le vieux muret de pierres qui la longeait, ils se retrouvèrent au bord d'une étendue plate et grise, une sorte d'étang parsemé de bouquets de roseaux et de touffes d'herbe jaune pâle. L'eau était noire et stagnante, impossible d'en estimer la profondeur.

« On appelle ça une tourbière, dit Joakim.

– On peut se noyer, là-dedans ? » demanda Livia.

Elle essayait d'enfoncer un bâton dans une flaque d'eau boueuse et ne remarqua pas que Joakim s'était figé en entendant sa question.

« Non… à condition de savoir
– Je sais nager ! » cria Livia.
Elle était allée quatre fois en
l'été passé, à Stockholm.
Gabriel poussa soudain un cri
– ses bottes en caoutchouc s'é
dans l'herbe, au bord de l'eau.
tira de là, la terre argileuse lâ
bruit de succion, comme déçue.
sur la terre ferme, Joakim bala
due d'eau noire et se souvint
l'agent immobilier qui leur av
den leur avait raconté en pas
bière.
« Vous savez ce qu'on fais
demanda-t-il. Il y a des siècl
– Quoi ? dit Livia.
– J'ai entendu dire qu'ici,
aux dieux.
– Sacri… qu'est-ce que c
– Ça veut dire qu'on d
quelles on tient beaucoup,
voir encore plus en échan
– Et qu'est-ce qu'on do
– De l'argent, de l'or,
choses. On les jetait à l'e
les dieux. »
D'après l'agent immob
des animaux et même p
ce n'était vraiment pas
enfants.
« Et pourquoi ? dit L
– Je ne sais pas… On
seraient contents et re
facile.

Ils descendirent vers la mer, où le vent devint plus fort et plus froid. Le soleil déclinait et le ciel avait perdu son lustre bleuté.

« C'est l'épave ! cria Livia quand ils furent presque arrivés sur la plage.

– L'épave ! répéta Gabriel.

– On peut y aller, Papa ? »

De loin, elle rappelait encore un peu une coque de bateau mais, quand on s'approchait, cela ressemblait surtout à un tas de vieilles planches fendues. Seule la quille avait à peu près résisté : une longue poutre tordue à moitié enfouie dans le sable.

Livia et Gabriel en firent le tour, mais revinrent vite, déçus.

« On ne peut pas le réparer, Papa, dit Livia.

– Non, dit Joakim, rien à faire.

– Ils se sont tous noyés, les gens du bateau ? »

Elle n'arrête pas de parler de gens qui se noient, se dit Joakim.

« Non, ils s'en sont sortis, dit-il. Les gardiens des phares sont sûrement venus les aider. »

Ils continuèrent vers le sud sur le sable humide de la plage. Les vagues léchaient la grève. Livia et Gabriel jouaient à s'en approcher le plus possible sans se mouiller. Quand la mer plus grosse déferlait jusqu'à eux, ils bondissaient avec des rires et des cris.

En un quart d'heure, ils arrivèrent à la jetée qui protégeait les phares. Livia se mit à courir sur le sable et grimpa sur le premier rocher.

C'était là que Katrine était passée, voilà seulement trois semaines. Droit sur la jetée, et à l'eau.

« Ne va pas par là, Livia ! cria Joakim. »

Elle se retourna vers lui.

« Pourquoi ?
– Tu pourrais glisser.
– Nan !
– Si ! Allez, viens ! »
Elle finit par descendre des rochers sans rien dire, renfrognée. Gabriel regarda alternativement sa sœur et son père, sans savoir qui avait raison.
Ils passèrent devant le chemin étroit qui menait aux phares et Joakim eut une idée pour que Livia soit à nouveau de bonne humeur.
« On pourrait aller voir à l'intérieur d'un des phares », dit-il.
Livia tourna très vite la tête vers lui.
« On a le droit ?
– Bien sûr, dit Joakim. Il faut juste réussir à ouvrir la porte. Mais je sais où il y a un trousseau de clés. »
Il ouvrit la marche jusqu'à la maison. En entrant par la cuisine, il réprima comme chaque fois l'envie d'appeler Katrine.
Dans un des placards était rangée une boîte en fer-blanc remise par l'agent immobilier, contenant des documents sur l'histoire d'Åludden. Il y avait aussi l'ancien trousseau de clés – un anneau de fer où s'entrechoquait une douzaine de clés, certaines plus grosses et plus lourdes qu'il n'en avait jamais vues.
Gabriel voulait rester au chaud, il voulait voir un film avec Pingu le pingouin. Joakim lui mit la cassette dans le magnétoscope.
« On revient vite », dit-il.
Gabriel se contenta de hocher la tête, déjà captivé par le film.
Joakim prit le trousseau et ressortit dans le froid, flanqué de Livia.

« Lequel on choisit, alors ? »

Livia réfléchit, puis montra du doigt :

« Celui-là ! dit-elle. Le phare de Maman. »

Joakim regarda la tour nord. Celle qui ne s'allumait jamais – même s'il lui avait semblé y deviner une lueur, une seule fois, à l'aube du jour où Katrine s'était aventurée sur la jetée.

« D'accord, dit-il. On y va. »

Ils s'engagèrent sur l'étroit chemin de pierre et prirent à gauche là où il se divisait, au milieu des vagues.

Ils parvinrent sur l'îlot. Devant la porte métallique du phare, une dalle en calcaire poli sur laquelle le père et sa fille tenaient tout juste.

« Bon, on va voir si on arrive à entrer, Livia… »

Joakim regarda le cadenas et choisit une clé. Elle avait l'air de convenir, mais était trop grosse pour le trou de la serrure. La deuxième qu'il essaya entrait, mais ne tournait pas.

La troisième clé entra elle aussi et, quand Joakim eut bien pris en main son anneau en fer gros comme le pouce, il parvint en effet à la tourner, même si le cadenas résistait.

Joakim tira de toutes ses forces sur la poignée.

La porte tourna lentement sur ses gonds rouillés, mais se bloqua au bout de quinze ou vingt centimètres.

C'était à cause de la grande dalle. Les vagues et la glace – ou peut-être encore l'herbe qui poussait tout autour – avaient descellé la pierre, qui à présent raclait le bas de la porte.

En tirant sur le haut de celle-ci, il arriva à la faire jouer de quelques centimètres encore, mais pas davantage.

Il jeta un coup d'œil par l'entrebâillement, avec l'impression de regarder dans une crevasse sombre.

« Qu'est-ce qu'il y a, dedans ? demanda Livia dans son dos.

– Ouh là là ! dit-il, il y a un squelette par terre.

– Quoi ! ? »

Il se tourna et sourit en voyant ses yeux écarquillés.

« C'est une blague ! Mais on n'y voit pas grand-chose… il fait noir comme dans un four. »

Il recula d'un pas sur la dalle pour laisser Livia regarder.

« Je vois un escalier, dit-elle.

– Oui, c'est l'escalier qui monte en haut de la tour.

– Il est tordu, dit Livia. Il tourne… en montant.

– Jusqu'en haut, dit Joakim, en ajoutant : Attends-moi là. »

Il avait aperçu une grosse pierre plate près de l'eau. Il descendit la chercher et la remonta près de la porte. Ça ferait un bon marchepied.

« Tu peux reculer un peu, Livia ? dit-il. Je vais essayer de me glisser pour pousser la porte de l'intérieur.

– Moi aussi, je veux me glisser !

– Après moi, peut-être, dit Joakim. »

Il grimpa alors sur la pierre, tordit au maximum la partie supérieure de la porte de tôle pour pouvoir forcer l'entrée. Et il y arriva – heureusement qu'il n'avait pas le ventre d'un buveur de bière.

Une fois à l'intérieur du phare, la lumière du jour disparut, comme le vent marin. Joakim posa les pieds sur un sol plat en ciment, et sentit des murs de pierre voûtés tout autour de lui.

Lentement, ses yeux s'habituèrent à l'obscurité. Depuis combien de temps personne n'était-il plus entré dans ce phare ? Plusieurs décennies peut-être. L'air était sec, comme dans tous les bâtiments en pierre calcaire, et tout était recouvert d'une couche de poussière grise.

L'escalier de pierre que Livia avait aperçu commençait presque à ses pieds et montait en colimaçon entre les épais murs extérieurs et une grosse colonne au centre de la tour. Il se perdait dans la pénombre, mais, tout en haut, on devinait une faible lueur, probablement celle d'une des petites fenêtres qui perçaient la tour.

On avait entreposé des choses par terre. Quelques bouteilles de bière vides, une pile de journaux, un bidon en métal rouge et blanc portant l'inscription CALTEX.

À côté de l'escalier, une porte basse en bois. Joakim l'entrouvrit et tomba sur le même capharnaüm : des cageots empilés, des bouteilles vides et des filets vert foncé accrochés aux murs. Il y avait même là-dedans une sorte de vieille calandre.

Quelqu'un avait utilisé le phare comme débarras.

« Papa ? »

C'était Livia qui appelait.

« Oui ? » répondit-il. Il entendit l'écho de sa voix rebondir dans l'escalier en colimaçon.

Elle avait passé la tête dans l'embrasure de la porte.

« Je peux entrer, moi aussi ?

– On peut essayer... Tu peux monter sur la pierre, que j'essaie de te tirer à l'intérieur ? »

Dès que sa fille commença à essayer de forcer l'entrée, il se rendit compte qu'il n'arriverait pas à faire plier la porte tout en la tirant à l'intérieur du phare. Elle risquait de rester coincée.

« Je crois que ça ne va pas, Livia.

– Mais je veux entrer !

– On essaiera avec le phare sud, dit-il, peut-être que… »

Soudain, Joakim entendit des raclements au-dessus de lui. Il tourna la tête pour écouter.

Des pas. Ça ressemblait à des pas qui se répercutaient depuis le haut de l'escalier en colimaçon.

Le bruit venait de la tour. Il se faisait des idées, mais ça ressemblait à des pas pesants – et on aurait dit qu'ils descendaient l'escalier, lentement mais sûrement.

Ce n'était pas Katrine, c'était quelqu'un d'autre.

Des pas lourds… ça ressemblait à un homme.

« Livia ? appela Joakim.

– Oui ? »

Elle était toujours dehors, et Joakim songea combien elle était proche de l'eau, un pas en arrière seulement et elle pouvait tomber… et Gabriel, Gabriel tout seul dans la maison. Comment avait-il pu le laisser ?

« Livia ? cria-t-il à nouveau. Reste où tu es, je vais ressortir. »

Il se hissa à la force des bras. La porte de tôle semblait vouloir le retenir, mais il força le passage. Çà aurait pu paraître comique, comme une parodie d'accouchement, mais son cœur battait à se rompre et, du dehors, Livia le regardait avec des yeux apeurés.

Joakim se réceptionna sur la pierre plate et reprit son souffle dans l'air frais de la mer.

« Et voilà, dit-il en se dépêchant de refermer derrière lui la porte métallique. Maintenant il faut retourner avec Gabriel. On ira voir l'autre phare une autre fois. »

Il replaça le cadenas et referma le phare, en s'attendant aux protestations de Livia, mais elle se contenta de prendre sa main en silence pour regagner la terre ferme par la jetée. Le soleil serait bientôt couché.

Joakim songea au bruit dans le phare.

Ce devait être le vent marin qui sifflait sur la tour, ou le bec d'une mouette qui grattait contre la lentille du phare. Pas des pas.

HIVER 1916

Les morts cherchent à nous atteindre, Katrine. Ils veulent nous parler, ils veulent qu'on les écoute.

Que veulent-ils nous dire ? Peut-être que la mort ne fait pas crédit.

Dans le grenier à foin, au-dessus de la grange, une date a été gravée dans le mur, pendant la Première Guerre mondiale : 7 décembre 1916, suivie d'une croix et du début d'un nom : † GEOR-

Mirja RAMBE

La femme du patron de phare Alma Ljunggren est à son métier à tisser dans une pièce à l'arrière du corps de logis. Derrière elle, le tic-tac d'une horloge. De là, Alma ne voit pas la plage, et cela lui convient très bien. Elle ne veut pas voir ce que son mari Georg et les autres gardiens du phare sont en train d'y faire.

Il n'y a pas âme qui vive dans la maison. Toutes les autres femmes sont descendues sur la plage. Alma sait qu'elle devrait elle aussi y être pour soutenir les hommes, mais elle n'ose pas. Elle n'a pas le courage de soutenir qui que ce soit, elle ose à peine respirer.

Le tic-tac de l'horloge continue.

Un monstre marin s'est échoué près d'Åludden, ce matin d'hiver, en cette troisième année de la Grande Guerre. Le monstre a été découvert après la grosse tempête de neige de la nuit : un monstre noir au corps rond hérissé de piquants métalliques.

La Suède est neutre, mais la guerre arrive pourtant jusqu'à elle.

Le monstre échoué sur la plage est une mine. Probablement russe, posée l'année précédente pour stopper les transports allemands de minerai dans la Baltique. Mais sa provenance ne change rien, l'engin est de toute façon mortel.

Le tic-tac se tait soudain.

Alma tourne la tête.

L'horloge pendue au mur, dans son dos, s'est arrêtée. Le balancier pend à la verticale.

Alma prend une paire de ciseaux à laine dans la corbeille à ouvrage au pied du métier à tisser et sort de la pièce. Elle jette un châle sur ses épaules et sort dans la véranda, sur la façade du corps de logis. Elle détourne toujours les yeux de la plage.

Pendant la tourmente de ces derniers jours, les vagues ont dû détacher la mine de son amarre en haute mer et la faire lentement dériver vers la terre. Elle est à présent échouée sur un banc de sable, dans la glace disloquée, à une cinquantaine de mètres seulement de la tour du phare sud.

L'année précédente, une torpille allemande s'est échouée sur une plage au nord de Marnäs. On l'a fait exploser, et les autorités maritimes exigent que les mines subissent le même sort. Il faut détruire la mine russe, mais on ne peut pas la faire sauter si près du phare. Il faut la remorquer plus loin.

Les gardiens vont passer un câble autour de la mine et l'éloigner lentement des phares.

Le patron de phare Georg Ljunggren dirige les opérations. Il s'est posté à l'avant d'un canot à moteur et les ordres qu'il hurle sur la plage parviennent jusqu'au corps de logis.

En ouvrant la porte de la véranda, Alma les entend distinctement.

Elle sort dans le froid et traverse la cour récemment déneigée jusqu'à la grange, toujours sans regarder vers la plage.

Il n'y a personne dans la grange mais, une fois la lourde porte refermée derrière elle, les vaches et les chevaux commencent à s'agiter dans le noir. La tempête les rend nerveux.

Alma monte doucement l'escalier qui mène au grenier à foin. Là non plus il n'y a personne.

Le foin monte presque jusqu'au toit, mais un étroit chemin est aménagé le long du mur.

Elle s'arrête devant le mur du fond. Elle est venue là plusieurs fois ces dernières années, mais elle relit encore une fois les noms.

Elle prend alors les ciseaux noirs et avec leur pointe commence à graver la date dans le bois : 7 décembre 1916. Et un nom.

Les cris cessent sur la plage.

Tout se tait et dans le grenier Alma lâche ses ciseaux. Elle joint les mains contre le mur et prie le Seigneur.

Tout est silencieux à Åludden.

Puis c'est l'explosion.

Comme si tout l'air se comprimait, tandis que le grondement qui monte de la plage se propage dans les terres. L'onde de choc arrive quelques secondes plus tard : elle brise plusieurs vitres de la grange et bouche les oreilles d'Alma. Elle ferme les yeux et tombe à la renverse dans le foin.

La mine a explosé trop tôt. Alma le sait.

L'onde de choc passée, elle se relève.

Après quelques secondes où elles sont restées figées, les vaches se mettent à meugler sous ses pieds. Puis elle entend les voix monter de la plage. Elles se rapprochent rapidement.

Alma dévale l'escalier.

Les deux tours sont toujours là, elle les voit, intactes. La mine a disparu. Elle n'a laissé qu'un bouillonnement d'eau grise. Et on ne distingue plus le canot.

Alma voit les autres femmes rentrer. Ragnhild et Eivor, les femmes des gardiens. Elles la fixent, le regard éteint.

« Et le patron ? » demande Alma.

Ragnhild secoue la tête, le visage fermé. Alma voit alors que son tablier est trempé de sang.

« Mon Albert... il était à l'avant du canot. »

Ses genoux se dérobent sous elle, Alma se précipite et la retient dans sa chute.

14

Livia dormit calmement la nuit du dimanche. Joakim se réveilla à l'aube après trois heures de sommeil sans rêves. Il n'arrivait plus à dormir plus longtemps d'affilée désormais. Au réveil, sa tête bourdonnait de fatigue.

Au matin, il conduisit comme d'habitude les enfants à Marnäs et, à son retour, trouva la maison vide et silencieuse. Il continua à tapisser les chambres à l'extrémité sud du corps de logis.

Vers une heure, il entendit un bruit sourd de moteur s'approcher d'Åludden. Il regarda par la fenêtre.

Une Mercedes bordeaux arrivait à vive allure sur les gravillons du chemin. Joakim la reconnut : ç'avait été une des premières voitures à quitter l'église de Marnäs après l'enterrement.

La mère de Katrine venait lui rendre visite.

Même si c'était une grosse voiture, la femme qui la conduisait semblait encore plus imposante. Elle s'extirpa à grand-peine du véhicule, comme si elle était coincée entre le volant et le siège. Elle finit pourtant par se camper dans la cour, avec son jean moulant, ses bottes pointues et sa veste en cuir aux nombreuses boucles. Une femme d'environ cinquante-cinq ans, très maquillée, les lèvres rouge vif et les yeux charbonneux.

Elle rajusta le ruban de soie rose qu'elle portait au cou et embrassa du regard la maison, l'air maussade. Puis elle alluma une cigarette.

Mirja Rambe, sa belle-mère de Kalmar. Elle n'avait pas appelé une seule fois après l'enterrement.

Joakim prit une profonde inspiration, souffla tout doucement puis traversa la maison pour aller ouvrir la porte de la cuisine.

« Salut, Joakim, dit-elle en lâchant du coin de la bouche une bouffée de fumée.

– Bonjour, Mirja.

– Je suis contente de te trouver à la maison. Comment vas-tu ?

– Pas très bien.

– Je comprends ça… Ce sont vraiment de sales moments à passer. »

Ce fut la seule sympathie qu'elle lui exprima. Mirja écrasa son mégot dans les graviers et se dirigea vers la porte. Il s'écarta pour la laisser passer avec son sillage de tabac et de parfum.

Elle s'arrêta dans la cuisine et regarda autour d'elle. Joakim savait que les lieux avaient beaucoup changé depuis l'époque où elle y avait vécu, plus de trente ans auparavant – mais comme elle ne faisait aucun commentaire sur tout le mal qu'ils s'étaient donné, il se sentit obligé de demander :

« C'est Katrine qui a fait le gros du travail, cet été. Qu'est-ce que tu en dis ?

–Pas mal, dit Mirja. Quand Torun et moi louions une chambre dans la buanderie, c'était des célibataires qui vivaient dans le corps de logis. Tu aurais vu l'état… De la suie partout.

– Des employés du service des phares ?

– Non, les gardiens des phares n'étaient plus là, lâcha Mirja. Eux, c'était des bons à rien. »

Elle s'ébroua, comme si elle voulait changer de sujet, et demanda :

« Mais où sont donc mes petits-enfants ?

– Livia et Gabriel sont à l'école. À Marnäs.

– Déjà ?

– Oui, c'est la maternelle. Grande section pour Livia. »

Mirja hocha la tête sans sourire.

« Les noms ont changé…, dit-elle. Mais c'est toujours le même chenil.

– La maternelle n'est pas un chenil, répliqua Joakim. Les enfants s'y plaisent.

– Sûrement, dit Mirja. De mon temps, ça s'appelait l'école des petits. La même merde… jour après jour. »

Elle passa à nouveau du coq à l'âne :

« À propos d'animaux… »

Elle ressortit sur le terre-plein.

Joakim resta dans la cuisine en se demandant combien de temps Mirja avait l'intention de rester. La maison semblait beaucoup plus petite quand sa belle-mère était là, comme si l'air ne suffisait plus.

Il entendit une portière claquer et elle réapparut dans la cuisine, les deux mains chargées. Elle brandit une boîte grise munie d'une poignée.

« Ça, je l'ai eu gratis, c'est un voisin qui me l'a donné, dit-elle. Les accessoires, par contre, je les ai achetés. »

La boîte était une cage de transport pour chat – et elle n'était pas vide.

« Tu plaisantes ? » s'exclama-t-il.

Mirja secoua la tête et ouvrit la cage. Un matou rayé en sortit et s'étira sur le plancher. Il lança un regard méfiant à Joakim.

« Voici Raspoutine, dit-elle. Il vivra comme un moine russe, ici, n'est-ce pas ? »

Elle ouvrit un grand sac, d'où elle sortit une pile de boîtes de pâtée, une gamelle et un bac de litière.

« On ne peut pas le garder, fit Joakim.

– Bien sûr que si ! dit Mirja. Il mettra un peu d'animation. »

Raspoutine se frotta contre la jambe de Joakim et se dirigea vers le hall. Quand Mirja lui ouvrit la porte, il se dépêcha de disparaître dehors.

« Le voilà parti chasser les rats, dit-elle.

– Je n'ai pas vu un seul rat, ici, dit Joakim.

– C'est parce qu'ils sont plus malins que toi. » Mirja prit une pomme dans la corbeille de fruits qui trônait au centre de la table et continua : « Bon, alors, quand venez-vous me voir à Kalmar ?

– Je ne savais pas que nous étions invités.

– Bien évidemment ! » Elle mordit dans la pomme. « Venez quand vous voulez.

– Que je sache, Katrine n'a jamais été invitée comme ça.

– De toute façon, Katrine ne serait pas venue. Mais nous nous téléphonions de temps en temps.

– Une fois par an, corrigea Joakim. Elle téléphonait à Noël, mais elle s'enfermait toujours pour le faire. »

Mirja secoua la tête.

« Je lui ai parlé il y a seulement un mois.

– Et de quoi ?

– Rien de spécial… ma dernière exposition à Kalmar. Mon nouveau petit ami, Ulf…

– Vous avez parlé de toi, en d'autres termes.

– D'elle, aussi.

– Et qu'est-ce qu'elle t'a raconté ?

– Qu'elle se sentait un peu seule ici. Stockholm ne lui manquait pas, à ce qu'elle disait… mais toi, tu lui manquais.

– J'ai été obligé de rester travailler un peu plus longtemps. »

Bien sûr, il aurait pu démissionner plus tôt de son poste d'enseignant. Il aurait pu faire beaucoup de choses différemment, mais il n'avait pas l'intention de discuter de ça avec Mirja.

Elle se dirigea vers les chambres, mais s'arrêta devant le tableau accroché dans le couloir, en face de la chambre de Joakim.

« Je l'ai donné à Katrine le jour de ses vingt ans, dit-elle. Un souvenir de sa grand-mère.

– Elle l'aimait beaucoup, dit Joakim.

– Il ne faudrait pas le laisser là, dit Mirja. Le dernier tableau de Torun qui s'est vendu est parti aux enchères à trois cent mille.

– Ah bon ? Mais personne ne sait que nous avons celui-ci. »

Mirja se plongea intensément dans le tableau, suivant du regard les touches noires et grises.

« Il n'y a pas une ligne horizontale, c'est pour cela qu'on a du mal à le regarder, dit-elle. Voilà comment on peint après être sorti dans la tourmente.

– C'était le cas de Torun ?

– Oui. C'était notre premier hiver ici. On avait annoncé une tempête de neige, mais Torun était quand même partie dans la tourbière. Elle aimait bien s'en aller peindre vers l'intérieur des terres.

– Nous y étions hier, dit Joakim. C'est joli, cette tourbière.

– Pas dans la tourmente, dit Mirja. Le chevalet de Torun a été emporté avant qu'elle ait eu le temps de le plier, et tout à coup elle n'y voyait plus qu'à quelques mètres. Le soleil avait disparu. Il n'y avait plus que de la neige, partout.

– Mais elle s'en est tirée ?

– Elle peinait à sortir de la tourbière, les pieds dans l'eau mais, à un moment, la neige s'est un peu éclaircie et elle a vu la lumière clignotante du phare. » Mirja regarda le tableau et continua à voix basse : « C'était in extremis. Elle m'a dit qu'en pataugeant au hasard dans la tourbière elle avait vu les morts… ceux qui avaient été sacrifiés à l'âge du fer. Ils sortaient de l'eau et tendaient leurs bras vers elle. »

Joakim écoutait, retenant son souffle. Il commençait à comprendre d'où venait l'atmosphère des tableaux de Torun.

« Elle a eu des problèmes de vue après ça, continua Mirja. C'est là que ça a commencé. Elle a fini par devenir aveugle.

– À cause de la tourmente ?

– Peut-être… en tout cas, elle n'avait pas pu ouvrir les paupières pendant plusieurs jours. La tourmente charriait du sable mêlé à la neige… c'était comme avoir les yeux criblés de clous. »

Mirja recula d'un pas devant le tableau.

« Les gens n'ont pas envie de tableaux aussi sombres, dit-elle. Ici, sur Öland, ils veulent voir un vaste ciel, une mer bleue et des grands champs de fleurs jaunes, rien d'autre. Des tableaux lumineux avec des cadres blancs.

– Dans le genre de ceux que tu produis à la chaîne, dit Joakim.

– Tout à fait. » Mirja hocha énergiquement la tête sans se fâcher le moins du monde. « Mais vous avez l'air de n'avoir aucun de mes tableaux, ici. Je me trompe ?

– Non. Katrine en a quelques-uns en cartes postales, quelque part.

– Très bien. Les cartes postales aussi, ça rapporte. »

Joakim ne voulait pas s'attarder près des chambres à coucher – espace trop privé. Il revint vers la cuisine.

« Combien de toiles de Torun y avait-il à l'origine ? demanda-t-il.

– Beaucoup. Sûrement une cinquantaine.

– Et maintenant, il n'en reste plus que six, c'est ça ?

– Six, oui. » Mirja se rembrunit. « Les six qui ont été sauvées.

– Et les gens racontent que... »

Mirja le coupa, agacée :

« Je sais ce que les gens racontent... que sa fille les a détruites. Une collection qui vaudrait aujourd'hui plusieurs millions... ils disent que je les ai mises dans le poêle un hiver rigoureux pour ne pas mourir de froid.

– Katrine disait que ça ne s'était pas passé comme ça, dit Joakim.

– Ah oui ?

– Elle disait que tu étais jalouse de Torun... et que tu avais jeté ses toiles à la mer.

– Katrine est née un an après, alors elle n'y était pas. » Mirja soupira. « J'entends bien les ragots qui circulent sur l'île : Mirja Rambe est une vieille pie… elle a des petits amis beaucoup trop jeunes, elle picole… Katrine aussi disait ça ? »

Joakim secoua la tête, mais se rappela comment Mirja avait dragué dans tous les sens à leur mariage, à Borgholm, et essayé de séduire un de ses jeunes cousins.

Ils étaient à présent dans la véranda. Mirja reboutonna sa veste en cuir.

« Viens, dit-elle. Je vais te montrer quelque chose. »

Joakim la suivit dans la cour. Il vit Raspoutine se faufiler à travers la clôture et disparaître en direction de la mer.

« Ici, ça n'a pas changé, dit Mirja en marchant sur les dalles inégales. Toujours autant de mauvaises herbes. »

Elle s'arrêta, alluma une nouvelle cigarette, puis regarda par les fenêtres poussiéreuses de la buanderie.

« Personne, dit-elle.

– L'agent immobilier l'appelait “maison d'amis”, dit Joakim. Nous allons la remettre en état ce printemps… c'était en tout cas ce qui était prévu. »

Du dehors, la buanderie en pierre blanche était une banale maison de plain-pied, tout en longueur sous son toit de tuiles. Dedans, on trouvait une remise à bois, un atelier de menuiserie, la buanderie proprement dite, au plancher taché d'humidité, un sauna construit dans les années soixante-dix et deux chambres avec douche, où les occupants d'Åludden venaient parfois, l'été, quand il faisait trop chaud dans le corps de logis.

Mirja regarda le bâtiment en secouant la tête.

« Nous avons vécu trois ans ici, avec Torun. Au milieu des rats et des moutons de poussière. Putain, l'hiver, on se serait crues dans un frigidaire ! »

Mirja tourna le dos à la buanderie.

« C'était ça que je voulais te montrer, là-bas. »

Elle gagna la grange et tira la porte, qui s'ouvrit sur de profondes ténèbres.

Mirja écrasa son mégot et alluma les lampes du plafond. Joakim la suivit sur le sol dallé. Elle fit un geste en direction du grenier à foin.

« C'est là-haut. »

Joakim hésita un instant. Puis il suivit Mirja dans l'escalier raide. Il régnait le même désordre que lors de sa dernière visite.

« On ne passe pas, par ici, dit-il.

– Mais si, dit Mirja. »

Elle se fraya sans hésiter un chemin entre les valises, les boîtes, les vieux meubles et les pièces mécaniques rouillées. Elle trouva des sentiers étroits qui se faufilaient dans le capharnaüm, jusqu'au mur du fond. Là, elle s'arrêta et lui montra les larges planches.

« Regarde… j'ai découvert ça il y a trente ans. »

Joakim s'approcha. Dans la lumière ténue de la fenêtre, il vit qu'on avait gravé des lettres dans le bois brut, des séries de noms et de dates, avec parfois une croix ou une citation de la Bible :

CAROLINA CHÉRIE 1868, gravé sur une planche tout près du toit. En dessous, NOTRE CHER JAN A REJOINT LE SEIGNEUR 1883 et, un peu plus bas, À LA MÉMOIRE D'ARTHUR CARLSSON, NOYÉ LE 3 JUIN 1911, JEAN, 3,16.

Il y avait beaucoup d'autres noms, mais Joakim interrompit sa lecture et se tourna vers Mirja.

« Qu'est-ce que c'est que ça ?

– Ceux qui sont morts ici, à Åludden », dit Mirja. Sa voix jusqu'alors si tonitruante était à présent beaucoup plus basse, comme une prière. « Ce sont leurs proches qui ont gravé ici leurs noms. Ceux-là existaient déjà quand j'étais jeune... mais ceux-ci sont nouveaux. »

Elle indiqua deux noms tout près du sol : CIKI, d'un côté, en caractères très fins et, de l'autre, SLAVKO.

« Sans doute des réfugiés, dit Joakim. Åludden a servi de camp, il y a quelques années. » Il regarda Mirja. « Mais pourquoi les gens sont-ils venus ici graver tout ça ?

– Ça..., dit Mirja. Pourquoi dresse-t-on des pierres tombales ? »

Joakim songea à la dalle de granit qu'il avait choisie pour Katrine la semaine précédente. Elle serait livrée avant Noël, avait promis le tailleur de pierre. Il la regarda.

« Pour... ne pas oublier, dit-il.

– Exact, dit Mirja.

– Tu as parlé de ce mur à Katrine ?

– Oh oui, cet été, déjà. Ça l'a intéressée, mais je ne sais pas si elle est montée ici.

– Je crois que oui », dit Joakim.

Mirja passa ses doigts sur les lettres gravées dans le bois.

« Quand j'ai découvert ces noms, adolescente, je les ai lus et relus, dit-elle. Et puis j'ai commencé à me demander qui c'était. Pourquoi ces gens vivaient à Åludden, pourquoi ils étaient morts... on a du mal à cesser de penser aux morts, hein ? »

Joakim hocha la tête en silence, sans quitter le mur des yeux.

« Et je les ai entendus, continua Mirja.

– Qui ça ?

– Les morts. » Mirja se pencha plus près des planches du mur. « Il faut juste écouter… et on les entend chuchoter. »

Joakim se tut, mais il n'entendit rien.

« J'ai écrit un livre sur Åludden cet été, dit Mirja en retraversant le grenier.

– Ah ? dit Joakim.

– Je l'ai donné à Katrine quand elle s'est installée ici.

– Ah oui ? Elle ne m'en a jamais parlé. »

Mirja s'arrêta soudain, avec l'air de chercher quelque chose à terre. Elle déplaça une caisse en bois défoncée et se baissa.

Sous la caisse, deux noms gravés dans le plancher, côte à côte, avec une date :

MIRJA & MARKUS 1961

« *Mirja…*, lut Joakim, avant de se tourner vers elle. Alors c'est toi qui as gravé ça ? »

Elle hocha la tête.

« Nous ne voulions pas graver nos noms dans le mur, alors nous l'avons fait dans le plancher.

– Et qui était ce Markus ?

– Mon mec. Markus Landkvist. »

Mirja n'en dit pas davantage. Elle se contenta de pousser un long soupir, puis enjamba les deux noms pour regagner l'escalier.

Ils se séparèrent sur le terre-plein. L'énergie de Mirja avait presque disparu. Elle jeta un dernier long regard sur Åludden.

« Je reviendrai peut-être, dit-elle.

– Mais oui, dit Joakim.

– Et comme je t'ai dit, tu es le bienvenu à Kalmar, avec les enfants. Je vous ferai du sirop.

– D'accord… et si le chat ne se plaît pas, je le ramènerai.

– Tu n'as pas intérêt. »

Elle monta dans sa Mercedes et démarra.

Mirja disparue sur le chemin, Joakim revint lentement vers la cour. Il regarda vers la mer – où était donc passé le chat ?

La grande porte de la grange était entrebâillée, ils l'avaient mal fermée derrière eux.

Joakim se laissa attirer et se retrouva à l'intérieur, dans le noir. Il y régnait un silence de cathédrale.

Il gravit à nouveau l'escalier et retourna au fond du grenier à foin. Là, il lut tous les noms gravés au mur, un à un.

Il colla son oreille aux planches, mais n'entendit aucun chuchotement.

Il ramassa alors par terre un gros clou et grava soigneusement le nom KATRINE WESTIN et ses dates sur une des planches les plus basses.

Quand il eut fini, il recula d'un pas pour avoir une vue d'ensemble.

La mémoire de Katrine était à présent conservée à Åludden. Il trouvait ça bien.

Les enfants adorèrent bien sûr Raspoutine. Gabriel lui donna une petite tape sur l'échine et Livia lui versa du lait dans une assiette. Ils ne voulaient pas lâcher le chat une minute mais, le lendemain de la visite de Mirja Rambe, la famille était invitée à dîner – sans chat – chez leurs voisins de la ferme plus au sud. Les plus grands enfants n'étaient pas là, mais Andreas, du haut de ses sept ans, dîna à table avec les grands avant d'aller manger sa glace à la cuisine avec les petits Westin.

Joakim resta prendre le café dans la salle à manger avec Roger et Maria Carlsson. La conversation roula naturellement sur l'entretien et la rénovation des vieilles maisons exposées aux intempéries en bord de mer. Mais il avait une question, qu'il finit par poser :

« Je me demandais si vous aviez entendu des histoires sur Åludden ?

– Des histoires ? dit Roger Carlsson.

– Oui, des histoires de fantômes, ou ce genre de légendes, dit Joakim. Katrine m'a dit que vous en aviez parlé cet été… Que la maison était hantée… »

C'était la première fois de la soirée que son nom était prononcé – il veillait à ne pas trop parler de sa défunte femme. Il ne voulait pas avoir l'air obnubilé. Il *n'était pas* obnubilé.

« Elle ne m'a pas parlé de fantômes, dit Roger.

– Avec moi, si, une fois où elle était passée prendre le café, dit Maria. Elle voulait juste savoir si Åludden avait mauvaise réputation. » Elle regarda son mari. « Il y avait bien cette histoire que les vieux racontaient quand on était petits, au sujet d'une pièce secrète à Åludden, qui était hantée… tu t'en souviens, Roger ? »

Son mari secoua la tête – les fantômes n'étaient visiblement pas son principal centre d'intérêt – mais Joakim se pencha en avant :

« Où était cette pièce ? Vous le savez ?

– Aucune idée, dit Roger avant de boire son café.

– Non, moi non plus, dit Maria. Mais mon grand-père disait que c'était hanté chaque Noël. Que les morts revenaient à Åludden se rassembler dans une pièce particulière. Puis ils prenaient…

– Tout ça, c'est que des racontars, l'interrompit Roger en présentant la cafetière à Joakim. Vous en revoulez ? »

15

Tilda était couchée nue et en sueur sur son mince matelas.

« C'était bien ? » demanda-t-elle.

Martin lui tournait le dos, assis au bord du lit.

« Ben… oui. »

En le voyant renfiler en vitesse son slip et son jean ce dimanche matin, Tilda aurait dû comprendre ce qui l'attendait. Mais non.

Il s'était assis au bord du lit, les yeux tournés vers la fenêtre.

« Je crois qu'on ne peut plus continuer comme ça, dit-il au bout d'un moment.

– Qu'est-ce qui ne peut pas continuer ? demanda-t-elle, toujours nue sous la couverture.

– Ça… tout. Ça ne fonctionne pas. » Il regardait toujours par la fenêtre. « Karin pose des questions.

– Quel genre ? »

Tilda ne comprenait toujours pas qu'elle allait se faire larguer. Rouler dans la farine puis larguer – un classique.

Martin était arrivé vendredi soir, et tout avait semblé normal. Tilda ne lui avait pas demandé ce qu'il avait raconté à sa femme – elle ne le faisait jamais. Ce soir-là, ils étaient restés dans son petit appartement, elle avait préparé une soupe de poisson. Martin avait l'air détendu, il lui avait parlé de la nouvelle promotion d'élèves policiers, avec ses bons et ses moins bons éléments.

« Mais on va finir par les mettre au pas », avait-il dit.

En hochant la tête, Tilda avait repensé à ses débuts à l'école de police, une classe d'une vingtaine d'élèves, surtout des garçons. Ils avaient vite divisé leurs nouveaux enseignants en trois catégories : les vieux professeurs de la police, sympathiques mais un peu ringards, les civils qui donnaient les cours de droit mais n'avaient pas la moindre idée du travail d'un policier – et puis les jeunes policiers surtout chargés des travaux pratiques. Ils arrivaient du terrain avec plein d'anecdotes passionnantes à raconter, ils étaient des modèles pour la promotion. Martin Ahlquist était l'un d'eux.

Le samedi, ils étaient partis avec la voiture de Martin jusqu'à la pointe nord de l'île. Tilda n'y était pas retournée depuis son enfance, mais elle se rappelait cette sensation d'être arrivée au bout du monde. En ce mois de novembre, des vents glacés soufflaient de la mer et tout était désert autour du phare. La tour de calcaire blanc qui s'élevait au-dessus de la pointe, le Grand Erik, lui avait rappelé les deux phares jumeaux d'Åludden. Elle aurait voulu avoir l'avis de Martin sur cette noyade, mais n'en parla pas – ce week-end, elle était en congé.

Ils avaient déjeuné tard dans l'unique restaurant ouvert l'hiver à Byxelkrok, puis étaient rentrés à Marnäs, où ils n'étaient plus sortis jusqu'au soir.

Après quoi Martin était devenu distant. Tilda l'avait remarqué, tout en continuant à nourrir la conversation.

Ils s'étaient endormis en silence mais, au matin, Martin s'assit donc au bord du lit et se mit à parler. Sans regarder une seule fois Tilda, il lui expliqua qu'il avait beaucoup réfléchi depuis qu'elle s'était installée sur Öland. Réfléchi à ses choix. Et à présent il s'était décidé. Cela lui semblait la bonne décision.

« Ce sera bien aussi pour toi, dit-il. Bien pour tout le monde.

– Tu veux dire… que tu me quittes ? dit-elle à voix basse.

– Non. Que nous nous quittions.

– Mais c'est pour toi que je suis venue ici ! » Tilda regarda le dos nu et assez poilu de Martin. « Je ne voulais pas quitter Växjö, mais j'ai fait ça pour toi. Je veux juste que tu le saches.

– Qu'est-ce que tu veux dire ?

– Les gens causaient. J'ai voulu que ça cesse. »

Martin hocha la tête.

« Tout le monde aime les ragots, dit-il. Mais maintenant, ils n'ont plus de quoi les alimenter. »

Il n'y avait au fond pas grand-chose à ajouter. Cinq minutes plus tard, Martin était habillé et soulevait sa valise, sans la regarder.

« Bon, voilà, dit-il.

– Alors ça n'en valait pas la peine ? demanda-t-elle.

– Si, dit-il en se dirigeant vers la sortie. Pendant assez longtemps. Mais plus maintenant.

– Tu as tellement peur des conflits », dit-elle.

Martin ne répondit pas. Il ouvrit la porte.

Tilda se retint de lui dire de bien saluer sa femme.

Elle entendit la porte se refermer et ses pas décroître dans l'escalier. Voilà : il allait monter dans sa voiture garée sur la place et rejoindre sa famille, comme si de rien n'était.

Tilda resta nue au lit.

Pas un bruit. Un préservatif usagé traînait par terre.

« Est-ce que tu es à la hauteur ? » demanda-t-elle à son reflet flou dans la vitre de la fenêtre.

Non, qu'est-ce que tu croyais ?

Tu es juste *l'autre femme*.

Après s'être morfondue sur place pendant plus d'une demi-heure et avoir résisté à l'envie de raser entièrement ses cheveux blonds, Tilda s'était levée. Elle prit une douche, s'habilla et décida d'aller rendre visite à Gerlof à la maison de retraite. Des personnes âgées sans peines de cœur, voilà ce qu'il lui fallait pour le moment.

Mais le téléphone sonna. C'était l'officier de garde de Borgholm, un appel de service : des cambrioleurs étaient entrés dans un presbytère au nord de Marnäs pendant le week-end. Un couple de retraités les avait surpris, et l'homme était à l'hôpital avec un traumatisme crânien et de multiples fractures.

Le travail, remède à tous les maux, songea Tilda.

Elle arriva sur place vers deux heures, alors que la lumière du jour commençait déjà à baisser sur l'île.

La première personne qu'elle rencontra fut Hans Majner. Contrairement à elle, il était en uniforme, un rouleau de Rubalise bleue et blanche et des pancartes POLICE DÉFENSE D'ENTRER à la main.

« Dis donc, t'étais passée où, hier ? demanda-t-il.

– J'avais congé, dit Tilda. Personne ne m'a prévenue.

– Il faut te tenir au courant ! »

Tilda claqua la portière de sa voiture.

« Ta gueule ! » lança-t-elle.

Majner se retourna.

« Quoi ?

– Je t'ai dit de fermer ta grande gueule, dit Tilda. Arrête de me faire tout le temps la leçon. »

Là, elle avait définitivement ruiné ses chances avec Majner, mais tant pis.

Il la regarda un moment sans bouger, comme s'il n'avait pas bien compris.

« Je ne te fais pas la leçon, dit-il enfin.

– Ah non ? Donne-moi le rouleau. »

En silence, elle alla installer la Rubalise au dos du presbytère tout en cherchant sur le terrain des empreintes de pas à conserver. Les techniciens de la police criminelle devaient venir lundi matin de Kalmar.

Elle trouva en effet plusieurs traces de pas dans la terre argileuse autour de la maison. Elles semblaient provenir de chaussures à semelles sculptées, ou de rangers. D'après leur taille, il s'agissait d'un homme – et plus loin, elle trouva sous les arbres, dans les branchages jonchant le sol, la trace de quelqu'un qui s'était étalé de tout son long avant de continuer à quatre pattes dans les bois.

Tilda compta les traces de pas. Les cambrioleurs devaient être venus à trois.

Une femme sortit sur la véranda. C'était la voisine. Elle avait les clés et gardait la maison pendant que le couple était à l'hôpital, à Kalmar. Elle demanda s'ils voulaient venir chez elle prendre un café.

Casser la croûte avec Majner ?

« Merci, mais je préfère rester pour jeter un coup d'œil à l'intérieur », dit Tilda.

Une fois la voisine renvoyée chez elle, elle gravit les marches du perron.

Dans le hall, derrière la véranda, le sol était couvert d'une mosaïque d'éclats de verre provenant du miroir qui était tombé. Le tapis était de travers, du sang avait taché le parquet près du seuil de la cuisine.

La porte du grand salon était entrouverte, elle enjamba le verre cassé pour aller voir.

Tout y était en désordre. Les portes des armoires vitrées, les tiroirs d'un vieux bureau étaient ouverts. Tilda vit des traces de chaussures terreuses sur le parquet tout neuf – les techniciens auraient de quoi faire, ici.

Quand ils en eurent fini, les deux policiers partirent chacun de leur côté, sans échanger un mot. Tilda monta dans sa voiture et prit la direction de la maison de retraite de Gerlof.

« Un cambriolage, dit-elle pour expliquer son retard.

– Ah bon ? dit Gerlof. Et où ça ?

– Au presbytère de Hagelby. Ils ont aussi agressé le propriétaire.

– Gravement ?

– Assez, il a même reçu des coups de couteau... mais tu en liras certainement plus dans le journal demain. »

Elle s'assit devant le guéridon, installa son magnétophone en pensant à Martin. Il devait être rentré chez lui, à présent, avoir embrassé sa femme et ses enfants en se lamentant sur la conférence de police à Kalmar, tellement ennuyeuse.

Gerlof dit quelque chose.

« Pardon ? »

Tilda n'avait pas écouté. Elle pensait à la façon dont Martin avait franchi sa porte sans se retourner.

« Vous avez cherché des traces des cambrioleurs ? »

Tilda hocha la tête, sans entrer dans les détails.

« Les techniciens vont tout passer au peigne fin demain matin. » Elle alluma le micro. « Tu veux qu'on parle un peu de la famille, maintenant ? »

Gerlof opina du chef, mais demanda pourtant :

« Et comment vous faites, concrètement ?

– Eh bien... les techniciens relèvent des traces, dit Tilda. Ils photographient, filment. Ils cherchent des empreintes digitales, des cheveux, des fibres de vêtements. Et des traces biologiques, bien sûr, du sang par exemple. Puis ils font des moulages en plâtre des empreintes de chaussures, à l'extérieur. On peut aussi en relever à l'intérieur, en faisant un électro...

– Je suis impressionné », la coupa Gerlof.

Tilda hocha la tête.

« On essaye de travailler avec méthode. Ils sont probablement venus en voiture, une grosse voiture ou une fourgonnette. Mais, pour le moment, nous n'avons pas beaucoup d'indices.

– Et il est bien sûr très important que vous trouviez ces malfrats.

– Absolument.

– Tu peux prendre une feuille, là-bas, sur le secrétaire ? »

Tilda obéit et regarda sans rien dire Gerlof écrire quelques lignes sur le papier, qu'il lui tendit.

Gerlof avait inscrit trois noms de son écriture soignée.

John Hagman

Dagmar Karlsson

Edla Gustafsson

Tilda les lut et leva les yeux, perplexe.

« Eh bien ? dit-elle. Ce sont les voleurs ?

– Non. De vieilles connaissances.

– Ah ?

– Ils peuvent être utiles.

– Et comment ?

– Ils voient les choses.

– Allons bon.

– Ils habitent tous au bord de la route, et gardent un œil sur les allées et venues, dit Gerlof. Pour John, Edla ou Dagmar, une voiture, ça reste un grand événement, surtout en hiver. Edla et Dagmar laissent tout en plan pour aller regarder qui passe devant chez elles.

– Je vois. Alors il faudra que j'aille les voir, dit Tilda. Toutes les informations sont les bienvenues.

– Voilà. Et commence avec John, à Stenvik, c'est un ami… tu pourras le saluer de ma part.

– Et lui demander s'il a vu des voitures inconnues, dit Tilda.

– C'est ça. John a sûrement vu quelqu'un passer le long de la côte… Puis tu peux aller chez Dagmar, qui habite au niveau de la sortie Altorp, et lui demander la même chose. Et puis Edla, Edla du Petit Bois, c'est toujours intéressant de lui parler. Elle habite près de la grand-route, non loin de Speteby, en allant vers Borgholm. »

Tilda regarda la liste de noms.

« Merci, dit-elle. J'irai frapper à leur porte si je passe dans les environs. »

Elle mit en route le magnétophone posé sur le guéridon.

« Gerlof… Quand tu penses à ton frère Ragnar, qu'est-ce qui te revient ? »

Gerlof réfléchit en silence.

« Les anguilles, dit-il alors. Il aimait sortir avec son petit canot à moteur pour poser ses filets à l'automne. Il aimait bien ruser avec les anguilles… tester différents appâts pour attirer les femelles la nuit et les piéger dans ses nasses.

– Les femelles ?

– On n'attrape que les anguilles femelles. » Gerlof lui sourit. « Les mâles, personne n'en veut, ils sont trop petits et trop faibles.

– Comme beaucoup d'hommes, aussi », dit Tilda.

16

« Papa, c'est quand, Noël ? demanda un soir Livia après s'être mise au lit.

– Bientôt… dans un mois.

– Ça fait combien, en jours ?

– Dans… » Joakim regarda le calendrier Fifi Brindacier accroché au-dessus du lit. « … vingt-huit jours. »

Livia hocha la tête, pensive.

« Pourquoi tu demandes ça ? dit-il. Tu penses aux cadeaux ?

– Nan, dit Livia. Mais Maman, elle sera rentrée pour Noël, hein ? »

Joakim resta silencieux.

« Ce n'est pas sûr du tout, dit-il lentement.

– Si.

– Non, je ne crois pas qu'on puisse espérer que…

– Si ! dit plus fort Livia. Maman reviendra. »

Puis elle remonta la couverture sur son nez et coupa court à la conversation.

Le sommeil de Livia suivait un nouveau schéma – Joakim l'avait remarqué après quelques semaines seulement passées à Åludden. Elle dormait calmement deux nuits d'affilée mais, la troisième, elle l'appelait :

« Papa ? »

Cela commençait d'habitude une ou deux heures après minuit. Même quand il dormait profondément, Joakim ne tardait pas à se réveiller.

Le chat Raspoutine était lui aussi réveillé par les cris de Livia. Il sautait sur le rebord d'une fenêtre et scrutait la nuit avec insistance, comme s'il voyait quelque chose bouger entre les corps de bâtiment.

« Pa-paaa ? »

C'était en tout cas un progrès, pensait Joakim en se dirigeant vers la chambre de sa fille. Elle n'appelait plus Katrine.

Cette nuit du jeudi, il s'assit au bord de son lit et lui caressa le dos. Elle ne se réveilla pas : elle se contenta de se tourner vers le mur avant de lentement se détendre.

Joakim attendit alors qu'elle se mette à parler. Ce qu'elle fit au bout de quelques minutes, d'une voix calme et monocorde.

« Papa ?

– Oui ? répondit-il à mi-voix. Tu vois quelque chose, Livia ? »

Elle lui tournait toujours le dos.

« Maman », dit-elle.

Il était désormais mieux préparé. Mais il ne savait toujours pas bien si elle dormait vraiment ou somnolait juste à moitié – tout comme il ne savait pas bien si ce genre de conversation était bon pour elle. Ou pour lui.

« Où est-elle ? demanda-t-il. Où est Maman ? »

Joakim la vit lever sa main droite et l'agiter vaguement. Il tourna la tête, mais ne distingua rien, bien sûr, parmi les ombres.

Il baissa à nouveau les yeux vers sa fille.

« Est-ce que Katrine peut… est-ce que Maman veut me dire quelque chose ? »

Pas de réponse. Quand il posait de longues questions, il n'en avait presque jamais.

« Où est-elle ? demanda-t-il encore. Où est Maman ? »

Toujours pas de réponse.

Joakim réfléchit, puis demanda très lentement :

« Que faisait Maman sur la jetée ? Pourquoi est-elle descendue au bord de l'eau ?

– Elle voulait… recevoir.

– Recevoir quoi ?

– La vérité.

– La vérité ? De la part de qui ? »

Livia se tut.

« Où est Maman, en ce moment ? demanda-t-il.

– Tout près.

– Est-ce qu'elle est… dans la maison ? »

Livia se tut. Joakim ne sentait pas Katrine dans la maison. Elle gardait ses distances.

« Tu peux lui parler, en ce moment ? demanda-t-il. Est-ce qu'elle écoute ?

– Elle regarde.

– Elle nous voit ?

– Peut-être. »

Joakim retint son souffle. Il chercha une bonne question à poser.

« Et maintenant, qu'est-ce que tu vois, Livia ? demanda-t-il.

– Il y a quelqu'un sur la plage… près des phares.

– Ça doit être Maman. Est-ce qu'elle a…

– Non, dit Livia, Ethel.

– Quoi ?

– C'est Ethel. »

Le sang de Joakim se glaça.

« Non, dit-il. Elle ne peut pas s'appeler comme ça.

– Si.

– Non, Livia ! »

Il avait haussé la voix, presque crié.

« Si ! Ethel veut parler. »

Joakim resta au bord du lit, incapable de bouger.

« Je… je ne veux pas parler, dit-il. Pas avec elle.

– Elle veut…

– Non », lâcha Joakim. Son cœur s'emballait, il avait la bouche sèche. « Ethel ne peut pas être ici. »

Livia se tut à nouveau.

« Ethel est ailleurs, dit Joakim. Il ne faut pas qu'elle soit ici. »

Il n'arrivait plus à respirer, il n'avait qu'une envie, s'enfuir de cette chambre. Il demeura pourtant assis au bord du lit de sa fille, raide, plein d'effroi. Son regard ne cessait de se tourner vers la porte entrebâillée.

Tout était silencieux dans la maison.

Livia était à présent immobile sous la couverture, la tête toujours détournée. Il entendit le faible bruit de sa respiration.

Il finit par réussir à se lever du lit et se fit violence pour traverser le couloir dans le noir.

La nuit était claire au-dehors : la pleine lune s'était frayé un passage entre les nuages et brillait à travers la fenêtre fraîchement repeinte. Mais Joakim ne voulait pas regarder dehors, de peur de se retrouver face au visage d'une femme décharnée aux yeux pleins de haine.

Sans lever la tête, il continua jusqu'à l'entrée, où il s'aperçut que la porte de la véranda était restée ouverte. Pourquoi oubliait-il toujours de fermer avant d'aller se coucher ?

Désormais, il veillerait à y penser.

Il se dépêcha d'aller tourner le verrou, jetant au passage un coup d'œil parmi les ombres de la cour.

Il retourna ensuite se glisser dans son lit. Il saisit la douce chemise de nuit de Katrine qui entourait l'oreiller et la serra fort sous la couverture.

Après cette nuit, Joakim décida de ne plus interroger Livia sur ses rêves. Il ne voulait plus l'encourager et commençait à redouter ses réponses.

Le vendredi matin, après avoir déposé les enfants à l'école et avant de se remettre à ses travaux de restauration, il fit quelque chose qui lui sembla à la fois ridicule et nécessaire. Il fit le tour d'Åludden en parlant à sa grande sœur.

Il alla dans la cuisine se placer devant la grande table.

« Ethel, dit-il, tu ne peux pas rester ici. »

Lui parler aurait dû sembler absurde à Joakim, mais il ne ressentit que chagrin et solitude. Puis il sortit dans la cour, clignant des yeux dans le vent froid qui montait de la mer, et dit à voix basse :

« Ethel… pardon, mais tu n'es pas la bienvenue ici. »

Enfin, il alla jusqu'à la grange, entrebâilla la lourde porte et se plaça dans l'embrasure.

« Ethel, va-t'en. »

Il n'attendait pas de réponse de sa sœur morte, mais il se sentait mieux, un peu mieux – comme s'il arrivait à la tenir à distance.

Le samedi de cette semaine-là, la famille reçut la visite de ses anciens voisins de Stockholm, Lisa et Michael Hesslin. Ils avaient téléphoné plusieurs jours à l'avance pour demander s'ils pouvaient s'arrêter à Åludden en rentrant du Danemark. Joakim s'en était réjoui – Katrine et lui avaient beaucoup apprécié d'avoir Lisa et Michael comme voisins.

« Joakim », dit Lisa une fois dans l'entrée de la maison. Elle le serra dans ses bras, longtemps. « Nous voulions tellement voir comment… Tu es fatigué ?

– Un peu, dit-il en lui tapotant le dos.

– En tout cas, tu as l'air fatigué. Il faut dormir. »

Joakim se contenta de hocher la tête.

Michael lui donna une tape sur l'épaule et entra dans la maison, plein de curiosité.

« Tu as continué à travailler, à ce que je vois, dit-il. Ces plinthes sont extraordinaires !

– Elles sont d'origine, dit Joakim en l'accompagnant dans le couloir. Je les ai juste poncées et repeintes.

– Et vous avez vraiment choisi des frises magnifiques. Elles s'accordent avec l'âme de cette maison.

– Merci, c'était l'idée.

– Toutes les pièces vont être blanches ?

– Au rez-de-chaussée, en tout cas.

– C'est beau, dit Michael. Frais et harmonieux. »

Pour la première fois, Joakim ressentit une vague fierté pour ce qu'ils étaient jusqu'à présent arrivés à faire d'Åludden. Ce que Katrine avait commencé, il l'avait malgré tout continué.

Lisa franchit le seuil de la cuisine et hocha la tête, enthousiaste :

« Magnifique... mais est-ce que vous avez consulté un expert en feng shui ?

– En feng shui ? dit Joakim. Je ne pense pas que... c'est important ?

– Absolument. Surtout ici, près de la côte, il est essentiel de savoir comment circulent les fluides. »

Lisa regarda autour d'elle, la main sur la poitrine. « Il y a aussi beaucoup d'énergie tellurique, ici... on le sent. Et il faut qu'elle puisse circuler sans rencontrer de résistance, entrer et sortir de la maison.

– Je vais y penser...

– Nous avons une très bonne consultante de feng shui qui a remeublé notre petite maison, sur Gotland. Je te donnerai son numéro. »

Joakim hocha la tête et crut entendre Katrine pouffer de rire. Elle s'était toujours moquée de la quête de spiritualité de sa voisine Lisa.

Ce fut un dîner raffiné autour de la table de la cuisine. Joakim servit de la plie rôtie, qu'il avait achetée à Marnäs. Les invités avaient apporté une bouteille de vin blanc, et il en but un verre pour la première fois depuis plusieurs années. Il ne trouva pas ça bon, mais se détendit un peu et oublia presque les paroles de Livia, pendant son sommeil, à propos de sa sœur morte.

Ce soir-là, Livia était en pleine forme. Assise à table, elle parla à Lisa de ses trois institutrices de maternelle – deux d'entre elles sortaient fumer en cachette, alors qu'elles prétendaient aller juste prendre l'air.

Michael raconta aux enfants qu'ils avaient vu une femelle élan avec son petit courir le long de la route en traversant le Småland. Gabriel et Livia n'en perdirent pas une miette.

Les enfants étaient tout excités par ces visiteurs venus de la capitale, et il fut difficile de les mettre en pyjama pour aller se coucher. Gabriel s'endormit tout de suite, mais Livia demanda à Lisa de lui lire encore une fois les bêtises de Zozo la Tornade.

Lisa revint à la cuisine vingt minutes plus tard.

« Elle s'est endormie ? demanda Joakim.

– Oui, elle était très fatiguée… elle va dormir comme une souche toute la nuit.

– Espérons. »

Il resta encore une heure à discuter avec Lisa et Michael, puis les aida à porter leurs valises dans la chambre d'angle, juste derrière le grand salon.

« Elle vient juste d'être finie, dit-il. Vous allez l'étrenner. »

Il avait allumé le poêle en faïence au cours de la journée, si bien que la chambre d'amis était confortable et accueillante.

Une demi-heure plus tard, tout le monde s'était couché. Joakim resta éveillé dans le noir. Il entendait au loin les voix de Lisa et Michael murmurer dans la chambre d'amis. C'était très bien de les avoir. Il fallait davantage de monde à Åludden.

Des vivants.

Il songea à la légende que les Carlsson avaient racontée sur les morts qui revenaient à Åludden. Et à Livia qui avait dit la même chose de Katrine – qu'elle allait revenir le soir de Noël.

La revoir. Pouvoir lui parler.

Non. Il ne fallait pas nourrir de telles pensées.

Quelques minutes plus tard, tout était silencieux. Joakim ferma les yeux et s'endormit.

Des grands cris retentirent dans la maison.

Joakim se réveilla en sursaut en pensant immédiatement :

Livia ?

Non, c'était une voix d'homme.

Il resta un moment au lit, l'esprit embrumé de sommeil, puis se souvint qu'il y avait des invités.

C'était Michael Hesslin qui hurlait dans le noir.

On entendit alors des pas rapides dans le couloir et la voix interrogative de sa femme Lisa.

Il était deux heures moins vingt. Joakim sortit du lit, mais alla d'abord voir les enfants. Livia et Gabriel dormaient tous les deux tranquillement, mais Raspoutine avait bien sûr sauté de sa corbeille et rasait les murs, l'air inquiet.

Il gagna la cuisine. Il y avait de la lumière dans l'entrée. Il y trouva Lisa, son manteau sur les épaules, en train d'enfiler ses bottes. Elle ne souriait plus.

« Qu'est-ce qui s'est passé ? demanda-t-il.

– Je ne sais pas… Michael s'est réveillé et s'est mis à crier. Il est parti en courant vers la voiture. » Lisa boutonna son manteau. « Il faut que j'aille voir. »

Elle sortit et Joakim retourna dans la cuisine, toujours à moitié endormi.

Raspoutine avait disparu et la maison était à nouveau parfaitement silencieuse. Il mit une casserole d'eau à chauffer pour du thé.

Le thé prêt, il alla avec sa tasse regarder par la fenêtre : Lisa était assise à côté de Michael qui s'était mis au volant de leur voiture garée sur le terre-plein. De légers flocons de neige tombaient en scintillant.

Lisa avait l'air de poser des questions à Michael, mais ce dernier gardait le regard fixé sur le pare-brise et se contentait de secouer la tête.

Quelques minutes plus tard, Lisa revint. Elle regarda Joakim.

« Michael a fait des cauchemars… Il dit qu'il y avait quelqu'un qui le regardait, debout à côté du lit. »

Joakim retint son souffle. Il hocha la tête et demanda à voix basse :

« Il va rentrer ?

– Je crois qu'il veut rester un moment dans la voiture, dit Lisa, en ajoutant : Nous allons sûrement descendre à l'Hôtel Borgholm. Il est bien ouvert en hiver ?

– Oui, je crois. » Joakim marqua une pause, avant de demander : « Il a l'habitude de… mal dormir ?

– Non, dit Lisa. Pas à Stockholm… mais il a eu des petits soucis. Son bureau ne marche pas très bien en ce moment. Il n'en parle pas beaucoup, mais…

– Il n'y a aucun danger, ici, à Åludden », dit Joakim.

Il songea alors à ce qu'avait dit Livia dans son sommeil. Il ajouta :

« Bien sûr, c'était un peu sinistre ces dernières semaines. Mais nous ne resterions pas ici si nous ne nous y sentions pas… en sécurité. »

Lisa regarda rapidement autour d'elle.

« Il y a vraiment ici des énergies très fortes, dit-elle, avant d'ajouter, du bout des lèvres : Est-ce que tu as senti la présence de Katrine ? Qu'elle était restée à veiller sur vous ? »

Joakim hésita, avant de hocher la tête.

« Oui. On sent des fois quelque chose. »

Il se tut à nouveau. Il aurait bien voulu parler de tout cela à quelqu'un, mais Lisa Hesslin n'était pas la bonne personne.

« Il faut que je fasse les valises », dit-elle.

Un quart d'heure plus tard, à nouveau à la fenêtre de la cuisine, Joakim regardait la grosse voiture des Hesslin s'éloigner d'Åludden. Il resta là jusqu'à ce que la lueur de ses phares ait disparu sur la grand-route.

La maison demeurait silencieuse.

Joakim laissa la lampe de l'entrée allumée et regagna sa chambre, après s'être assuré que les enfants dormaient bien. Il se glissa dans son lit et resta les yeux grands ouverts dans le noir.

Le lundi matin, il emmena les enfants à Marnäs puis entreprit de poncer, peindre et tapisser l'avant-dernière pièce du rez-de-chaussée non encore rénovée. Tout en travaillant, il tendait l'oreille, mais n'entendait aucun bruit dans la maison.

Il lui fallut cinq heures, en comptant un rapide déjeuner, pour venir à bout de trois des murs. Vers deux heures, il arrêta pour la journée et fit du café.

Il sortit le boire sur la véranda, s'emplit les poumons d'air frais en remarquant que le soleil était déjà descendu derrière le toit de la buanderie.

La cour était plongée dans l'ombre, mais Joakim vit la porte de la grange entrebâillée. Ne l'avait-il pas fermée, vendredi, avant l'arrivée des Hesslin ?

Il enfila un anorak et sortit.

La grange était à vingt pas. Là, Joakim ouvrit grand la porte et entra dans le noir. Le vieil interrupteur était au milieu du mur du fond. Quand il le tourna, deux petites ampoules répandirent une lumière jaune blafarde sur les dalles du sol, les stalles vides et les mangeoires.

Tout était silencieux. Aucun rat ne paraissait s'être installé là, malgré le froid qui régnait dehors.

À chaque visite, il découvrait quelque chose de nouveau : il remarqua à présent que le sol devant la porte avait été récemment lessivé. Cela lui revint : cet automne, Katrine avait en effet parlé du ménage qu'elle avait fait dans la grange.

Joakim regarda, à l'autre bout, l'escalier qui montait au grenier à foin, en songeant à sa dernière visite là-haut, en compagnie de Mirja Rambe. Il avait bien envie de retourner voir le mur qu'elle lui avait montré, ce monument en souvenir des morts.

Juste un coup d'œil.

Une fois là-haut, il revit les rayons du soleil. Ils passaient juste au-dessus du toit de la buanderie et entraient par les petites fenêtres de la face sud de la grange.

Joakim s'avança précautionneusement, se frayant un passage à travers le fourbi.

Il finit par atteindre le mur du fond. Dans la lumière rasante du soleil d'hiver, les noms gravés dans le bois se détachaient nettement, remplis d'ombre.

Et sur une planche, presque tout en bas, le nom et les dates de Katrine.

Sa Katrine. Joakim lut et relut l'inscription.

Les fentes étroites entre les planches plongèrent dans un noir d'encre mais, en s'approchant, il devina un trou d'ombre derrière. Tout à coup, il eut la sensation de ne pas se trouver contre le mur extérieur de la grange.

L'heure d'aller chercher Livia et Gabriel avait beau approcher, il ressortit vite dans la cour pour compter les petites fenêtres de l'étage supérieur. Une, deux, trois, quatre, cinq. Puis il remonta dans le grenier.

Il y avait quatre fenêtres, placées juste sous le toit. La dernière devait se trouver de l'autre côté du mur du fond.

Pourtant on ne voyait pas de porte ni de trappe dans ce mur. Joakim appuya sur plusieurs des planches, épaisses comme le pouce, mais aucune ne céda.

17

Karin,

Cette lettre vient de quelqu'un qui ne vous veut pas de mal, mais seulement vous ouvrir les yeux. Car c'est la vérité : Martin vous a longtemps trompée. Il y a plus de trois ans, à l'école de police de Växjö, il a été chargé d'une classe où une femme de presque dix ans plus jeune que lui était élève. Après une fête à la fin de la première année, Martin a entamé avec elle une liaison qui a continué jusqu'à maintenant.

Elle a pris fin il y a quelques jours seulement.

Je le sais avec certitude, car cette femme plus jeune, c'est moi. J'ai fini par en avoir assez des mensonges de Martin, et j'espère que vous aussi quand vous connaîtrez la vérité.

Vous avez peut-être besoin d'une preuve pour être tout à fait convaincue ? Sans entrer dans des détails trop intimes, je peux par exemple décrire la cicatrice de cinq centimètres de long au-dessus de son aine droite, qui date de l'opération d'une hernie voilà quelques années. Il se l'était faite en déblayant des pierres dans votre maison de campagne près d'Orrefors, c'est bien ça ?

Et vous ne croyez pas qu'il devrait de temps en temps se faire épiler le dos et les fesses, lui qui est si fier de son corps d'athlète ?
Je le répète, je ne veux faire de mal à personne, même si je sais qu'il est peut-être douloureux pour vous de connaître la vérité. Il y a tant de mensonges dans le monde, et tant de lâches menteurs. Mais ensemble, vous et moi, nous pouvons en tout cas en démasquer un.

Meilleures salutations de « l'autre femme »

Tilda se cala au fond de son fauteuil et relut une dernière fois la lettre sur l'écran de l'ordinateur.

Il était huit heures moins vingt. Elle était arrivée dès sept heures à l'antenne de police pour mettre au propre le brouillon qu'elle avait griffonné la veille au soir. L'antenne était déserte – comme à son habitude, Hans Majner n'était pas matinal. Il n'arrivait que sur le coup de dix heures, du moins les jours où il se montrait.

Tilda n'avait vu Karin Ahlquist qu'une seule fois. Martin avait dû garder son fils Anton quelques heures à l'école de police avant que Karin puisse passer le chercher. Vers quatre heures, elle s'était pointée sur le terrain d'entraînement où des exercices de circulation étaient en cours. Elle avait une tête de plus que Tilda, avec de longs cheveux sombres et bouclés. Elle se rappelait le sourire fier et plein d'amour qu'elle avait adressé à son mari au moment de s'en aller ce jour-là.

Tilda regarda par la fenêtre la rue déserte.

Se sentait-elle mieux, à présent ? Se venger de Martin lui avait-il fait du bien ?

Oui.

Elle était lasse, mais se sentait décidément mieux après avoir écrit cette lettre. Elle se dépêcha d'en tirer une copie papier.

Après avoir sorti une enveloppe toute blanche, elle hésita à nouveau. Martin lui avait dit que sa femme travaillait au bureau Environnement de l'administration communale, et Tilda songea à y adresser sa lettre, pour qu'elle ne tombe pas entre les mains de Martin. Mais le courrier d'une commune était normalement ouvert et référencé : elle finit par inscrire sur l'enveloppe l'adresse du domicile de Karin Ahlquist, en lettres majuscules appliquées que Martin ne reconnaîtrait pas. Pas d'expéditeur.

Elle glissa la lettre dans son sac en toile avec le magnétophone, enfila son anorak et sa casquette de police et quitta l'antenne.

Il y avait une boîte aux lettres jaune juste à côté de la voiture de police. Tilda s'arrêta devant, mais ne sortit pas la lettre.

Elle ne l'avait encore ni cachetée, ni affranchie, et ne voulait pas la poster tout de suite.

Ce jour-là, elle devait intervenir après déjeuner devant trois classes pour des leçons d'instruction civique, ce qui lui laissait le temps de faire un petit tour en voiture, de jeter un œil sur la circulation et d'aller frapper à quelques portes à la campagne.

Edla Gustafsson habitait près d'Altorp une petite maison rouge avec une vaste vue sur la lande. Les arbres étaient clairsemés sur son terrain, et la grand-route passait juste devant.

Chez elle, le temps s'était arrêté. Voilà comment il fallait vivre, songea Tilda : dans une contrée sauvage, loin de tous les hommes.

Elle prit son sac à dos et alla sonner. Une femme imposante vint lui ouvrir.

« Bonjour, je m'appelle Tilda et...

– Oui, oui, je sais, l'interrompit-elle. Gerlof m'a dit que vous alliez passer. Entrez, entrez. »

Deux chats noirs s'enfuirent dans la cuisine, mais Edla Gustafsson paraissait quant à elle ravie de recevoir la visite d'une parente de Gerlof. Edla était d'un naturel gai et énergique. Elle écouta à peine les explications de Tilda. Elle se dépêcha de préparer du café et sortit des biscuits de son garde-manger. Des gâteaux fourrés à la confiture, avec du sucre glace, du chocolat – dix sortes différentes, dans un plat en argent qu'elle porta dans un petit boudoir. Tilda admira avant de s'asseoir.

« Je n'ai jamais vu autant de gâteaux.

– Ah bon ? s'étonna Edla. Vous n'êtes donc jamais entrée dans une pâtisserie ?

– Si, bien sûr, mais... »

Tilda regarda au mur une photo de mariage en noir et blanc, en songeant à sa lettre à la femme de Martin. Elle décida de la poster le soir même. Karin Ahlquist la recevrait en fin de semaine et aurait comme ça tout le week-end pour mettre Martin à la porte.

Elle se racla la gorge.

« J'aimerais vous poser quelques questions, Edla. Je ne sais pas si vous avez lu les journaux, mais il y a eu un cambriolage avec violences à Hagelby, et la police a besoin d'aide.

– Moi aussi, j'ai été cambriolée, dit Edla. Ils sont entrés dans le garage et ont pris un bidon d'essence.

– Ah oui ? » Tilda sortit son carnet. « Quand ?

– À l'automne soixante-treize.

– Ah, bon…

– Oui, je m'en souviens bien, parce que mon mari vivait encore et nous avions toujours la voiture.

– D'accord, mais là, il s'agit d'un cambriolage plus récent. » Tilda ouvrit son carnet. « Alors j'aimerais savoir si vous avez remarqué des voitures inconnues sur la grand-route. Gerlof m'a dit que vous gardiez un œil sur la circulation.

– Par la fenêtre, oui. Je l'ai toujours fait, c'est que je les entends arriver. Mais il y en a tellement à présent.

– En hiver, il n'y en a pas tant que ça ?

– Non, c'est vrai que c'est plus facile que lorsque tous les touristes débarquent… mais je ne note plus les plaques d'immatriculation, je n'ai plus le temps. Ils passent trop vite. Et je ne m'y connais pas trop en marques de voitures.

– Avez-vous vu des voitures inconnues ces derniers jours ? Tard le soir… vendredi dernier, par exemple ? »

Edla réfléchit.

« Des grosses voitures ?

– Probablement. Dans certains cas, les vols ont été assez importants, ils ont donc dû avoir besoin d'un véhicule spacieux.

– Il y a beaucoup de camions qui passent par ici. Des camions poubelles, aussi, et des tracteurs.

– Je ne crois pas qu'ils aient un camion, dit Tilda.

– J'ai vu passer une grosse voiture noire jeudi dernier. Elle allait vers le nord.

– Une fourgonnette ? Est-ce que c'était tard le soir ?

– Oh oui, c'était un peu avant minuit, j'avais déjà éteint la lumière de ma chambre, à l'étage, dit Edla. Une fourgonnette noire, c'est ça.

– Bien… elle avait l'air neuve, ou vieille ?

– Pas si neuve que ça. Et il y avait de la publicité sur le côté. "Kalmar" et quelque chose comme "plomberie". »

Tilda nota.

« Merci beaucoup pour votre aide.

– J'aurai une prime si vous les arrêtez ? »

Tilda baissa son carnet et secoua tristement la tête.

Après sa visite chez Edla, Tilda continua vers le nord et rejoignit la route côtière un peu au sud de Marnäs. Elle passa devant Åludden, mais ce n'était pas là qu'elle allait. Elle voulait jeter un coup d'œil à la vieille maison de son grand-père Ragnar à Saltfjärden avant de rentrer à l'antenne de police.

CHEMIN PRIVÉ, annonçait un panneau de bois à l'embranchement. Un chemin verglacé et envahi d'herbe descendait vers la mer. Le véhicule de police s'engagea en cahotant dans les profondes ornières.

Le chemin passait devant une tombe de l'âge du fer, recouverte de pierres rondes, et finissait devant la grille fermée d'une petite maison blanche. On apercevait la mer derrière un bosquet de pins.

Tilda stationna sa voiture près de la grille et s'avança sur le terrain en friche. Elle n'avait gardé du lieu que des souvenirs vagues. Tout lui semblait plus petit que lors de sa dernière visite avec son père, quinze ans plus tôt. À l'époque, Ragnar était mort depuis longtemps, et la grand-mère de Tilda était à l'hôpital. On s'apprêtait à vendre la maison. Elle se souvenait vaguement d'une odeur de goudron et de plusieurs viviers à anguilles. Il n'en restait rien.

« Il y a quelqu'un ? » cria-t-elle dans le vent.

Pas de réponse.

La maison proprement dite était assez petite, mais le terrain comportait aussi un cabanon de pêche aux volets clos, un hangar à bois, une grange et ce qui avait dû être un sauna. La situation en bord de mer était extraordinaire, mais les bâtiments auraient eu besoin d'un bon coup de peinture. L'endroit dégageait une impression sinistre d'abandon.

Elle frappa à la porte. Pas non plus de réponse ; elle s'y attendait. La maison ne devait être habitée que l'été, comme le pensait Gerlof. Il n'y avait plus aucune trace de la famille Davidsson.

Åludden n'était pas visible, mais en s'approchant de la plage, de l'autre côté des pins, Tilda aperçut la vieille épave à quelques centaines de mètres et les deux phares dressés à l'horizon, au sud.

Comme elle s'approchait de l'eau, un gros oiseau s'envola d'un des rochers du rivage et s'éleva lourdement. Un oiseau de proie.

À l'orée du bois, elle aperçut une autre maison et, devant, sur la pelouse, une chaise longue où quelqu'un avait entassé des couvertures.

Les couvertures se mirent à bouger. Une tête en sortit et Tilda comprit qu'il y avait quelqu'un emmitouflé dedans. Elle s'approcha. C'était un homme âgé avec une barbe grise et un bonnet en laine, une

Thermos métallique à côté de lui et une paire de jumelles vertes à la main.

« Vous avez fait peur à mon *Haliaeetus albicilla* », cria l'homme.

Tilda marcha jusqu'à lui.

« Pardon ?

– L'aigle de mer, dit-il. Vous ne l'avez pas vu ?

– Oh si. »

Un ornithologue. Ils nichaient le long de la côte en toutes saisons.

« Il guettait les morillons », dit-il. Il dirigea ses jumelles vers la mer, où une dizaine d'oiseaux noirs et blancs se laissaient bercer par la houle. « Ils viennent ici toute l'année en restant groupés à cause des rapaces. Ils sont malins, les bougres !

– Passionnant, dit Tilda.

– N'est-ce pas ? » L'homme, de sous ses couvertures, considéra son uniforme et dit : « C'est bien la première fois que je vois un policier par ici.

– Oui, ça a l'air plutôt calme, comme endroit.

– Oui. En tout cas l'hiver. Il y a juste les camions qui passent, et parfois quelques bateaux à moteur.

– Si tard dans l'année ?

– Je n'en ai pas encore vu cet hiver, dit l'homme. Mais j'en ai entendu plus bas, sur la côte. »

Tilda sursauta.

« Vous voulez dire vers Åludden ?

– Oui, ou encore plus au sud. On entend le bruit du moteur à des kilomètres, si le vent souffle dans la bonne direction.

– Une femme s'est noyée près des phares d'Åludden il y a quelques semaines, dit Tilda. Étiez-vous par ici à ce moment-là ?

– Je crois bien. »

Tilda le regarda gravement.

« Vous devez vous souvenir de cette noyade ?

– Oh oui. Je l'ai lu dans les journaux... mais je n'ai rien vu. D'ici, on ne voit pas la pointe d'Åludden, à cause des bois.

– Mais vous souvenez-vous avoir entendu un bruit de moteur, ce jour-là ? »

L'ornithologue réfléchit.

« Peut-être, dit-il.

– Si un bateau était passé là-bas, plus au sud, vous l'auriez vu ?

– C'est possible. Je suis souvent dehors. »

C'était un témoignage assez vague. Edla Gustafsson surveillait beaucoup mieux la grand-route que cet ornithologue la Baltique.

Elle le remercia pour son aide et se dirigea vers sa voiture.

« On pourrait peut-être rester en contact ? »

Tilda se retourna.

« Pardon ?

– On se sent un peu seul, ici. » Il lui sourit. « C'est beau, mais on est un peu seul. Peut-être aimeriez-vous revenir, une autre fois ? »

Elle secoua la tête.

« Désolée, dit-elle. Il faudra trouver un cygne pour vous tenir compagnie. »

Après déjeuner, Tilda passa près de trois heures avec des écoliers. De retour à l'antenne de police, elle avait plusieurs rapports à rédiger sur des infractions au code de la route, mais elle n'arrivait pas à détacher son esprit de la noyade d'Åludden.

Elle rassembla ses idées, puis composa le numéro des Westin.

Joakim répondit après trois sonneries. Tilda entendit à l'arrière-plan des bruits de ballon et de joyeux cris d'enfants, un bon signe. Mais Westin semblait éteint et absent. Il n'y avait pas de colère dans sa voix – juste une grande lassitude.

Tilda alla droit au but :

« Il faut que je vous pose une question, dit-elle. Votre femme connaissait-elle quelqu'un possédant un bateau, sur Öland ? Le propriétaire d'un bateau, près de chez vous ?

– Je n'en connais aucun, dit Westin. Et Katrine… elle ne m'a jamais parlé de bateau, elle non plus.

– Que faisait-elle, ici, pendant que vous étiez encore à Stockholm ? Elle vous en parlait ?

– Elle rénovait et meublait la maison, elle s'occupait des enfants. Elle avait de quoi faire.

– Elle recevait des visites, parfois ?

– Seulement les miennes. Autant que je sache.

– Eh bien merci, dit Tilda. Je vous contacterai si…

– Moi aussi, j'ai une question, la coupa Westin.

– Oui ?

– Quand vous étiez ici, vous avez parlé d'un de vos parents qui connaissait bien Åludden… quelqu'un de l'association d'histoire locale de Marnäs.

– Gerlof, oui, dit Tilda. C'est le frère de mon grand-père. Il a écrit pas mal d'articles pour leur bulletin annuel.

– J'aimerais bien parler un peu avec lui.

– D'Åludden ?

– Oui, de son histoire… et d'une légende qu'on raconte à propos de la maison.

– Une légende ?

– Une légende sur les morts, dit Westin.

– Je vois. Je ne sais pas s'il est très versé dans les légendes populaires, dit Tilda, mais je peux lui demander. D'habitude, Gerlof aime bien raconter des histoires.

– Dites-lui qu'il est le bienvenu ici. »

Quand Tilda raccrocha, il était cinq heures. Elle alluma son ordinateur pour traiter des plaintes récemment déposées et rédiger ses rapports, y compris celui sur la fourgonnette noire. C'était un premier indice un peu concret dans l'enquête. Tout ce que l'ornithologue avait raconté à propos d'un bruit de bateau à moteur du côté d'Åludden était trop vague pour en faire mention.

Elle écrivit, écrivit, et il était huit heures quand elle en eut fini avec tous ses rapports.

Travailler d'arrache-pied – c'était la meilleure façon de ne plus penser à Martin Ahlquist. Le bannir de tout son être.

Tilda n'avait toujours pas posté la lettre adressée à sa femme.

HIVER 1943

Quand la Deuxième Guerre mondiale a éclaté, Åludden a été réquisitionné par l'armée. On a éteint les phares et des soldats s'y sont installés pour surveiller la côte.

Dans le grenier de la grange, un nom date de cette époque, mais ce n'est pas celui d'un homme.

EN MÉMOIRE DE GRETA *1943*, gravé en lettres fines.

Mirja RAMBE

L'unité de surveillance aérienne d'Åludden est avertie de la disparition de la jeune fille de seize ans le lendemain du passage de la tempête.

« Perdue dans la tourmente », dit Tuyau de Poêle, le chef de l'unité, devant les sept hommes rassemblés dans la cuisine, en uniforme gris. Tuyau de Poêle s'appelle en fait Bengtsson, mais il a reçu ce surnom parce qu'il préfère rester près du poêle en fonte quand souffle le vent glacé. Et le vent glacé souffle presque tout le temps, l'hiver, à Åludden.

« Il n'y a pas beaucoup d'espoir, continue-t-il, mais il faut quand même partir à sa recherche. »

Tuyau de Poêle reste au chaud pour coordonner l'opération – tous les autres sortent dans la neige. Eskil Nilsson et Ludvig Rucker, dix-neuf ans, les plus jeunes de l'unité, sont envoyés vers l'ouest pour chercher autour de la tourbière.

Il ne fait que moins quinze, avec peu de vent en cette journée ensoleillée – bien plus douce que les précédents hivers de la guerre, où le thermomètre est parfois descendu entre moins trente et moins quarante.

À part la tourmente du soir précédent, l'hiver a été assez calme à Åludden. Les Messerschmitt allemands ne se montrent plus guère et, depuis Stalingrad, c'est l'Union soviétique que la Suède redoute le plus dans la Baltique.

Un frère aîné d'Eskil a été envoyé sur l'île de Gotland, où il a passé une année entière sous la tente. Åludden est en contact radio avec le sud de Gotland – en cas d'attaque de la marine soviétique, ils seront les premiers au courant.

À peine dehors, Ludvig allume une cigarette, puis ils se lancent à travers champs, pataugeant avec leurs godillots dans les congères. Ludvig fume comme un pompier, mais il n'offre jamais de cigarette. Eskil se demande où il s'en procure autant.

Presque tout est rationné à Åludden. On trouve du poisson dans la Baltique, deux vaches fournissent du lait, mais il y a pénurie de carburant, d'œufs, de pommes de terre, de tissu et de vrai café. Le pire, c'est la ration de tabac, descendue à trois cigarettes par jour.

Mais Ludvig n'a pas l'air d'avoir de problèmes pour s'approvisionner. Par la poste ? Dans les villages autour d'Åludden ? Comment en a-t-il les moyens ? La solde des appelés est d'une seule couronne par jour.

Après quelques centaines de mètres, Eskil s'arrête, à la recherche de la grand-route. Il ne la voit pas – la tourmente l'a fait disparaître, comme par magie. On a planté des piquets pour baliser la route, mais ils ont dû être balayés pendant la nuit.

« Je me demande d'où elle venait ? dit Eskil en grimpant sur une congère.

– De Malmtorp, près de Rörby, dit Ludvig.

– Tu es sûr ?

– Je connais même son nom, dit Ludvig. Greta Friberg.

– Greta ? Comment tu sais ça ? »

Ludvig se contente de sourire et allume une nouvelle cigarette.

Eskil voit à présent la tour d'observation ouest. De là, une corde tendue conduit jusqu'à la grand-route. La tour est en bois, isolée avec des branches de pin et camouflée sous un filet vert-de-gris. La neige, dans la tourmente, a élevé un mur presque vertical contre sa face est.

L'autre tour d'observation d'Åludden est le phare sud. Électrifié juste avant la guerre, il est chauffé et on y est assez confortablement installé pour guetter l'arrivée d'avions ennemis. Mais Eskil sait que Ludvig préfère être ici, seul au milieu de la tourbière.

Il le soupçonne bien sûr de ne pas toujours être seul dans la tour d'observation. Les gars de Rörby détestent Ludvig, et Eskil croit savoir pourquoi. Il plaît trop aux filles.

Ludvig s'approche de la tour. Il balaie la neige des marches d'un revers de gant puis disparaît quelques instants à l'intérieur avant de redescendre.

« Tiens », dit-il en passant à Eskil une bouteille en verre où clapote un liquide transparent.

C'est de l'eau-de-vie. Le degré d'alcool est élevé, elle n'a pas gelé. Eskil dévisse le bouchon et prend une gorgée pour se réchauffer. Il regarde ensuite la bouteille qui est moins qu'à moitié pleine.

« Tu es venu picoler ici, hier ? demande-t-il.

– Hier soir, dit Ludvig.

– Alors tu es rentré en pleine tourmente ? »

Ludvig hoche la tête.

« À quatre pattes, on peut dire. On ne voyait pas le bout de son bras… heureusement qu'il y avait la corde. »

Il va remettre la bouteille dans la tour et ils repartent vers le nord, en pataugeant dans la neige en direction de Rörby.

Quinze minutes plus tard, ils trouvent le corps de la jeune fille.

Sur l'étendue de neige au nord de la tourbière, quelque chose dépasse, comme une mince souche de bouleau. Eskil plisse les yeux et s'approche.

Soudain, il voit que c'est une petite main.

Greta Friberg était presque arrivée à Rörby quand la neige l'a prise. En la dégageant, ils découvrent son visage tourné vers le ciel. Même ses yeux écarquillés sont couverts de cristaux de glace.

Eskil ne peut pas en détacher les siens. Il s'agenouille en silence.

Ludvig fume, debout derrière lui.

« C'est elle ? » demande Eskil à voix basse.

Ludvig secoue la cendre de sa cigarette et se penche pour jeter un coup d'œil.

« Oui, c'est Greta.

– Elle était avec toi, hein ? dit Eskil. Hier, dans la tour.

– Peut-être bien, dit Ludvig, avant d'ajouter : Il faudra un peu balader Tuyau de Poêle sur ce coup-là. »

Eskil se relève.

« Ne me mens pas, à moi, Ludvig », dit-il.

Ludvig hausse les épaules et écrase son mégot.

« Elle voulait rentrer. Elle avait froid, elle était morte de peur à l'idée de passer la nuit avec moi dans la tour. Alors elle est partie de son côté dans la tourmente, et moi du mien. »

Eskil le regarde, lui, puis le corps dans la neige.

« Il faut aller chercher de l'aide. Elle ne peut pas rester là, comme ça.

– On prend le traîneau, dit Ludvig. Ça ira bien. On va le chercher. »

Il fait demi-tour et se met en route vers Åludden. Eskil s'éloigne doucement à reculons pour ne pas tourner tout de suite le dos à la morte, puis rattrape Ludvig.

Ils pataugent en silence côte à côte dans la neige.

« Tu vas graver son nom dans la grange ? demande-t-il. Comme on a fait pour Werner ? »

Werner était un appelé de dix-sept ans tombé d'un bateau et noyé devant Åludden l'été 1942. Eskil estime qu'on devrait graver le nom de Greta à côté du sien, dans le grenier à foin. Mais Ludvig secoue la tête.

« Je la connaissais à peine.

– Mais…

– C’est sa faute, aussi, dit Ludvig. Elle aurait mieux fait de rester avec moi dans la tour. Je l’aurais réchauffée, tiens ! »

Eskil ne dit rien.

« Mais il y a plein d’autres filles dans les villages, continue Ludvig en regardant de l’autre côté de la tourbière. C’est ce qui est bien avec les filles : il y en a toujours. »

Eskil hoche la tête, mais il ne peut pas penser aux filles pour le moment. Il pense seulement aux morts.

DÉCEMBRE

18

Un nouveau mois commençait, Noël approchait.

Vendredi après-midi. Joakim était retourné dans le grenier de la grange glaciale, devant le mur où étaient gravés les noms des morts. Il tenait à la main un marteau et un ciseau à bois fraîchement aiguisé.

Il était monté au grenier quelques heures avant d'aller chercher Livia et Gabriel, au moment où le soleil baissait et laissait les ombres envahir la cour. C'était une sorte de récompense qu'il s'accordait quand le chantier de rénovation avait bien avancé.

Rester dans ce grenier silencieux était reposant, malgré le froid, et il aimait détailler les noms gravés dans le mur. Il lisait et relisait bien sûr celui de Katrine, comme un mantra.

À mesure qu'il apprenait par cœur un certain nombre de ces noms, il s'était familiarisé avec le mur lui-même, les nœuds et les cernes du bois. À gauche, dans un coin, s'était formée une fente assez profonde dans une des planches médianes, et il finit par avoir envie d'aller voir ça de plus près.

La planche s'était fendue le long d'un cerne. L'ouverture s'était ensuite élargie en suivant une ligne diagonale. En y appuyant la main, il avait vu le bois craquer et s'enfoncer un peu. Alors, il était allé chercher des outils.

Il enfonça le ciseau à bois dans la fente, donna un coup de marteau et vit la lame aiguisée traverser d'un coup la planche.

Une dizaine de coups de marteau suffirent à détacher le morceau, qui tomba vers l'intérieur, et le bruit sourd qu'il fit prouva que le plancher continuait de l'autre côté de la cloison. Mais impossible de voir ce qu'il y avait là-dedans.

En se penchant pour regarder par ce trou d'une dizaine de centimètres de large, Joakim fut saisi par une odeur reconnaissable entre toutes. Elle afflua vers lui, lui fit fermer les yeux, et appuyer le front contre la cloison.

C'était l'odeur de Katrine.

Il s'agenouilla et passa sa main droite dans l'ouverture. D'abord les doigts, puis le poignet et enfin tout l'avant-bras. Il tâtonna vers l'intérieur, sans rien sentir.

Mais quand il dirigea sa main vers le bas, ses doigts touchèrent quelque chose là-derrière, quelque chose de mou.

On aurait dit un tissu un peu rêche – un pantalon ou une veste.

Joakim retira vivement sa main.

L'instant suivant, il entendit un ronronnement sourd dehors, sur le chemin, puis vit une lumière éclairer les fenêtres givrées de la grange. Une voiture entrait dans la cour.

Joakim jeta un dernier coup d'œil dans l'ouverture de la cloison, puis redescendit du grenier.

Dans la cour, il fut ébloui par des phares. Une portière claqua.

« Bonjour Joakim ! »

Il reconnaissait cette voix énergique. Marianne, la directrice de la maternelle.

« Il s'est passé quelque chose ? » demanda-t-elle.

Il la regarda d'abord interloqué, puis remonta la manche gauche de son anorak pour regarder l'heure. À la lueur des phares, il vit qu'il était déjà cinq heures et demie.

La maternelle fermait à cinq heures. Il avait oublié d'aller chercher Gabriel et Livia.

« J'ai raté… j'ai laissé passer l'heure.

– Pas de problème, dit Marianne. J'ai juste eu peur qu'il soit arrivé quelque chose. J'ai essayé d'appeler, mais personne ne répondait.

– Oui, c'est que j'étais… dans la grange, en train de faire de la menuiserie.

– Ce sont des choses qui arrivent, dit en souriant Marianne.

– Merci, dit Joakim. Merci de les avoir raccompagnés.

– Mais de rien, vous savez, j'habite à Rörby. »

Marianne regagna sa voiture avec un signe de la main. « À lundi ! »

Quand elle eut fini de manœuvrer, Joakim rentra, penaud. Il entendit des voix dans la cuisine.

Livia et Gabriel avaient déjà ôté chaussures et manteaux qu'ils avaient abandonnés par terre en deux tas distincts. Ils étaient en train de se partager une clémentine.

« Papa, tu as oublié de venir nous chercher ! dit Livia quand il franchit le seuil de la pièce.

– Je sais, dit-il à mi-voix. Je ne l'ai pas fait exprès. »

Gabriel mangeait placidement ses quartiers de clémentine, mais Livia adressa à son père un regard appuyé.

« Allez, on dîne », dit Joakim en se dépêchant d'ouvrir le garde-manger.

Les pâtes au thon étaient une valeur sûre. Il fit bouillir de l'eau et réchauffa la sauce.

La grange se dressait de l'autre côté de la cour, comme une forteresse noire.

Elle avait ses secrets. Une pièce dérobée sans porte.

Une pièce qui un instant s'était emplie de l'odeur de Katrine. Joakim était certain de l'avoir sentie : elle avait afflué par l'ouverture, il n'avait pu y résister.

Il aurait voulu y entrer sur-le-champ, mais la seule façon était apparemment d'attaquer les épaisses planches à la scie ou au pied-de-biche. Les noms gravés seraient alors détruits, et Joakim ne ferait jamais ça. Il avait trop de respect pour les morts.

Quand la température descendit au-dessous de zéro, le froid commença aussi à s'immiscer dans la maison. Joakim faisait confiance aux radiateurs et aux poêles du rez-de-chaussée, mais il restait des courants d'air glacés au ras du sol et devant certaines fenêtres. Les jours de grand vent, il les traquait et renforçait l'isolation en colmatant à l'étoupe les interstices entre les planches.

Le premier week-end de décembre, la température se maintint autour de moins cinq au soleil, mais descendit à moins dix le soir.

Le dimanche matin, en regardant par la fenêtre de la cuisine, Joakim vit que la mer s'était couverte d'une couche de glace noire. Elle s'étendait sur plusieurs centaines de mètres jusqu'à l'eau libre. La glace avait dû se former près de la plage pendant la nuit puis lentement grignoter les échancrures du rivage avant de s'avancer vers le large.

« On va peut-être bientôt pouvoir aller à pied jusqu'à Gotland, dit-il aux enfants au petit déjeuner.

– C'est quoi Gotland ? dit Gabriel.

– Une grande île, plus loin dans la Baltique.

– On pourrait y aller ? demanda Livia.

– Non, je plaisantais, se dépêcha de dire Joakim. C'est beaucoup trop loin.

– Mais je veux, moi ! »

Impossible de plaisanter avec une petite fille de six ans – elle prenait tout au pied de la lettre. Joakim regarda par la fenêtre de la cuisine et imagina Livia et Gabriel marchant sur la glace noire, de plus en plus loin. Puis la glace se brisait soudain, un gouffre noir s'ouvrait et ils étaient emportés...

Il se tourna vers Livia.

« Gabriel et toi, vous ne devez jamais aller sur la glace. Jamais de la vie. On ne peut jamais savoir si elle va tenir. »

Le soir venu, Joakim appela ses anciens voisins, Lisa et Michael Hesslin. Il n'avait plus eu de leurs nouvelles depuis cette nuit où ils avaient quitté précipitamment Åludden.

« Bonjour Joakim, dit Michael. Tu es à Stockholm ?

– Non, nous sommes toujours sur Öland. Comment ça va ?

– On fait aller. C'est gentil d'appeler. »

Joakim trouva Michael évasif. Il était peut-être gêné par ce qui s'était passé la dernière fois qu'ils s'étaient vus.

« Ça va bien, alors ? dit Joakim. Et ta boîte ?

– Tout va bien de ce côté-là, dit Michael. Plein de projets passionnants. C'est l'effervescence, juste avant Noël.

– Bien… Je voulais juste avoir des nouvelles. On s'est quittés un peu en coup de vent la dernière fois.

– Oui, dit Michael, qui hésita avant de poursuivre. Je suis vraiment désolé. Je ne sais pas ce qui… je me suis réveillé en pleine nuit, et impossible de me rendormir… »

Il se tut.

« Lisa pensait que tu avais fait un cauchemar, dit Joakim. Que tu avais rêvé qu'il y avait quelqu'un près de ton lit.

– Elle a dit ça ? Tu sais, je ne me souviens pas.

– Tu ne te rappelles pas qui tu as vu ?

– Non.

– Je n'ai jamais rien vu d'étrange à Åludden, dit Joakim, mais j'ai parfois senti des choses. Et dehors, dans la grange, j'ai trouvé un mur dans le grenier où les gens ont…

– Et la rénovation, alors ? le coupa Michael. Ça avance ?

– Quoi ?

– Tu as fini de poser les papiers peints ?

– Non… pas tout à fait. »

Joakim eut un moment de blanc, avant de comprendre que Michael n'avait pas la moindre envie de parler d'expériences étranges et de rêves affreux.

« Et qu'est-ce que vous faites pour Noël, alors ? demanda plutôt Joakim. Vous le fêtez chez vous ?

– On ira sans doute dans notre maison de Gotland, dit Michael. Mais on pensait être ici pour le nouvel an.

– On se verra peut-être, alors. »

La conversation n'alla pas beaucoup plus loin. Après avoir raccroché, Joakim regarda par la fenêtre de la cuisine la couche de glace sur la mer et la plage déserte. Cette désolation glacée lui faisait presque regretter la foule affairée des rues de Stockholm.

« Il y a une pièce secrète à Åludden, dit Joakim à Mirja Rambe. Une pièce sans porte.

– Ah oui ? Où ça ?

– Dans le grenier à foin. Elle est grande... j'ai mesuré la grange et, au grenier, il manque bien quatre mètres jusqu'au mur extérieur. » Il regarda sa belle-mère. « Tu étais peut-être au courant ? »

Elle secoua la tête.

« Moi, je me contente de ce mur avec tous les noms. C'est déjà assez passionnant. »

Mirja se pencha au bord du grand canapé et servit du café fumant à Joakim. Elle sortit une bouteille de vodka :

« Une petite goutte ?

– Non merci. Je ne bois pas d'alcool, et... »

Mirja s'esclaffa.

« Bon, alors je prends ta ration », dit-elle en se servant.

Mirja habitait un grand appartement près de la cathédrale de Kalmar. Elle avait invité la famille à dîner ce soir-là.

Enfin, Livia et Gabriel faisaient la connaissance de leur grand-mère. En entrant, ils se montrèrent d'abord silencieux et réticents. Livia considéra avec méfiance un torse d'homme en marbre qui trônait dans un coin. Elle mit longtemps à sortir de son mutisme. Elle avait amené Bêêbert et deux ours en peluche qu'elle présenta tous les trois à sa grand-mère. Mirja fit visiter aux enfants son atelier où s'alignaient contre les murs ses vues d'Öland, achevées ou non. Les tableaux représentaient tous un paysage plat sous un ciel sans nuage.

Elle qui jusque-là s'était à peine souciée de ses petits-enfants leur prodiguait à présent une attention inattendue. Une fois mangées les boulettes de pommes de terre, elle fit des pieds et des mains pour faire monter Gabriel sur ses genoux, et finit par parvenir à ses fins. Mais il n'y resta que quelques minutes, avant de courir rejoindre Livia devant la télévision.

« On va prendre le café en tête à tête, alors, dit Mirja en s'installant dans le canapé du séjour.

– Très bien », dit Joakim.

Mirja n'exposait aucune de ses œuvres, mais deux tableaux de tempête de sa mère, Torun, étaient accrochés au mur. Ils montraient tous les deux la tourmente approchant de la côte, tel un rideau noir prêt à s'abattre sur les deux phares. Tout comme pour le tableau d'Åludden, de ces deux toiles hivernales émanaient une menace sourde, de mauvais présages.

Joakim chercha en vain la moindre trace de Katrine dans l'appartement. Elle avait toujours aimé les surfaces libres et lumineuses. Sa mère, elle, avait accumulé papiers peints et rideaux à fleurs sombres, tapis persans et canapés en cuir noir.

Mirja n'avait aucune photographie de Katrine ni d'aucun de ses demi-frères et sœurs. Elle possédait en revanche plusieurs grands et petits portraits d'elle et d'un homme de peut-être vingt ans son cadet, bouc blond et cheveux en bataille.

Elle vit Joakim regarder fixement les photos et hocha la tête dans leur direction :

« Ulf, dit-elle. Il a une partie de hockey, sinon tu l'aurais rencontré.

– Donc vous formez un couple…, dit Joakim, toi et le joueur de hockey ? »

Une question stupide. Mirja sourit.

« Ça te dérange ? »

Joakim secoua la tête.

« Bien, parce que ça en dérange beaucoup, dit Mirja. Katrine aussi, sûrement, même si elle n'a jamais rien dit… les vieilles femmes ne devraient pas avoir de vie sexuelle. Mais Ulfy n'a pas l'air de se plaindre, et moi, encore moins.

– Oui, tu as même plutôt l'air d'en être fière », dit Joakim.

Mirja éclata de rire.

« L'amour est aveugle, comme on dit. »

Elle but son café et alluma une cigarette.

« Une des policières de Marnäs veut continuer l'enquête, dit Joakim au bout d'un moment. Elle m'a téléphoné plusieurs fois. »

Il n'eut pas besoin de préciser de quelle enquête il s'agissait.

« Ah, bien, dit Mirja. Pourquoi pas…

– Bien sûr, si ça apporte des réponses à quelques questions… mais ça ne fera pas pour autant revenir Katrine.

– Je sais pourquoi elle s'est noyée », dit Mirja en tirant sur sa cigarette.

Joakim leva les yeux.

« Vraiment ?

– C'est Åludden.

– Åludden ? »

Mirja lâcha un petit rire sans gaieté.

« Cette maudite maison porte la poisse, dit-elle. Elle a toujours détruit la vie de toutes les familles qui y ont habité. »

Joakim la dévisagea, surpris par ce commentaire.

« On ne peut pas mettre un accident sur le dos d'une maison. »

Mirja écrasa son mégot.

Joakim changea de sujet :

« La semaine prochaine, je vais avoir la visite d'un retraité qui connaît Åludden. Il s'appelle Gerlof Davidsson. Tu le connais ? »

Mirja secoua la tête.

« Mais je crois que son frère habitait juste à côté, dit-elle. Ragnar. Lui, je l'ai rencontré.

– Ah bon ? Gerlof va me parler de l'histoire d'Åludden.

– Je peux aussi te la raconter, si ça t'intéresse. »

Mirja but à nouveau une grande gorgée de café. Joakim trouva que ses yeux étaient déjà brillants sous l'effet de l'alcool.

« Comment avez-vous atterri à Åludden ? demanda-t-il. Ta mère et toi ?

– Le loyer était bas, dit Mirja. Pour Maman, c'était le principal. Tout son salaire de femme de ménage passait en toiles et en peinture à l'huile, alors les fins de mois étaient toujours difficiles. Il fallait donc se loger bon marché.

– Åludden était déjà délabré, à l'époque ?

– Ça commençait à l'être. Le domaine appartenait encore à l'État, je crois, mais il était laissé en fermage pour une bouchée de pain à un insulaire… un paysan qui n'avait pas un sou pour entretenir les bâtiments. Maman et moi étions les seules à accepter d'habiter la buanderie l'hiver. »

Elle finit son café-vodka.

Les enfants éclatèrent de rire dans la salle de télé. Joakim poursuivit :

« Est-ce que Katrine t'a jamais parlé d'Ethel ?

– Non, dit Mirja. Qui est-ce ?

– C'était ma sœur aînée. Elle est morte l'an dernier… presque un an tout juste. Elle était droguée. Toutes sortes de drogues, mais surtout l'héroïne, les dernières années.

– Je n'ai jamais vraiment touché aux drogues, dit Mirja. Mais je suis évidemment d'accord avec les idées de Huxley ou de Tim Leary…

– C'est-à-dire ?

– Que les drogues peuvent ouvrir des portes à nos sens. Surtout pour nous, les artistes. »

Joakim la dévisagea. Il songea au regard vide d'Ethel et comprit pourquoi Katrine n'avait jamais parlé d'elle à Mirja.

Il finit d'un trait son café et regarda sa montre, qui indiquait huit heures et quart.

« Bon, il faut qu'on rentre, maintenant. »

« Alors, qu'est-ce que vous avez pensé de votre grand-mère ? demanda Joakim, en traversant le pont d'Öland.

– Elle est gentille, dit Livia.

– Bien.

– On y retournera ? demanda-t-elle.

– Peut-être, dit Joakim. Mais pas tout de suite. »

Il décida de tirer un trait sur Mirja Rambe.

19

« Ma fille m'a téléphoné hier soir, dit une des petites vieilles dans le fauteuil voisin de Tilda.

– Ah ? Et alors ? demanda l'autre petite vieille.

– Elle voulait vider son sac.

– Vider son sac ?

– Vider son sac, oui, dit la première. Une bonne fois pour toutes. Elle m'a dit que je ne l'avais jamais soutenue. « Tu n'as toujours pensé qu'à toi et à Papa ! » qu'elle m'a dit. « Toujours. Et nous, les enfants, on passait toujours en dernier.

– Mon fils pareil, dit l'autre. Sauf que c'est le contraire. Il téléphone tous les Noëls pour me reprocher de lui avoir donné trop d'amour. Il dit que j'ai gâché son enfance. Ce genre de choses, il ne faut pas t'en faire, Elsa. »

Tilda cessa de les écouter discrètement et regarda sa montre : le bulletin météo devait être fini. Elle pouvait aller chercher Gerlof. Elle frappa à sa porte.

« Entrez. »

Elle trouva Gerlof assis à côté de la radio. Il avait enfilé son manteau, mais n'avait pas l'air de vouloir se lever.

« On y va ? dit Tilda en lui tendant la main.
– Il faut voir, dit-il. On va où, déjà ?
– Åludden, dit Tilda.
– Ah, oui… et qu'est-ce qu'on va faire, exactement, là-bas ?
– Eh bien… tailler une bavette, dit Tilda. Le nouveau propriétaire voudrait entendre des histoires sur Åludden. Je lui ai dit que tu en connaissais.
– Des histoires ? » Gerlof se leva lentement et la regarda. « Alors je suis censé faire le pépé malicieux qui se balance dans sa chaise à bascule en racontant les yeux mi-clos des histoires de superstitions et de fantômes ?
– Ne t'inquiète pas, Gerlof, dit Tilda. Considère ça comme une thérapie pour lui, il est en deuil.
– Ah oui ? Pour pleurer ses morts, mieux vaut ne pas se tromper de tombe, comme dit l'autre. »
Gerlof se mit en marche, appuyé sur sa canne.
« Il faudra bien le raisonner. »
Tilda le prit par son bras libre.
« Tu veux qu'on prenne ton fauteuil roulant ?
– Pas aujourd'hui, dit Gerlof. Aujourd'hui, mes jambes sont de mon côté.
– Il faut prévenir quelqu'un qu'on y va ? »
Gerlof pouffa.
« Ça ne les regarde pas. »

C'était le deuxième mercredi de décembre, en route pour Åludden et un petit café. Gerlof et le propriétaire du domaine allaient enfin se rencontrer.
« Et comment ça se passe à l'antenne de police, alors ? demanda Gerlof tandis qu'ils traversaient le centre de Marnäs.

– J'ai un seul collègue à Marnäs, dit Tilda. Et il n'y met pas souvent les pieds. Il reste surtout à Borgholm.

– Et pourquoi ? »

Tilda se tut quelques secondes.

« Va savoir… mais je suis tombée sur Bengt Nyberg de l'*Ölands-Posten* hier, et il m'a dit que la nouvelle antenne de police de Marnäs était déjà affublée d'un surnom.

– Ah oui ?

– Les gens l'appellent “le poulailler”. »

Gerlof secoua la tête avec lassitude.

« Poulailler… on disait déjà ça autrefois sur l'île pour les arrêts sur la ligne de chemin de fer où ne travaillaient que des femmes. Les chefs de gare estimaient que leurs collègues féminines faisaient moins bien le travail.

– Elles le faisaient sûrement mieux, dit Tilda.

– En tout cas, personne ne s'est jamais plaint, que je sache. »

Tilda sortit de Marnäs et rejoignit la route déserte. Il faisait en dessous de zéro. Le plat paysage côtier semblait figé, comme une peinture hivernale en gris et blanc. Gerlof regarda dehors.

« C'est tellement beau, par ici, près de la mer.

– C'est sûr, dit Tilda. Mais tu es partial.

– J'aime mon île.

– Et tu détestes le continent.

– Pas du tout, dit Gerlof. Je n'ai pas l'esprit de clocher… mais l'amour commence toujours au pas de sa porte. C'est à nous, les habitants de l'île, de préserver et défendre la dignité d'Öland. »

Gerlof se dérida peu à peu, devenant de plus en plus bavard. En passant devant le petit cimetière de Rörby, il fit un signe vers le bord de la route.

« À propos de superstitions et de fantômes… tu veux entendre une histoire que mon père racontait tous les Noëls ?

– Volontiers, dit Tilda.

– Notre père, à ton grand-père et à moi, s'appelait Carl Davidsson. Dans son adolescence, il travaillait comme valet de ferme du côté de Rörby où, un jour, il avait vu quelque chose d'étrange. Son grand frère était en visite et ils étaient sortis du côté du cimetière, à l'heure trouble du crépuscule. C'était autour du nouvel an, par grand froid, avec beaucoup de neige. Ils entendent alors un traîneau à cheval arriver derrière eux. Son frère jette un regard par-dessus son épaule, pousse un cri et attrape Carl par le bras. Il le tire vers le bas-côté, dans la neige. Carl ne comprend pas ce qui se passe avant de voir lui-même le traîneau approcher.

– Je connais l'histoire, dit Tilda. Papa la racontait. »

Gerlof continua pourtant, comme s'il ne l'avait pas entendue :

« C'était une cargaison de foin. La plus petite que Carl ait jamais vue ; tirée par quatre petits chevaux. Et sur le tas de foin gambadaient des petits hommes gris. Ils faisaient moins d'un mètre de haut.

– Des lutins, dit Tilda. C'est bien ça ?

– Mon père n'utilisait jamais ce mot. Il disait juste que c'était des petites personnes avec des vêtements et des bonnets gris. Carl et son frère n'osaient pas bouger, car les petits hommes n'avaient pas l'air très gentils. Mais le chargement est passé sans encombre avant de tourner derrière le cimetière, et de disparaître sur la lande. » Gerlof hocha tout seul la tête. « Mon père jurait que c'était véridique.

– Et votre mère, elle ne voyait pas des lutins, elle aussi ?

– Oh si, elle avait vu un petit homme gris se jeter à la mer quand elle était jeune… mais c'était au sud d'Öland. » Gerlof regarda Tilda. « Tu viens d'une famille qui a vu des choses bien curieuses. Tu as peut-être hérité de cet œil-là ?

– J'espère bien que non », dit Tilda.

Cinq minutes plus tard, ils étaient presque à l'embranchement d'Åludden, mais Gerlof voulut pourtant faire un arrêt pour se dégourdir les jambes. Il montra l'étendue d'herbe de l'autre côté du muret de pierres.

« La tourbière a commencé à geler. On va jeter un coup d'œil ? »

Tilda gara la voiture sur le bas-côté et aida Gerlof à sortir dans le vent froid. Une fine pellicule de glace recouvrait les étangs.

« C'est une des dernières tourbières de l'île, dit Gerlof en regardant au-dessus du muret. « Les autres ont pour la plupart été drainées et ont disparu. »

Tilda suivit son regard et vit soudain un mouvement sous l'eau, un frémissement noir entre deux épaisses touffes d'herbe, qui fit trembler et se fendre la pellicule de glace.

« Il y a des poissons, par ici ?

– Oh oui, dit Gerlof. Il y a sûrement quelques vieux brochets… et les anguilles viennent se réfugier ici au printemps, quand les ruisseaux de fonte vont se jeter dans la Baltique.

– Donc on peut les pêcher ?

– On peut, mais personne ne le fait. Quand j'étais petit, on m'a dit que les poissons de tourbière avaient un goût de moisi.

– Et ce nom, Offermossen, d'où vient-il ?

– Des sacrifices qu'on y faisait autrefois, dit Gerlof. Les archéologues ont trouvé des pièces romaines en or et en argent, les squelettes de centaines d'animaux jetés à l'eau, beaucoup de chevaux. » Il se tut et ajouta : « Et des ossements humains.

– Des sacrifices humains ? »

Gerlof hocha la tête.

« Des esclaves peut-être, ou des prisonniers. Les puissants ne devaient les trouver bons qu'à ça. D'après ce que j'ai compris, on les noyait en les plaquant au fond à l'aide de longues gaffes… puis les corps sont restés là, jusqu'à ce que des archéologues les trouvent. » Il laissa son regard glisser sur l'eau et ajouta : « C'est peut-être pour ça que les anguilles continuent à remonter ici, année après année. Elles doivent se souvenir du goût, c'est qu'elles aiment bien manger la chair des…

– Tais-toi, Gerlof ! »

Tilda s'écarta de quelques pas et le regarda. Il hocha la tête.

« Bon, bon, c'était juste histoire de parler. Alors, on y va, à Åludden ? »

La voiture garée, Gerlof s'avança lentement sur le gravier, soutenu par sa canne et le bras de Tilda. Elle ne le lâcha que le temps de frapper au carreau de la porte-fenêtre de la cuisine.

Joakim vint vite ouvrir.

« Soyez les bienvenus ! »

Il parlait à voix basse et sembla à Tilda encore plus fatigué que la fois précédente. Il lui serra pourtant la main avec même une ébauche de sourire : sa colère à la suite de la confusion des noms avait l'air d'être passée.

« Toutes mes condoléances », dit Gerlof.

Westin hocha la tête.

« Merci.

– Je suis moi-même veuf.

– Ah oui ?

– Oui, mais ce n'était pas un accident. Une longue maladie… mon Ella a eu le diabète, puis des problèmes cardiaques.

– Récemment ?

– Non, il y a des années, dit Gerlof. Mais ça reste parfois lourd à porter. Les souvenirs sont encore très forts. »

Westin regarda Gerlof et hocha la tête en silence.

« Entrez. »

Les enfants étaient à l'école. Les pièces lumineuses baignaient dans une atmosphère silencieuse et solennelle. Tilda comprit que Westin avait travaillé dur ces dernières semaines. Presque tout le rez-de-chaussée était peint et tapissé : la maison commençait à paraître habitable.

« C'est un vrai voyage dans le temps, dit-elle en entrant dans la grande salle. C'est comme entrer dans une maison du XIXe.

– Merci », dit Joakim.

Il le prit comme un compliment. La taille des pièces rendait Tilda un peu envieuse, mais elle n'aurait toujours pas voulu vivre là.

« Où avez-vous trouvé tous ces meubles ? demanda Gerlof.

– Nous avons cherché et cherché… ici, sur l'île, et à Stockholm, dit Joakim. Les grandes pièces ont besoin de grands meubles pour les remplir. Nous avons souvent récupéré des vieux meubles pour les restaurer.

– C'est une belle idée, dit Gerlof. Aujourd'hui, les gens attachent rarement de la valeur à ce qu'ils possèdent. On ne répare plus rien, on jette. Ce qui compte, c'est d'acheter, on ne s'occupe plus d'entretenir. »

Il aime visiter les vieilles maisons, constata Tilda. Pour Gerlof, le goût des belles choses était lié à la conscience directe de tout le travail qu'elles représentaient. Tilda l'avait vu observer sous toutes les coutures des objets en sa possession, une vieille malle de marin, une collection de serviettes en lin, comme s'il pouvait sentir tous les souvenirs qu'ils charriaient.

« Je suppose qu'on devient un peu dépendant ? demanda Gerlof.

– Dépendant de quoi ?

– Restaurer des maisons. »

Joakim eut un petit sourire, mais secoua la tête.

« Ce n'est pas une dépendance. Nous ne sommes pas du genre à avoir besoin de changer la cuisine une fois par an, comme certaines familles à Stockholm… et c'était seulement la deuxième maison que nous restaurions. Avant, nous n'avions refait que des appartements.

– Et où était votre première maison ?

– Près de Stockholm, à Bromma. Une jolie villa que nous avons restaurée de fond en comble.

– Dans ce cas, déménager ici ? Qu'est-ce qui n'allait pas avec cette villa ? »

Joakim évita le regard de Gerlof.

« Il n'y avait pas de problème… nous aimions beaucoup cette villa. Mais c'est intéressant de changer de temps en temps pour aménager dans plus grand. Surtout sur le plan économique.

– Ah oui ?

– On prend un emprunt et on trouve un appartement décrépit mais bien situé, puis on entreprend de le rénover les soirs et les week-ends tout en y habitant. Puis on trouve le bon acheteur et on le revend beaucoup plus cher qu'on ne l'a acheté… alors on prend un nouvel emprunt et on achète un nouveau logement en mauvais état mais encore mieux situé.

– Qu'on revend ensuite lui aussi ? »

Joakim hocha la tête.

« On n'y gagnerait évidemment rien si la demande de logement n'était pas si forte. Tout le monde veut habiter à Stockholm.

– Pas moi, dit Gerlof.

– Beaucoup de monde, en tout cas… et les prix n'arrêtent pas de monter.

– Donc votre femme et vous, vous étiez tous les deux doués pour ça, restaurer des maisons ? dit Tilda.

– Nous nous sommes même rencontrés lors d'une visite d'appartement, dit Joakim avec une énergie nouvelle dans la voix. C'était une petite vieille qui vivait dans un grand appartement avec plein de chats. La situation était parfaite, mais Katrine et moi sommes restés seuls à supporter l'odeur. Après, nous sommes allés prendre un café et parler de ce qu'on pourrait faire avec cet appartement… ça a été notre premier projet commun. »

Gerlof balaya la grande salle du regard, l'air maussade.

« Et vous pensiez faire la même chose à Åludden, dit-il. Vous installer, rénover puis vendre. »

Joakim secoua la tête.

« Nous pensions rester ici longtemps. Louer des pièces et peut-être ouvrir un petit gîte. » Il regarda par la fenêtre, et ajouta : « Nous n'avions pas de projet bien arrêté, mais nous savions que nous allions nous plaire, ici... »

Tilda vit que son énergie à nouveau l'abandonnait. Un lourd silence s'installa dans la pièce blanche.

Après la visite, ils prirent le café à la cuisine.

« Tilda m'a dit que vous aimeriez entendre des histoires sur Åludden, dit Gerlof.

– Volontiers, dit Joakim, s'il y en a.

– Oh, sans aucun doute, dit Gerlof. Mais vous voulez dire des histoires de fantômes ? C'est ce genre d'histoires qui vous intéresse ? »

Joakim hésita, comme s'il avait peur que quelqu'un écoute en cachette, puis dit :

« J'aimerais juste savoir si d'autres personnes ont vécu ici des choses inhabituelles. J'ai senti... ou cru sentir... la présence des morts à Åludden. Près des phares, comme ici. D'autres habitants de la maison ont apparemment ressenti la même chose. »

Tilda ne dit rien, mais songea à ce soir d'octobre où elle avait attendu dans la maison le retour de Westin. Il n'y avait qu'elle – mais elle ne s'était pas vraiment sentie seule.

« Ceux qui ont jadis vécu ici sont toujours là, dit Gerlof, sa tasse de café à la main. Croyez-vous qu'ils se contentent de reposer dans les cimetières ?

– C'est pourtant là qu'ils sont enterrés, dit Joakim à voix basse.

– Pas toujours. » Gerlof fit un signe de tête en direction des champs labourés qui s'étendaient à l'arrière de la maison. « Les morts sont partout nos voisins sur cette île, il suffit de s'y habituer. Le paysage est couvert d'anciennes tombes… dolmens néolithiques, pierriers de l'âge du bronze, tombes à caissons de l'âge du fer, tumulus vikings… »

Gerlof tourna les yeux vers la mer, où l'horizon se noyait dans une brume hivernale.

« Et là-bas aussi, c'est un grand cimetière, continua-t-il. Toute la côte orientale est le cimetière des centaines de navires échoués sur des bancs de sable et disloqués par les vagues, et de tous leurs marins noyés. Autrefois, beaucoup de ceux qui partaient en mer ne savaient même pas nager. »

Joakim hocha la tête et ferma les yeux.

« Je ne croyais à rien, dit-il. Avant que nous ne venions ici, je ne croyais pas que les morts puissent revenir… mais à présent je ne sais plus. Il s'est passé des choses vraiment étranges, à Åludden. »

Le silence se fit dans la cuisine.

« Quoi qu'on voie ou qu'on sente des morts, dit Gerlof, il peut être dangereux de se laisser gouverner par eux.

– Oui, dit doucement Joakim.

– Et d'essayer de les évoquer… de leur poser des questions.

– Des questions ?

– On ne sait jamais quelle pourrait être la réponse », dit Gerlof.

Joakim regarda le fond de sa tasse de café en hochant la tête.

« Mais j'ai beaucoup réfléchi à cette légende selon laquelle ils vont revenir ici.

– Qui ça ?

– Les morts. En prenant le café chez les voisins, j'ai entendu cette histoire : tous ceux qui sont morts à Åludden reviendraient chaque année à Noël. Je me demandais juste si on racontait autre chose à ce sujet.

– C'est seulement une vieille histoire, dit Gerlof. On la raconte dans beaucoup d'endroits, pas seulement sur Öland. Les morts célèbrent leur office de Noël : les morts de l'année reviennent pour se recueillir. Ceux qui les dérangent alors doivent fuir pour sauver leur vie. »

Joakim hocha la tête.

« Une rencontre avec les morts.

– Tout à fait. C'était une croyance bien ancrée, selon laquelle on pouvait à cette occasion revoir les morts... pas seulement dans les églises, chez soi, aussi.

– Chez soi ?

– À Noël, la coutume veut qu'on mette des lumières aux fenêtres, dit Gerlof. C'est pour que les morts retrouvent leur chemin. »

Joakim se pencha en avant.

« Mais s'agit-il uniquement de morts décédés sur place, ou également d'autres ?

– Vous voulez dire des marins noyés en mer ? dit Gerlof.

– Oui, des marins... ou d'autres membres de la famille morts ailleurs. Peuvent-ils aussi revenir pour Noël ? »

Gerlof lança un regard à Tilda et secoua la tête.

« C'est seulement une légende, dit-il. Il y a tellement de superstitions qui accompagnent Noël...

c'est un moment de passage, n'est-ce pas, la nuit la plus sombre, quand on est au plus près de la mort. Puis les jours rallongent et la vie revient. »

Joakim se tut.

« J'attends ce moment avec impatience, dit-il ensuite. Il fait si sombre, à présent. J'attends avec impatience que tout s'inverse. »

Quelques minutes plus tard, ils s'apprêtaient à se quitter dans la cour. Joakim tendit la main.

« Vous êtes dans un endroit magnifique, ici, dit Gerlof en la serrant. Mais prenez garde à la tourmente.

– La tourmente ? dit Joakim. La grande tempête de neige, c'est bien ça ? »

Gerlof hocha la tête.

« Elle ne vient pas tous les ans, mais je suis certain qu'il y en aura une cette année. Ça arrive très vite. Il ne faut absolument pas rester dehors. Surtout des enfants.

– Comment faites-vous, vous autres habitants d'Öland, pour deviner ça ? demanda Joakim. Vous le sentez dans l'air ?

– Nous regardons le thermomètre et écoutons les bulletins météo, répondit Gerlof. La vague de froid est précoce cette année, ce n'est jamais bon signe.

– D'accord, dit Joakim en souriant. On va faire attention.

– Vous ferez bien. » Gerlof hocha la tête. Il commençait à se diriger vers la voiture, soutenu par Tilda, quand il lâcha son bras et se redressa. « Encore une petite chose… comment était habillée votre femme, le jour de l'accident ? »

Joakim Westin cessa de sourire.

« Pardon ?

– Vous vous souvenez de ses vêtements, ce jour-là ?

– Oui… mais ça n'avait rien de particulier, dit Joakim. Des bottes, un jean et un anorak.

– Ces vêtements ont-ils été conservés ? »

Joakim opina du chef, à nouveau las et tourmenté.

« On me les a rendus à l'hôpital. Dans un paquet.

– Est-ce que je pourrais les voir ? dit Gerlof.

– Vous voulez dire… les emprunter ?

– Les emprunter, oui. Je n'ai pas l'intention de les abîmer, juste de les regarder.

– D'accord… mais ils sont encore dans leur paquet, dit Joakim. Je vais vous les chercher. »

Il retourna à l'intérieur.

« Tu t'occuperas du paquet, Tilda ? » dit Gerlof en continuant vers la voiture.

Tilda démarra et, une fois le portail franchi, Gerlof se cala au fond de son siège.

« Eh bien voilà, nous avons eu notre petite conversation, dit-il en soupirant. Bon, j'ai quand même un peu joué au pépé malicieux. Difficile de faire autrement. »

Il avait sur les genoux un gros paquet avec les affaires de Katrine Westin. Tilda lorgna dans leur direction.

« C'était quoi, cette histoire de vêtements ? Pourquoi les emprunter ? »

Gerlof baissa les yeux vers ses genoux.

« C'est une idée qui m'est venue tout à l'heure, près de la tourbière. À propos de la manière dont les sacrifices se déroulaient.

– Qu'est-ce que tu veux dire ? Que Katrine W
tin a été sacrifiée ? »

Gerlof regarda par la fenêtre en direction de
tourbière.

« Je t'en parlerai bientôt, quand j'aurai exami
les vêtements. »

Tilda s'engagea sur la grand-route.

« Cette visite m'a un peu inquiétée, dit-elle.

– Inquiétée ?

– Pour Joakim Westin, pour ses enfants… Da
la cuisine, il avait l'air de considérer comme réell
toutes les légendes dont tu parlais.

– C'est vrai, dit Gerlof, mais je crois que ça l
a fait du bien de parler un peu. Il pleure toujou
sa femme, rien d'étonnant.

– Non, dit Tilda. Mais j'ai trouvé qu'il parla
d'elle comme si elle était encore vivante… Comn
s'il comptait la revoir. »

20

Après le cambriolage au presbytère de Hagelby et la fuite à travers la forêt, les frères Serelius attendirent deux semaines pour revenir à Borgholm. Un soir, soudain, ils débarquèrent chez Henrik, au pire moment possible.

Les chocs sourds mais rythmiques dans son appartement devenaient insupportables, comme un robinet qui goutte et qu'on n'arrive pas à fermer.

Au début, Henrik avait été convaincu que ces craquements venaient de la vieille lanterne en bois et, après trois nuits pénibles, il avait fini par la sortir dans sa voiture. Le lendemain, il était allé sur la côte est la déposer dans son cabanon.

Mais les coups avaient continué la nuit suivante. Ils venaient à présent de l'intérieur du mur, dans l'entrée. Mais pas toujours du même endroit – le bruit semblait se déplacer sous le papier peint.

Si ce n'était pas la lanterne, ça devait être quelque chose qu'il avait ramassé dans les bois ou dans ce foutu caveau où il s'était traîné.

À moins que ce soit un tour de la maudite planche ouija des deux frères. Les soirs où ils l'avaient sortie, on avait en tout cas senti une présence invisible dans l'appartement.

Bref, Henrik était sur les nerfs. Il passait ses soirées à aller et venir entre la cuisine et sa chambre, terrorisé à l'idée d'aller se coucher et d'éteindre.

En désespoir de cause, il avait appelé son ancienne petite amie Camilla. Ils ne s'étaient plus parlé depuis plusieurs mois, mais elle avait l'air contente d'avoir de ses nouvelles. Ils avaient bavardé presque une heure.

Les nerfs de Henrik étaient donc à vif quand il entendit sonner à sa porte, et il ne se détendit pas particulièrement en se retrouvant nez à nez avec Tommy et Freddy.

Tommy portait des lunettes de soleil, ses mains étaient agitées de tremblements. Il ne souriait pas.

« Laisse-nous entrer ! »

Ce n'était pas de joyeuses retrouvailles. Henrik voulait son argent, mais ils n'en avaient pas – ils n'avaient pas encore trouvé de receleur. Henrik savait qu'ils voulaient faire une dernière expédition vers le nord, mais lui non.

Il ne voulait de toute façon pas parler de ça ce soir, car il avait de la visite.

« On ne peut pas en parler maintenant, dit-il.

– Ça me ferait mal, dit Tommy.

– Pas question.

– Qui c'est ? » demanda Camilla depuis le canapé devant la télévision.

Curieux, les frères tendirent le cou pour voir à qui appartenait cette voix claire.

« C'est juste… deux potes, dit Henrik par-dessus

son épaule. De Kalmar. Mais ils ne vont pas rester. »

Tommy ôta ses lunettes de soleil et lança à Henrik un regard appuyé. Il réussit à le faire sortir avec lui dans la cage d'escalier en refermant la porte derrière lui.

« Félicitations, dit Tommy. Nouvelle pioche, ou resucée ?

– C'est mon ex, dit Henrik à voix basse. Camilla.

– Putain… elle t'a repris ?

– C'est moi qui l'ai appelée, dit Henrik. Mais c'est elle qui voulait qu'on se voie.

– Sympa, dit Tommy, sans sourire. Mais comment on va faire, maintenant ?

– Quoi donc ?

– Notre collaboration.

– Mais elle est finie, dit Henrik. À part le fric.

– Oh non.

– Si ! »

Ils se toisèrent du regard. Henrik et les frères Serelius. Il finit par soupirer :

« On ne peut pas rester à causer dans la cage d'escalier. Un de vous va entrer. »

Freddy repartit tout penaud vers la fourgonnette. Henrik alla s'enfermer avec Tommy dans la cuisine. Il baissa la voix :

« On règle ça maintenant, comme ça vous pouvez vous barrer. »

Mais Tommy s'intéressait surtout à Camilla. Il demanda, à voix haute :

« Alors comme ça elle est revenue vivre ici ? Putain, c'est pour ça que tu as l'air tellement fatigué ? »

Henrik secoua la tête.

« C'est autre chose, dit-il. Je dors mal.

– C'est sûrement ta conscience qui te travaille, dit Tommy. Mais t'inquiète, le vieux va s'en sortir, ils vont le requinquer.

– Bordel, qui l'a fait tomber ? siffla Henrik. Tu ne t'en souviens pas ?

– Mais c'est toi, dit Tommy. Tu lui as donné un coup de pied.

– Moi ? Mais j'étais derrière toi, dans le hall !

– C'est toi qui as piétiné la main de ce connard, Ricky. S'ils nous chopent, c'est toi qui vas en taule.

– Putain, je te jure qu'on plongera tous ensemble ! » Henrik jeta un œil sur la porte avant de baisser la voix : « Je peux plus parler maintenant.

– Tu veux ton fric, dit Tommy. Non ?

– J'ai du fric, dit Henrik. Bordel, j'ai un vrai boulot, moi.

– Mais il t'en faut plus, dit Tommy avec un coup de menton en direction du séjour. C'est qu'elles consomment, ces bêtes-là ! »

Henrik soupira.

« C'est pas le fric le problème, c'est le butin dans mon cabanon. Il faut vendre toute cette camelote.

– Nous, on peut la vendre, dit Tommy. Mais d'abord un dernier voyage… le dernier vers le nord. Dans cette maison, là.

– Quelle maison ?

– Celle avec tous les tableaux… conseillée par Aleister.

– Åludden, murmura Henrik.

– C'est ça. Quel soir ?

– Minute… j'y suis passé l'été dernier. Je suis allé partout, sans voir un seul putain de tableau. Et en plus…

– Quoi ? »

Henrik n'ajouta rien. Il se rappelait les pièces vides et les couloirs pleins d'échos d'Åludden. Il avait bien aimé travailler pour Katrine Westin, cette femme qui vivait là avec ses deux jeunes enfants. Mais la maison elle-même était déjà sinistre en août, même si la famille Westin avait fait le ménage en grand et engagé d'importants travaux de rénovation. Alors qu'est-ce que ce serait maintenant, en décembre !

« Rien, dit-il. Mais je n'ai pas vu de tableaux à Åludden.

– C'est qu'ils doivent être bien cachés, alors », dit Tommy.

On entendit des coups étouffés.

Henrik sursauta, mais comprit bientôt qu'on frappait tout simplement à la porte de la cuisine. Il alla ouvrir.

C'était Camilla. Elle n'avait pas l'air ravie.

« Vous en avez encore pour longtemps ? Je vais rentrer, sinon, Henrik.

– On a fini », dit-il.

Camilla était toute menue, presque deux têtes de moins que les garçons. Tommy lui adressa un sourire aimable et lui tendit la main.

« Bonjour… Tommy, dit-il d'une voix douce et polie que Henrik ne lui connaissait pas.

– Camilla. »

Ils se serrèrent la main. Les boucles du blouson de Tommy s'entrechoquèrent. Il hocha la tête en direction de Henrik en se dirigeant vers la sortie.

« Bon, on fait comme ça, dit-il. On s'appelle. »

Henrik ferma la porte derrière lui et alla rejoindre Camilla sur le canapé. Ils regardèrent en silence la fin de film qu'ils avaient mis sur « pause » quand les frères Serelius avaient débarqué.

« Tu trouves que je devrais rester, Henrik ? demanda-t-elle une demi-heure plus tard, juste avant onze heures.

– Si tu veux, dit-il. J'aimerais bien. »

Après minuit, ils étaient couchés côte à côte dans la petite chambre. Henrik avait l'impression d'être revenu six mois en arrière. Comme si tout était à nouveau à sa place. C'était merveilleux que Camilla soit revenue. La seule ombre au tableau, c'était ces sangsues de frères Serelius.

Et ces bruits.

Henrik tendit l'oreille, mais n'entendit que la respiration légère de Camilla. Elle s'était endormie sans problème.

Silence. Pas de bruit dans les murs.

Il ne voulait pas y penser pour le moment. Ni à la visite des frères Serelius. Ni à Åludden.

Camilla était revenue, mais Henrik n'osait pas vraiment tirer au clair la nature exacte de leurs relations. En tout cas, ils n'habitaient plus ensemble. Le lendemain matin, il se leva tôt pour aller travailler à Marnäs, et la laissa seule dans l'appartement. Le soir, en revenant, il ne trouva personne. Elle ne répondait pas non plus au téléphone.

Cette nuit-là, il fut à nouveau seul dans son lit et, une fois la lumière éteinte, les bruits recommencèrent dans l'entrée. Des coups à l'intérieur des murs, faibles mais obstinés.

Henrik leva la tête de son oreiller.

« La ferme ! » cria-t-il de toutes ses forces.

Les bruits s'interrompirent une minute, puis reprirent de plus belle.

HIVER 1959

Le dernier hiver des années cinquante – c'est là que commence ma propre histoire. L'histoire de Mirja à Åludden et de Torun, avec ses tableaux dans la tourmente.

J'avais seize ans, pas de père, quand je suis arrivée aux phares. Mais j'avais Torun. Elle m'avait enseigné ce que toutes les filles devraient apprendre : à ne jamais dépendre des hommes.

Mirja RAMBE

Les deux hommes que ma mère Torun haïssait le plus étaient Staline et Hitler. Elle est née un peu avant la Première Guerre mondiale et a grandi rue Bondegatan, à Stockholm, mais elle ne tenait pas en place. Elle voulait voyager. Elle adorait peindre et, au début des années trente, elle est d'abord partie aux Beaux-Arts à Göteborg, puis à Paris où, d'après Torun elle-même, les gens la prenaient pour Greta Garbo. Ses tableaux ont été assez remarqués mais, au déclenchement de la Deuxième Guerre mondiale, elle a voulu rentrer en Suède, et s'est arrêtée en chemin à Copenhague. Elle y a rencontré un artiste danois avec lequel elle a eu le temps d'avoir une brève liaison avant que les soldats d'Hitler n'occupent le pays.

Rentrée en Suède, Torun a découvert qu'elle était enceinte. D'après ce qu'elle m'a raconté, elle a plusieurs fois écrit au futur père, l'artiste danois. C'est peut-être vrai. En tout cas, il n'a plus jamais donné de ses nouvelles.

Je suis née à l'hiver 1941, dans un monde dominé par la terreur. À Stockholm. Torun vivait alors dans une ville plongée dans l'obscurité, où tout était rationné. Elle écumait les chambres pour mères célibataires, des trous à rat loués par des bonnes femmes aigries, et gagnait sa vie en faisant des ménages chez les familles aisées d'Östermalm. Elle n'avait plus ni le temps ni l'argent pour peindre.

Ça a dû être une période difficile. Je le sais.

Quand j'ai commencé à entendre les morts murmurer dans la grange, à Åludden, je n'ai pas eu peur. J'avais connu pire à Stockholm.

Un été après la guerre, j'ai sept ou huit ans, j'ai du mal à faire pipi. Ça fait horriblement mal. Torun dit que je me suis trop baignée et m'amène chez un docteur barbu dans une des plus larges rues de Stockholm. Il est gentil, dit Maman. Les enfants sont soignés presque gratuitement chez lui.

Le docteur me dit gentiment bonjour. Il est vieux, sûrement cinquante ans, sa blouse est toute chiffonnée. Il sent l'alcool.

Je dois me coucher sur le dos dans une pièce isolée de son cabinet, où flotte aussi une forte odeur d'alcool. Le docteur s'enferme avec moi.

« Défais ta jupe, maintenant, dit-il. Relève-la et détends-toi. »

Je suis seule avec le docteur, il est très méticuleux. Mais il finit par être content.

« Si tu parles de ça à quelqu'un, on te mettra en maison de correction », dit-il en me donnant une petite tape sur la tête.

Il reboutonne sa blouse. Puis il me donne une pièce d'une couronne toute luisante et nous rejoignons Torun dans la salle d'attente – j'ai les jambes en coton, je me sens encore plus mal, mais le docteur dit qu'il n'y a rien de grave. Je suis une gentille fille, il va me faire une ordonnance.

Maman se fâche, après, quand je refuse d'avaler les pilules du docteur.

Au début des années cinquante, Torun m'emmène sur Öland. C'est un de ses coups de tête. Je ne crois pas qu'elle ait le moindre lien avec l'île, mais comme quand elle était partie pour Paris, elle désire trouver un endroit propice à la création artistique. Öland est réputée pour sa lumière et les peintres qui ont su la saisir. Maman a sans cesse leurs noms à la bouche, Nils Kreuger, Gottfrid Kallstenius, Per Ekström.

Moi, je suis juste contente de quitter la ville où habite le vieux docteur.

Nous arrivons à Borgholm par le ferry. Tous nos biens tiennent dans trois valises, plus le paquet où Torun a emballé ses toiles et ses couleurs. Borgholm est une jolie petite ville, mais Maman ne s'y plaît pas. Elle trouve les gens coincés et snobs. Et puis vivre à la campagne coûte beaucoup moins cher : environ un an plus tard, nous déménageons encore dans une maison rouge à l'écart du village de Rörby. Il faut toujours dormir sous trois couvertures, tellement il fait froid et il y a des courants d'air.

Je commence à aller à l'école primaire. Là, tous les enfants trouvent que je parle le langage emprunté des grandes villes. Je ne dis rien de ce que je pense de leur dialecte, mais je ne me fais pas d'amis.

Très vite après notre arrivée à la campagne, je commence à dessiner très sérieusement, des créatures à la bouche rouge, Torun pense que ce sont des anges, mais c'est le docteur que je dessine, la bouche fendue.

Quand je suis née, le grand méchant était Hitler, mais je grandis dans la terreur de Staline et de l'Union soviétique. S'ils voulaient, les Russes pourraient envahir la Suède en quatre heures, me dit Maman. Ils occuperaient d'abord les îles de Gotland et d'Öland, puis le reste du pays.

Mais pour moi qui suis jeune, quatre heures c'est beaucoup, et j'essaye d'imaginer ce que je ferais pendant ces derniers moments de liberté. Si on annonce l'arrivée des avions soviétiques, je courrai chez l'épicier de Rörby me gaver de chocolat, vider ses réserves, puis je prendrai des crayons, du papier et de la gouache avant de rentrer à la maison. Je veux bien supporter le communisme le restant de mes jours, tant que je peux continuer à peindre.

Nous déménageons de ferme en ferme, et toutes les chambres que nous occupons puent la peinture à l'huile et la térébenthine. Torun gagne sa vie en faisant des ménages, mais peint pendant son temps libre – elle sort avec son chevalet et peint, peint encore et toujours.

Le dernier été des années cinquante, nous déménageons encore une fois pour une chambre encore moins chère. C'est dans une maison vieille d'un siècle, à Åludden. Une buanderie, en pierre calcaire, aux murs blanchis à la chaux. Fraîche et agréable l'été, il y règne un froid de canard tout le reste de l'année.

Quand j'apprends que nous allons habiter près d'un phare, ma tête s'emplit bien sûr d'images magiques. Des sombres nuits de tempête, des bateaux en détresse et d'héroïques gardiens de phare.

Torun et moi emménageons un jour gris d'octobre et, aussitôt, je ne me sens pas la bienvenue. Åludden est un endroit froid, ouvert à tous les vents. Passer d'un bâtiment à l'autre donne l'impression de traverser un château fort abandonné.

Mes rêves s'avèrent sans rapport avec la réalité. Les gardiens de phare ont quitté Åludden, ils viennent juste quelques fois par an – les phares ont été électrifiés un an après la guerre et automatisés dix ans plus tard. Il y a un vieux, chargé de veiller dessus, Ragnar Davidsson, qui passe son temps à traîner autour d'Åludden, comme s'il était chez lui.

Quelques mois après notre arrivée, je vis ma première tourmente – et je manque de rester orpheline.

C'est à la mi-décembre, en rentrant de l'école, je ne trouve pas Torun. Un de ses chevalets et une de ses boîtes à couleurs manquent. C'est le crépuscule, la neige commence à tomber, le vent marin forcit.

Torun ne rentre pas. Je suis d'abord en colère contre elle, puis je commence à avoir peur. Je n'ai jamais vu autant de neige voltiger devant la fenêtre. Les flocons ne tombent pas, ils déchirent l'air. Le vent fait trembler les vitres.

Une demi-heure après le début de la tempête, une petite silhouette arrive enfin en pataugeant dans les congères de la cour.

Je me précipite dehors, j'attrape Torun avant qu'elle ne s'effondre et je l'aide à gagner le poêle.

Sa boîte de couleurs pend toujours à son épaule, mais son chevalet a été emporté par le vent. Ses yeux sont tout gonflés : ils ont été criblés par du sable mêlé de glace, elle n'y voit presque plus. Je lui enlève ses vêtements trempés, elle est transie de froid.

Elle était en train de peindre de l'autre côté de la tourbière quand les nuages sont descendus et la tempête s'est déchaînée. Elle a essayé de couper en sautant d'une touffe d'herbe à l'autre, mais la glace trop fine de la tourbière a cédé sous ses pas, elle est tombée à l'eau et a dû lutter pour regagner la terre ferme. Elle chuchote :

« Les morts sont sortis de la tourbière… nombreux, ils me griffaient, me tiraient dans tous les sens… ils étaient froids, si froids. Ils voulaient ma chaleur. »

Torun délire. Je lui fais boire du thé brûlant et je la mets au lit.

Elle dort paisiblement plus de douze heures, je veille près de la fenêtre, où je vois la neige lentement s'éclaircir au cours de la soirée.

À son réveil, Torun continue de parler des morts dans la tourmente.

Ses yeux sont griffés et injectés de sang mais, le soir même, elle s'installe devant une toile et commence à peindre.

21

Alors que Tilda avait enfin cessé de penser à Martin Ahlquist matin et soir, le téléphone sonna dans sa petite cuisine. Elle crut que c'était Gerlof, et décrocha sans méfiance.

C'était Martin.

« Je voulais juste avoir de tes nouvelles. Savoir si ça allait. »

Tilda resta muette. Elle sentit son ventre se renouer. Son regard se perdit par la fenêtre au-delà des quais déserts du port.

« Bien, finit-elle par lâcher.

– Bien, ou juste comme ça ?

– Bien.

– Tu as besoin de compagnie ? demanda Martin.

– Non.

– Tu n'es plus toute seule au nord d'Öland ?

– Si, mais j'ai largement de quoi m'occuper.

– Bien. »

La conversation ne fut pas désagréable, mais courte. Martin conclut en demandant s'il pouvait la rappeler. Elle dit oui, à mi-voix.

Quelque part entre son cœur et son estomac, la plaie rouverte s'était remise à saigner.

Ce n'est pas Martin qui téléphone, songea-t-elle, ce sont ses hormones. Il est juste en rut et veut aller voir ailleurs, le quotidien avec sa femme ne lui suffit plus…

Le pire, c'est qu'elle aurait voulu qu'il vienne la voir, si possible le soir même. Ça ne tournait pas rond.

Elle aurait dû poster depuis longtemps la lettre à sa femme, mais elle continuait à la porter sur elle, comme une lourde brique au fond de son sac.

Tilda travaillait beaucoup. Elle ne s'arrêtait presque jamais, pour ne pas penser à Martin.

Le soir, elle passait plusieurs heures à préparer ses exposés sur la sécurité routière ou l'instruction civique dans les écoles et les entreprises. Et, dès que ces interventions, les patrouilles et la paperasse lui en laissaient le temps, elle partait sur les routes avec sa voiture de police.

Un mardi après-midi, en passant sur la route côtière déserte, elle ralentit en apercevant les phares jumeaux d'Åludden. Elle ne s'y arrêta pas, mais continua jusqu'à la ferme voisine, où vivait une famille d'agriculteurs. Les Carlsson, si elle se souvenait bien. Elle n'y était allée qu'une seule fois, cette longue et pénible nuit après la noyade de Katrine Westin, quand son mari Joakim avait perdu pied au milieu de leur salon.

Maria Carlsson la reconnut aussitôt.

« Non, nous n'avons pas vu Joakim très souvent cet automne, dit-elle en s'asseyant à la table de la cuisine. Nous ne sommes pas du tout en froid, mais il préfère rester dans son coin. Ses enfants jouent pas mal avec notre Andreas.

– Et sa femme, Katrine ? Vous la voyiez plus souvent quand elle était encore seule avec les enfants ?

– Elle a dû passer une ou deux fois prendre le café… mais je crois qu'elle avait beaucoup à faire avec la maison. Et nous aussi, de notre côté, nous avons beaucoup de travail.

– Savez-vous si elle a reçu des visites ?

– Des visites ? dit Maria. Oui, quelques artisans sont venus, à la fin de l'été.

– Mais est-ce qu'un bateau a pu venir ? dit Tilda. À Åludden ? »

Maria chassa sa frange et réfléchit.

« Non, pas que je me souvienne. De toute façon, personne n'aurait rien vu d'ici. »

Elle indiqua la fenêtre au nord-est, et Tilda constata que la vue vers les phares était bouchée par la grande étable de l'autre côté de la cour de ferme.

« Mais vous avez peut-être entendu un bateau, tenta-t-elle. Un bruit de moteur. »

Maria secoua la tête.

« Oui, on entend parfois le bruit des diesels quand il n'y a pas de vent, mais je n'y prête pas attention… »

En ressortant dans la cour, Tilda s'arrêta près de sa voiture et jeta un coup d'œil vers le sud. Quelques cabanons de pêche rouges étaient blottis au bout de la pointe voisine, mais on n'y voyait personne.

Et pas un bateau en vue.

Elle s'installa au volant, en se disant que le moment était peut-être venu d'abandonner cette enquête – qui au fond n'avait jamais vraiment commencé.

De retour à l'antenne de police, elle déplaça la chemise où étaient rassemblées ses notes sur Katrine Westin dans le tiroir NON PRIORITAIRE.

Quatre gros tas de papiers s'empilaient sur son bureau, parmi une demi-douzaine de tasses à café sales. Le bureau de Hans Majner, de l'autre côté de la pièce, était complètement vide, lui. Elle était parfois tentée d'y balancer une grosse liasse de rapports routiers, mais ça lui passait.

Le soir, Tilda ôtait son uniforme, montait dans sa petite Ford et allait faire un tour sur l'île, tout en écoutant ses enregistrements de Gerlof. Le son était en général assez bon, la voix de Gerlof et la sienne passaient bien et elle constatait qu'au fil de leurs rencontres il prenait de l'assurance.

C'est au cours d'une de ces excursions qu'elle avait fini par trouver la fourgonnette que lui avait indiquée Edla Gustafsson.

Elle était descendue à Borgholm, avait fait quelques tours dans les rues puis continué vers le sud en traversant le pont, jusqu'à Kalmar. Il y avait là davantage de rues, de parkings : elle passa devant des centaines de véhicules sans voir la moindre fourgonnette noire. Ça semblait perdu d'avance.

Une demi-heure plus tard, après avoir entendu annoncer des courses de chevaux sur une radio locale, elle sortit du centre-ville et gagna l'hippodrome. Derrière la clôture, la piste était éclairée par de puissants projecteurs. Il y avait là beaucoup d'argent en jeu. Tilda ralentit et longea au pas les rangées de voitures du parking.

Soudain, elle s'arrêta net.

Elle venait de passer devant une fourgonnette. Elle portait l'inscription PLOMBERIE GÉNÉRALE KALMAR sur le côté, et elle était noire.

Tilda nota son immatriculation et se gara à reculons dans une place libre un peu plus loin. Elle appela ensuite le central régional de la police pour vérification. Elle apprit que le véhicule appartenait à un homme de quarante-sept ans, sans casier judiciaire, domicilié dans un village près d'Helsingborg. La fourgonnette n'était associée à aucune infraction du code de la route, mais elle n'était plus enregistrée depuis le mois d'août.

Ah, ah ! pensa Tilda. Elle demanda également une vérification pour l'entreprise « Plomberie générale Kalmar », mais il n'existait aucune société de ce nom.

Tilda coupa son moteur et attendit.

« Oui, Ragnar braconnait un peu à Åludden, disait Gerlof dans les écouteurs. Il pêchait parfois dans les eaux d'autrui, mais refusait bien sûr de le reconnaître… »

Cinquante minutes plus tard, le public commença à sortir du champ de courses. Deux solides gaillards d'environ vingt-cinq ans s'arrêtèrent près de la fourgonnette.

Tilda ôta ses écouteurs et se redressa derrière le volant.

Un des deux était plus grand et plus large d'épaules que l'autre mais, dans l'obscurité du parking, elle ne distinguait pas leurs traits. Elle plissa les yeux au moment où ils montèrent dans la fourgonnette, regrettant de ne pas avoir de jumelles.

Des cambrioleurs ? C'était évidemment impossible à dire.

De simples ouvriers du bâtiment, ma petite, entendit-elle la voix pleine d'assurance de Martin lui asséner au creux de l'oreille. Elle ne l'écouta pas.

Les deux hommes sortirent du parking. Tilda démarra et embraya.

La fourgonnette sortit de l'hippodrome et prit la voie rapide jusqu'à Kalmar. Tilda la suivit à quelques centaines de mètres.

Ils arrivèrent enfin dans le secteur des grands ensembles, près de l'hôpital, où la fourgonnette ralentit et s'arrêta le long du trottoir. Les deux hommes en sortirent et disparurent dans l'entrée d'un immeuble.

Tilda resta à attendre. Trente secondes plus tard, des fenêtres s'allumèrent au deuxième étage.

Elle se dépêcha de noter l'adresse. Si c'était des cambrioleurs, elle savait à présent où les trouver. Le mieux aurait bien sûr été de perquisitionner l'appartement pour trouver des objets volés, mais elle n'avait que le témoignage de la vieille Edla qui avait vu leur fourgonnette sur Öland. Ça ne suffisait pas.

« J'ai arrêté d'enquêter sur la mort de Katrine Westin, dit Tilda qui était allée prendre le café chez Gerlof deux soirs plus tard.

– Le meurtre, tu veux dire ?

– Ce n'était pas un meurtre.

– Si, dit Gerlof. Certainement. »

Tilda se contenta de soupirer en sortant son magnétophone de son sac.

« Est-ce que tu veux faire une dernière… »

Mais Gerlof la coupa :

« J'ai vu un homme se faire presque tuer, une fois, sans que personne ne le touche.

– Ah oui ? »

Tilda posa le magnétophone sur le guéridon, mais sans le mettre en route.

« C'était à Timmernabben, quelques années avant la guerre, poursuivit Gerlof. Deux cotres transportant des pierres mouillaient tranquillement côte à côte. Mais un mousse de Byxelkrok sur le premier et un matelot de Degerhamn sur l'autre s'étaient cherché querelle et s'insultaient d'un bateau à l'autre. L'un des deux a fini par cracher sur son adversaire, et les choses se sont envenimées. Ils ont commencé à se lancer des pierres jusqu'à ce que le gars de Degerhamn enjambe le bastingage pour monter à bord de l'autre cotre. Mais il n'est pas allé bien loin, car son adversaire l'a accueilli à coups de gaffe. »

Gerlof marqua une pause, but un peu de café et continua :

« Une gaffe, de nos jours, est un pauvre petit truc en plastique mais, à l'époque, c'était une solide perche en bois terminée par un crochet en fer. Donc, quand le pugiliste a sauté par-dessus bord, sa chemise s'est prise dans le crochet et il s'est arrêté en plein vol. Puis il est tombé à l'eau comme une pierre entre les deux cotres, la chemise toujours accrochée à la gaffe… et il n'est pas remonté, car son adversaire le maintenait sous l'eau. » Il regarda Tilda. « Un peu comme ces malheureux qu'on sacrifiait dans la tourbière.

– Mais il a survécu ?

– Oui, parce que nous nous sommes interposés et l'avons remonté. Mais c'était de justesse. »

Tilda regarda le magnétophone. Elle aurait dû le mettre en marche.

Gerlof se pencha et fouilla sous le guéridon en faisant des bruits de papier.

« En tout cas, c'est à cette dispute que je pensais en demandant à voir les vêtements de Katrine Westin, dit-il. Et je les ai examinés. »

Il sortit un vêtement du sac en papier. C'était un pull en coton gris, à capuche.

« L'assassin est arrivé en bateau à Åludden, dit Gerlof. Il a accosté au bout de la jetée, où l'attendait Katrine… et elle est restée, car elle devait avoir confiance en lui. Il tenait une gaffe à la main, ce qui est normal, on s'en sert pour accoster. Mais c'était un ancien modèle… une longue perche avec un crochet de fer. Il l'a attrapée par la capuche de son pull et l'a fait tomber à l'eau. Puis il l'a maintenue au fond jusqu'à ce que ce soit fini. »

Gerlof étala le pull sur le guéridon. Tilda vit que la capuche était déchirée. Quelque chose de pointu avait percé des trous gros comme le pouce dans le tissu gris.

22

Souvent, le soir, en regardant par la fenêtre de la cuisine, Joakim voyait Raspoutine partir à la chasse. Mais il lui semblait aussi parfois deviner d'autres formes noires qui se mouvaient dehors – tantôt sur quatre pattes, tantôt sur deux.

Ethel ?

Les premières fois, Joakim s'était précipité sur le perron de la véranda pour mieux voir, mais la cour était toujours vide.

Les ombres se faisaient chaque soir plus denses autour d'Åludden et Joakim sentait une inquiétude dans la demeure, qui croissait à l'approche de Noël. Le vent sifflait par intermittence aux coins des bâtiments, le corps de logis grinçait et craquait.

S'il y avait des visiteurs invisibles, Katrine n'en était pas, il en avait la certitude. Elle continuait à l'éviter.

« Voici les vêtements, dit Gerlof en remettant le paquet brun à Joakim, de l'autre côté de la table.

– Ça a donné quelque chose ? demanda Joakim.

– Peut-être.

– Mais vous ne voulez pas me le dire ?
– Bientôt, dit Gerlof. Quand j'aurai fini d'y réfléchir. »

Joakim ne se souvenait pas avoir jamais mis les pieds dans une maison de retraite. Tous ses grands-parents étaient restés chez eux jusqu'à un âge avancé avant d'aller mourir à l'hôpital. Mais il était à présent en train de prendre le café en silence dans la chambre de Gerlof Davidsson à la maison de retraite de Marnäs. Un chandelier avec deux bougies de l'Avent était le seul signe de l'approche de Noël.

Au mur, des plaques de bois portant des noms de bateaux, des certificats de navigation encadrés et des photos en noir et blanc de voiliers à deux mâts.

« Ce sont les photos de mes cotres, dit Gerlof. J'en ai eu trois.
– Ils existent toujours ?
– Seulement un. Il appartient à un club de voile de Karlskrona. Les deux autres ont disparu… l'un a brûlé, l'autre coulé. »

Joakim regarda le paquet avec les vêtements de Katrine, puis dehors, par l'unique fenêtre. Le soir tombait déjà.

« Je dois aller chercher mes enfants dans une heure, dit-il. On peut parler un moment ?
– Volontiers, dit Gerlof. Tout ce que j'avais au programme cet après-midi, c'est une conférence sur l'incontinence dans la salle commune. Ça ne me tente pas trop. »

Depuis longtemps, Joakim souhaitait parler des événements de l'automne à quelqu'un qui connaissait Åludden. Le pasteur de Marnäs campait trop sur ses positions et Mirja Rambe était trop nombriliste. Lors de sa visite à Åludden, Joakim avait découvert en Gerlof quelqu'un qui écoutait attentivement. Il pensait avoir trouvé la bonne personne. Une sorte de confesseur.

« Je n'ai pas osé vous le demander l'autre jour, mais... vous croyez aux fantômes ? »

Gerlof secoua la tête.

« Je ne me prononce pas. Je collectionne les histoires de fantômes, mais ce n'est pas pour démontrer quoi que ce soit. Et puis il y a tant de théories sur les fantômes... la charpente des vieilles maisons qui s'affaisse, ou des champs électromagnétiques.

– Ou des acouphènes, dit Joakim.

– C'est ça », dit Gerlof. Il se tut quelques secondes, avant de poursuivre : « Je pourrais bien sûr vous raconter quelque chose dont je n'ai jamais parlé dans mes articles relatifs à l'histoire locale. Il s'agit de la seule aventure un peu fantomatique qui me soit personnellement arrivée. »

Joakim hocha la tête.

« J'ai eu mon premier cotre à dix-sept ans, dit Gerlof. Je travaillais déjà en mer depuis quelques années, j'avais mis de l'argent de côté et mon père m'a aidé à le financer complètement. Je savais exactement le bateau que je voulais, l'*Ingrid Marie*, un voilier à moteur un mât, avec Borgholm comme port d'attache. Son propriétaire, Gerhard Marten, une soixantaine d'années, avait passé sa vie sur les cotres. Mais il a eu des problèmes cardiaques, et son médecin lui a interdit de reprendre la mer. L'*Ingrid Marie* était donc à vendre, pour trois mille cinq cents couronnes.

– Ce n'était pas très cher, n'est-ce pas ? dit Joakim.

– Non, déjà à l'époque, c'était un bon prix, dit Gerlof, avant de poursuivre. Le soir où je devais passer remettre l'argent à Marten, je suis descendu au port pour regarder le bateau. C'était en avril, la glace venait juste de disparaître dans le détroit. Le soleil se couchait, il n'y avait personne sur le port… sauf le vieux Gerhard. Il allait et venait sur le pont de l'*Ingrid Marie*, comme s'il avait du mal à s'en séparer, et je suis monté à bord. Je ne me souviens pas de quoi nous avons parlé, mais il m'a fait visiter le pont en me montrant des bricoles à réparer. Puis il m'a dit d'en prendre bien soin, et nous nous sommes séparés. Je suis descendu à terre et je suis allé chez mes parents dîner et prendre l'enveloppe avec l'argent. »

Gerlof se tut et regarda au mur les photos des cotres.

« Vers sept heures du soir, je me suis rendu en vélo chez les Marten, dans leur petite maison au nord de Borgholm, poursuivit-il. J'ai trouvé une famille en deuil. La femme de Marten était là, les yeux rougis de larmes. Gerhard Marten était mort. Il avait signé le contrat de vente la veille au soir puis, à l'aube, était descendu sur la plage se tirer un coup de carabine dans la tempe.

– Le matin même ? dit Joakim.

– Oui, le matin même. Donc, quand j'ai rencontré Gerhard Marten sur le port, il était mort depuis le début de la journée. Je n'arrive pas à l'expliquer… mais je *sais* que je l'ai rencontré ce soir-là. Nous nous sommes même serré la main.

– Donc, vous avez rencontré un revenant », dit Joakim.

Gerlof le regarda.

« Peut-être. Mais on ne peut rien prouver. En tout cas pas qu'il y ait une vie après la mort. »

Joakim changea de position sur sa chaise et regarda le paquet de vêtements.

« Je suis inquiet pour ma fille, Livia, dit-il. Elle a six ans et elle parle dans son sommeil. Elle l'a toujours fait… mais depuis la mort de ma femme, elle a commencé à rêver d'elle.

– Qu'est-ce qu'il y a d'étrange ? dit Gerlof. Je rêve moi-même encore parfois de mon épouse, qui est morte depuis des années.

– Oui… mais elle refait toujours le même rêve. Livia rêve que sa mère revient à Åludden, mais ne trouve pas l'entrée de la maison. »

Gerlof écoutait sans rien dire.

« Et elle a aussi parfois rêvé d'Ethel, continua Joakim. C'est ce qui m'inquiète le plus.

– Qui est-ce ? demanda Gerlof.

– C'était ma sœur. Elle avait trois ans de plus que moi. » Joakim soupira. « C'est mon histoire de fantômes à moi. D'une certaine manière.

– Racontez, si vous voulez », dit tout bas Gerlof.

Joakim hocha la tête d'un air las. Le moment était venu.

« Ethel était toxicomane, dit-il. Elle est morte un soir froid d'hiver près de notre quartier résidentiel… deux semaines avant Noël, il y a un an.

– Mes condoléances, dit Gerlof.

– Merci, murmura Joakim, avant de continuer : Je vous ai menti la dernière fois… quand vous m'avez demandé pourquoi nous avions vendu la villa de Bromma pour venir ici. C'était en grande partie à cause de ce qui était arrivé à ma sœur. Ethel morte, nous ne voulions plus rester à Stockholm. »

Il se tut à nouveau. Il voulait et en même temps ne voulait pas parler de ça. Au fond, il ne voulait pas se souvenir de la mort d'Ethel. Et pas non plus de la longue dépression de Katrine.

« Mais votre sœur vous manque ? » dit Gerlof.

Joakim réfléchit.

« Un peu. » C'était horrible de dire ça, aussi il ajouta : « Elle me manque telle qu'elle était avant... avant la drogue. Ethel parlait beaucoup, elle avait toujours plein de projets. Elle voulait ouvrir un salon de coiffure, devenir professeur de musique... mais ça a fini par devenir lassant, car elle continuait à tirer des plans sur la comète, même après avoir sombré dans la drogue. Comme quelqu'un dans une maison en flammes, qui continue à préparer une grande fête.

– Et comment tout ça a-t-il commencé ? demanda Gerlof comme s'il s'excusait. Je sais si peu de choses de ce monde-là...

– Pour ma sœur, ça a commencé avec le cannabis, dit Joakim. La beuh, comme on disait. C'était cool de fumer aux fêtes et aux concerts. Et la vie était une fête pour Ethel, dans son adolescence. Elle jouait du piano et de la guitare. Elle m'a un peu appris. »

Il sourit tout seul.

« On dirait que vous l'aimiez bien, dit Gerlof.

– Oui. Ethel était gaie, amusante, dit Joakim. Elle était mignonne, aussi, les garçons s'intéressaient à elle. Elle faisait beaucoup la fête, et encore plus en prenant des amphétamines. Elle a dû perdre dix kilos, alors qu'elle était déjà assez maigre. Elle était de moins en moins à la maison. Puis Papa est mort du cancer, et je crois que c'est à peu près à cette époque qu'elle a commencé l'héroïne... De la brune, à fumer. Son rire est devenu plus dur, plus rauque. »

Il but une gorgée de café et se dépêcha de continuer :

« Aucun fumeur d'héroïne ne se considère comme un vrai toxicomane. On n'est pas un junkie. Mais tôt ou tard on finit par passer aux injections, parce que c'est beaucoup moins cher… on a besoin de moins d'héroïne à chaque fois. Mais on doit quand même réunir au moins mille cinq cents balles tous les jours pour sa consommation. C'est beaucoup d'argent, surtout quand on n'a pas un sou. Alors il faut voler. On prend de l'argent à sa vieille maman, ou on lui vole des bijoux de famille. »

Joakim regarda la bougie de l'Avent et ajouta :

« Le soir de Noël, quand nous étions chez ma mère pour manger le jambon et les boulettes de viande, il y avait toujours une place vide à table. Ethel avait comme d'habitude promis de venir, mais elle était quelque part en ville à la recherche de sa drogue. Pour elle, c'était le quotidien, la routine. Et les routines, c'est ce qu'il y a de plus difficile à changer, aussi horribles soient-elles. »

Il était profondément absorbé par son récit, et ne savait plus si Gerlof continuait à l'écouter.

« Voilà : on sait que tout part à vau-l'eau, sa sœur est quelque part en ville en train de réunir l'argent pour son fix, et son assistant social est aux abonnés absents… on va enseigner tous les matins, on dîne en famille, on fait de la menuiserie dans sa nouvelle maison le soir et on essaye de ne pas trop y penser, de faire comme si on n'était pas au courant. » Il baissa les yeux. « Soit on essaye d'oublier, soit on part à sa recherche. Mon père a passé beaucoup de soirées à la chercher, avant d'être trop malade. Et moi aussi. Dans la rue, sur les places, dans les stations de métro, aux urgences psychiatriques… On a vite appris où elle pouvait traîner. »

Il se tut. Il se revoyait dans la grande ville parmi les marginaux et les toxicomanes, tous les zombies solitaires qui écumaient la nuit.

« Ça a dû vous demander une énorme énergie, murmura Gerlof.

– Oui… mais je ne sortais pas tous les soirs. J'aurais pu la chercher davantage.

– Vous auriez aussi pu abandonner. »

Joakim hocha la tête, l'air sombre. Il lui restait une chose à raconter à propos d'Ethel, sans doute la plus difficile :

« Le début de la fin a commencé il y a deux ans, dit-il. Cet hiver-là, elle avait suivi une cure de désintoxication, et ça s'était bien passé. En y allant, elle pesait moins de quarante-cinq kilos, son corps était couvert de bleus et ses joues complètement creuses. Mais elle est revenue à Stockholm beaucoup plus en forme, elle n'avait plus touché aux drogues depuis trois mois, elle avait repris du poids… on l'a donc laissée s'installer dans notre chambre d'amis. Et ça se passait bien. On ne la laissait pas s'occuper de Gabriel, mais elle jouait beaucoup avec Livia le soir, elles s'entendaient bien. »

Il se souvint comment ils s'étaient pris à espérer, Katrine et lui. Ils avaient commencé à faire confiance à Ethel. Pas au point d'inviter des gens à dîner les soirs où elle était là, mais ils en étaient venus à aller se promener le soir, en laissant à Ethel la garde de Livia et Gabriel. Et ça s'était toujours bien passé.

« Un soir de mars, Katrine et moi sommes allés au cinéma, poursuivit-il. À notre retour, quelques heures plus tard, nous avons trouvé la villa vide, plongée dans le noir. Il n'y avait que Gabriel, qui dormait, avec une couche souillée, dans son lit à barreaux. Ethel était partie en emmenant deux choses : mon téléphone portable et Livia. »

Il se tut et ferma les yeux.

« Je savais bien sûr où elle était allée, continua-t-il. Le manque était revenu, elle avait pris le métro pour se rendre en ville. Acheter de l'héroïne. Ce n'était pas la première fois qu'elle faisait ça : s'acheter une dose pour cinq cents balles, se l'injecter dans des toilettes et se reposer quelques heures, jusqu'à ce que l'envie revienne… Le problème, cette fois, c'était que Livia était avec elle. »

Les souvenirs de cette terrible soirée revinrent à Joakim – souvenirs glacés de la panique qui gagne. Comment il s'était rué sur sa voiture pour gagner le quartier de la gare centrale. Il l'avait déjà fait, seul ou avec Katrine. Mais, alors, ils s'inquiétaient seulement de ce qui pouvait être arrivé à Ethel.

À présent, il craignait pour la vie de Livia.

« J'ai fini par trouver Ethel, continua-t-il tout bas. Elle était dans le noir, au cimetière de l'église Sainte-Klara. Elle s'était blottie dans un caveau, où elle avait perdu connaissance. Livia était près d'elle, frigorifiée dans ses vêtements légers, prostrée. J'ai appelé une ambulance, pour conduire d'urgence Ethel en désintoxication. Une fois de plus. Puis je suis rentré à Bromma avec Livia. »

Il se tut.

« Après ça, Katrine m'a forcé à choisir, continua-t-il doucement. Et j'ai choisi ma famille.

– Vous avez fait le bon choix », dit Gerlof.

Joakim hocha la tête – pourtant, aujourd'hui encore, il aurait voulu ne pas avoir eu à faire ce choix…

« Après cette soirée, j'ai interdit à Ethel de revenir chez nous… mais elle le faisait quand même. Nous ne la laissions pas entrer mais, le soir, elle venait avec sa veste en jean toute déchirée se poster à notre grille à regarder fixement la Villa des Pommiers. Il arrivait qu'elle ouvre notre courrier, pour voir s'il y avait de l'argent ou des chèques. Et parfois elle était avec un type… une espèce de squelette qui grelottait à côté d'elle. »

Il marqua une pause en songeant que c'était une des dernières images qu'il gardait de sa sœur : debout à la grille, visage blafard, cheveux ébouriffés.

« Ethel restait là à crier, dit-il à Gerlof. Elle criait des choses sur… Katrine. Parfois aussi sur moi, mais surtout sur Katrine. Elle hurlait et hurlait jusqu'à ce que les voisins se mettent à leurs fenêtres. Alors, il ne me restait plus qu'à sortir lui donner un peu d'argent.

– Ça marchait ?

– Oui… sur le moment. Mais, après, elle revenait chaque fois qu'elle était à sec. C'était un cercle vicieux. Katrine et moi, nous nous sentions assiégés. Je me réveillais parfois la nuit en entendant les cris d'Ethel à notre grille mais, quand j'allais voir, la rue était vide.

– Livia était là, quand votre sœur se montrait ?

– Oui, le plus souvent. Elle n'en a jamais parlé mais oui, elle était là. »

Joakim ferma les yeux.

« Ce furent des mois sombres… une période horrible. Et Katrine commençait à souhaiter la mort d'Ethel. Elle en parlait tard le soir, au lit. Ethel pouvait bien faire une overdose, tôt ou tard. Tôt, si possible. Je crois que nous l'espérions tous les deux.

– Et c'est ce qui s'est passé ?

– Eh bien oui. Un soir, le téléphone a sonné à onze heures et demie. Quand on appelait si tard, nous savions qu'il s'agissait d'Ethel, c'était toujours comme ça. »

Il y avait un an, songea Joakim, mais cela semblait en faire dix.

C'était sa mère, Ingrid, qui lui avait annoncé sa mort. On avait trouvé Ethel noyée à Bromma, en contrebas de chez eux.

Katrine l'avait même entendue, un peu plus tôt dans la soirée. Ethel était comme d'habitude venue crier à la grille, vers sept heures, puis plus rien.

Quand Katrine était allée voir, elle avait disparu.

« Ethel était descendue au bord de l'eau, dit Joakim. Elle s'était installée dans un hangar à bateaux pour se faire son injection, puis était tombée dans l'eau à zéro degré. C'est comme ça qu'elle a fini.

– Vous n'étiez pas à la maison, ce soir-là ? demanda Gerlof.

– Je suis arrivé plus tard… Livia et moi nous étions à une fête d'enfants.

– Tant mieux. Pour elle.

– Oui. Et pendant un moment, nous avons espéré que tout redeviendrait calme, dit Joakim. Mais j'ai continué à me réveiller la nuit en croyant entendre Ethel hurler dans la rue. Et Katrine a perdu tout son entrain… À ce moment-là, la Villa des Pommiers était complètement rénovée, c'était magnifique, mais elle n'arrivait pas à en profiter. Alors, l'hiver dernier, nous avons commencé à parler de nous installer à la campagne, plus au sud, peut-être ici, sur Öland. Et finalement nous l'avons fait. »

Il se tut et regarda sa montre. Quatre heures vingt. Il avait l'impression d'avoir parlé davantage au cours de cette dernière heure que durant tout l'automne.

« Il faut que je file chercher mes enfants, murmura-t-il.

– On s'est inquiété de savoir comment vous aviez vécu tout ça ? dit Gerlof.

– Moi ? dit Joakim en se levant. J'avais évidemment le moral au beau fixe.

– Ça m'étonnerait.

– Bien sûr que non. Mais dans ma famille, on ne parle jamais de ce genre de choses. Et, finalement, on n'a jamais non plus regardé en face les problèmes d'Ethel. » Il fixa Gerlof. « On ne va pas pour un oui ou pour un non raconter aux gens que sa sœur est toxicomane. Katrine était la première… je l'ai entraînée là-dedans, pour ainsi dire. »

Gerlof se tut, l'air pensif.

« Que voulait Ethel ? dit-il. Pourquoi revenait-elle toujours chez vous ? C'était seulement pour avoir de l'argent et s'acheter sa drogue ? »

Joakim enfila son anorak, sans répondre.

« Pas seulement, dit-il enfin. Elle voulait aussi qu'on lui rende sa fille.

– Sa fille ? »

Joakim hésita. C'était là aussi un sujet sensible, mais il finit par se décider :

« Il n'y avait pas de père… mort d'une overdose. Katrine et moi étions les parrains de Livia, et les services sociaux nous en ont confié la garde il y a quatre ans de cela. Nous l'avons adoptée l'an dernier… Livia est à nous, maintenant.

– Mais c'est donc la fille d'Ethel ? dit Gerlof.

– Non. Plus maintenant. »

23

Tilda avait fait son rapport au commissariat central de Borgholm au sujet de la fourgonnette noire en qualifiant le véhicule d'*intéressant à surveiller*. Mais Öland était vaste, et il y avait peu de patrouilles de police sur les routes.

Et les élucubrations de Gerlof sur ce meurtrier venu en bateau avec sa gaffe à Åludden ? Passées sous silence. Sans la preuve qu'un bateau était vraiment venu, il n'y avait pas de quoi lancer une enquête criminelle – il fallait davantage que quelques trous dans un pull.

« J'ai rendu les vêtements à Joakim Westin, lui dit Gerlof quand il la rappela.

– Tu lui as exposé tes théories sur le meurtre ? dit Tilda.

– Non… ce n'était pas judicieux. Il n'est pas encore dans son assiette pour le moment, il serait allé imaginer qu'un revenant avait entraîné sa femme dans l'eau.

– Un revenant ?

– La sœur de Westin… elle était toxicomane. »

Gerlof lui raconta alors l'histoire de la sœur aînée de Joakim, Ethel, héroïnomane et perturbatrice.

« C'est donc pour ça que la famille a quitté Stockholm, dit Tilda quand il eut fini. C'est cette mort qui les en a chassés.

– C'était une des raisons. Ils ont aussi pu être attirés par Öland. »

Tilda songea combien Joakim Westin lui avait semblé au bout du rouleau lors de sa dernière visite.

« Je crois qu'il aurait besoin de parler à un psychologue. Ou peut-être un prêtre.

– Tu trouves que je ne fais pas l'affaire, comme confesseur ? » dit Gerlof.

Presque chaque soir, en passant devant une boîte aux lettres quand elle rentrait du travail, Tilda était sur le point de poster sa lettre à la femme de Martin, mais elle la gardait au fond de son sac.

C'était comme transporter une hache – cette lettre lui donnait un pouvoir sur une personne qu'elle ne connaissait pas.

Elle tenait aussi Martin à sa merci. Il continuait d'appeler de temps en temps pour bavarder. Tilda ne savait pas quoi lui dire quand il parlait de revenir la voir.

Deux semaines s'étaient écoulées sans qu'on signale un seul nouveau cambriolage au nord d'Öland. Un matin, pourtant, le téléphone sonna à l'antenne de police. L'appel venait de Stenvik, sur la côte ouest de l'île. C'était un homme au fort accent d'Öland, un certain John Hagman. Elle reconnut ce nom – Hagman était une des connaissances de Gerlof.

« Il paraît que vous recherchez des cambrioleurs, dit-il.

– C'est exact, dit Tilda. J'avais l'intention de vous appeler et…

– Oui, je sais, Gerlof m'a dit.

– Vous avez vu des cambrioleurs ?

– Non. »

Hagman se tut. Tilda attendit, puis demanda :

« Vous en avez peut-être vu la *trace* ?

– Oui. Ils sont passés ici.

– Récemment ?

– Je sais pas quand… cet automne. Ils ont l'air d'être entrés dans plusieurs maisons.

– Je descends voir, dit Tilda. Comment je vous trouve ?

– Il n'y a plus que moi au village en ce moment. »

Tilda descendit de voiture sur un chemin de gravier devant une rangée de maisons de vacances inhabitées, à une centaine de mètres du détroit. Elle regarda autour d'elle dans le froid en songeant à sa famille. C'était d'ici qu'ils venaient, de Stenvik, ils avaient réussi à survivre dans ce paysage minéral.

Un petit vieux en bleu de travail avec une casquette brune s'approcha de la voiture.

« Hagman », dit-il.

Avec un bref hochement de tête, il désigna une villa marron foncé d'un seul étage.

« Là, dit-il. J'ai remarqué que le vent avait ouvert la porte. Même chose à côté. »

Une des fenêtres à l'arrière de la maison était entrouverte. En regardant de plus près, elle vit que son cadre était brisé au niveau du loquet.

Aucune empreinte de pas n'était visible sous la fenêtre. Tilda s'approcha et l'ouvrit en grand. Elle vit du désordre à l'intérieur : des vêtements et des outils éparpillés sur le sol en pierre.

« Vous avez les clés, John ?

– Non.

– Alors je grimpe. »

Tilda agrippa ses mains gantées au montant de la fenêtre et se hissa dans la pénombre.

Elle se retrouva dans une remise et appuya sans résultat sur un interrupteur. Le courant était coupé.

On voyait pourtant clairement les traces laissées par les voleurs – le contenu de tous les placards avait été éparpillé par terre. En continuant dans la grande pièce, de l'autre côté du seuil, elle vit des éclats de verre, exactement comme au presbytère de Hagelby.

Tilda s'approcha pour regarder de plus près. Des fragments de bois se mêlaient au verre. Elle mit un moment à comprendre qu'il s'agissait d'une maquette de bateau mis en bouteille qui avait été fracassée par terre.

Quelques minutes plus tard, elle ressortit par la fenêtre fracturée. Hagman l'attendait dans l'herbe.

« Ils sont rentrés là-dedans, dit-elle, et ce n'est pas beau à voir… il y a de la casse. »

Elle lui montra un sachet plastique transparent où elle avait rassemblé les restes de la maquette.

« C'est Gerlof qui l'a fait ? »

Hagman regarda tristement les débris et hocha la tête.

« Gerlof a une maison dans le village… Il a vendu des bateaux en bouteille et des maquettes à beaucoup d'estivants, par ici. »

Tilda fourra le sachet dans la poche de son anorak.

« Et vous n'avez rien vu, ou entendu, la nuit, du côté de ces maisons ? »

Hagman secoua la tête.

« Pas de véhicules inhabituels ?

– Non, dit Hagman. Les propriétaires rentrent en ville en août, comme tous les ans. En septembre, une entreprise est venue poser des parquets. Après, plus personne… »

Tilda le regarda.

« Une entreprise de parquets ?

– Oui… ils ont travaillé plusieurs jours dans la maison. Mais ils ont tout bien fermé derrière eux.

– Ce n'était pas des plombiers ? dit Tilda. Plomberie générale Kalmar ? »

Hagman secoua la tête.

« C'était des poseurs de parquet, affirma-t-il. Des jeunes types. Plusieurs.

– Des poseurs de parquet… » répéta Tilda.

Elle se rappela le parquet flambant neuf du presbytère de Hagelby en se demandant si elle n'avait pas trouvé là un indice récurrent.

« Vous leur avez parlé ?

– Non. »

Tilda, accompagnée de Hagman, fit un tour des maisons voisines, en notant celles qui avaient fait l'objet d'effractions.

« Il faut prévenir leurs propriétaires, dit-elle en regagnant sa voiture. Vous avez leurs coordonnées, John ?

– De certains, oui, dit Hagman. Ceux qui ont un minimum de savoir-vivre. »

De retour à l'antenne de police, Tilda passa une dizaine de coups de fil à des propriétaires d'Öland et de la région de Kalmar qui avaient signalé des cambriolages cet automne-là.

Quatre de ceux qu'elle était parvenue à joindre avaient fait raboter ou changer le parquet dans leur résidence secondaire au cours de l'année. Ils avaient confié le travail à une entreprise locale : PARQUETS & SOLS MARNÄS.

Elle téléphona aussi au presbytère de Hagelby, dont les propriétaires avaient quitté l'hôpital. Gunnar Edberg avait la main dans le plâtre, mais allait beaucoup mieux. Eux aussi avaient fait changer leur parquet par l'entreprise de Marnäs.

« Ça s'est très bien passé, dit Edberg. Ils ont travaillé cinq jours au début de l'été… mais nous ne les avons jamais rencontrés, nous étions en Norvège à ce moment-là.

– Donc vous leur avez laissé vos clés, sans savoir qui c'était ?

– C'est une entreprise fiable, dit Edberg. Nous connaissons le patron, il vit à Marnäs.

– Avez-vous son numéro ? »

Tilda avait à présent la puce à l'oreille. Elle appela aussitôt le patron de Parquets & Sols Marnäs. Sa requête était simple : les noms de ceux qui avaient posé des parquets au nord d'Öland l'année écoulée. Elle insista sur le fait qu'ils n'étaient pas soupçonnés de quoi que ce soit, et que la police apprécierait que leur patron ne les mette pas au courant pour le moment.

Pas de problème. Le patron lui donna deux noms, avec adresse et numéro de Sécurité sociale :

Niclas Lindell

Henrik Jansson

Des bons gars tous les deux, assura-t-il. Honnêtes, habiles et consciencieux. Ils travaillaient parfois ensemble, parfois chacun de leur côté – souvent chez des insulaires quand ils étaient en vacances ou à la basse saison dans les résidences secondaires, lorsque leurs propriétaires étaient repartis.

Tilda remercia et demanda une dernière chose : la liste des maisons où Lindell et Jansson avaient travaillé durant l'été et l'automne.

Ces renseignements étaient sur le planning, dans l'ordinateur de l'entreprise. Il lui imprimerait les pages concernées et les lui faxerait.

Après avoir raccroché, Tilda alluma son propre ordinateur pour contrôler le numéro de Sécurité sociale de Lindell et Jansson dans le registre de la police. Henrik Jansson avait été arrêté et condamné pour conduite illégale à Borgholm sept ans plus tôt – il avait conduit une voiture à dix-sept ans sans permis. Sinon, rien d'autre ni sur lui, ni sur Lindell.

Le fax se mit alors à ronronner, et commença à cracher leur planning chez Parquets & sols Marnäs.

Tilda put rapidement constater que sur vingt-deux propriétaires ayant demandé l'intervention de l'entreprise, sept avaient signalé un cambriolage au cours des trois derniers mois.

Niclas Lindell avait travaillé dans deux de ces maisons. Mais Henrik Jansson dans toutes.

Tilda ressentit la même fièvre que le chasseur dans la forêt quand se montre l'élan. Puis elle vit autre chose dans le planning : pendant une semaine, en août, Henrik Jansson était à Åludden. Sa mission, d'après le planning : *rabotage parquets, rez-de-chaussée*.

Est-ce que cela signifiait quelque chose ?

Henrik Jansson résidait à Borgholm. D'après le planning de l'entreprise, il travaillait du côté de Byxelkrok ces jours-ci. Pour le moment, il pouvait continuer tranquillement à poser ses parquets. Tilda avait encore besoin de temps avant de pouvoir le convoquer pour un interrogatoire.

Soudain, la sonnerie du téléphone brisa le silence. Elle regarda sa montre – déjà cinq heures et quart. Elle était presque sûre de savoir qui c'était.

« Antenne de police de Marnäs, Davidsson.

– Bonjour, Tilda. »

Elle ne s'était pas trompée.

« Comment ça va ? dit Martin.

– Bien, dit-elle, mais là, je n'ai pas le temps. Je m'occupe de quelque chose d'important.

– Attends, Tilda…

– Salut. »

Et voilà. Elle avait raccroché sans ressentir la moindre curiosité pour ce qu'il voulait. Que Martin Ahlquist soit soudain devenu aussi insignifiant pour elle lui apparut comme une libération. Désormais, c'était le poseur de parquets Henrik Jansson l'homme de sa vie.

Le but de Tilda était de trouver Henrik et de l'appréhender – et, en route vers la maison d'arrêt, de lui poser deux ou trois questions. Pourquoi avoir brutalisé ce retraité, bien sûr, mais aussi pourquoi s'être acharné sur le bateau en bouteille de Gerlof ?

HIVER 1960

Après un été particulièrement pluvieux sur Öland cette année-là, le deuxième hiver à Åludden a été pire que le premier. Beaucoup plus froid, avec davantage de neige. En janvier et février, je me souviens que l'école de Marnäs était fermée tous les lundis, car les chasse-neige n'avaient pas eu le temps de dégager les routes après les chutes de neige du week-end.

Mirja RAMBE

Maman continue à peindre, même si sa vue ne s'est jamais remise de cette sortie dans la tempête de neige. Elle a presque perdu le sens de l'orientation et ne peut plus lire.

Ses lunettes ne l'aident pas beaucoup. À Borgholm, nous trouvons une grosse lampe halogène montée sur un pied. Elle éclaire d'une éblouissante lumière blanche nos deux pièces sombres de la buanderie d'Åludden comme si c'était un studio de cinéma. C'est là que ma mère peint dans les nuances les plus sombres qu'elle arrive à mélanger.

La spatule et les pinceaux de Torun courent sur la toile tendue comme des souris affolées. Ma mère peint la tourmente où elle s'est perdue l'hiver précédent, le visage si près de la toile que le bout de son nez est en permanence taché de gris. Elle fixe intensément les ombres noires qui s'étendent – quand elle peint, j'ai l'impression qu'elle se croit encore avec les morts, dans les mares de la tourbière.

Elle couvre de peinture toile après toile, mais comme personne ne veut les acheter ni même les exposer, elle les conserve roulées dans une pièce vide et sèche près de la cuisine.

Moi aussi je peins, quand il reste du papier et des couleurs, mais l'atmosphère dans cette maison au bout du monde reste sinistre. Nous manquons constamment d'argent et ma mère n'y voit plus assez pour continuer ses ménages.

Torun fête toute seule ses quarante-neuf ans en novembre avec une bouteille de vin rouge. Elle commence à dire que sa vie est finie.

Moi, il me semble que la mienne n'a pas encore commencé.

J'ai dix-huit ans, j'ai arrêté l'école et repris une partie du travail de femme de ménage de Torun, en attendant mieux. J'ai complètement raté les années cinquante. Maintenant qu'elles sont passées, j'ai trouvé des vieux magazines où j'ai appris qu'à part la mort de Staline et la peur de la bombe atomique, ces années-là avaient été la décennie des teenagers, le temps des soquettes, des surboums et du rock'n'roll – mais il n'y avait rien de tout ça à la campagne. Notre radio était ancienne, on y captait surtout un mélange de voix fantômes et de friture. Après la douce saison des baignades, la vie sur la côte, c'est neuf mois de ténèbres, de vent, d'interminables chemins boueux, de vêtements humides et de pieds toujours gelés.

Ma seule consolation, cette année, c'est Markus.

Markus Landkvist est venu cet automne de Borgholm s'installer dans une petite chambre du corps de logis. Markus a dix-neuf ans, un an de plus que moi, il travaille comme remplaçant dans des fermes de la région en attendant le service militaire.

Ce n'est pas mon premier amour, mais avec lui, les choses vont nettement plus loin. Tomber amoureuse, jusqu'ici, cela signifiait surtout fixer un garçon dans la cour de récréation en espérant qu'il vienne vous tirer les cheveux.

Markus est grand, blond, c'est le plus beau du village, en tout cas pour moi.

« Tu sais qu'il y a des fantômes, ici, hein ? je lui dis à notre première rencontre dans la cuisine d'Åludden.

– Comment ça ? »

Ça n'a pas du tout l'air de lui faire peur, ni même de l'intéresser, mais j'ai établi le contact, et me voilà obligée de continuer :

« Les morts habitent dans la grange. Ils chuchotent derrière les murs.

– C'est juste le vent », dit Markus.

Ce n'est pas le coup de foudre. Mais nous commençons à nous fréquenter. Je suis la chipie bavarde. Markus le gros dur taciturne. Mais je crois qu'il m'aime bien. Je me représente son visage avant de m'endormir, et je commence à rêver que je quitte Åludden avec lui.

Pour moi, à Åludden, je suis la seule, avec Markus, à avoir quelque chose à espérer de la vie. Torun a baissé les bras, et les hommes plus âgés qui vivent ici ont l'air de se contenter de travailler toute la journée et de se réunir le soir pour échanger des ragots.

Parfois, ils boivent de la gnôle maison avec le pêcheur d'anguilles Ragnar Davidsson. J'entends leurs rires par la fenêtre.

Chacun vit sa vie à Åludden et, cet hiver-là, je découvre le grenier à foin au-dessus de l'étable. Il n'y a presque plus de foin là-haut, mais quantité d'objets laissés pour compte. J'y vais en exploration presque chaque semaine. On y trouve de nombreuses traces des familles et des gardiens de phare qui ont vécu à Åludden. C'est comme une sorte de musée avec des ustensiles de marine, des coffres en bois, des piles de vieilles chemises de marins et de livres de bord. Je déplace les objets pour me frayer un passage parmi les trésors et le rebut, et je finis par atteindre le mur au fond du grenier.

C'est là que je découvre les noms gravés :

CAROLINA 1868

PETTER 1900

GRETA 1943

Et bien d'autres. Il y a au moins un nom sur chaque planche de la cloison.

Je les déchiffre, fascinée par tous ces gens qui ont vécu et sont morts à Åludden. J'ai l'impression qu'ils sont avec moi dans le grenier.

Mon grand objectif est d'arriver à y emmener Markus.

24

Le crépuscule tombait sur la mer et la côte au milieu de l'après-midi. Le réverbère solitaire au bord de la grand-route s'allumait toujours plus tôt, et Joakim errait de pièce en pièce dans sa grande maison en essayant de se sentir fier de son travail.

Le rez-de-chaussée était dans l'ensemble rénové. Peint, tapissé, meublé au mieux. Il aurait fallu acheter d'autres meubles, mais il manquait d'argent et s'était jusque-là contenté de molles tentatives pour trouver un nouveau poste d'enseignant. Mais il avait en tout cas disposé dans la grande salle le buffet XVIIIe, la longue table et les hauts fauteuils. Il avait accroché au-dessus le grand lustre en cristal et placé des chandeliers aux fenêtres.

Il n'avait pas eu le temps de faire grand-chose sur la façade pendant l'automne – il n'avait pas l'argent pour les échafaudages – mais il pensait que les précédents habitants d'Åludden appréciaient ses travaux de rénovation. Quand il était seul, Joakim espérait parfois les entendre dans la maison, leurs pas lents à l'étage et leurs voix qui chuchotaient dans les pièces vides.

Mais pas Ethel. Ethel n'était pas autorisée à entrer. Dieu merci, Livia semblait avoir cessé de rêver d'elle.

« Vous montez me voir pour Noël ? » demanda Ingrid au téléphone vers la mi-décembre.

Elle avait toujours cette petite voix chichiteuse – Joakim se retint de lui raccrocher au nez.

« Non », lâcha-t-il en regardant par la fenêtre de la cuisine.

La porte de la grange était à nouveau ouverte. Ce n'était pas lui. On pouvait bien sûr mettre ça sur le dos du vent ou des enfants, mais il devinait plutôt un signe de Katrine.

« Non ?

– Non, dit-il. Nous avons prévu de rester ici pour Noël. À Åludden.

– Tout seuls ? »

Peut-être pas, pensa Joakim. Mais il répondit :

« Oui, sauf si Mirja, la mère de Katrine, vient nous voir. Mais nous n'en avons pas encore parlé.

– Vous ne pourriez pas…

– Nous monterons par contre volontiers pour le nouvel an. Comme ça on pourra distribuer les cadeaux. »

Noël serait de toute façon sinistre, où qu'ils soient.

Insupportable, sans Katrine.

Tôt le matin du 13 décembre, Joakim regarda les enfants fêter la Sainte-Lucie à la maternelle de Marnäs, dans la salle polyvalente. Vêtus de blanc, une bougie à la main, les gamins de six ans firent leur entrée dans le noir avec des sourires crispés devant leurs parents rassemblés. Plusieurs d'entre eux brandirent leurs caméras vidéo.

Joakim n'avait pas besoin de filmer, il se souviendrait de toute façon en détail de tout ce que Livia et Gabriel auraient chanté. Il fit tourner sous ses doigts son alliance en songeant combien Katrine aurait aimé voir ça.

Le lendemain de la Sainte-Lucie, la première tempête de l'hiver s'abattit sur la côte, avec des flocons de neige durs comme de la grêle qui crépitaient aux fenêtres. En mer, les vagues déferlaient avec des crêtes blanches. Elles avançaient en cadence vers la terre, disloquaient la fine couche de glace qui s'était formée autour du cap et venaient se briser sur la jetée, entourant les îlots des phares de tourbillons d'eau et d'embruns.

Alors que la tempête battait son plein et secouait la maison de toutes parts, Joakim téléphona à Gerlof, la seule personne intéressée par la météo qu'il connaissait sur l'île.

« Bon, alors on l'a eue, la première tourmente de l'hiver, dit Joakim. Non ? »

Gerlof ricana dans l'appareil :

« Ce petit grain ? Ce n'est pas ça, la tourmente… mais elle vient, et je crois bien que ce sera avant le nouvel an. »

Le vent violent cessa avant l'aube, et au lever du soleil, Joakim constata qu'une mince couche de neige entourait la maison. Sous les fenêtres de la cuisine, les buissons avaient des capuchons blancs et, sur la plage, la glace charriée par les vagues avait formé de larges congères.

Derrière, une nouvelle couche de glace s'était déjà reformée, une étendue bleue et blanche parcourue de fissures noires. La glace n'avait pas l'air sûre – certaines fissures convergeaient vers de larges trous sombres.

Joakim plissa les yeux vers l'horizon, mais la frontière entre la glace et la mer disparaissait dans une brume éblouissante.

Après le petit déjeuner, le téléphone sonna. C'était la parente de Gerlof, Tilda Davidsson, qui commença par prévenir qu'il s'agissait d'un appel officiel.

« Je voulais juste contrôler quelque chose, Joakim. Vous m'avez dit que vous et votre épouse n'aviez reçu aucune visite à Åludden… mais avez-vous eu des artisans ?

– Des artisans ? »

La question était inattendue et il fut obligé de réfléchir.

« J'ai entendu dire que vous aviez fait remettre à neuf des parquets, dit Tilda. Est-ce exact ? »

À présent, Joakim se souvenait.

« Tout à fait, dit-il, mais c'était avant mon arrivée. Un gars est venu arracher les vieux linos et raboter les parquets.

– Une entreprise de Marnäs ?

– Je crois bien, dit Joakim. C'est l'agent immobilier qui nous l'a recommandée. Je dois avoir les factures quelque part.

– Ce n'est pas nécessaire pour le moment. Mais vous souvenez-vous de son nom ?

– Non… c'est ma femme qui lui a parlé.

– Quand était-il chez vous ?

– À la mi-août… quelques semaines avant que nous commencions à déménager les meubles.

– Vous l'avez rencontré ?

– Non. C'est Katrine qui s'en est occupée. Elle était seule avec les enfants à ce moment-là.

– Et, depuis, il n'est pas revenu ?

– Non, dit Joakim. Les parquets sont finis.

– Une dernière chose… avez-vous eu la visite d'intrus à Åludden pendant l'automne ?

– Des intrus…, répéta Joakim, qui pensa aussitôt à Ethel.

– Je veux dire des cambrioleurs, dit Tilda.

– Non, nous n'y avons pas eu droit. Pourquoi ?

– Il y a eu un certain nombre de cambriolages sur l'île cet automne.

– Je sais, je l'ai lu dans le journal. J'espère que vous allez les trouver.

– On y travaille », dit Tilda.

Elle raccrocha.

La nuit suivante, Joakim se réveilla en sursaut.

Ethel…

Toujours la même peur. Il redressa la tête et regarda le réveil : 01 : 24.

Il chassa Ethel de ses pensées. Livia avait-elle appelé ? Pas un bruit dans la maison. Il enfila pourtant un jean et un pull, en silence. Il sortit dans le couloir et tendit l'oreille. À part le tic-tac de l'horloge murale, rien du côté des chambres des enfants.

Joakim gagna la grande salle et s'approcha d'une fenêtre. La lampe solitaire éclairait la cour, où rien ne bougeait.

Il vit alors que la porte de la grange était à nouveau ouverte. Pas beaucoup, juste une cinquantaine de centimètres – mais Joakim était certain de l'avoir refermée quelques soirs plus tôt.

Il fallait aller la fermer.

Joakim enfila ses bottes d'hiver et sortit par la véranda.

Il y avait du vent, mais le temps était dégagé. Les étoiles brillaient et le phare sud clignotait presque au rythme des battements de son cœur.

Il gagna la porte entrouverte et glissa un œil dans la grange. Un noir d'encre.

« Il y a quelqu'un ? »

Pas de réponse.

À moins que… peut-être avait-il entendu comme un gémissement sourd perdu quelque part dans le bâtiment en bois. Joakim tendit le bras vers l'interrupteur. Il attendit que la lumière soit allumée pour se risquer sur les dalles de la grange.

Il se retint d'appeler à nouveau.

À présent, il percevait un bruit : un raclement sourd mais régulier. Joakim en était certain.

Il s'approcha de l'escalier raide. L'ampoule au plafond n'était pas bien puissante, mais il entama pourtant l'ascension.

Une fois dans le grenier, Joakim s'arrêta à nouveau pour regarder parmi les piles de vieilleries abandonnées au rebut. Il faudrait qu'il pense à faire place nette, ici. Mais pas cette nuit.

Il s'avança au milieu des obstacles. Il circulait sans difficulté entre les piles, il connaissait ce labyrinthe par cœur. Il était attiré vers le fond du grenier.

C'était de là que provenaient les raclements.

Joakim se retrouva au pied du mur où étaient gravés les noms des morts.

Avant d'avoir pu commencer à les relire, il entendit un nouveau gémissement et s'arrêta. Il regarda à terre.

D'abord le gémissement, puis le miaulement de Raspoutine.

Le chat était assis près du mur, occupé à soigneusement se lécher les pattes. Il leva les yeux vers le visiteur. Joakim croisa son regard, et il crut presque y lire de la satisfaction. Pourquoi pas ? Il avait travaillé dur cette nuit-là.

Devant lui, une dizaine de petits corps au poil brun. Des rats. Ils semblaient avoir été tués juste avant l'arrivée de Joakim.

Raspoutine avait soigneusement disposé les rats ensanglantés au pied du mur.

Comme une offrande.

25

« Les gens s'inquiètent beaucoup trop, dit Gerlof. Aujourd'hui, ils appellent les secours maritimes dès qu'ils voient la moindre vaguelette. Autrefois, ils avaient davantage la tête sur les épaules. Si ça se mettait à souffler quand on était en mer, ce n'était pas la fin du monde… On continuait jusqu'à Gotland, on tirait le bateau sur une plage et on dormait dessous en attendant que le grain soit passé. Et puis on rentrait à la maison. »

Gerlof se tut et resta pensif. Tilda se pencha pour éteindre le magnétophone, au terme de ce premier récit.

« Très bien. Ça se passe bien, n'est-ce pas, Gerlof ?

– Oui. Sûrement. »

Gerlof cligna des yeux en reprenant ses esprits.

Ils avaient devant eux une petite tasse de vin chaud chacun. La semaine de Noël avait commencé avec du vent et de la neige. Tilda avait apporté la bouteille en cadeau. Elle en avait réchauffé à la cuisine, avec des raisins secs et des amandes. Quand elle était revenue avec le vin chaud sur un plateau, Gerlof avait sorti une bouteille d'eau-de-vie dont il avait versé une bonne rasade dans chaque tasse.

« Et tu fais quoi, pour Noël ? » demanda-t-il.

Le vin chaud était presque terminé, Tilda sentait sa chaleur jusqu'au bout des orteils.

« Je vais aller tranquillement fêter ça en famille, dit-elle. Je vois ma mère le soir de Noël.

– Bien.

– Et toi, Gerlof ? Tu veux peut-être venir aussi ?

– Merci, mais je reste ici pour le réveillon. Mes filles m'ont invité sur la côte ouest, mais je ne supporte plus la voiture. »

Le silence se fit autour du guéridon.

« On fait un dernier essai avec le magnétophone ? dit Tilda.

– Il faut voir.

– Mais ça te plaît bien de raconter, non ? J'ai appris plein de choses sur Grand-Père. »

Gerlof hocha brièvement la tête.

« C'est que je n'ai pas encore raconté le plus important.

– Ah non ? » dit Tilda.

Gerlof semblait hésiter.

« Quand j'étais petit, Ragnar m'a enseigné pas mal de choses sur les vents, les poissons, les nœuds… plein de choses utiles. Mais en grandissant, je me suis aperçu qu'on ne pouvait pas lui faire confiance.

– Ah non ?

– J'ai compris que mon frère était malhonnête. »

Nouveau silence.

« Ragnar était un voleur, continua-t-il. Un pur et simple voleur. Je ne peux hélas pas dire les choses autrement. »

Tilda se demanda si elle ne devrait pas arrêter le magnétophone, mais elle le laissa tourner.

« Mais que volait-il ? demanda-t-elle tout bas.

– Eh bien, en gros, tout ce qui lui tombait sous la main. Il sortait parfois la nuit pour voler les anguilles dans les nasses des autres. Et je me souviens, une fois… quand on a changé les gouttières d'Åludden. Il en est resté une caisse en trop dans la cour – jusqu'à ce que Ragnar la fauche. Il n'en avait pas spécialement besoin, mais il avait la clé des phares et il est allé y cacher la caisse. Elle y est sûrement encore. Je crois que c'était l'occasion qui comptait. Il ouvrait l'œil et, dès qu'il voyait quelque chose d'ouvert, sans surveillance… »

Gerlof s'était penché en avant. Tilda le trouvait plus engagé dans son récit que jamais.

« Et toi, tu n'as jamais rien volé ? » dit-elle.

Gerlof secoua la tête.

« Non, vraiment jamais. J'ai parfois menti sur les tarifs de mon fret en parlant avec d'autres marins, sur le port. Mais me battre ou voler, jamais. Dans mon idée, il faut s'aider les uns les autres.

– C'est une saine vision des choses, dit Tilda. La société, c'est nous. »

Gerlof hocha la tête.

« Je ne pense pas si souvent à mon grand frère, dit-il.

– Et pourquoi ?

– Eh bien… il a disparu il y a tellement longtemps. Plusieurs décennies. Mes souvenirs ont pâli… et je les ai laissés pâlir.

– Quand l'as-tu vu pour la dernière fois ? »

Un ange passa, puis Gerlof répondit :

« C'était dans la petite maison de Ragnar, à l'hiver 1961. J'y suis allé parce qu'il refusait de répondre au téléphone. Nous nous sommes disputés… ou plutôt nous sommes restés à nous regarder en chiens de faïence. C'était notre façon de nous disputer.

– Au sujet de quoi ?

– De l'héritage, dit Gerlof. Ça n'y changeait pas grand-chose, mais…

– Quel héritage ?

– Celui de mes parents.

– Quel était le problème ?

– Beaucoup de choses avaient disparu. C'était Ragnar qui s'était servi, il s'en est mis plein les poches… au fond, mon frère était un beau salaud. »

Tilda regarda le magnétophone, sans trouver quoi dire.

« Mon frère était un salaud, en tout cas en ce qui me concerne, continua Gerlof en secouant la tête. Il a vidé la maison de nos parents à Stenvik, vendu la plupart des meubles, vendu la maison à des continentaux en gardant le bénéfice pour lui. Et il n'y avait pas moyen de discuter. Il se contentait de me regarder froidement, sans rien dire… Impossible de lui faire admettre ses torts.

– Il a *tout* pris ?

– J'ai bien eu droit à quelques souvenirs, mais c'est lui qui a pris l'argent. Il pensait sans doute être mieux à même de s'en occuper.

– Mais… tu ne pouvais rien faire ?

– L'attaquer en justice, tu veux dire ? dit Gerlof. Ça ne se passe pas comme ça ici, sur l'île. On préfère rester fâché. Même entre frères.

– Mais…

– Ragnar s'est servi, continua Gerlof, c'était lui l'aîné. Il s'est servi en premier, avant de partager à sa guise… nous nous sommes donc quittés fâchés, cet automne-là, avant qu'il parte en mer et meure de froid dans la tempête. » Gerlof soupira. « *Persévérez dans l'amour fraternel*, c'est dans l'épître aux Hébreux – mais ce n'est pas toujours facile… Évidemment, maintenant, ça me travaille. »

Tilda regarda à nouveau le magnétophone, tristement. Puis elle l'arrêta.

« Je crois que… Je ferais mieux d'effacer tout ça. Non pas que je croie que tu mentes, Gerlof, mais…

– Comme tu voudras », dit Gerlof.

Quand Tilda eut rangé le magnétophone dans son étui noir, il dit :

« Tu sais, je pense maintenant que j'ai compris comment ce truc fonctionne. Les touches qu'il faut enfoncer.

– Bien, dit Tilda. La technique, c'est ton fort, Gerlof.

– Est-ce que tu pourrais me le laisser ? Jusqu'à la prochaine fois ?

– Le magnétophone ?

– Au cas où ça me prenne d'enregistrer encore quelque chose.

– Bien sûr. » Tilda lui tendit l'appareil. Parle autant que tu veux. Il y a aussi une cassette vierge que tu peux utiliser. »

Quand elle rentra à l'antenne de police, le voyant du répondeur clignotait. Elle commença à écouter les messages, mais dès qu'elle entendit que c'était Martin, elle soupira et raccrocha.

Il était temps qu'il laisse tomber.

26

Joakim fit un dernier voyage en voiture avant Noël en emmenant Livia et Gabriel. Ils n'avaient pas école, c'était le premier jour des vacances et il descendit avec eux à Borgholm.

Beaucoup d'habitants étaient sortis acheter des cadeaux de Noël. La famille Westin alla dans le supermarché situé à l'entrée de la ville se ravitailler en prévision des fêtes.

« Qu'est-ce qu'on va manger pour Noël ? demanda Joakim.

– Du poulet grillé, avec des frites ! dit Livia.

– Du sirop ! » dit Gabriel.

Joakim acheta du poulet, des frites surgelées et du sirop de framboise, mais aussi pour lui des pommes de terre, de la saucisse, du jambon, de la bière de Noël, des Wasa. Il acheta aussi du steak haché congelé pour faire des boulettes et, quand il vit qu'on vendait de l'anguille d'Öland au rayon poisson, il en acheta quelques morceaux fumés. Elles étaient sans doute passées devant Åludden.

Il acheta aussi un kilo de fromage. À Noël, Katrine avait toujours aimé manger des tartines avec d'épaisses tranches de fromage.

Ce n'était pas raisonnable mais, la semaine précédente, Joakim était allé jusqu'à lui acheter un cadeau de Noël. Descendu à Borgholm afin de trouver des cadeaux pour les enfants, il avait vu dans une vitrine une tunique vert clair qui aurait plu à Katrine. Il avait d'abord fini ses emplettes au magasin de jouets, puis il était repassé acheter la tunique.

« Avec un paquet-cadeau, s'il vous plaît… c'est pour Noël. » On lui avait donné un beau paquet rouge avec un ruban blanc.

Sur le parking du supermarché, on vendait des sapins sous filet plastique. Joakim acheta un modèle assez grand pour toucher le plafond du rez-de-chaussée. Il le fixa solidement sur le toit de la voiture et ramena tout le monde à Åludden.

Il faisait froid sur l'île, moins dix, mais quand ils arrivèrent à la maison, il n'y avait pas un souffle de vent. L'eau était en train de regeler, mais on ne voyait encore qu'une petite épaisseur de neige dans la campagne environnante. Il rentra les courses. Son haleine formait des nuages blancs qui se dissipaient dans l'air. Puis il rentra le sapin au chaud. Il savait qu'il introduisait aussi dans la maison des centaines de bestioles cachées dans les branches, mais la plupart étaient en hibernation et ne se réveilleraient jamais.

C'est la meilleure façon de mourir, songea Joakim – en plein sommeil, à l'improviste.

Il dressa le sapin dans la grande salle, sous le plafond blanc. La longue table y était déjà installée, avec ses grands fauteuils. C'était à peu près tout. Les pièces du rez-de-chaussée semblaient de plus en plus vides à l'approche de Noël.

Les deux derniers jours, la famille Westin s'occupa du ménage et de tout mettre en ordre dans la maison. Ils déballèrent deux gros cartons pleins d'accessoires pour Noël : une crèche, des chandeliers, les torchons rouge et blanc pour la cuisine, les étoiles à mettre aux fenêtres, un bouc et un cochon en paille qu'ils placèrent de part et d'autre du sapin.

Toutes les décorations sorties, Livia et Gabriel donnèrent un coup de main pour garnir le sapin. À la maternelle, ils avaient fabriqué des guirlandes en papier et des personnages en bois qu'ils accrochèrent aux branches situées à leur portée. Joakim accrocha au-dessus des boules, des serpentins, des bougies et, tout en haut, une étoile dorée en papier mâché. Le sapin était prêt.

Pour finir, ils sortirent les cadeaux qu'ils disposèrent sous les branches. Joakim plaça celui de Katrine avec les autres.

Tout était paisible autour du sapin.

« Est-ce que Maman va revenir, maintenant ? demanda Livia.

– Peut-être », dit Joakim.

Les enfants avaient presque cessé de parler de leur mère, mais il savait qu'elle leur manquait, surtout à Livia. La frontière entre le possible et l'impossible n'est pas aussi nette chez les enfants que chez les adultes. Il suffisait peut-être juste de désirer assez fort ?

« On verra bien », dit-il en regardant le tas de paquets.

Ce serait merveilleux de pouvoir rencontrer Katrine une dernière fois. Pouvoir lui parler et lui dire vraiment adieu.

La météo à la télévision avait annoncé de la tempête et de la neige sur Öland et Gotland pendant les fêtes mais, deux jours avant Noël, Joakim ne voyait toujours que de légers nuages s'effilocher dans le ciel. Le soleil brillait, il faisait moins six, presque pas de vent.

Il alla regarder la mangeoire à oiseaux à la fenêtre de la cuisine, et devina qu'une tempête approchait.

La mangeoire était déserte. Les boulettes de graisse et les graines étaient toujours là, mais aucun oiseau n'y picorait.

Raspoutine sauta sur le rebord de la fenêtre, à côté de Joakim, regardant lui aussi d'un air perplexe la mangeoire délaissée. Les prairies en bord de mer étaient tout aussi vides. Dans l'eau, ni cygnes, ni fuligules ne s'ébattaient. Ils étaient peut-être tous partis se mettre à l'abri dans la forêt. Les oiseaux n'ont pas besoin de bulletin météo pour savoir qu'une tempête approche, ils le sentent dans l'air.

Ce matin-là, Joakim laissa Livia et Gabriel dormir jusqu'à huit heures et demie. Il les aurait volontiers conduits à la maternelle pour pouvoir rester seul à la maison, mais les enfants étaient à présent avec lui pour deux semaines, il n'avait pas le choix.

« Est-ce que Maman revient, aujourd'hui ? demanda Livia.

– Je ne sais pas », dit Joakim.

L'atmosphère de la maison avait changé, il le sentait, et les enfants semblaient eux aussi le deviner. Dans toutes les pièces blanches, on devinait une attente, il y avait de l'électricité dans l'air.

Dès la fin du petit déjeuner, il sortit les bougies. Il les avait achetées dans une boutique de Borgholm, même s'il était toujours mieux de les mouler soi-même pour Noël. On le faisait autrefois à la cuisine, avec des mèches tressées par les enfants – la lumière y gagnait en personnalité. Ces bougies industrielles avaient toutes la même longueur et se consumaient avec une flamme égale aux fenêtres, sur la table et dans les chandeliers.

Des lumières vivantes pour les morts.

La famille prit un déjeuner léger vers le milieu de la journée, alors que le soleil passait juste au-dessus du toit de la buanderie. Il allait bientôt commencer à décliner.

Après déjeuner, Joakim habilla chaudement Livia et Gabriel et les emmena faire un tour au bord de l'eau. Il regarda en douce la porte fermée de la grange en passant devant, mais ne dit rien aux enfants.

Ils descendirent en silence jusqu'à la plage. De légers cirrus flottaient toujours au-dessus du cap, mais à l'horizon un front de tempête était en train de se former et de se lever comme un rideau gris et noir.

La glace était mince et blanche de givre près de la plage, mais dure et bleu sombre plus loin. Les enfants lancèrent des cailloux et des bouts de glace qui glissèrent sans rencontrer de résistance sur la surface lisse, en direction des fissures noires.

« Vous avez froid ? » demanda Joakim au bout d'un moment.

Gabriel avait le nez rouge. Il hocha la tête, l'air renfrogné.

« Alors on va rentrer », dit Joakim.

C'était le jour le plus court de l'année – il n'était que deux heures et demie quand ils remontèrent vers la maison, mais le ciel était déjà d'un bleu profond, crépusculaire, comme très tard un soir d'été. Joakim avait l'impression de sentir sur sa nuque l'haleine de la tempête qui approchait.

Une fois au chaud, il ralluma les bougies. Ce soir, les lumières d'Åludden se verraient jusqu'à la route, peut-être même jusqu'à la tourbière d'Offermossen.

Livia et Gabriel endormis, comme tout était calme dans la maison, Joakim enfila son gros anorak et sortit avec une lampe de poche.

Il allait rendre une visite à la grange. Au cours des dernières semaines, il n'avait pas pu s'abstenir d'y aller plusieurs jours d'affilée.

Les étoiles brillaient dans le ciel dégagé, le froid avait séché et durci la fine couche de neige de la cour. Les cristaux de glace crissaient sous ses pas.

Il s'arrêta devant la porte et regarda autour de lui. Les ombres les plus sombres s'accrochaient aux murs de la buanderie, et il était facile d'imaginer quelqu'un, là-bas. Une femme mince au visage ravagé, qui le regardait d'un œil noir…

« N'approche pas, Ethel », marmonna Joakim pour lui-même en tirant la lourde porte.

Il entra et tendit l'oreille. Pas de gémissements du chasseur de rats Raspoutine.

Ce soir-là, Joakim ne monta pas directement au grenier à foin. Il commença par un tour du rez-de-chaussée, le long des mangeoires vides et des stalles où les vaches d'Åludden ruminaient jadis pendant l'hiver.

Sous le pignon, tout au fond de la grange, un fer à cheval rouillé avait été cloué.

Joakim s'approcha pour le regarder. Il était tourné vers le haut, sûrement pour que le bonheur ne s'écoule pas.

La lueur des ampoules qui pendaient du toit n'arrivait pas tout à fait jusque-là : il alluma sa lampe de poche. En la pointant vers le plafond de bois, Joakim se dit qu'il se trouvait exactement à la verticale de la pièce secrète au fond du grenier. Il baissa sa lampe.

Le sol en pierre avait été nettoyé. Pas partout, mais sur une large bande le long du mur. Il n'y avait en tout cas pas trace de bouse séchée ni de restes de vieux foin.

Ce devait être le travail de Katrine.

Dans le coin droit, des vieux filets et des gros cordages étaient accrochés à des rangées de clous. Certains descendaient jusqu'à terre, comme un rideau. Derrière, le mur paraissait s'enfoncer.

Joakim s'approcha d'un pas et braqua sa lampe. L'ombre recula en silence, dévoilant une ouverture au ras du sol. Une partie du mur en bois manquait et, en écartant le rideau de filets et de cordages aux odeurs de goudron, il vit que les dalles du sol continuaient derrière le mur.

Le mur du fond était percé d'une sorte d'ouverture. Elle lui arrivait seulement à hauteur du genou, mais avait au moins deux mètres de large.

Poussé par la curiosité, il se pencha pour voir ce qu'il y avait de l'autre côté. Il ne vit que de la terre battue et de la poussière.

Il finit par se coucher à plat ventre et commença à ramper. Muni de sa lampe de poche, il se glissa sous la cloison.

On arrivait tout juste à se redresser de l'autre côté avant de buter contre un mur en pierre calcaire. Il était glacé – ce devait être le mur extérieur. L'espace intermédiaire ne faisait qu'environ un mètre de large. Après avoir enlevé quelques draperies de toiles d'araignées récentes, Joakim parvint à se mettre debout.

À la lueur de sa lampe de poche, il constata qu'il était dans un espace étroit entre deux murs : la cloison en bois, sous laquelle il venait de passer, et l'extrémité ouest de la grange. À quelques mètres, une vieille échelle en bois montait presque verticalement dans le noir.

On était passé là avant lui. Il semblait que quelqu'un s'était déplacé en traçant la voie dans la poussière centenaire.

Katrine ? Mirja, elle, avait bien dit qu'elle ne connaissait l'existence d'aucune pièce secrète à Åludden.

Joakim éclaira l'échelle et vit qu'elle aboutissait à une trappe carrée. Il régnait là-haut un noir d'encre, mais il se lança sans hésiter dans l'ascension.

Il finit par arriver au bord de la trappe, où il se hissa.

Il se retrouva sur un plancher. À sa gauche, un mur de bois brut. Il en reconnut les larges planches et sut qu'il était parvenu dans la pièce secrète située derrière le grenier.

Joakim se leva et balaya la pièce du faisceau de sa lampe.

Dans la lueur jaune, il vit des bancs – plusieurs rangées.

Des bancs d'église.

Il se trouvait à une extrémité de ce qui ressemblait à une ancienne chapelle en bois adossée au grenier. Une petite pièce pour se recueillir sous l'angle aigu des charpentes, meublée de quatre bancs, avec un petit passage sur le côté.

Les bancs étaient en bois sec, fendus, avec des coins abîmés, sans aucun ornement, comme s'ils sortaient d'une église médiévale. On avait dû les placer ici au moment de la construction de la grange, se dit Joakim : il n'y avait pas de porte par où les faire entrer.

Pas de chaire dans la pièce. Ni de croix. Tout en haut du mur du fond, une fenêtre aveuglée à la suie. Dessous, une feuille clouée au mur. En s'approchant, il vit qu'il s'agissait d'une illustration arrachée à une bible. Une gravure de Gustave Doré : une femme, peut-être Marie-Madeleine, regardait bouche bée la tombe de Jésus. Le rocher rond qui la fermait avait roulé à terre et le trou béant du tombeau s'ouvrait dans le noir, au-dessus d'elle.

Joakim regarda longtemps l'image. Puis il se retourna – et découvrit que les bancs n'étaient pas vides.

Dans le faisceau de la lampe, il vit des lettres.

Des bouquets de fleurs séchées.

Une paire de chaussures d'enfant blanches.

Et aussi un petit objet blanc. En se penchant, il reconnut un peigne édenté.

Des objets personnels. Des souvenirs.

Il y avait aussi plusieurs corbeilles en osier remplies de petits papiers. Joakim s'approcha d'un banc sur la pointe des pieds et en attrapa un. Il l'éclaira et lut :

Carl, oublié de tous, pas de moi ni du Seigneur.
Sara

Dans une autre corbeille, une carte jaunie avec l'image en noir et blanc d'un ange au sourire serein. Joakim la retourna et lut, à la plume, d'une écriture fleurie :

Le cœur brisé, pour ma chère et regrettée sœur Maria. Mon vœu quotidien va au Seigneur, que nous nous retrouvions bientôt.
Regrets éternels.

Nils PETER

Joakim reposa doucement la carte dans la corbeille.

C'était une chapelle – une pièce inhabitée, pour les morts.

Sur un des bancs, un livre. Un épais carnet, vit Joakim en le ramassant. Il était rempli page après page d'une écriture trop fine pour la lire dans la pénombre. Sur la page de titre, à l'encre noire : LIVRE DES TOURMENTES.

Il le glissa dans son anorak.

Joakim se redressa, inspecta une dernière fois la pièce et aperçut un petit trou dans le mur près du premier banc.

Il s'approcha, et comprit que c'était le trou qu'il avait lui-même percé quelques semaines plus tôt.

Il y avait glissé le bras ce soir-là aussi loin qu'il avait pu. Sur le banc le plus proche, à la verticale du trou, ce qu'il avait touché du bout des doigts :

Un baluchon de tissu, un vêtement plié.

Une veste en jean élimée, bleu clair, que Joakim était sûr d'avoir déjà vue quelque part.

En reconnaissant sur le devant les pin's RELAX et PINK FLOYD, il sut à qui appartenait cette veste. Il l'avait vue soir après soir en regardant vers la rue derrière les rideaux de la Villa des Pommiers.

C'était la veste en jean de sa sœur Ethel.

HIVER 1961

C'est moi qui ai découvert le vaste grenier à foin de la grange. J'ai entraîné là-haut Markus et nous l'avons exploré ensemble. C'était ma première histoire d'amour, et peut-être aussi ma plus belle.

Mais si courte.

Mirja RAMBE

Le soir, cet automne et cet hiver-là, Markus et moi nous nous glissons avec une lampe à pétrole parmi les cordes, les chaînes, nous ouvrons des coffres et regardons d'anciens documents sur les phares.

On dirait un dépotoir, mais on fait là-haut des trouvailles fantastiques – quantité de souvenirs de l'histoire centenaire d'Åludden. Tout ce que les familles et les gardiens des phares ont laissé derrière eux semble avoir fini par atterrir là, avant de sombrer dans l'oubli.

Après quelques semaines, nous montons toutes les couvertures inutilisées que nous pouvons trouver dans la maison pour nous installer une sorte de tente. Nous fauchons du pain, du vin, des cigarettes pour improviser là-haut et dans le froid des pique-niques, loin de la grisaille quotidienne.

Je montre à Markus le mur du fond et tous les noms de disparus qui y ont été gravés. Nous suivons les lettres du doigt et je m'amuse à imaginer les tragédies qui ont frappé Åludden à travers les années.

Nos deux noms, nous les gravons ailleurs, dans le plancher du grenier, serrés l'un contre l'autre.

Il lui faut trois pique-niques dans le grenier avant d'oser m'embrasser sur la bouche. Je ne le laisse pas aller beaucoup plus loin – le fantôme du vieux docteur me hante encore – mais ses baisers me nourrissent pour plusieurs semaines.

Et à présent, je peux faire le portait de Markus sans me cacher.

Soudain, Åludden n'est plus le bout du monde. C'est son centre, et je me prends à espérer, à croire qu'il nous appartient, à Markus et moi, qu'ensemble nous pouvons aller où nous voulons.

La mer est froide et comme toujours l'été tarde à arriver sur l'île mais, fin mai, un grand soleil brille à nouveau sur les prés. C'est aussi le moment pour Markus de se préparer à partir – pas avec moi, tout seul. Il doit aller effectuer un an de service militaire sur le continent.

Nous promettons de nous écrire. Souvent.

Ses valises prêtes, je l'accompagne à la gare de Marnäs. Nous attendons en silence avec d'autres voyageurs. Le chemin de fer d'Öland doit être démantelé cette année, une atmosphère sinistre règne dans la salle d'attente.

Markus est parti, mais Ragnar Davidsson continue d'accoster à Åludden et de monter jusqu'à la maison.

Nous parlons peinture, lui et moi, même si ça ne vole pas très haut. Ça commence un jour où, en rentrant dans la buanderie, je remarque que la porte de la remise est ouverte. J'y trouve Ragnar en train de regarder les tableaux sombres qui couvrent les murs.

Visiblement, c'est la première fois qu'il voit la grande collection de Torun, et ça ne lui plaît pas. Il secoue la tête. Je lui demande :

« Qu'est-ce que vous en pensez ?

– Mais c'est que du noir et du gris, dit-il. Rien qu'un mélange de couleurs sombres.

– C'est à ça que ressemble la tourmente, la nuit.

– Alors ça ressemble à… de la merde », dit Davidsson.

Je tente :

« On peut aussi le voir sous l'angle symbolique : c'est la tourmente, la nuit, mais cela représente en même temps… l'âme tourmentée d'une femme. »

Davidsson secoue la tête.

« De la merde », répète-t-il.

Apparemment, il n'a jamais lu Simone de Beauvoir. Moi non plus, d'ailleurs, mais j'en ai au moins entendu parler.

Je fais une dernière tentative pour défendre Torun :

« Un jour, ça vaudra beaucoup d'argent. »

Davidsson tourne la tête et me regarde comme si j'étais complètement folle. Puis il passe devant moi et sort.

Chez nous, je trouve Torun à la fenêtre et je comprends aussitôt qu'elle a tout entendu. Elle a beau être presque aveugle, elle regarde fixement dehors.

J'essaie de lui parler d'autre chose, mais elle secoue la tête.

« Ragnar a raison, dit-elle. Tout ça, c'est bon à jeter. »

Depuis que Markus est parti, je ne monte plus au grenier. Ça me le rappelle trop, je sens un si grand vide.

Mais, bien sûr, nous nous écrivons. Je suis la plus assidue – plusieurs longues lettres en réponse à ses mots brefs.

Les lettres de Markus parlent surtout de manœuvres, et elles sont rares. Mais cela suffit pour que je remplisse lettre après lettre de mes rêves, de mes projets. Quand pourrons-nous nous revoir ? Quand aura-t-il une permission ? Quand va-t-on le libérer ?

Il ne sait pas trop, mais promet qu'on se reverra. Bientôt.

Je commence à comprendre que je dois m'en aller d'Åludden, prendre le ferry et rejoindre Markus sur le continent. Mais comment laisser Torun ? Impossible.

27

Henrik se savait recherché par la police. À deux reprises, la semaine écoulée, un policier lui avait laissé sur son répondeur une convocation au commissariat.

Il avait laissé courir.

On ne pouvait pas s'en tirer comme ça, à la longue, mais il avait besoin de temps pour faire disparaître les traces de son passé de cambrioleur. Les plus visibles étaient tous les objets volés cachés dans son cabanon.

« Je ne peux plus garder ça, avait-il dit à Tommy au téléphone. Il faut venir vous en occuper.

– Ok… » Tommy n'avait pas du tout l'air stressé. « On vient avec la fourgonnette lundi. Vers trois heures.

– Et vous aurez le fric ?

– Bien sûr, dit Tommy, t'inquiète. »

Lundi, c'était la veille de Noël. Henrik travaillait à Marnäs, mais il finit dès deux heures et fila à son cabanon d'Enslunda.

Une fois sur la route côtière, il entendit le bulletin météo qui annonçait d'importantes chutes de neige et de grands vents entre Öland et Gotland ce soir-là – et un avis de tempête sur la Baltique. Pourtant, il faisait encore beau, le ciel était bleu sombre. Une masse de nuages gris s'approchait à l'est, mais Henrik serait bientôt rentré chez lui à Borgholm.

Comme d'habitude, il n'y avait pas un chat autour de son cabanon. Henrik manœuvra et s'approcha à reculons du bateau blanc qui attendait sur une remorque. Au cours du week-end, il était venu avec Camilla. Elle avait voulu jeter un coup d'œil dans le cabanon, mais il avait réussi à l'en dissuader. Ils avaient sorti le bateau de l'eau et démonté son moteur hors-bord. Ils n'avaient pas eu le temps de protéger la coque sous une bâche, mais il s'apprêtait à le faire.

En posant le pied dans l'herbe, il inspira profondément l'odeur du varech, pensa une demi-seconde à son grand-père, avant d'attacher la remorque au crochet de sa voiture.

L'idée de détourner une partie du butin lui vint un peu plus tard, dans le cabanon, tandis qu'il regardait tout ce qu'ils avaient amassé pendant l'automne. Des centaines d'objets, petits et grands, des bibelots anciens et modernes. Henrik s'y perdait, et les frères Serelius sûrement eux aussi.

Son bateau en plastique n'était enregistré nulle part, la police ne pouvait pas remonter jusqu'à lui. Quand il l'aurait garé quelque part dans la zone industrielle de Borgholm, il pourrait retourner lorsqu'il voudrait chercher le butin.

Henrik se décida. Il choisit un des vieux vases en calcaire poli qui pouvait bien valoir cinq mille balles chez un antiquaire, se dit-il en le portant jusqu'à sa remorque.

Il neigeait : des flocons duveteux avaient commencé à tomber en voltigeant.

Il plaça précautionneusement le vase dans l'habitacle, près du siège du pilote. Puis il retourna dans le cabanon chercher une caisse de whisky millésimé.

Henrik cacha ainsi une dizaine d'objets entre les sièges du bateau. L'habitacle était plein. Il alla prendre une bâche verte dans le cabanon, la passa autour de la coque, de la poupe à la proue, et l'attacha enfin avec une longue corde verte en nylon.

Et voilà.

Les flocons continuaient à tomber sans se presser, formant à terre une fine couverture blanche.

En retournant fermer le cabanon à clé, Henrik entendit un ronronnement sourd derrière le sifflement du vent. Il tourna la tête.

À travers les arbres, il vit un véhicule s'approcher sur le chemin, une fourgonnette noire.

Les frères Serelius s'arrêtèrent sur le terre-plein près de l'attelage de Henrik.

Les portières s'ouvrirent et claquèrent.

« Salut Henrik ! »

Les deux frères marchaient vers lui sous la neige, souriants. Ils étaient habillés chaudement, anoraks noirs, bottes et chapka.

Tommy portait de grosses lunettes de ski, comme s'il était en vacances à la montagne. Le vieux fusil Mauser pendait à son épaule.

Il était sous l'emprise de la drogue, Henrik s'en aperçut malgré les lunettes réfléchissantes qui cachaient ses pupilles. Les amphétamines, sûrement. Il avait ses habituelles griffures au cou et son menton tremblait. Ce n'était pas bon signe.

« Bon, le moment est venu, dit Tommy. Le moment… de se souhaiter joyeux Noël. »

En voyant que Henrik ne trouvait rien à répondre, il éclata d'un rire rauque.

« Non, pas seulement… on venait aussi chercher les bibelots.

– Les bibelots, répéta Freddy.

– Le butin.

– Et le fric ? dit Henrik.

– Bien sûr. On partage en bons frères. » Tommy souriait toujours. « Tu crois qu'on est des voleurs ? »

C'était une vieille blague, mais Henrik y répondit par un sourire crispé, en se rendant compte qu'ils n'avaient pas encore discuté du partage du butin.

Il vit Freddy aller ouvrir en grand la porte du cabanon et disparaître dans la pénombre, pour ressortir bientôt avec un des téléviseurs dans les bras.

« C'est bien ce qu'on avait dit, reprit Henrik. En bons frères. »

Tommy lui passa devant et se dirigea vers la remorque.

« Je me décide enfin à rentrer le bateau, dit Henrik. Et vous, vous allez changer d'air ?

– Ouais… on rentre à Copenhague. On va juste commencer par faire un tour dans cette maison, près des phares. » Tommy fit un geste vague en direction du nord. « Chercher cette fameuse collection de tableaux. Tu viens avec nous ? »

Henrik secoua la tête. Il vit que Freddy avait rangé le téléviseur dans la fourgonnette et était retourné dans le cabanon.

« Non, pas le temps, dit-il. Comme je t'ai dit, il faut que je rentre le bateau.

– Ouais, ouais…, dit Tommy en examinant la remorque. Et où tu vas le mettre, pour l'hiver ?

– À Borgholm… derrière une usine. »

Tommy tira sur la corde qui tenait la bâche et demanda :

« Tu vas le laisser comme ça ?

– C'est clôturé. »

Le cœur de Henrik s'emballa. Il aurait dû mieux attacher la bâche, avec d'autres cordes. Pour détourner l'attention de Tommy, il se remit à parler.

« Tu sais pas ce que j'ai vu, ici, cet automne ?

– Non ? »

Tommy secoua la tête, sans cesser de regarder la remorque.

« C'était en octobre, continua Henrik, quand j'étais venu écoper le bateau… j'ai vu une vedette, elle devait venir du nord. Elle a accosté là-bas, près des phares, à Åludden, il y avait un type, en proue… et le soir ils l'ont retrouvée noyée, exactement au même endroit. J'y ai pas mal réfléchi. »

Il parlait beaucoup, et trop vite. Mais Tommy tourna enfin la tête vers lui.

« De qui tu causes ?

– La nana d'Åludden, dit Henrik. Katrine Westin, j'ai travaillé pour elle cet été.

– Åludden, dit Tommy, mais c'est là qu'on va… alors comme ça, tu as vu un meurtre, là-bas ?

– Non, j'ai vu une vedette, dit Henrik. Mais c'était quand même un peu louche… c'est qu'ils l'ont retrouvée morte, juste après.

– Ah putain, dit Tommy, sans avoir l'air très impressionné. Tu en as parlé à quelqu'un ?

– Et qu'est-ce que tu crois ? Aux flics ?

– Ben non, dit Tommy, ils auraient commencé par te demander ce que tu fabriquais là. Ils auraient peut-être vérifié le cabanon, et t'auraient coffré.

– *Nous* auraient coffrés », dit Henrik.

Tommy regarda à nouveau la remorque.

« Freddy m'a raconté une histoire drôle en venant, dit-il. Elle est bien bonne.

– Quoi ?

– C'est l'histoire d'un mec et d'une nana… ils sont en vacances aux USA, ils se baladent en caisse. À une aire de repos, ils tombent sur un putois. Ils en ont jamais vu et trouvent ça super-mignon. La nana veut le ramener en Suède, mais le mec pense que les douaniers laissent pas passer les animaux sauvages. La nana propose de passer le putois en douce en le planquant dans sa culotte. "Ouais, c'est une idée", dit le mec. "Mais comment on va faire, avec l'odeur ?" »

Tommy se gratta le cou et marqua une pause avant la chute :

« "Et alors ? dit la fille. Le putois pue, lui aussi." »

Il se mit à rire tout seul. Puis il se tourna à nouveau vers la remorque en attrapant fermement la corde.

« Le putois pue, lui aussi, répéta-t-il.

– Eh, attends… »

Mais Tommy n'attendit pas. Il tira d'un coup sec sur la bâche. Il n'arriva à en libérer qu'un coin, mais c'était assez pour découvrir la plupart des objets que Henrik avait cachés.

« Ah, ah ! » dit Tommy en regardant le butin. Puis il montra le sol à Henrik. « T'aurais dû effacer tes traces dans la neige, Ricky… on voit bien que t'as fait la navette entre le cabanon et le bateau. »

Henrik secoua la tête.

« J'ai juste pris des bricoles…

– Des bricoles ? » fit Tommy en s'avançant vers lui.

Henrik recula d'un pas.

« Et alors ? dit-il. Je me suis bien fait chier. C'est moi qui ai organisé tous les casses, vous vous êtes contentés de…

– Ricky, dit Tommy. Tu causes trop.

– Moi, je cause *trop* ? Tu peux bien… »

Mais Tommy n'écouta pas. Il le frappa au ventre, très fort. Henrik trébucha en arrière. Il s'assit lourdement sur un rocher.

Son anorak était déchiré. Une fine balafre qui remontait jusqu'au nombril.

Tommy se dépêcha de lui faire les poches et s'empara des clés de sa voiture.

« Reste tranquille, maintenant… t'en auras un autre si tu bouges de là. »

Henrik ne bougea pas. Des spasmes s'emparèrent de son ventre.

La douleur arrivait par vagues. Emporté par l'une d'elles, Henrik se plia en avant et vomit entre ses jambes.

Tommy recula de quelques pas, rajusta le fusil à son épaule et fourra le tournevis aiguisé dans sa poche arrière.

Henrik toussa péniblement et leva les yeux vers lui.

« Tommy… »

Mais Tommy se contenta de secouer la tête.

« Tu croyais vraiment qu'on s'appelait comme ça… Tommy et Freddy ? C'était nos noms d'artistes, pauvre naze ! »

Henrik n'avait plus de mots. Plus de forces non plus. Il resta assis sans rien dire sur son rocher.

Freddy avait continué à charger la fourgonnette. Enfin, il claqua le hayon.

« Prêt !

– Bien. » Tommy se redressa, se gratta la joue et lança un regard à Henrik. « Pour rentrer, tu prendras le bus… s'il y en a dans ce bled. À moins qu'ils en soient restés au char à bœufs ? »

Henrik ne répondit rien. Il resta sur son rocher à regarder partir les frères Serelius. Freddy s'installa sans se presser au volant de la fourgonnette. Tommy ajusta le siège de la Saab de Henrik.

Les frères volaient sa voiture et son bateau, et il en était réduit à regarder, impuissant.

Il vit les véhicules disparaître lentement sur la route côtière.

Il finit par ôter la main de son ventre et regarda. La déchirure de son anorak gris était à présent teintée de rouge.

Pourtant, ça ne saignait pas tant que ça, juste un petit filet. Le sang affluait dans la plaie au rythme du ressac sur la plage, mais il pouvait marcher. Ses intestins et son foie ne devaient pas avoir été touchés.

Un vent plus froid soufflait à présent de la mer. Henrik songea à son grand-père qui était mort tout seul ici un jour d'hiver, mais se dépêcha de chasser cette pensée.

La main pressée sur son ventre, il se dirigea vers le cabanon. La porte était entrouverte, il s'arrêta sur le seuil.

Tout le butin avait disparu. Sa seule consolation était que Tommy et Freddy avaient aussi emporté la vieille lanterne : ce serait peut-être leur tour d'entendre ses craquements intempestifs.

Il enjamba péniblement le seuil et s'approcha de l'établi de son grand-père.

La vieille hache d'Algot était là : un petit outil bien solide. Et dans un coin une longue faucille très affilée. Il ramassa la faucille et la hache et ressortit lentement dans la neige.

Le cadenas était tombé, Henrik ne le retrouvait plus. Il n'arriva qu'à repousser péniblement la porte derrière lui.

Puis il se mit en route dans la neige, tournant le dos à la route et au cabanon, droit vers les prés qui longeaient la plage.

Il continua le long de la côte vers le nord, tête baissée, vent de travers. Les rafales de plus en plus violentes étaient arrêtées par son bonnet en laine et son anorak rembourré, mais lui piquaient le nez et les yeux.

Henrik ne faisait pas attention au froid, il marchait droit devant lui.

Les frères Serelius – peu importait leur nom – l'avaient poignardé, lui avaient volé son bateau. Et ils avaient parlé d'aller à Åludden.

Dans ce cas, Henrik avait bien l'intention de les attendre au tournant.

28

Tilda sonna à la porte de l'appartement de Henrik Jansson à Borgholm – une longue sonnerie. Elle attendit en silence en compagnie de Mats Torstensson, un de ses collègues.

C'était la veille de Noël, et cette affaire aurait dû être réglée depuis longtemps, mais Henrik ne s'était pas montré au commissariat, malgré les convocations. S'il ne venait pas de son plein gré, il fallait aller le chercher.

Pas un bruit. Tilda sonna encore une fois, mais personne ne vint ouvrir, et elle n'entendit rien en plaquant son oreille contre la porte. Elle tâta la poignée – c'était fermé.

« Parti, suggéra Torstensson. Parti fêter Noël chez Papa et Maman.

– Il devait travailler aujourd'hui, m'a dit son chef. Une demi-journée seulement, mais… »

Elle allait sonner une troisième fois quand on entendit la porte du bas claquer et des grosses chaussures d'hiver monter lourdement l'escalier. Tilda et Torstensson tournèrent en même temps la tête – mais c'était une fille qui montait, la moitié du visage cachée par une écharpe en laine rouge, un sac de cadeaux à la main. Elle lança un bref regard aux policiers en uniforme et, comme elle ouvrait la porte d'en face, Tilda l'aborda :

« Nous cherchons votre voisin… Henrik. Savez-vous où il peut être ? »

La fille regarda le nom de Henrik, sur sa porte.

« Au travail ?

– On a vérifié. »

La fille réfléchit.

« Peut-être à son cabanon de pêche.

– Où est-ce ?

– Quelque part sur la côte est… Il voulait m'emmener m'y baigner cet été, mais j'ai dit non.

– Très bien, dit Tilda. Joyeux Noël. »

La fille hocha la tête, mais jeta un regard noir à son sac de cadeaux, comme si les fêtes la fatiguaient déjà.

« Et voilà, dit Torstensson. Il faudra revenir le cueillir après le week-end.

– Sauf si on tombe dessus sur le chemin du retour », dit Tilda.

Il était deux heures et demie. Il faisait froid et gris dans la rue, presque moins dix, et c'était déjà le crépuscule.

« Je finis dans un quart d'heure, dit Torstensson en ouvrant la portière de la voiture. Après, il faut que j'aille en ville… je suis en retard dans mes achats de cadeaux. »

Il regarda sa montre. Il se voyait déjà sûrement chez lui siroter tranquillement une bière de Noël devant la télévision.

« Je vais juste passer un coup de fil… », dit Tilda.

Ses cinq jours de congé approchaient aussi, mais elle ne voulait pourtant pas lâcher Henrik Jansson.

Elle s'assit dans la voiture et appela le patron de Jansson pour la deuxième fois de la journée. Elle apprit de lui que le cabanon de Henrik se trouvait à Enslunda.

C'était au sud de Marnäs, assez près d'Åludden.

« Je te dépose au commissariat, dit-elle. Après, je ferai un crochet par Enslunda en remontant. Il n'y est sûrement pas, mais c'est histoire de vérifier.

– J'y vais avec toi, si tu veux. »

Torstensson était quelqu'un de bien. Il était sûrement prêt à l'accompagner malgré le stress de Noël, mais elle secoua la tête.

« Merci, mais je vais m'en occuper au passage. Si Jansson est là-bas, je l'embarque et je lui gâche les fêtes. Sinon je rentre chez moi emballer mes cadeaux.

– Sois prudente sur la route, dit Torstensson. On annonce une tempête de neige, tu as dû l'entendre ?

– Ouais, dit Tilda. Mais j'ai des pneus cloutés. »

Ils rentrèrent au commissariat. Torstensson déposé, Tilda manœuvra et s'apprêtait à sortir du parking quand la porte du bâtiment se rouvrit.

C'était Mats Torstensson qui lui faisait signe d'attendre. Tilda baissa sa vitre et sortit la tête.

« Qu'est-ce qu'il y a ?

– Tu as de la visite.

– Qui ça ?

– Ton tuteur de l'école de police.

– Tuteur ? »

Tilda ne comprit pas sur le coup, mais gara sa voiture et le suivit dans le commissariat. Il n'y avait personne à la réception. Des bougies de l'Avent brillaient aux fenêtres. La plupart des policiers de l'île étaient déjà en congé pour Noël.

« Je l'ai interceptée », dit Torstensson.

Il parlait à un homme large d'épaules, assis dans un des fauteuils de la salle d'attente, qui portait un blouson et un pull vert clair de la police. Il sourit, ravi de voir entrer Tilda.

« J'étais dans les parages », dit-il en se levant. Il tenait un gros cadeau emballé dans du papier rouge. « Je voulais juste te souhaiter un joyeux Noël. »

C'était évidemment Martin Ahlquist.

Tilda garda sa contenance et s'efforça de sourire.

« Salut Martin… joyeux Noël à toi aussi. »

Ses lèvres se serrèrent très vite, mais Martin sourit de plus belle.

« Tu veux qu'on aille prendre un café ?

– Merci, dit-elle. Mais je suis malheureusement un peu occupée. »

Elle prit cependant le cadeau (apparemment une boîte de chocolats), salua de la tête Mats Torstensson et ressortit sur le parking.

Martin la suivit et elle fit volte-face. Plus besoin de faire semblant de sourire.

« À quoi tu joues ?

– Comment ça ? dit Martin.

– Tu appelles tout le temps… et tu débarques avec un cadeau. Pourquoi ?

– Euh… je voulais voir comment tu allais.

– Je vais bien, dit Tilda. Voilà. Comme ça tu peux rentrer chez toi… Va retrouver ta femme et tes enfants. C'est bientôt Noël. »

Il continua à lui sourire.

« C'est arrangé, dit-il. J'ai dit à Karin que je passerais la nuit à Kalmar pour rentrer tôt demain matin. »

Pour Martin, tout semblait n'être qu'une question d'organisation – bien tenir à jour ses mensonges.

« Alors vas-y, dit Tilda. Va à Kalmar !

– Pourquoi ? Je peux aussi bien passer la nuit sur Öland. »

Elle soupira, puis retourna vers sa voiture. Elle ouvrit la portière et jeta le cadeau de Martin sur le siège arrière.

« Je n'ai pas le temps de discuter maintenant. Je dois aller chercher un type. »

Elle claqua la portière sans lui laisser le temps de répondre, démarra et quitta le parking du commissariat.

Elle vit bientôt une Mazda dans son rétroviseur.

La voiture de Martin. Il la suivait.

Tout en faisant route vers le nord, elle se demanda pourquoi elle ne l'avait pas éconduit avec plus de fermeté. Elle aurait pu crier, lui cracher à la figure – il aurait peut-être compris le message.

Tilda atteignit la côte est de l'île à trois heures et demie. La lumière du jour avait presque entièrement disparu, le ciel était gris noir, la neige tombait plus dru. Avec plus d'agressivité, lui sembla-t-il. Les flocons avaient cessé de virevolter au hasard. Ils étaient en formation d'attaque, fonçaient par paquets épais contre la voiture et se collaient au pare-brise.

Elle s'engagea sur l'étroit chemin d'Enslunda, toujours suivie de près par la Mazda de Martin.

À la lumière des phares, Tilda vit plusieurs traces de pneus devant elle, et quand le chemin s'arrêta, à une cinquantaine de mètres de la mer, elle s'attendait à trouver au moins une voiture à l'arrêt.

Mais le terre-plein était désert.

Il y avait juste quantité de traces fraîches dans la neige – des empreintes de grosses chaussures ou de bottes allaient et venaient entre les traces des voitures et l'un des cabanons. Les flocons de neige étaient déjà en train de les recouvrir. La Mazda s'était arrêtée derrière elle sur le chemin.

Tilda coiffa sa casquette de police et ouvrit la portière contre le vent.

L'endroit, au bord de la Baltique, était glaçant. Dans ce désert froid, toute la côte paraissait hostile. Les vagues déferlaient, commençant à briser la glace près du rivage.

Martin était sorti de sa voiture et s'approcha de Tilda.

« Celui que tu dois ramener... il était censé se trouver par là ? »

Elle se contenta de hocher la tête. Elle préférait ne pas avoir à lui adresser la parole.

Martin se dirigea vers les cabanons d'un pas décidé. Il avait l'air d'oublier qu'il n'était plus policier, mais enseignant.

Tilda le suivit sans faire de commentaire.

En s'approchant, ils entendirent des chocs réguliers – une des portes du cabanon battait dans le vent. Presque toutes les traces semblaient mener là.

Martin jeta un coup d'œil à l'intérieur.

« C'est son cabanon ?

– Je ne sais pas... en principe, oui. »

Les voleurs ont toujours peur des autres voleurs, songea Tilda. Ils veulent que leurs propres maisons soient verrouillées à double tour. Si Henrik Jansson avait oublié de fermer, il devait y avoir eu un imprévu.

Elle s'avança derrière Martin, et regarda dans l'obscurité. Un établi, quelques vieux filets et autres ustensiles de pêche et des outils au mur, mais rien de plus.

« Il n'est pas chez lui », dit Martin.

Tilda ne répondit pas. Elle entra et se pencha : des petites gouttes brillantes étaient visibles sur les lattes du plancher.

« Martin ! » cria-t-elle.

Il tourna la tête, elle lui montra le sol.

« Qu'est-ce que c'est, à ton avis ? »

Il se pencha.

« Du sang frais », dit-il.

Tilda sortit du cabanon et scruta les alentours. Quelqu'un était blessé, par balle ou au couteau, mais avait pourtant réussi à quitter les lieux.

Elle descendit sur le pré qui longeait la mer, le vent avait encore forci. Il y avait dans la neige des traces à moitié effacées – une longue ligne de traces menant vers le nord.

Tilda envisagea de les suivre, quitte à marcher face au vent, avec ce froid violent qui montait de la mer, mais la neige allait bientôt les effacer.

À distance raisonnable à pied, il n'y avait que deux maisons dans cette direction : la ferme de la famille Carlsson et, au nord-est, Åludden. Henrik Jansson, s'il s'agissait de lui, semblait donc s'être dirigé vers l'une d'elles.

Une violente rafale bouscula Tilda, qui s'arrêta.

Elle rebroussa chemin et, dos à la plage, retourna vers le terre-plein.

« Où vas-tu ? cria Martin dans son dos.

– C'est secret », répondit-elle en regagnant la voiture de police.

Elle monta, sans vérifier s'il la suivait ou non. Elle alluma alors la radio et appela le central, à Borgholm. Elle voulait signaler la rixe supposée près des cabanons et prévenir qu'elle se mettait en route vers le nord.

Personne ne répondit.

La neige tombait encore plus serré. Tilda démarra, mit le chauffage au maximum et actionna les essuie-glaces avant de s'éloigner lentement du cabanon.

Dans son rétroviseur, elle vit la lumière intérieure de la Mazda s'éclairer au moment où Martin ouvrait la porte. Il alluma ensuite ses phares et s'engagea à sa suite sur le chemin de gravier.

Tilda accéléra – avant de regarder vers l'est, où l'horizon avait disparu. Un mur grisâtre de neige paraissait en suspens au-dessus de la mer, prêt à s'abattre sur la côte.

29

De la cuisine, au crépuscule, Joakim regardait la neige tomber de plus en plus dense dans la cour. Ce serait un Noël tout blanc à Åludden.

Il tourna alors les yeux vers la porte de la grange. Fermée. Aucune trace dans la neige n'y conduisait. Il n'y était pas retourné depuis la veille, mais il pensait sans arrêt à la pièce secrète.

Une pièce pour les morts, avec ses bancs d'église.

La veste en jean d'Ethel était sur un des bancs, soigneusement pliée, parmi d'autres reliques. Il l'y avait laissée.

C'était Katrine qui l'avait mise là. Elle devait avoir découvert la pièce pendant l'automne et déposé la veste sans en parler à Joakim. Il ignorait même qu'elle l'avait conservée.

Sa femme avait ses secrets.

Ce n'est qu'en téléphonant à sa mère qu'il avait appris qu'elle avait expédié la veste en jean à Åludden. Jusqu'alors, il pensait qu'Ingrid s'était contentée de ranger les affaires d'Ethel dans un carton au grenier.

« Non, je l'ai descendue et emballée dans du

papier kraft, avait dit Ingrid. Puis je l'ai postée à Katrine… c'était en août.

– Et pourquoi ? avait demandé Joakim.

– Eh bien… elle me l'avait demandé. Katrine m'a téléphoné cet été en me demandant de lui prêter la veste. Elle voulait vérifier quelque chose. Alors je la lui ai envoyée. » Ingrid marqua une pause. « Elle ne t'en a pas parlé ?

– Non.

– Vous ne vous parliez pas ? »

Joakim se tut. Il aurait voulu répondre qu'évidemment Katrine et lui se parlaient, se faisaient une confiance totale – mais il se souvenait aussi du regard étrange qu'elle lui avait jeté le soir où ils avaient appris la mort d'Ethel.

Katrine avait serré Livia très fort dans ses bras en regardant Joakim avec des yeux brillants, comme s'il s'était passé quelque chose d'extraordinaire.

La nuit tombée, Joakim commença à préparer le dîner. Réveillonner dès le 23 était peut-être un peu prématuré, mais il voulait que la fête commence au plus vite.

C'était comme l'année d'avant. Sa sœur s'était noyée début décembre et son nom n'avait pas été prononcé une seule fois pendant les fêtes – en revanche, Katrine et Joakim avaient acheté encore plus de cadeaux et de victuailles que d'habitude. Ils avaient rempli la Villa des Pommiers de lumières et de décorations.

Bien sûr, ils avaient pourtant senti la présence d'Ethel. Joakim avait pensé à elle chaque fois que

Katrine levait son verre de cidre sans alcool pour trinquer avec lui.

Il cligna des yeux pour chasser ses larmes tout en feuilletant un livre de recettes de Noël. Il fit de son mieux à la cuisinc tandis que les ombres grandissaient de l'autre côté de la fenêtre.

Il fit cuire à la poêle les saucisses et les boulettes de viande. Il coupa le fromage en tranches, hacha le chou rouge et réchauffa le rôti de porc. Il fit griller le jambon cuit au four, éplucha les pommes de terre et badigeonna de mélasse diluée le cramique à la levure de bière à peine sorti du four. Il disposa sur un plateau l'anguille, le hareng et le saumon, puis réchauffa la commande des enfants : poulet grillé et frites.

Joakim aligna les plats sur la table de la cuisine, et servit par terre un bol de thon frais à Raspoutine.

À quatre heures et demie, il appela Livia et Gabriel :

« On mange ! »

Ils sortirent de leurs chambres et s'installèrent à table.

« Miam ! fit Gabriel.

– C'est le buffet de Noël, dit Joakim. On prend une assiette et on se sert un peu de tout. »

Ce que Livia et Gabriel firent plus ou moins : ils se servirent du poulet et des frites, des pommes de terre avec un peu de sauce, mais laissèrent le poisson et le chou rouge.

Joakim ouvrit la route, et toute la famille alla s'installer au salon autour de la grande table, sous le lustre. Il servit du cidre à chacun en souhaitant à ses enfants un bon début de fêtes. Il s'attendait à ce qu'ils demandent pourquoi il avait mis une quatrième assiette, mais ils ne firent aucun commentaire.

Il ne s'attendait pas à ce que Katrine revienne ce soir-là, mais il pouvait au moins regarder sa place vide et l'imaginer.

Voilà comment les choses auraient dû être.

Sa mère faisait exactement pareil, chaque Noël – mais Ethel ne venait bien sûr jamais.

« Je peux m'en aller, Papa ? demanda Livia au bout de dix minutes.

– Non ! » répondit aussitôt Joakim.

Il vit que son assiette était déjà vide.

« Mais j'ai tout mangé !

– Reste quand même à table.

– Mais je veux regarder la télé !

– Moi aussi ! dit Gabriel, qui avait encore beaucoup de choses dans son assiette.

– Il y a du cheval à la télé, dit Livia, comme s'il s'agissait d'un argument de poids.

– Restez assis ! dit Joakim plus durement qu'il n'aurait voulu. C'est important. Nous fêtons Noël ensemble.

– T'es bête ! » fit Livia en lui lançant un regard noir.

Joakim soupira.

« Ensemble », répéta-t-il sans conviction.

Après quoi les enfants se turent. Au moins, ils restaient à leur place. Livia finit par se lever et retourna à la cuisine avec son assiette, suivie de Gabriel. Ils revinrent, leurs assiettes pleines de boulettes de viande.

« Il neige beaucoup beaucoup, Papa », dit Livia.

Joakim regarda les gros flocons par la fenêtre.

« Parfait. Comme ça on pourra faire de la luge. »

La mauvaise humeur de Livia se dissipa comme elle était venue et, bientôt, elle se mit à bavarder avec Gabriel des cadeaux qui attendaient sous le sapin. Aucun des deux ne semblait prêter attention à la quatrième chaise, alors que Joakim passait son temps à la regarder en douce.

À quoi s'attendait-il ? Que la porte s'ouvre et que Katrine entre dans la grande salle ?

La vieille horloge en bois peint sonna un seul coup – il était déjà cinq heures et demie et l'obscurité dehors était presque totale.

En avalant sa dernière boulette de viande, Joakim vit que Gabriel était sur le point de s'endormir. Ce soir, il avait mangé deux fois plus que d'habitude et baissait à présent la tête vers son assiette vide, les paupières lourdes.

« Gabriel, tu veux aller dormir un peu ? demanda-t-il. Pour rester debout plus longtemps ce soir ? »

Gabriel se contenta d'abord de hocher la tête, puis s'écria :

« Alors après on va jouer. Toi et moi. Et Livia.

– Promis. »

Joakim comprit soudain que son fils avait sans doute oublié Katrine. Lui-même, que se rappelait-il de ses trois ans ? Rien.

Il souffla les bougies, rangea la table et mit la nourriture au réfrigérateur. Puis il fit le lit de Gabriel et le coucha.

Livia ne voulait pas aller se coucher si tôt. Elle voulait regarder les chevaux, aussi Joakim installa le petit téléviseur dans sa chambre.

« Ça ira ? dit-il. Je pensais aller faire un petit tour.

– Où ça ? demanda Livia. Tu ne veux pas les voir faire du cheval ? »

Joakim secoua la tête.

« Je reviens vite. »

Alors, il alla chercher le cadeau de Katrine sous le sapin. Il prit une lampe de poche, enfila un gros pull et ses bottes.

Il était prêt.

Il s'arrêta un instant pour se regarder dans le miroir mural. Dans la pénombre du couloir, il voyait à peine son reflet, et avait l'impression de distinguer les contours des objets de la pièce à travers son propre corps.

Joakim se sentait comme un fantôme, comme un des revenants d'Åludden. Il considéra les épais papiers peints anglais, tout blancs autour du miroir, et le vieux chapeau de paille qu'on avait accroché au mur comme un symbole de la vie à la campagne.

Soudain, tout lui sembla absurde – pourquoi Katrine et lui avaient-ils passé toutes ces années à rénover et remeubler des maisons chaque fois plus grandes ? À peine un projet achevé, ils en commençaient un autre, en s'efforçant d'effacer toute trace des occupants précédents. Pourquoi ?

Un gémissement étouffé interrompit le cours de ses pensées. Joakim tourna la tête et vit une petite créature à quatre pattes en boule sur le paillasson.

« Tu veux sortir, Raspoutine ? »

Il gagna la véranda, mais le chat ne le suivit pas. Il se contenta de le regarder faire avant de filer vers la cuisine.

Le vent violent qui soufflait sur Åludden faisait trembler toutes les vitres de la véranda.

En ouvrant la porte extérieure, Joakim sentit la prise puissante de l'air. Les coups de boutoir du vent semblaient toujours plus forts : les flocons de neige se transformaient en petites particules piquantes qui criblaient tout sur leur passage.

Il descendit les marches avec précaution, et regarda à travers la neige en plissant les yeux.

Le ciel au-dessus de la mer était sombre comme jamais, comme si le soleil avait disparu pour toujours au-dessus de la Baltique. Le plafond nuageux était un menaçant jeu d'ombres grises et noires – d'énormes nuages chargés de neige descendaient au nord-est vers la côte.

Une tempête approchait.

Joakim s'avança sur le passage dallé entre les bâtiments, dans le vent et la neige. Il se souvint de l'avertissement de Gerlof : on pouvait se perdre en sortant dans la tourmente – mais il n'y avait encore qu'une mince couche de neige et un petit tour dans la grange ne semblait pas présenter de danger.

Il alla ouvrir la lourde porte.

Rien ne bougeait à l'intérieur.

Un filet de lumière qu'il perçut du coin de l'œil le fit s'arrêter et tourner la tête. C'était la lumière des phares. La grange cachait le phare nord, mais le sud lui envoyait par intermittence son signal rouge.

Joakim posa le pied sur les dalles de la grange, sentant le vent pousser dans son dos, comme s'il voulait le suivre. Mais il claqua la porte derrière lui.

Quelques secondes plus tard, il alluma l'interrupteur.

Les ampoules pendaient tels de faibles soleils jaunes perdus dans l'espace noir de la grange. Elles n'arrivaient pas à chasser les ombres qui s'accrochaient aux murs.

À travers le toit, on entendait le sifflement du vent, mais la charpente restait impassible sur ses poutres. Ce bâtiment en avait vu d'autres.

Au grenier attendait le mur qui portait le nom de Katrine et de tous les autres, mais Joakim n'y monta pas ce soir-là non plus. Il continua d'avancer parmi les mangeoires devant lesquelles jadis les bêtes passaient l'hiver.

Tout au fond, le sol était toujours bien propre.

Joakim s'agenouilla et se mit à plat ventre sur les pierres. Puis il se glissa en rampant par la petite ouverture pratiquée dans le mur, la lampe de poche dans une main, le cadeau pour Katrine dans l'autre.

De l'autre côté de la fausse cloison, il se mit debout et alluma sa lampe. Elle éclairait faiblement – il aurait fallu changer les piles – mais assez pour deviner les barreaux de l'échelle qui montait dans le noir.

Joakim tendit l'oreille : tout était toujours silencieux dans la grange.

Il pouvait rester là ou commencer à grimper. Il hésita. Un bref instant, il pensa à la tempête qui arrivait, à Gabriel et Livia restés seuls dans la maison.

Puis il posa sa botte droite sur le premier barreau.

Joakim avait la bouche sèche, son cœur battait fort, mais moins de peur que d'excitation. Peu à peu, il s'approcha de la trappe obscure. Il n'aurait pour rien au monde voulu être ailleurs.

Katrine était toute proche, il le sentait.

HIVER 1962

Markus est revenu sur l'île. Il voulait bien me revoir, mais pas à Åludden. J'ai dû aller à Borgholm le retrouver dans un salon de thé.

Torun, qui ne voyait désormais presque plus la différence entre l'ombre et la lumière, m'a demandé d'acheter des pommes de terre et un peu de farine. De la farine et des racines, voilà de quoi nous vivions.

Ce fut une dernière rencontre dans une ville grise qui attendait toujours l'hiver, alors qu'on était déjà début décembre.

Mirja RAMBE

Il fait au-dessous de zéro, mais pas de neige à Borgholm. J'ai mis mon vieux manteau d'hiver et je me sens comme une plouc que je suis en parcourant les rues droites de la ville.

Markus est revenu sur l'île pour rendre visite à ses parents à Borgholm, et me voir. Il a une permission de son régiment d'Eksjö et porte son uniforme gris aux plis stylés.

Le salon de thé où nous nous sommes donné

rendez-vous est rempli de dames comme il faut qui me regardent d'un œil sévère arriver du froid – les salons de thé des petites villes suédoises ne sont guère fréquentés par les jeunes, du moins pas encore.

« Bonjour Mirja. »

Markus se lève poliment, comme je m'approche de sa table.

« Salut Markus. »

Il me serre un peu gauchement dans ses bras et je remarque qu'il a commencé à utiliser de l'après-rasage.

Nous ne nous sommes pas vus depuis des mois, l'ambiance est d'abord un peu crispée, puis nous commençons lentement à parler. Je n'ai pas grand-chose à lui raconter à propos d'Åludden – c'est qu'il ne s'est rien passé depuis son départ. Mais je l'interroge sur sa vie de soldat, s'il dort sous une tente qui ressemble à celle que nous avions installée dans le grenier, et il me répond que ça lui arrive, pendant les manœuvres. Sa compagnie est allée en Norrland par moins trente. Pour conserver la chaleur, ils ont dû couvrir la tente de neige tassée, comme un igloo.

Nous restons silencieux.

Je reprends alors la parole :

« Je me suis dit que nous pourrions continuer, ce printemps. Si tu veux. Je pourrais déménager pour me rapprocher, à Kalmar, ou par là, et puis après ton service, on pourrait habiter dans la même ville… »

Ce sont des projets très vagues, mais Markus m'adresse un petit sourire.

« Au printemps… », répète-t-il en effleurant mon visage de la main. Il sourit davantage et me dit à voix basse : « Tu voudrais voir l'appartement de mes parents, Mirja ? C'est au coin de la rue. Ils ne sont pas là aujourd'hui, mais j'ai toujours mon ancienne chambre… »

Je hoche la tête en me levant.

Nous faisons l'amour pour la première et la dernière fois dans la chambre de petit garçon de Markus. Son lit est trop court, alors nous posons le matelas à même le sol. L'appartement est silencieux autour de nous, mais nous l'emplissons avec le bruit de nos respirations. Au début, je suis morte de peur que ses parents rentrent à l'improviste, mais bientôt je n'y pense plus.

Markus est impatient, mais en même temps attentionné. Je crois que c'est la première fois pour lui aussi, mais je n'ose pas lui demander.

Est-ce que je fais assez attention ? Pas du tout. Je n'ai aucune protection – je n'aurais jamais imaginé que cela puisse arriver. Et c'est justement pour cela que c'est si merveilleux.

Une demi-heure plus tard, nous nous séparons en pleine rue. Un bref adieu dans le courant d'air, une dernière étreinte maladroite à travers les couches de vêtements.

Markus remonte à l'appartement pour faire ses bagages avant de reprendre le ferry, et je me dirige vers la gare routière pour repartir vers le nord.

Je suis seule, mais je sens encore sa chaleur contre mon corps.

Je serais volontiers remontée en train, mais il n'y en a plus. Il faut prendre le bus.

Il y a peu de passagers, l'ambiance est sinistre à bord, mais ça me va. Je me sens comme un gardien de phare en partance pour six mois au bout du monde.

Lorsque je descends au sud de Marnäs, le ciel n'inspire pas confiance. Le vent est glacé. Je fais mes courses dans la petite épicerie de Rörby, puis je me dirige vers la maison par la route côtière.

En descendant le chemin vers Åludden, je vois des nuages de tempête gris ardoise au-dessus de la mer. Des vents violents sont en train d'arriver sur l'île. Je presse le pas. Quand la tourmente arrive, il faut être à l'abri, ou alors il vous arrive la même chose qu'à Torun dans la tourbière. Voire pire.

La plupart des fenêtres sont éteintes, sauf celles de Torun et la mienne, où brille une chaude lumière jaune.

Au moment d'entrer chez Torun, je vois du coin de l'œil quelque chose qui clignote au-dessus de l'eau.

Je tourne la tête : ce sont les phares qu'on a allumés pour la nuit.

Le phare nord est allumé lui aussi. Une lumière blanche qui ne clignote pas.

Je pose mon sac de provisions sur le perron et je traverse la cour avant de descendre vers la plage. Le phare nord brille toujours.

Comme je lève les yeux vers la tour, une forme claire et allongée me passe devant, emportée par le vent.

Avant même d'avoir rattrapé le rouleau, je sais ce que c'est.

Une toile. Un des tableaux de Torun dans la tourmente.

« Tu es rentrée, Mirja ? crie une voix d'homme. Où tu étais ? »

Je me retourne. C'est le pêcheur d'anguilles Ragnar Davidsson qui descend vers moi. Vêtu de son ciré luisant, il ne marche pas les mains vides.

Il porte une brassée des toiles de Torun – quinze ou vingt.

Je me souviens de ce qu'il en avait dit dans la buanderie : *Mais c'est que du noir et du gris. Rien qu'un mélange de couleurs sombres… ça ressemble à de la merde.*

« Ragnar… Qu'est-ce que tu fais ? Où tu vas comme ça avec toutes ces toiles ? »

Il passe devant moi sans s'arrêter, en me répondant :

« Les foutre à la mer.

– Quoi ?

– Elles prennent trop de place, crie-t-il en s'éloignant. J'ai récupéré la remise de la buanderie. Pour mes nasses à anguilles. »

Je le regarde, effrayée, puis je lève les yeux vers la fantomatique lumière blanche de la tour nord. Je tourne alors le dos à la mer et je me dépêche de remonter auprès de Torun.

30

Le vent avait forci sur la côte : la tempête était là. Les rafales malmenaient la voiture et Tilda s'agrippait au volant.

La tourmente, pensa-t-elle.

La neige folle passait dans le faisceau des phares, comme un film muet. Tilda ralentit un peu et colla le nez au pare-brise pour distinguer la route.

La neige ressemblait à une épaisse fumée blanche qui se déversait sur la côte. Des congères se formaient partout où la neige avait prise, et devenaient vite de véritables murailles.

Tilda savait que tout pouvait aller très vite. La tourmente transformait la lande en un désert blanc et glacé, rendant les routes de l'île impraticables. Même les chasse-neige s'enfonçaient et restaient bloqués dans les congères.

Elle roulait à présent vers le nord, toujours suivie de Martin. Il ne lâchait pas le morceau – mais, entièrement concentrée sur sa conduite, elle ne pouvait pas penser à lui.

Ses roues patinaient sur les congères. C'était comme conduire dans du coton.

Tilda guettait les phares des voitures d'en face, mais derrière la neige, il n'y avait que du gris.

Vers la tourbière d'Offermossen, la route disparut complètement dans les tourbillons de neige. Tilda cherchait désespérément des piquets qui auraient indiqué les bords de la chaussée. Soit ils avaient déjà été emportés par le vent, soit on n'en avait jamais mis.

Elle vit dans son rétroviseur que la voiture de Martin se rapprochait – et ce fut en partie ce qui la poussa à la faute. Elle regarda vers l'arrière un instant de trop et ne vit pas venir le virage dans le noir. Pas avant qu'il soit trop tard.

Tilda braqua le volant en voyant la route tourner vers la droite, mais pas assez. Soudain, les roues avant s'enfoncèrent dans la neige.

La voiture de police s'arrêta brutalement.

Une seconde après, un nouveau choc, bien plus violent, et un bruit de verre cassé. La voiture fut projetée en avant et s'immobilisa, le nez dans le fossé qui longeait la tourbière.

La voiture de Martin lui était rentrée dedans.

Tilda se redressa lentement derrière le volant. Pas de côte cassée, ni de coup du lapin : elle s'en tirait bien.

Elle appuya sur l'accélérateur pour tenter de revenir sur la route, mais les roues arrière patinèrent en vain dans la neige.

« Et merde ! »

Tilda coupa le contact et essaya de se calmer.

Dans son rétroviseur, elle vit Martin ouvrir sa portière et sortir dans la neige. Le vent le fit vaciller.

Tilda ouvrit à son tour sa portière.

La tempête se déchaînait en hurlant sur la route, et le paysage gris et noir qui l'entourait rappela à Tilda le tableau qu'elle avait vu à Åludden. Quand elle sortit de la voiture, le vent s'empara d'elle et sembla vouloir la pousser vers la tourbière, mais elle s'arc-bouta pour résister et remonta le long de la voiture.

L'avant s'était profondément enfoncé dans le fossé. Le véhicule était tellement penché qu'une des roues arrière, la droite, ne reposait plus au sol.

La neige tourbillonnante s'agglutinait le long de la carrosserie et couvrait déjà les pneus.

En s'appuyant à la carrosserie, Tilda se dirigea péniblement vers Martin, une main sur sa casquette pour l'empêcher de s'envoler.

Elle avait finalement décidé de quelle manière le traiter : non pas comme son professeur de l'école de police, ni comme son ex-amant, mais comme le commun des mortels. Un civil.

« Tu roulais trop près ! cria-t-elle dans le vent.

– Tu as pilé ! » rétorqua-t-il.

Elle secoua la tête :

« Personne ne t'a demandé de me suivre, Martin.

– Si c'est comme ça, tu as une radio. Tu n'as qu'à appeler une dépanneuse.

– Ne me dis pas ce que j'ai à faire ! »

Elle lui tourna le dos, mais elle savait qu'il avait raison. Elle allait appeler – même si les dépanneuses ne devaient pas chômer, ce soir-là.

Martin remonta dans sa Mazda et Tilda retourna à grand-peine dans la voiture de police, bien au chaud et au calme. Là, elle appela par radio Borgholm pour la deuxième fois – et, cette fois-ci, elle entendit une voix grésillante lui répondre.

« Le central ? dit-elle. Ici 1217. Répondez.

– 1217, bien reçu. »

Elle reconnut la voix. C'était Hans Majner qui tenait la radio. Il parlait plus vite que d'habitude.

« Comment ça se passe ? demanda Tilda.

– C'est le bordel… plus ou moins le bordel, dit Majner. Il est question de fermer complètement le pont.

– Le fermer ?

– Pour la nuit, oui. »

Dans ce cas la tempête faisait vraiment rage sur l'île, comprit Tilda – on ne coupait le pont d'Öland que dans des conditions météo vraiment extrêmes.

« Et toi, 1217, dit Majner, ta position ?

– Près de la tourbière, sur la route est, dit Tilda. Je suis tombée dans le fossé.

– Compris, 1217… Tu as besoin d'aide ? » Majner avait vraiment l'air concerné. « On t'envoie quelqu'un, mais ça va prendre un moment. Un semi-remorque s'est mis en travers de la route en bas des ruines du château, alors toutes les voitures sont sur place en ce moment.

– Et les chasse-neige ?

– Ils restent sur les routes principales… le vent les rend sans cesse à nouveau impraticables.

– Compris. Même chose ici.

– Mais tu vas tenir le coup, hein, 1217 ? »

Tilda hésita. Elle ne voulait pas dire que Martin était avec elle.

« Je n'ai pas de café, mais ça ira, dit-elle. S'il se met à faire trop froid, je me réfugierai dans la maison la plus proche.

– Compris, 1217, je note, dit Majner. Bonne chance, Tilda. Terminé. »

Tilda raccrocha le micro à la radio et resta un moment indécise derrière le volant. Elle regarda dans le rétroviseur, mais une épaisse couche de neige recouvrait déjà la vitre arrière.

Elle finit par se décider à prendre son propre téléphone, et composa un numéro à Marnäs. On lui répondit au bout de trois sonneries, mais le vent sifflait si fort autour de la voiture qu'elle n'arrivait pas à comprendre un mot. Elle haussa la voix :

« Gerlof ?

– C'est moi. »

Sa voix semblait lointaine, presque inaudible.

« C'est Tilda ! » cria-t-elle.

Friture sur la ligne. La liaison était mauvaise, mais elle l'entendit demander :

« Tu n'es quand même pas sur la route en pleine tourmente ?

– Si, je suis dans la voiture… sur la route côtière. Près d'Åludden. »

Gerlof dit quelque chose d'inaudible.

« Quoi ? cria Tilda.

– Je disais que ce n'était pas très bien.

– Non…

– Mais comment vas-tu, alors ?

– Ne t'inquiète pas. Je me suis juste…

– Mais tu vas bien, Tilda ? la coupa Gerlof en haussant la voix. Au fond de toi-même, je veux dire ?

– Au fond de quoi ? Qu'est-ce que tu as dit ?

– Oui, je me demandais juste si tu n'étais pas malheureuse… c'est que j'ai trouvé cette lettre dans ton sac, avec le magnétophone.

– Une lettre ? »

Soudain, Tilda comprit de quoi parlait Gerlof. Entièrement absorbée par son travail et obnubilée par Henrik Jansson ces derniers jours, elle avait mis sa vie privée entre parenthèses. Voilà qu'elle y était replongée.

« Elle ne t'était pas adressée, Gerlof.

– Non, mais… » Sa voix disparut dans la friture, avant de refaire surface : « … pas cachetée.

– Je vois… alors tu l'as lue ?

– J'ai lu les premières phrases… et puis un peu la fin. »

Tilda ferma les yeux. Elle était trop fatiguée et inquiète pour se fâcher contre Gerlof qui avait fouillé dans son sac.

« Tu peux la déchirer, se contenta-t-elle de dire.

– Tu veux que je la détruise ?

– Oui. Jette-la.

– D'accord, dit Gerlof. Mais tu vas bien ?

– Comme je l'ai mérité. »

Gerlof dit tout bas quelque chose qu'elle ne saisit pas.

Tilda aurait voulu tout lui raconter, mais elle ne pouvait pas. Elle ne pouvait pas lui raconter que la femme de Martin était tombée enceinte alors qu'il continuait à la voir. Elle était juste heureuse qu'il soit avec elle – même le soir où Karin avait eu ses premières contractions. Vers minuit, il était allé à la maternité, bardé d'excuses pour avoir manqué la naissance de son fils.

Tilda soupira :

« J'aurais dû rompre depuis longtemps.

– Oui, oui, dit Gerlof. Mais c'est fait, à présent. »

Elle regarda dans son rétroviseur.

« Oh oui ! »

Devant elle, la neige avait continué à s'accumuler sur le pare-brise, on ne voyait presque plus la route. La voiture allait bientôt devenir une congère.

« Je crois qu'il faut que je sorte d'ici, dit-elle à Gerlof.

– Tu peux rouler ?

– Non… je suis dans le fossé.

– Alors il faut aller à Åludden, dit Gerlof. Mais attention à tes yeux… avec la neige, la tourmente fait voler du sable et de la terre.

– D'accord.

– Et ne t'arrête jamais pour te reposer, Tilda, jamais.

– D'accord. Je te rappelle bientôt », dit-elle en raccrochant.

Elle respira une dernière fois l'air chaud de l'habitacle et ressortit dans la tempête.

Le vent se jeta sur elle. Il hurlait à ses oreilles, la malmenait. Elle ferma la voiture et fit quelques pas mal assurés sur la route, aussi péniblement qu'un scaphandrier aux semelles de plomb au fond de la mer.

Martin descendit sa vitre quand elle arriva à sa hauteur. Le vent lui fit cligner les yeux. Il haussa la voix :

« Quelqu'un va venir ? »

Elle secoua la tête et cria à son tour :

« On ne peut pas rester ici !

– Quoi ? »

Tilda lui désigna l'est.

« Il y a une maison là-bas ! »

Il hocha la tête et remonta sa vitre. Quelques secondes plus tard, il sortit de sa voiture, la ferma et suivit Tilda.

Elle traversa l'asphalte balayé par des volutes de neige pulvérisée, franchit un fossé, enjamba un muret de pierres.

Tilda ouvrait la route vers Åludden, Martin quelques pas derrière elle. Ils avançaient très lentement. Chaque fois qu'elle relevait la tête dans le vent, elle avait l'impression qu'on la fouettait avec des branches de bouleau glacées. Elle devait faire attention, marcher recroquevillée sur elle-même pour ne pas être renversée en arrière.

Tilda n'avait aux pieds qu'une paire de chaussures basses. Elle aurait voulu avoir des skis, ou des raquettes.

Elle finit par se retourner et tendre la main vers la silhouette sombre qui la suivait.

« Viens ! » cria-t-elle.

Martin grelottait déjà dans le froid. Il portait un fin blouson de cuir et n'avait pas de bonnet.

S'il n'était pas assez couvert, il n'avait à s'en prendre qu'à lui-même. Elle lui tendit pourtant la main.

Il la prit sans un mot. Ils se serrèrent l'un contre l'autre en se tenant par le bras et reprirent leur marche vers Åludden.

31

Henrik Jansson avançait péniblement dans les volutes de neige. Tête baissée dans le fracas du vent, il n'avait qu'une vague idée de l'endroit où il était.

Il supposait qu'il avait atteint les prés côtiers au sud des phares d'Åludden, mais il ne les voyait pas. La neige lui griffait les yeux.

Imbécile. Il aurait dû rester à l'abri. Il était toujours resté à l'abri dans la tourmente.

Un jour de janvier, quand il avait sept ans, en vacances chez ses grands-parents, il avait fait un cauchemar : une horde de lions rugissants dans sa chambre pendant la nuit.

Au matin, il n'y avait plus de lions. Tout était calme. En se levant, il avait découvert un paysage d'un blanc scintillant.

« C'était la tourmente, cette nuit », lui avait expliqué son grand-père Algot.

Le manteau neigeux ondulait presque jusqu'au rebord de la fenêtre – Henrik avait été incapable d'ouvrir la porte extérieure.

« Mais comment on sait, Grand-Père… que c'est la tourmente ?

– On ne sait pas quand elle arrive, avait dit Algot, mais on sait quand elle est là. »

Et sur cette plage de la Baltique, Henrik le savait. C'était bien la tourmente. Le coup de vent, juste avant, n'en était qu'un pâle aperçu.

La faucille d'Algot ballottait dans la bourrasque et l'alourdissait. Il dut l'abandonner dans la neige, mais garda la hache. Il faisait trois pas sur le sol gelé et se recroquevillait pour se reposer. Puis encore trois pas.

Au bout d'un moment, il dut faire une pause après chaque pas.

La fine couche de glace qui recouvrait la mer se disloquait sous les coups de boutoir des vagues toujours plus violentes. Henrik entendait leur grondement continu, mais ne voyait pas la mer – il ne voyait plus rien.

Sa douleur au ventre s'était estompée. Le vent glacial avait peut-être stoppé l'hémorragie, mais il avait en même temps l'impression que son corps tout entier était en train de s'engourdir.

Sa conscience prenait le large – au point qu'il lui semblait parfois flotter à côté de son corps.

Henrik songea à Katrine, cette femme qui s'était noyée à Åludden. Il avait aimé raboter et réparer les parquets avec elle. Elle était blonde et menue, exactement comme Camilla.

Camilla.

Il se rappela sa chaleur, au lit. Mais le vent emporta bien vite cette pensée.

Il était trop tard pour rebrousser chemin vers les cabanons d'Enslunda, et il ne savait de toute façon plus comment les retrouver. Mais où étaient ces putains de phares ? Henrik risqua un œil dans le vent, et aperçut un bref instant une lueur qui clignotait au loin – il était donc sur la bonne voie.

Inspirer, faire un pas, souffler.

Soudain, il fut bousculé au milieu d'un pas par un grand choc venu de la mer : le vent avait encore forci, ce que Henrik n'aurait jamais cru possible.

Il tomba à genoux. En même temps, la hache lui échappa mais, péniblement, il la ramassa et parvint à la fourrer, manche le premier, sous son anorak. La hache était pour les frères Serelius, il ne fallait pas la perdre.

Il se traîna vers le nord, ou ce qu'il pensait être le nord. Il n'y avait rien d'autre à faire : s'il s'arrêtait pour se reposer en pleine tempête, il mourrait très vite de froid.

« Les voleurs méritent le fouet, avait-il entendu son grand-père dire. Juste bons à faire du fumier ou de la nourriture pour poissons. »

Henrik secoua la tête.

Non, Grand-Père Algot avait toujours pu compter sur lui. Les seuls qu'il ait trompés étaient ses professeurs, quelques camarades, ses parents et son patron. Et les propriétaires des maisons. Et Camilla, bien sûr, il lui avait pas mal menti et elle avait fini par en avoir assez de lui.

Un tournevis dans le ventre, c'était peut-être ce qu'il méritait.

Soudain, quelqu'un l'attrapa. Henrik fut pris de panique, avant de comprendre que ce n'étaient que des roseaux emportés par le vent.

Il s'arrêta, ferma les yeux et se recroquevilla dans les volutes de neige. S'il se détendait et arrêtait de lutter, il s'engourdirait bientôt, d'abord le ventre puis tout son corps.

La mort était-elle chaude, ou froide ? Ou entre les deux ?

Il vit quelque part au fond de lui les frères Serelius, hilares. Alors, il se remit en route.

32

Dans la grange, Joakim entendait le vent hurler autour du toit. Il sentait sa puissance à travers la charpente, mais il était lui-même hors d'atteinte.

Il venait d'escalader l'échelle : il était de retour dans la pièce secrète du grenier.

Là, tout était calme. Le toit pointu, au-dessus, lui donnait l'impression d'être entré dans une église.

Les piles de sa lampe de poche étaient presque mortes, mais il parvenait pourtant à deviner les bancs dans le noir. Et tous les objets qu'on y avait déposés.

C'était la chapelle de ceux qui étaient morts à Åludden, c'était là qu'ils se rassemblaient chaque Noël.

Joakim le savait. Viendraient-ils cette nuit, ou la prochaine ? Cela n'avait pas d'importance, il allait rester ici et attendre Katrine.

Lentement, Joakim avança dans l'allée étroite en contemplant les effets personnels des défunts.

Il éclaira le premier banc, où la veste en jean était soigneusement pliée.

Elle était restée là où il l'avait trouvée – il avait à peine osé y toucher ce soir-là. Il avait emporté le livre de Mirja Rambe, dont il avait commencé la lecture, dans sa chambre, mais il ne voulait pas de la veste d'Ethel dans la maison. Il avait trop peur que Livia recommence à rêver d'elle.

Joakim tendit la main, et effleura le tissu élimé, comme si ce contact pouvait apporter des réponses à toutes ses questions.

Alors qu'il touchait une des manches, quelque chose se froissa et tomba à terre.

Un petit papier.

Il se baissa pour le ramasser. Une seule phrase y était inscrite, à l'encre. À la lumière blafarde de sa lampe, Joakim lut les mots aux caractères très appuyés.

FAITES

DISPARAÎTRE

CETTE SALE DROGUÉE.

Il recula lentement, le papier à la main.

Sale droguée.

Joakim relut plusieurs fois ces cinq mots et comprit que le message n'était pas adressé à Ethel. Le papier avait été écrit pour Katrine et lui.

Faites disparaître cette sale droguée.

Pourtant, il ne l'avait jamais vu.

Le papier n'avait pas été abîmé par l'humidité, l'encre noire était clairement lisible : il ne se trouvait pas dans sa poche le soir où Ethel était tombée à l'eau.

Il avait été mis là plus tard, comprit-il. Probablement par Katrine, après que sa mère lui avait envoyé la veste.

Joakim repensa à ces soirs où Ethel hurlait dans la rue devant la Villa des Pommiers. Il avait parfois vu les rideaux s'écarter aux fenêtres des voisins. Des visages blêmes et apeurés regardaient Ethel.

Un papier avec un avertissement des voisins. Katrine l'avait certainement trouvé dans la boîte aux lettres un jour où elle était seule à la maison, elle l'avait lu et avait compris que cela ne pouvait plus durer. Les voisins en avaient assez de ces cris, soir après soir.

Tout le monde en avait assez d'Ethel. Il fallait faire quelque chose.

Joakim se sentit infiniment las. Il se laissa tomber sur le banc voisin, à côté de la veste d'Ethel. Il fixait toujours le papier, jusqu'au moment où il entendit un faible raclement dans le grenier.

Le bruit venait de la trappe, derrière lui.

Il y avait quelqu'un dans la grange.

HIVER 1962

Quand le phare nord s'allume, quelqu'un va mourir à Åludden. J'ai déjà entendu cette légende mais, le soir où je suis rentrée de Borgholm, je n'y ai pas pensé en voyant la lumière blanche. J'étais trop choquée de voir Ragnar Davidsson jeter à l'eau les toiles de Torun, sans prêter la moindre attention à mes cris.

Il avait semé quelques rouleaux dans la neige, j'ai essayé de les récupérer, mais le vent les a emportés. Deux toiles, c'est tout ce que j'avais dans les mains en remontant à la maison.

Mirja Rambe

Dos au vent, je me précipite dans la buanderie. J'entre dans la pièce du milieu, mais je sais ce que je vais y trouver.

Des murs blancs, vides.

Presque toutes les toiles de Torun ont disparu de la remise – seuls quelques rares rouleaux traînent encore par terre, où s'entassent à présent les filets.

La porte qui conduit chez nous est fermée à clé, mais je sais que Torun est à l'intérieur. Comme je ne peux pas aller la voir pour lui raconter ce qui s'est passé, je me laisse tomber à terre.

Sur la table, dans la remise, un verre à moitié plein et une bouteille qui n'étaient pas là avant.

Je me dépêche d'aller renifler le liquide translucide. C'est de l'eau-de-vie. Probablement la ration de Davidsson pour lutter contre le froid.

Il y a un peu partout dans la maison des bouteilles de ce type, contenant divers produits – en y pensant, je sais ce que je vais faire.

Davidsson n'est pas en vue. Vite, je traverse la cour, j'ouvre la porte de la grange et je disparais dans le noir. Sans lumière, je me repère là-dedans parmi les ombres, je trouve les caches au trésor au milieu du bric-à-brac. Dans un coin, un bidon de tôle spécial – quelqu'un a dessiné dessus une croix noire. Je le rapporte à la buanderie.

Dans la remise, je vide presque toute l'eau-de-vie de Davidsson sur un de ses tas de filets qui macèrent dans une odeur de goudron. Je la remplace dans la bouteille par le même volume du liquide aussi translucide et presque inodore que contient le bidon.

Il y a un placard en bois dans un coin, j'y cache le bidon.

Cinq ou dix minutes plus tard, un bruit de clé du côté de la porte. Le sifflement du vent paraît plus fort, jusqu'à ce qu'un claquement de porte qu'on referme coupe le son.

Des grosses bottes se débarrassent de leur neige dans l'entrée et je sens une odeur de sueur et de goudron.

Ragnar Davidsson entre et me voit.

« Où t'étais passée ? demande-t-il. « T'as disparu ce matin. »

Je ne réponds pas. Je pense juste à ce que je vais bien pouvoir dire à Torun pour les toiles. Il ne faut pas qu'elle sache ce qui s'est passé.

« Avec un garçon, évidemment », dit Davidsson en répondant lui-même à sa question.

Il me tourne lentement autour sur le sol cimenté, et je lui donne une dernière chance. Je pointe du doigt la plage.

« Il faut aller chercher les peintures !

– Impossible.

– Si ! Il faut que tu m'aides. »

Il secoue la tête et s'approche de la table.

« Elles sont déjà loin… en route vers Gotland. Le vent et les vagues les ont emportées. »

Il remplit son verre d'alcool et le porte à ses lèvres.

Je devrais l'avertir, mais je ne dis rien. Je me contente de le regarder boire – trois grosses gorgées qui vident presque le verre.

Alors il s'asseoit sur la table, fait claquer sa langue et dit :

« Bon, ma petite Mirja… qu'est-ce que tu aurais envie de faire ? »

33

Henrik se réveilla en voyant l'ombre de son grand-père devant lui dans les volutes de neige. Algot se pencha vers lui et leva le pied.

Bouge-toi ! Tu veux mourir ?

Il sentit des coups violents pleuvoir sur ses jambes et ses pieds.

Lève-toi ! Sale voleur !

Henrik souleva lentement la tête, essuya la neige de ses yeux et regarda autour de lui, paupières mi-closes pour se protéger du vent. Le fantôme de Grand-Père avait disparu, mais il aperçut au loin un faisceau lumineux qui balayait en silence le ciel nocturne. Sa lueur rouge sang faisait scintiller les rideaux de neige.

Un peu plus loin, il lui sembla deviner une autre lumière. Blanche, sans intermittences.

Le double phare d'Åludden.

Dans une demi-somnolence, Henrik avait affronté la neige, mètre à mètre, pour finir par arriver à destination.

Son jean était trempé : c'était l'eau qui l'avait réveillé. Les vagues étaient si hautes désormais qu'elles déferlaient sur la plage en l'éclaboussant d'écume, alors qu'il était en retrait sur le pré.

Il se releva lentement, dos à la mer. Ses mains étaient engourdies, ses pieds aussi, mais il pouvait marcher.

Il lui restait quelques forces dans ses jambes tremblantes. Henrik se remit en route, les bras ballants.

Dans son anorak ballottait un objet, dont l'acier glacial lui touchait le cou.

C'était la hache de Grand-Père – il se souvenait l'avoir fourrée là, mais avait oublié pourquoi.

Puis Henrik se rappela : les frères Serelius. Il sortit alors la hache de l'anorak et continua à avancer.

Deux tours grises prirent forme dans la tempête. La mer bouillonnait tout autour, projetant des éclats scintillants de glace sur les îlots des phares.

Henrik était arrivé à Åludden. Il s'arrêta et vacilla dans le vent. Et maintenant ?

Il fallait qu'il trouve la maison. Elle devait être quelque part sur la gauche. Il partit dans cette direction, tournant le dos aux phares.

Avec le vent dans le dos, tout était soudain plus facile. Il le poussait à travers la croûte de neige gelée qui couvrait les prés. Henrik avait recommencé à distinguer les rafales de vent les unes des autres, les plus faibles suivies de violentes bourrasques.

Après cent ou deux cents pas, il devina de larges ombres devant lui.

Une clôture en bois lui barra soudain le chemin, mais il finit par trouver une ouverture. De l'autre côté se dressaient les bâtiments d'Åludden, comme de grands vaisseaux dans la nuit. Henrik alla s'abriter entre les pignons.

Arrivé.

Il sentit se refermer sur lui la sombre étreinte d'Åludden. Il était en sécurité.

Le vent dans la cour était une caresse, comparé à celui qui soufflait près de la mer, mais il y avait beaucoup de neige entre les bâtiments. Elle tombait en poudre des toits et fondait sur son visage. Les congères lui arrivaient presque jusqu'à la taille.

À travers le rideau neigeux, Henrik aperçut la véranda du corps de logis. Il se fraya péniblement un passage jusqu'à son perron.

Sur la première marche, il s'arrêta pour reprendre son souffle et leva les yeux.

La porte était fracturée. Le verrou avait sauté et le cadre paraissait faussé.

Les frères Serelius étaient passés par là.

Henrik avait trop froid pour être prudent : il tituba jusqu'en haut de l'escalier, ouvrit la porte de la véranda et trébucha plus ou moins sur le seuil pour finir étalé de tout son long sur une épaisse lirette. La porte se referma en claquant derrière lui.

La chaleur. La tempête était enfermée dehors, il pouvait entendre les sifflements de sa propre respiration.

Il lâcha la hache et commença doucement à bouger ses doigts. Ils étaient comme de la glace mais avec la chaleur et les sensations dans ses mains et ses orteils revint aussi la douleur. Sa plaie au ventre se remit à palpiter.

Il était trempé et épuisé, mais il ne pouvait pas rester là.

Il se releva péniblement et tituba jusqu'au seuil suivant. Il faisait sombre autour de lui, mais ici et là luisaient de petites ampoules jaunes et des bougies. Les tapisseries étaient neuves, toutes blanches, le plafond réparé et repeint – de gros changements depuis sa dernière visite.

Il prit à droite et se retrouva soudain dans la grande cuisine. Henrik y avait réparé et raboté le parquet l'été précédent.

Un chat gris et noir était assis devant une fenêtre, une vague odeur de boulettes de viande flottait encore dans l'air.

Henrik vit le robinet et s'approcha de l'évier en titubant.

L'eau n'était que tiède, mais brûlait pourtant ses mains gelées. Il se mordit les lèvres quand les nerfs se réveillèrent mais, après quelques minutes sous l'eau, il put à nouveau bouger les doigts.

Le chat tourna la tête vers lui avant de se replonger dans la contemplation de la tempête de neige.

Sur le plan de travail, il y avait un présentoir de couteaux de cuisine. Henrik saisit le plus grand.

Le couteau à la main, il continua dans la maison.

Il essayait de se rappeler la disposition des pièces, mais n'y voyait pas bien. Soudain, il se retrouva dans un grand couloir, sur le seuil d'une petite pièce.

Une chambre d'enfant.

Une petite fille blonde de cinq ou six ans était assise dans le lit. Elle serrait contre elle une peluche blanche et un pull en laine rouge. Un petit téléviseur éteint était posé devant elle à même le sol.

Henrik ouvrit la bouche, mais sa tête était complètement vide.

« Bonjour. »

Ce fut tout ce qu'il trouva à dire. Sa voix était rauque et éraillée.

La petite fille le regarda, sans répondre.

« Tu as vu d'autres gens, ici ? demanda-t-il. D'autres… grandes personnes ? »

La petite fille secoua la tête.

« Je les ai seulement entendus, dit-elle tout bas. Ils ont piétiné partout, ils m'ont réveillée… J'ai pas osé sortir.

– Non, dit Henrik, il faut rester dans ta chambre… où sont ton papa et ta maman ?

– Papa est allé retrouver Maman.

– Et où est ta maman, alors ?

– Dans la grange. »

Sans laisser à Henrik le temps de réfléchir à sa réponse, la petite fille tendit le doigt :

« Pourquoi tu as un couteau ? »

Il baissa les yeux.

« Je sais pas. »

Se voir avec ce grand couteau à la main lui parut bizarre. Dangereux.

« Tu vas couper du pain ?

– Non. »

Henrik ferma les yeux. Il commençait à sentir à nouveau ses pieds, et ça faisait mal.

« Qu'est-ce que tu vas faire ? dit la petite fille.

– Je sais pas… mais ne reste pas là.

– Je peux aller chez Gabriel ?

– Qui c'est ?

– Mon petit frère. »

Henrik hocha péniblement la tête.

« Bien sûr. »

La petite fille sauta du lit avec sa peluche et le pull de laine dans les bras et passa vite devant lui.

Henrik rassembla les forces qui lui restaient et se retourna sur le seuil. Il entendit se refermer la porte de la chambre voisine. Il partit dans la direction opposée, pour trouver les frères Serelius. Revenait-il sur ses pas ? sans doute.

Traverser un couloir, pour revenir sur la façade.

Il tendit l'oreille. Autre chose que le vent ? Il lui sembla quelques instants entendre des chocs rythmiques à l'étage – un volet détaché, peut-être. Sinon tout était silencieux dans la maison.

Un objet plat était à terre dans un coin de l'entrée. Henrik s'approcha.

Il vit que c'était la planche ouija, jetée violemment au sol et fendue en son milieu. Le petit gobelet était à côté, comme un œuf cassé.

Henrik retourna sur la véranda, où l'air était plus frais. La neige collait aux carreaux, mais il devina des mouvements dans la cour.

Il se baissa et ramassa sur le tapis la hache de son grand-père.

Deux ombres qui se déplaçaient. Elles approchaient dans la neige, et Henrik vit que l'une d'elles tenait à la main un objet noir. Une arme ?

Il n'était pas certain qu'il s'agisse des deux frères, mais leva pourtant la hache.

Quand la porte s'ouvrit, il l'avait déjà abattue.

34

Tilda avançait en titubant à travers les volutes de neige. Martin était à ses côtés, mais personne ne parlait. C'était impossible dans cette tempête.

Ils se trouvaient toujours en plein champ mais, les rares fois où Tilda avait essayé de regarder devant elle pour se repérer, les particules de neige lui avaient criblé les yeux comme des étincelles incandescentes.

Elle avait perdu sa casquette de police, arrachée par le vent, envolée. Elle avait l'impression d'avoir les oreilles congelées.

Petit réconfort : un bref instant, le vent avait apporté une odeur de feu de bois. Elle devina qu'elle venait d'une cheminée ou d'un poêle, et comprit qu'ils approchaient d'une maison – probablement Åludden.

Une longue congère apparut mais quand Tilda voulut la franchir, elle heurta quelque chose de dur. C'était un muret.

Elle escalada lentement les pierres couvertes de neige, suivie par Martin. Derrière, le sol était plus égal, comme s'ils marchaient sur un chemin.

Soudain, Tilda entendit un craquement plus loin

le long du mur, suivi d'un grincement et d'un bruit de chute étouffé.

Une minute plus tard, ils parvinrent devant deux congères aux formes anguleuses : deux véhicules à l'arrêt secoués par le vent, à moitié enterrés sous la neige.

Tilda dégagea le flanc du plus grand. Soudain, elle le reconnut. C'était la fourgonnette noire avec l'inscription PLOMBERIE GÉNÉRALE KALMAR.

Plus loin le long du mur, un bateau sur une remorque renversée. Apparemment retournée par le vent.

Le bateau était encore arrimé aux arceaux métalliques, mais la bâche qui le recouvrait s'était défaite. Une étrange collection d'objets gisait étalée pêle-mêle dans la neige : haut-parleurs, tronçonneuse, vieilles lampes à pétrole, horloges.

Ça ressemblait à des objets volés.

Martin cria quelque chose, mais Tilda ne comprit pas quoi. Elle retourna péniblement à la fourgonnette et tâta les portières. Celle du conducteur était fermée mais, de l'autre côté, la portière s'ouvrit violemment dans le vent.

Tilda grimpa sur le siège pour reprendre haleine.

Martin passa la tête dans l'ouverture, les cheveux et les sourcils couverts de neige.

« Comment ça va ? » demanda-t-il.

Tilda massait ses oreilles gelées. Elle répondit d'une voix lasse :

« Ça va. »

L'air de l'habitacle était encore tiède, elle pouvait enfin respirer normalement. Elle regarda à l'arrière, et vit que le fourgon était rempli d'autres objets empilés les uns sur les autres. Des écrins à bijoux, des cartouches de cigarettes, des cartons d'alcool.

En se retournant vers Martin, elle nota que le panneau brun à l'intérieur de la portière passager se détachait.

Du plastique blanc en dépassait – un sachet.

« Une cachette », dit-elle.

Martin attrapa le sachet et tira dessus. Le panneau se détacha alors complètement et tomba dans la neige.

Derrière, une cache remplie d'autres sachets identiques.

Martin prit le premier, y fit une petite fente avec les clés de sa voiture et y mit le doigt. Il lécha la poudre sur son doigt et dit :

« Amphétamines. »

Tilda lui faisait confiance – il avait fait à sa classe des cours sur les stupéfiants. Elle en mit quelques paquets dans la poche de son anorak.

« Pièces à conviction », dit-elle.

Martin la regarda, l'air de vouloir ajouter quelque chose, mais Tilda ne voulait pas discuter. Elle sortit de son étui son Sig Sauer.

« Ça sent la racaille, par ici », dit-elle.

Elle repassa devant Martin et se remit en marche en plein vent sur le chemin de gravier.

En s'éloignant un peu des voitures et de la remorque, elle aperçut pour la première fois la lumière du phare : une lueur qui balayait la nuit, perçant tout juste à travers la tempête.

Ils étaient presque arrivés. Le bâtiment le plus proche de Tilda était le corps de logis, aux fenêtres faiblement éclairées.

Des bougies. Et, sur le terre-plein, la voiture de Joakim, garée sous la neige.

La famille devait être à la maison. Dans le pire des cas, les voleurs les retenaient en otages – mais Tilda ne voulait pas tirer des plans sur la comète.

La vaste grange surgit devant elle. Elle parcourut péniblement les derniers mètres pour se mettre à l'abri du vent contre sa façade rouge. C'était un exploit – elle souffla et essuya d'un revers de manche la neige fondue sur son visage.

Restait à voir qui était là, et dans quel état.

Tilda ouvrit la fermeture Éclair de son anorak et sortit sa lampe torche. Pistolet dans une main, lampe dans l'autre, elle rasa le mur de la grange et avança doucement jusqu'au coin, où elle risqua un œil.

De la neige, elle ne voyait que de la neige. Tombant en rideaux des toits, virevoltant en tourbillons dans la cour.

Martin la rejoignit, tête baissée dans le noir, et s'abrita derrière elle, contre le mur.

« C'est ici qu'on devait venir ? » cria-t-il.

Tilda hocha la tête et reprit son souffle.

« Åludden », dit-elle.

Le grand corps de logis se trouvait à une dizaine de mètres de la grange. La lumière était allumée à la cuisine, mais on ne voyait personne.

Elle se remit en mouvement. Elle s'écarta de la grange et entreprit de traverser la cour enneigée. À certains endroits, elle en avait jusqu'à la taille, et elle dut se frayer un chemin en pataugeant dans les congères. Elle s'avança vers le corps de logis, l'arme au poing.

Il y avait des traces fraîches dans la neige. Quelqu'un avait récemment traversé la cour et monté l'escalier de pierre.

En arrivant à la véranda plongée dans l'obscurité, Tilda regarda la porte.

Forcée.

Elle monta doucement l'escalier. Elle saisit alors la poignée, ouvrit avec précaution et parvint à la dernière marche.

Alors, par la porte entrebâillée s'abattit un objet affilé d'un gris métallique. Elle ferma les yeux, mais n'eut pas le temps d'esquiver le coup ou de lever son arme.

Hache, eut-elle juste le temps de penser avant de la recevoir en plein visage.

Son crâne émit un craquement, puis une douleur cuisante lui enflamma l'arête du nez.

Elle entendit Martin crier au loin.

Mais déjà elle tombait à la renverse dans la neige.

35

L'assassin était sorti de l'ombre, sous les arbres. Il s'était approché d'Ethel, et avait chuchoté :

« Tu veux me suivre ? Si tu te tais et que tu viens avec moi, je te montrerai ce que j'ai dans la poche... non, ce n'est pas de l'argent, c'est encore mieux. Viens avec moi jusqu'à l'eau et je te donnerai une dose d'héroïne, gratis. La seringue, la cuillère et le briquet, tu as tout ce qu'il faut, non ? »

Ethel avait hoché la tête.

Joakim avait froid. Il chassa les images de son rêve. Un grondement semblable au tonnerre le secoua.

Il se réveilla tout à fait et regarda autour de lui. Il était assis au premier rang dans la chapelle, le cadeau de Katrine sur les genoux.

Katrine ?

L'obscurité était totale. Sa lampe torche s'était à présent éteinte. La seule lumière était celle des ampoules de la grange, qui filtrait à travers les minces fentes de la cloison.

Et ce grondement ? Ce n'était pas la foudre –

c'était le fracas de la tempête qui s'abattait sur la côte.

La tourmente était à son comble.

Les murs de pierre du rez-de-chaussée ne bougeaient pas d'un pouce, mais tout le reste de la grange se tordait dans le vent. Le vent qui s'engouffrait dans les moindres fentes montait et descendait comme une sirène autour de Joakim.

Il regarda les poutres au-dessus de sa tête, crut les voir trembler. Les vents déchaînés par la tempête déferlaient en vagues noires sur Åludden, qui faisaient grincer et craquer les murs de bois.

La tourmente allait disloquer la grange. C'était l'impression qu'on avait.

Mais Joakim crut aussi entendre d'autres bruits. Des frôlements d'étoffe dans la pièce – des pas lents sur le parquet. Des mouvements inquiets dans le noir. Des chuchotements.

Les bancs de l'église avaient commencé à se remplir, derrière lui.

Il ne voyait pas qui étaient ces visiteurs, mais sentit une vague de froid envahir la pièce. Ils étaient venus nombreux, et à présent s'asseyaient.

Joakim tendit l'oreille, en alerte, mais resta là où il était assis.

Le silence s'était fait à présent dans l'assemblée.

Mais quelqu'un d'autre approchait doucement dans l'allée latérale. Il entendit des mouvements retenus dans le noir, les bruits de pas d'une silhouette qui longeait les bancs dans son dos. Du coin de l'œil, il vit une ombre au visage blême arrêtée au niveau de son banc, tout à fait immobile.

« Katrine ? » chuchota Joakim sans oser tourner la tête.

L'ombre s'assit lentement près de lui.

« Katrine », chuchota-t-il encore.

Aucune réponse. La forme inclina la tête, comme en prière.

Joakim baissa lui aussi les yeux. Il regarda la veste en jean à côté de lui et continua à chuchoter :

« J'ai trouvé la veste d'Ethel. Et le mot des voisins. Je crois… Katrine, je crois que tu as tué ma sœur. »

Toujours pas de réponse.

HIVER 1962

Nous nous regardions donc en chiens de faïence dans la buanderie, le pêcheur d'anguilles Ragnar Davidsson et moi.

J'étais très lasse. La tourmente arrivait et je n'avais réussi à sauver que quelques rares toiles de Torun, une demi-douzaine, rassemblées à mes pieds. Tout le reste, Davidsson l'avait jeté à la mer.

Mirja RAMBE

Davidsson a rempli son verre d'eau-de-vie.

« T'es sûre que t'en veux pas un coup ? » demande-t-il.

En me voyant pincer les lèvres, il boit une grande gorgée. Puis s'assied sur le bord de la table en faisant claquer sa langue.

Me regarder semble lui donner de mauvaises pensées mais, avant qu'il ait eu le temps d'en choisir une, ses boyaux se tordent. En tout cas c'est l'impression que j'ai – il sursaute, se plie en deux en se tenant le ventre.

« Putain ! » marmonne-t-il.

Davidsson essaie de se calmer. Mais il se fige à nouveau, comme si une idée l'avait traversé.

« Ah putain, dit-il, je crois que… »

Il se tait et regarde de côté, toujours perplexe – puis toute la partie supérieure de son corps est secouée par une violente crampe.

Je reste assise, immobile, à le regarder sans rien dire. Je pourrais lui demander s'il ne se sent pas bien, mais je connais la réponse : le poison a fini par agir. Je lui dis :

« Ce n'était pas de l'eau-de-vie, dans ton verre, Ragnar. »

Il a vraiment très mal, il s'appuie contre le mur.

« J'ai versé autre chose dedans. »

Davidsson se lève et titube vers la porte. Le voir passer devant moi me redonne soudain des forces. Je lui crie :

« Va-t'en ! »

J'attrape dans un coin un seau vide en fer-blanc que j'envoie à la volée dans son dos.

« Dehors ! »

Il m'obéit. Je le suis dans la neige. Je le vois se diriger vers la clôture. Il réussit à trouver l'ouverture et descend vers la mer.

Le phare sud clignote, rouge sang dans la neige, le nord est à présent éteint.

Dans l'obscurité, je devine le bateau à moteur de Ragnar qui se balance dans les vagues au bout de la jetée. Elles déferlent avec fracas sur la plage, et je devrais tenter de l'arrêter, mais je reste figée sur le talus à le regarder : il descend en équilibre sur les rochers et largue les amarres. Puis il s'arrête, se penche en avant pour vomir dans l'eau.

Le bateau lui échappe et devient le jouet des vagues, qui le poussent loin de la jetée.

Ragnar a l'air trop mal en point pour se soucier du bateau. Il jette un regard vers la mer, puis remonte en titubant vers le rivage.

Je l'appelle :

« Ragnar ! »

S'il me demande de l'aider, je le ferai, mais je crois qu'il ne m'entend pas. Il ne s'arrête pas sur la plage, il continue vers le nord. Vers chez lui. Il disparaît bientôt dans la nuit et la neige.

Moi, je rejoins Torun dans la buanderie. Elle ne dort pas encore, elle est comme d'habitude assise près de la fenêtre.

« Bonjour Maman. »

Elle demande, sans tourner la tête :

« Où est Ragnar Davidsson ? »

Je m'installe près de la cheminée, en soupirant :

« Parti. Il était là un petit moment… mais maintenant il est parti.

– Il a jeté les peintures ? »

Je retiens mon souffle et je me tourne vers elle :

« Les peintures ? » J'ai des sanglots dans la voix. « Qu'est-ce qui te fait croire ça ?

– Ragnar a dit qu'il le ferait.

– Non, Maman, tes toiles sont toujours dans la remise. Je peux aller chercher…

– Il aurait dû le faire, dit Torun.

– Quoi ? Qu'est-ce que tu veux dire ?

– C'est moi qui ai demandé à Ragnar de les jeter à la mer. »

Il me faut quatre ou cinq secondes pour comprendre ce qu'elle dit – puis c'est comme si une membrane se brisait en moi et que des humeurs toxiques se mélangeaient dans mon cerveau. Je me vois me jeter sur Torun, en criant :

« Reste le cul dans ton fauteuil, vieille peau ! Reste là et crève ! Sale bigleuse, vieille p… »

Je la frappe, et la frappe encore à la volée. Torun ne peut qu'encaisser mes gifles : elle ne les voit pas venir.

Je compte les coups, six, sept, huit, neuf – j'arrête après le douzième.

Ensuite, Torun et moi respirons toutes les deux en sifflant. On entend par la fenêtre les tristes gémissements du vent.

« Pourquoi m'as-tu laissée avec lui ? Tu aurais dû voir comme il est sale, sentir comme il pue… tu n'aurais pas dû m'enfermer avec toi dans ce trou à rat, Maman. »

Je marque une pause.

« Mais alors, tu étais déjà aveugle. »

Torun regarde fixement devant elle, les joues rouges. Je ne crois pas qu'elle ait la moindre idée de ce dont je parle.

Pour moi, c'en était fini d'Åludden. Je suis partie pour ne plus jamais revenir. J'ai arrêté de parler à Torun. J'ai veillé à ce qu'elle soit prise en charge dans une maison de retraite, mais nous ne nous sommes plus jamais parlé.

Le lendemain, on a appris que le ferry du soir entre Öland et le continent s'était retourné dans la tempête. Plusieurs passagers étaient morts dans l'eau glacée. Markus Landkvist était l'un d'eux.

Une autre victime de la tempête : le pêcheur d'anguilles Ragnar Davidsson. On l'a retrouvé mort sur la plage quelques jours plus tard. Je ne me sentais pas coupable. Je n'éprouvais rien du tout.

Je crois que plus personne n'a habité la buanderie après Torun et moi, ni même le corps de logis, à part l'été. La tristesse avait imprégné les murs.

Six semaines plus tard, comme je m'étais installée à Stockholm pour commencer les Beaux-Arts, j'ai découvert que j'étais enceinte.

Katrine Clair de Lune Rambe est né l'année suivante, le premier de mes enfants.

Tu as les yeux de ton père.

36

« Hé ! cria Henrik à la silhouette étalée de tout son long dans la neige. Ça va ? »

La question était idiote : à ses pieds, le corps gisait inerte, le visage en sang. La neige commençait déjà à le recouvrir.

Henrik cligna des yeux, désemparé. Tout était allé si vite.

Il pensait avoir repéré les frères Serelius dans la cour. Quand le premier des deux avait ouvert la porte de la véranda, Henrik avait abattu de toutes ses forces la hache de son grand-père. Elle avait touché la tête. Mais du côté arrondi – pas avec le tranchant de la lame.

Il resta planté dans l'encadrement de la porte. À la lueur de la lanterne de la cour, il vit soudain que c'était une femme qu'il avait envoyée au tapis.

Quelques mètres derrière elle, un homme, comme gelé sur place dans les tourbillons de neige. Qui avança ensuite de quelques pas et s'agenouilla.

« Tilda ? cria-t-il. Réveille-toi, Tilda ! »

Elle bougea un peu les bras et essaya de redresser la tête.

Henrik sortit sur le perron, le dos toujours au chaud, le visage dans le vent glacé. Il s'aperçut que la femme portait un uniforme sombre.

Une policière. Elle était presque entièrement enfouie dans une grosse congère qui s'arrondissait en bas de l'escalier. Un filet de sang sombre coulait de son nez autour de sa bouche.

Pendant quelques secondes, tout, à part les flocons qui tombaient, resta immobile.

La douleur dans son ventre recommença à l'élancer.

« Hé ? répéta-t-il. Comment ça va ? »

Personne ne répondit, mais l'homme ramassa la hache dans la neige et avança jusqu'à l'escalier.

« Lâche ça ! » cria-t-il à Henrik.

Derrière lui, la femme toussa puis se mit à vomir abondamment dans la neige.

« Quoi ? dit Henrik.

– Lâche ça, là ! »

L'homme parlait du couteau de cuisine, comprit Henrik. Il le tenait toujours à la main.

Il ne voulait pas le lâcher. Les frères Serelius étaient dans les parages, il fallait qu'il puisse se défendre.

La femme avait cessé de vomir. Elle leva la main vers son visage et tâta doucement son nez. Des flocons de neige atterrissaient sur ses épaules et son nez. Le sang s'était coagulé en taches noires sur son visage.

« Ton nom ? » demanda l'homme, au pied de l'escalier.

La femme leva la tête et cria quelque chose à Henrik dans la bourrasque, en le répétant plusieurs fois. Il finit par comprendre ce que c'était : son propre nom.

« Henrik ! cria-t-elle. Henrik Jansson !
– Lâche ce couteau, Henrik, dit l'homme. Qu'on puisse causer.
– Causer ?
– Tu es en état d'arrestation pour vol, Henrik, continua la femme depuis sa congère. Cambriolage… et actes de vandalisme. »

Henrik entendit, mais ne répondit rien, il était si las. Il recula d'un pas en secouant la tête.

« Tout ça, c'était Tommy et Freddy, dit-il à voix basse.
– Quoi ? dit l'homme.
– C'était ces foutus frères Serelius, dit Henrik. Je n'ai fait que les accompagner. C'était beaucoup mieux avec Morggy, je n'aurais jamais pensé que… »

Soudain, un bruit de verre cassé, à quelques dizaines de centimètres seulement de son oreille droite. Un bruit sec dans le vent.

Henrik tourna la tête et vit un trou irrégulier qui venait d'apparaître sur une des vitres.

C'était peut-être la tempête ? Peut-être avait-elle fait éclater le verre ? Henrik songea au même moment, en pleine confusion, que c'était le pistolet que la policière avait lâché. Le coup avait dû partir tout seul, dans sa direction.

Mais, en regardant plus loin à travers les tourbillons de neige, vers la grange, il découvrit quelqu'un.

Une silhouette sombre était sortie par la porte entrouverte de la grange et s'était campée dans la neige. À la lueur de la lanterne de la cour, Henrik distingua une petite canne entre ses mains.

Non, pas une canne. C'était évidemment un fusil. Il ne pouvait pas le voir avec certitude, mais il savait qu'il s'agissait du vieux Mauser.

Un homme encagoulé de noir. Tommy. Il cria quelque chose à travers la cour, puis le fusil tressaillit entre ses mains. Une fois. Deux fois.

Pas de vitres cassées cette fois-ci – mais l'homme en face de Henrik grimaça et s'effondra.

37

Tilda vit très distinctement Martin se faire tirer dessus.

C'était après avoir reçu ce coup de hache. Elle aurait presque préféré perdre connaissance, mais son cerveau resta éveillé et enregistra tout. La douleur, la chute, son pistolet qui lui échappait.

Elle tomba à la renverse sur une couche de neige moelleuse comme un lit douillet.

Elle resta couchée là. Son nez était cassé, du sang coulait dans sa bouche et elle était épuisée par la marche dans la tempête.

Pour ce soir, j'ai assez donné, se dit-elle. J'arrête les frais.

« Tilda ! »

C'était Martin qui criait, en se penchant sur elle. Derrière lui, elle vit un homme sortir sur le perron de la véranda, et la regarder, en contrebas. Il tenait un grand couteau et cria quelque chose, mais elle ne comprit pas un mot.

Tout se figea quelques secondes. Tilda se laissa aller à une chaude somnolence, avant le malaise et les vomissements. Elle tourna la tête et vomit dans la neige.

Tilda toussa, redressa la tête en essayant de reprendre ses esprits. Elle vit Martin s'approcher de l'homme et lui crier de lâcher son couteau.

C'était Henrik Jansson, le cambrioleur qu'elle recherchait.

« Henrik ? »

Tilda cria plusieurs fois son nom, la voix pâteuse, en essayant d'énumérer tous ses chefs d'inculpation.

Elle n'entendit pas sa réponse – par contre elle entendit la détonation.

Ça venait de la grange, de l'autre côté de la cour, un coup sourd, sans écho. La balle frappa la véranda : une vitre éclata près de Henrik.

Il tourna la tête et regarda le trou, perplexe.

Martin continua à monter le perron vers lui. Il se déplaçait doucement et s'adressait à l'agresseur sur un ton ferme, en bon instructeur de la police qu'il était. Henrik recula.

Tilda comprit qu'aucun des deux n'avait entendu le coup de feu.

Au moment où elle ouvrait la bouche pour les prévenir, plusieurs autres détonations.

Elle vit Martin sursauter en haut des marches. Son buste se tordit, ses jambes se dérobèrent. Il s'effondra et tomba lourdement dans la neige à quelques mètres seulement de Tilda.

« Martin ! »

Respiration, hémorragie, choc. C'était l'ABC qu'elle avait appris à réciter en cas de coup de couteau ou de blessure par balle.

Respiration ? Difficile à dire dans la tempête, mais Martin avait l'air de ne plus respirer du tout.

Elle le retourna sur le côté, remonta son blouson et son pull trempés de sang et finit par trouver le petit trou d'entrée de la balle – tout en haut, juste à côté de la colonne vertébrale. Le trou semblait profond et saignait abondamment. La balle avait-elle touché une artère ?

Il n'aurait pas fallu le laisser là, mais Tilda n'arriverait pas à le remonter à l'intérieur. Pas le temps.

Elle déboutonna la poche supérieure de son pantalon et en sortit une compresse.

« Martin ? » cria-t-elle à nouveau, en appuyant de toutes ses forces la compresse sur le trou.

Pas de réponse. Ses yeux étaient grand ouverts et ne réagissaient plus à la neige – il était en état de choc.

Tilda ne trouva pas de pouls.

Elle remit son corps sur le dos, se pencha sur lui et commença un massage cardiaque. Une forte pression, puis attendre. Puis une autre.

Rien à faire. Il n'avait plus l'air de respirer, et quand elle le secoua, son corps resta inerte. La neige s'accumulait dans ses yeux.

« Martin… »

Tilda abandonna. Elle se laissa tomber à côté de lui dans la neige, reniflant le sang qui coulait de son nez.

Tout avait mal tourné. Martin n'aurait même jamais dû être ici avec elle, il n'aurait pas dû l'accompagner jusqu'à Åludden.

Soudain, deux détonations venant de la grange. Tilda baissa la tête.

Son pistolet ? Elle l'avait lâché en tombant dans la neige.

Le Sig Sauer était noir – il devrait se voir dans tout ce blanc. Elle se mit à chercher à tâtons, tout en jetant un œil par-dessus les congères.

Une silhouette avançait dans la neige. L'homme portait une cagoule noire et tenait un fusil.

Il grimpa sur une congère et, quand il s'aperçut que Tilda l'avait vu, cria quelque chose dans le vent.

Elle ne répondit pas. Sa main tâtonnait toujours dans la neige – et tomba soudain sur quelque chose de dur et lourd. L'objet lui échappa d'abord, puis elle l'attrapa.

Elle sortit l'arme de la neige.

Elle tapa plusieurs fois le canon pour le dégager, ôta la sécurité et braqua le pistolet vers la grange.

« Police ! » cria-t-elle.

L'homme masqué répondit quelque chose, mais le vent déforma les mots.

Ça ressemblait à :

« Ubba… bubba ! »

Il ralentit et se baissa, mais continua à avancer vers elle à travers les congères.

« Stop ! Lâchez votre arme ! » Un petit filet de voix. Tilda entendit combien elle était faible, mais continua néanmoins : « Je vais tirer ! »

Et elle tira. Un coup de sommation dans la nuit. La détonation sembla presque aussi faible que sa voix.

L'homme s'arrêta, sans lâcher son arme. Il s'agenouilla entre deux congères, à moins de dix mètres. Il épaula. Tilda tira deux coups rapprochés dans sa direction.

Puis elle plongea derrière les congères. Presque au même moment, toutes les lumières s'éteignirent. Les lampes aux fenêtres, la lanterne de la cour, d'un coup. Tout fut plongé dans le noir.

La tempête avait provoqué une coupure d'électricité à Åludden.

38

Ethel l'avait alors suivi par les sentiers obscurs qui descendaient parmi les arbres jusqu'à la promenade de la plage. Au bord de l'eau, où les lumières de Stockholm brillaient au loin dans tout ce noir.

Là, elle s'assit docilement à l'ombre d'un hangar à bateaux et reçut sa récompense. Il n'y avait plus qu'à faire comme d'habitude : chauffer dans la cuillère la poudre jaunâtre, l'aspirer dans la seringue et se l'injecter dans le bras.

Paix.

L'assassin attendit patiemment qu'Ethel laisse pendre sa tête, sur le point de s'assoupir… Il s'approcha alors et poussa violemment le corps inerte. Dans l'eau glacée.

Joakim était toujours tassé sur son banc, immobile. La chapelle n'était pas éclairée, pourtant l'obscurité n'était pas complète. Il distinguait les cloisons en bois, la fenêtre et la gravure avec le tombeau vide de Jésus. Une lueur ténue flottait dans l'air, comme un lointain clair de lune.

La tempête sifflait toujours autour du toit.

Il n'était pas seul.

Sa femme Katrine était assise près de lui. Il voyait du coin de l'œil son visage blême.

Et les bancs derrière lui s'étaient remplis de visiteurs. Joakim entendit des craquements étouffés, comme dans une église quand les fidèles attendent impatiemment leur tour d'aller recevoir la communion.

Ils commencèrent à se lever.

En les entendant, Joakim se leva à son tour, avec la désagréable sensation d'être au mauvais endroit, au mauvais moment. Il allait bientôt être découvert – ou démasqué.

« Viens, chuchota-t-il. Fais-moi confiance. »

Il prit la main glacée de Katrine et essaya de la faire lever. Elle finit par lui obéir.

Il entendit des pas dans son dos. Les silhouettes assemblées sur les bancs avaient commencé à avancer dans l'allée étroite.

Il y en avait tant. Des ombres toujours plus nombreuses semblaient emplir la pièce.

Joakim n'arrivait pas à passer. Il ne pouvait que rester là, debout devant son banc – il ne pouvait plus aller nulle part. Il resta complètement immobile, sans lâcher la main de Katrine.

L'air se refroidit, Joakim frissonna. Il entendit des froissements de vieilles étoffes, les craquements du plancher de la chapelle sous les pas des visiteurs qui lentement s'assemblaient autour de lui.

Toute cette chaleur qu'ils désiraient, qu'il ne pouvait pas leur donner. Ils voulaient communier. Joakim gelait, à présent, mais ils continuaient à se presser pour l'atteindre. Leurs mouvements saccadés étaient comme une danse au ralenti dans la pièce étroite, et il fut entraîné.

« Katrine ! » chuchota-t-il.

Mais elle ne le suivait plus. Sa main lui échappa et ils furent séparés par les mouvements de la foule.

« Katrine ? »

Elle avait disparu. Joakim se retourna et tenta de se frayer un chemin pour la retrouver. Mais personne ne l'aidait, tout le monde était dans son chemin.

Il entendit soudain autre chose que le vent entre les fentes des murs : un cri puis plusieurs claquements sourds. On aurait dit des coups de fusil ou de pistolet – une fusillade quelque part en contrebas du grenier.

Joakim se figea et tendit l'oreille. Il n'entendait plus aucun bruit, plus aucun mouvement parmi les bancs.

La lumière pâle qui filtrait de la grange par les fentes du mur s'éteignit soudain.

Les plombs avaient sauté.

Joakim resta immobile dans l'obscurité complète. Il se sentit absolument seul, comme si tous les autres s'étaient retirés de la pièce.

Quelques minutes plus tard, une lumière vacillante s'alluma quelque part dans la grange. Une faible lueur jaune dont l'intensité augmenta très vite.

39

Tilda cligna des yeux pour en chasser les flocons fondus et appliqua doucement une poignée de neige sur son nez endolori. Elle se leva ensuite, mal assurée sur ses jambes, le pistolet dans la main droite. Sa tête lui faisait aussi mal que son nez mais, au moins, elle tenait debout.

Åludden était à présent plongé dans l'obscurité. Dans la cour, le doux arrondi des congères avait disparu. On ne voyait plus que des bosses floues et, derrière, s'élevait la grange, telle une cathédrale aux lumières éteintes. Il n'y avait apparemment plus de courant à Åludden – la panne était peut-être générale dans tout le nord d'Öland. Il était déjà arrivé qu'un arbre renversé par le vent coupe une ligne principale.

À quelques mètres de Tilda, Martin gisait, inerte. Elle ne voyait pas son visage, mais la neige était déjà en train de recouvrir le corps sans vie.

Elle sortit son téléphone et composa le numéro d'urgence. Occupé. Elle essaya le commissariat de Borgholm, mais personne ne répondit là non plus.

Elle rangea son mobile et balaya la cour du

regard, sans voir l'homme qui lui avait tiré dessus. Elle avait riposté – était-il touché ?

Elle leva les yeux vers la véranda. Henrik Jansson avait lui aussi disparu.

Le pistolet braqué vers la grange, Tilda recula jusqu'à heurter la première marche du perron.

Elle grimpa aussi vite qu'elle put jusqu'en haut de l'escalier, tête baissée, et jeta un œil dans l'embrasure de la porte.

Elle tomba sur une paire de grosses chaussures. Une silhouette noire en anorak était à moitié étendue sur la lirette, de l'autre côté du seuil. Elle respirait péniblement.

« Henrik Jansson ? » dit Tilda.

Quelques secondes de silence.

« Oui, dit-il alors.

– Pas un geste, Henrik ! »

Tilda franchit le seuil en rampant, pistolet braqué sur lui. Sans bouger, Henrik tourna un regard las vers l'arme. Une main appuyée au bord du tapis, l'autre pressée contre son abdomen.

« Tu es blessé, Henrik ? demanda-t-elle.

– Au ventre… coup de couteau. »

Tilda hocha la tête. Davantage de violence. Elle aurait voulu hurler, jurer – mais elle alla prendre son couteau, qu'elle jeta au loin dans la neige, puis le fouilla. Pas d'autres armes.

Elle sortit de sa poche de pantalon un sachet de désinfectant et sa deuxième et dernière compresse, qu'elle tendit à Henrik.

« Martin est là, dehors, dit-elle à voix basse. On lui a tiré dessus. Il ne s'en est pas tiré.

– C'était un policier ? » dit Henrik.

Tilda soupira.

« Oui, autrefois… il était instructeur. »

Henrik ouvrit le désinfectant en secouant la tête.

« Les cons...

– Qui ça, Henrik ? Qui a tiré sur Martin ?

– Deux types, dit-il. Tommy et Freddy. »

Tilda le regarda, sceptique, et haussa les épaules.

« C'est comme ça qu'ils se font appeler... Tommy et Freddy. »

Tilda se souvint des deux hommes à l'hippodrome de Kalmar.

« Donc vous êtes venus ici ensemble pour cambrioler ? Ce sont tes partenaires ?

– C'était. » Il remonta son pull et entreprit de nettoyer sa plaie. « C'est Tommy qui m'a fait ça.

– Comment sont-ils armés, Henrik ?

– Ils ont un fusil de chasse. Un vieux Mauser... je ne sais pas s'ils ont autre chose. »

Tilda se pencha pour tenir la compresse pendant que Henrik attachait le bandage.

« Couche-toi sur le ventre, maintenant, dit-elle alors.

– Pourquoi ?

– Je vais te passer les menottes. »

Il leva les yeux vers elle.

« S'ils vous abattent, ils vont venir me chercher, dit-il. Qu'est-ce que je pourrai faire, attaché ? »

Tilda réfléchit quelques secondes, puis elle raccrocha les menottes à sa ceinture.

« Je reviens. »

Elle tourna les talons, sauta au pied de l'escalier, s'accroupit parmi les congères en jetant un dernier regard au corps de Martin.

Recroquevillée, elle s'engagea dans la neige, vers la grange.

Elle clignait des yeux pour mieux voir malgré les flocons. Elle progressait lentement, prête à essuyer des tirs à tout moment.

Une longue congère s'incurvait à quelques mètres de la grange. Derrière, elle trouva les traces du tireur. Le sol avait été piétiné, quelqu'un s'était couché dans la neige. Mais l'homme et son arme avaient disparu, et elle ne voyait aucune trace de sang.

Il devait être allé se cacher dans la grange.

Tilda pensa au dos ensanglanté de Martin, et resta dans la cour. Devant elle, la grande porte, béante, comme l'entrée d'une grotte. Elle ne voulait pas passer par là.

Un peu plus loin, vers la droite, une autre ouverture – une porte étroite peinte en noir. Elle longea le mur de pierre pour l'atteindre. De la poudreuse tombait du toit et fondait dans son cou.

Tilda attrapa la poignée et tira la porte autant que la couche de neige le permettait.

Elle jeta un œil.

Noir d'encre. Toujours pas de courant.

Pistolet au poing, elle posa un pied sur la terre battue et plongea dans l'obscurité et le calme.

Elle resta un moment contre le mur, sentit la douleur de son nez se réveiller et tendit l'oreille. Impossible de savoir si quelqu'un l'attendait en embuscade, tapi dans l'ombre.

À l'intérieur, la tempête semblait plus lointaine mais, loin au-dessus de sa tête, la vaste toiture craquait et grinçait. Après environ une minute, elle se remit en mouvement, sur la pointe des pieds. Elle était à l'abri de la neige, mais le sol était inégal – tantôt en terre battue, tantôt dallé.

Une grosse ombre se dessina devant elle. Elle faillit la mettre en joue – avant de buter sur un énorme pneu de tracteur. Au-dessus, un capot avec la marque McCormick.

Tilda avait heurté un vieux tracteur – un monstre rouillé sans doute garé là depuis des lustres.

Elle le longea en silence. En découvrant de vieux pots de peinture et un tas de planches, elle comprit qu'elle se trouvait dans une remise, à l'extrémité est de la grange.

Elle entendit un faible choc quelque part dans le bâtiment. Elle tourna vite la tête – mais rien ne bougeait derrière elle.

Ils étaient deux là-dedans, avait dit Henrik. Curieusement, Tilda avait l'impression qu'il y avait beaucoup plus de monde que ça dans la grange – des êtres aux aguets dans l'ombre alentour. Une impression diffuse et désagréable, dont elle n'arrivait pas à se défaire.

Ses yeux commençaient à s'habituer à l'obscurité : elle distinguait à présent le mur opposé.

Soudain, elle entendit un faible bruit de verre cassé sur sa gauche. Ça venait de la grange.

Quelques secondes plus tard, un peu plus de lumière : il y avait une porte dans la cloison qu'elle longeait. Ça devait communiquer avec la grange. C'était de là que venait la lumière. Une lueur qui dansait en vacillant.

Tilda sentit alors une odeur de fumée et devina ce qui se passait. Elle se dépêcha d'aller voir.

À quelques mètres, un feu brûlait en bas de l'escalier raide qui montait au grenier. Une odeur âcre de pétrole se mélangeait à la fumée. Quelqu'un avait entassé du vieux foin et y avait mis le feu avec un cocktail Molotov. Tout s'était embrasé. Les flammes léchaient déjà le bois de l'escalier.

Un grand gaillard se tenait sous le grenier, de l'autre côté du feu. Il avait l'âge de Henrik et tenait à la main une cagoule noire, ou un bonnet. Il ne semblait pas l'avoir vue. Il regardait fixement les flammes toujours plus hautes, son visage était luisant. Il avait l'air de planer.

Un tableau encadré était appuyé à un pilier à côté de lui. Il ne semblait pas armé.

Tilda regarda une dernière fois tout autour – personne caché derrière elle – puis elle respira profondément avant de faire irruption dans la grange. Elle tenait son pistolet à deux mains.

« Police ! cria-t-elle. Pas un geste ! »

Il leva la tête et la regarda – il paraissait surtout surpris.

« Couche-toi par terre. »

L'homme resta bouche bée.

« Mon frangin cherche une sortie, dit-il. Par-derrière. »

Tilda continua d'avancer. Elle n'était plus qu'à deux pas de lui.

Il recula vers la sortie, suivi par Tilda.

« Par terre ! »

S'il n'abandonnait pas la partie, allait-elle tirer ? Elle ne savait pas. Elle braqua pourtant son arme droit sur sa tête.

« Couche-toi !

– Ok, ok… »

L'homme hocha la tête et se coucha péniblement sur le ventre.

« Mains derrière le dos. »

Tilda était déjà sur lui, menottes à la main.

Elle attrapa vivement ses poignets, les tira en arrière et les attacha. Il était maîtrisé, elle pouvait le fouiller. Il avait un cran d'arrêt dans la poche de son pantalon, pas d'autre arme. Mais des cachets, des quantités de cachets.

« Ton nom ? »

Il sembla réfléchir.

« Freddy, dit-il au bout d'un moment.

– Ton vrai nom… allez ! »

Il hésita.

« Sven. »

Tilda avait du mal à le croire.

« Bon, Sven… tiens-toi à carreau, maintenant. »

En se relevant, elle entendit le feu crépiter. Les flammes, ne trouvant nulle part où se propager sur le sol dallé, s'étaient attaquées à l'escalier, et montaient à présent vers le grenier.

Tilda ne voyait ni couverture ni extincteur pour étouffer le feu. Pas non plus de seau d'eau.

Elle essaya avec son anorak, mais ne réussit qu'à attiser les flammes. L'incendie semblait attiré vers le haut, vers la tempête – la moitié de l'escalier brûlait déjà.

Pouvait-elle essayer de décrocher tout l'escalier du bord du grenier ?

Elle prit son élan pour donner un coup de pied dedans – quand elle vit du coin de l'œil une ombre approcher. Elle fit volte-face.

Un homme de grande taille en jean et pull en laine surgit en courant des ténèbres de la grange. Il s'arrêta et regarda l'incendie, Freddy puis enfin Tilda.

Elle le reconnut à peine – mais c'était Joakim Westin.

« Je n'arrive pas à l'éteindre ! cria-t-elle. J'ai essayé… »

Westin se contenta de hocher la tête. Il paraissait calme, comme s'il y avait plus grave que cet incendie.

« De la neige, dit-il. On va pouvoir l'étouffer.

– D'accord. »

Mais d'où sortait Westin ? Il était pâle, semblait fatigué, mais pas particulièrement étonné d'avoir des visiteurs à Åludden. Même l'incendie n'avait pas l'air de l'inquiéter.

« Je vais chercher une pelle. »

Il fit demi-tour vers la porte de la grange.

« Vous vous en sortirez sans moi ? » demanda Tilda.

Joakim hocha juste la tête, sans s'arrêter.

Tilda laissa l'escalier en feu. Il fallait se replonger dans l'obscurité.

« Reste couché là, dit-elle à Freddy. Je vais chercher ton frère. »

Elle attendit pourtant à la porte de la remise que Joakim revienne. Au bout d'une demi-minute, il réapparut avec une grande pelle remplie de neige.

Ils échangèrent un signe de tête et Tilda s'engouffra dans la pièce où était garé le tracteur. Elle entendit derrière elle le grésillement du feu que Joakim étouffait.

Tilda brandit à nouveau son pistolet.

Les ombres et le froid l'entouraient à nouveau. Il lui sembla percevoir des mouvements devant elle, mais elle ne voyait rien.

Elle longea le mur nord. Les fenêtres étroites percées dans la pierre étaient complètement bouchées par la neige.

Elle tomba alors sur une porte, et la franchit.

De l'autre côté, une grande pièce encore plus froide. Tilda s'arrêta. L'impression de ne pas être seule dans le noir la reprit. Elle baissa son arme, tendit l'oreille et avança d'un pas.

Un coup de feu partit.

Elle se jeta à terre, sans savoir si elle avait ou non été touchée. Ses oreilles sifflaient à cause de la détonation. Elle toussa, inspira l'air sec. Attendit.

Plus rien.

Quand elle releva enfin la tête dans le noir, elle devina une autre porte, fermée, à quatre ou cinq mètres. C'était une sortie – mais quelqu'un barrait la route. Un homme.

C'était le frère de Freddy, Tommy. Ça ne pouvait être que lui. Il avait remonté sa cagoule sur son front : son visage blême rappelait celui de Freddy.

Tommy avait un vieux fusil à l'épaule.

Tilda pointa son pistolet vers lui.

« Lâche ton arme ! »

Mais Tommy restait là, debout, tel un somnambule, presque comme si quelqu'un le tenait. Il avait le regard baissé, la main droite posée sur la poignée de la porte, paraissait sur le point de sortir – mais ses jambes semblaient entravées.

« Tommy ? »

Pas de réponse.

Une psychose due à la drogue ? Elle s'avança lentement vers le meurtrier de Martin, d'un pas résolu, malgré sa peur. Doucement, elle étendit alors la main vers son épaule et, avec précaution, en décrocha le fusil. Elle vit que la sécurité était enclenchée et jeta l'arme au sol.

« Tommy ? répéta-t-elle. Tu peux bouger ? »

Quand elle lui toucha le bras, il sursauta soudain et reprit vie.

Il tomba à la renverse en abaissant la poignée de la porte. Elle s'ouvrit à la volée, cédant d'un coup à la tempête. Il tomba dans une congère, se releva et s'éloigna en titubant.

Tilda se précipita, franchit le seuil en pierre et se jeta dans la bourrasque. Elle vit des troncs d'arbres qui ondulaient à une dizaine de mètres.

« Tommy, cria-t-elle. Stop ! »

Sa voix se perdit dans le vent. L'homme ne s'arrêta pas. Il filait dans la neige. Il cria quelque chose par-dessus son épaule en se sauvant droit vers le bois.

Tilda tira un coup de sommation, en pleine tempête, puis posa un genou à terre. Elle visa et mit le doigt sur la détente.

Elle savait qu'elle pouvait l'atteindre aux jambes. Mais impossible de se décider à tirer sur une personne en fuite.

Tommy s'était faufilé entre les arbres bas, à l'orée du bois. La couche de neige y était plus fine : il accéléra. En quinze ou vingt pas, il n'était plus qu'une ombre grise parmi les arbres. Puis il disparut.

Et merde.

Tilda resta plusieurs minutes plantée là, sans voir d'autre mouvement dans l'obscurité que la neige tourbillonnante qui continuait à se ruer sur la côte, et quand elle sentit ses doigts s'engourdir, elle se tourna, dos au vent. Elle retourna ramasser le Mauser dans l'embrasure de la porte.

Pour rejoindre Joakim, elle choisit de passer par l'extérieur de la grange, malgré le vent et le froid qui l'épuisaient. Mais elle ne voulait pas risquer de faire d'autres rencontres en traversant la pièce obscure.

40

La neige avait eu raison de l'incendie mais, les dernières flammes étouffées, Joakim constata que l'escalier qui montait au grenier était presque entièrement carbonisé. Une épaisse fumée flottait sous les poutres de la charpente.

L'air sec le fit tousser. Les jambes lasses, il s'assit au pied de l'escalier fumant. Il tenait encore une dernière pelletée de neige qu'il était allé chercher dans la cour.

Il n'avait plus la force de penser, plus la force de se demander d'où venaient tous ces intrus ni ce qui s'était passé là-haut, dans la pièce secrète. Il comprit que Gerlof Davidsson avait raison : un voile d'oubli commençait déjà à tomber sur cette soirée.

Avait-il vraiment rencontré Katrine, là-haut ? Avait-elle reconnu avoir noyé Ethel, sa sœur ?

Non. Katrine n'avait jamais dit ça.

Joakim regarda le gaillard couché là-bas, le long du mur. Il n'avait pas la moindre idée de son identité, ni de la raison pour laquelle il portait des menottes mais, si Tilda Davidsson l'avait arrêté, il devait y avoir une raison.

Au même moment, il lui sembla entendre de nouveaux coups de feu, à l'extérieur de la grange.

Joakim tendit l'oreille mais, comme il n'entendait plus rien, il se tourna vers le mur.

« C'est vous qui avez allumé ça ? » demanda-t-il.

Au bout de quelques secondes, une voix faible monta du sol :

« Pardon. »

Joakim soupira.

« Il faudra que je construise un nouvel escalier… quand j'aurai le temps. »

Il se souvint soudain que Livia et Gabriel étaient restés dans le corps de logis, seuls.

Comment avait-il pu les laisser ?

Soudain, un raclement du côté de la porte. Il tourna la tête et vit Tilda sortir en titubant de la tempête, couverte de neige. Elle avait son pistolet dans une main et un vieux fusil de chasse dans l'autre.

Elle se laissa tomber le long de la cloison en bois et soupira.

« Il est parti », dit-elle.

Freddy leva les yeux.

« Parti ? dit Joakim.

– Il s'est enfui dans les bois, dit Tilda. Il a disparu… mais en tout cas, il n'est plus armé. »

Joakim se releva.

« Il faut que j'aille voir comment vont mes enfants, dit-il en se dirigeant vers la porte. Je peux vous laisser seule un moment ? »

Tilda hocha la tête, mais resta prostrée.

« Si vous passez par la véranda… il y a des gens là-bas. Deux hommes. »

Tilda baissa les yeux.

« Un blessé… et un mort. »

Joakim n'en demanda pas plus. En jetant un dernier regard vers Tilda, il vit qu'elle avait saisi son téléphone mobile.

Il sortit parmi les congères qui s'arrondissaient dans la cour, en se recroquevillant sous le vent. Åludden ne semblait pas si grand que ça, cette nuit – les bâtiments blottis les uns contre les autres, comme une meute de chiens terrorisés dans la tourmente. Les coups de boutoir du vent arrachaient des tuiles qui s'envolaient par-dessus le faîtage et disparaissaient dans l'obscurité.

Joakim entra dans la véranda et referma la porte derrière lui. Un homme était étendu sur le tapis. Mort ? Non, juste profondément endormi.

La tempête faisait trembler les fenêtres de la façade, craquer les châssis et le mastic qui retenaient les vitres, mais elles tenaient bon.

Joakim entra dans la maison, mais s'arrêta dans le hall.

Il entendit des craquements dans le couloir.

Une respiration rauque.

Ethel était là.

Elle était devant les chambres des enfants, elle était venue prendre sa fille. Ethel allait emmener Livia.

Joakim n'osait pas avancer. Il baissa la tête en fermant les yeux.

Fais-moi confiance, pensa-t-il.

Il ouvrit les yeux et s'enfonça dans la maison.

Le couloir était vide.

41

Tilda se souvint vaguement qu'on l'avait aidée à monter les marches de la véranda. Il faisait encore très froid, mais le vent marin semblait mollir. Joakim Westin la soutint, depuis la grange, par un chemin qu'il venait de dégager. De part et d'autre s'élevaient de hauts murs de neige.

« Vous avez appelé les secours ? » demanda-t-il.

Elle hocha la tête.

« Ils doivent arriver au plus vite… mais je ne sais pas quand. »

Ils passèrent devant une congère d'où dépassait un vêtement. Un blouson de cuir.

« Qui est-ce ? demanda Joakim.

– Il s'appelait Martin Ahlquist », dit Tilda.

Elle ferma les yeux. On allait la bombarder de questions sur cette nuit : sur ce qui avait mal tourné, sur ce qu'elle avait réussi, sur ce qu'elle aurait pu faire différemment – mais la plupart des questions, elle se les poserait elle-même. Pour le moment, pourtant, elle n'avait pas la force d'y penser.

Le calme régnait dans le corps de logis. Joakim la guida jusqu'à une grande pièce où il avait installé un matelas à même le sol. Il y avait un poêle juste à côté, il faisait chaud, elle se coucha et se détendit un peu. Son nez lui faisait mal, il était toujours plein de sang – elle n'arrivait pas à respirer bouche fermée.

Le vent sifflait autour de la maison. Elle finit pourtant par s'endormir.

Tilda dormit d'un sommeil profond, mais fut plusieurs fois réveillée par de violents maux de tête et des images du corps de Martin dans la neige – et par une peur lancinante d'être de retour dans la grange obscure où des bras blêmes aux longs doigts essayaient de l'agripper. Elle mit longtemps à se calmer.

Un peu avant l'aube, une ombre se pencha au-dessus d'elle.

« Tilda ? »

C'était à nouveau Joakim Westin. Il continua en articulant lentement, comme on s'adresse à un enfant :

« Vos collègues ont appelé... ils arrivent bientôt.

– Bien. »

Son nez cassé lui faisait une voix pâteuse. Elle ferma les yeux et demanda :

« Et Henrik ?

– Qui ça ?

– Henrik Jansson, dit Tilda. Celui qui était sur la véranda... comment il va ?

– Pas mal, dit Joakim. Je lui ai changé son pansement.

– Et Tommy ? Il est là ?

– Non, disparu... vos collègues vont se lancer à sa recherche dès leur arrivée. »

Tilda hocha la tête et se rendormit.

Au bout d'un temps indéfini, elle fut réveillée par un brouhaha de voix étouffées, mais n'eut pas la force de se demander ce que c'était.

Puis à nouveau Joakim :

« Les voitures ne passent pas, Tilda… ils ont emprunté un char sanitaire de l'armée. »

Peu après, la pièce s'emplit de voix de plus en plus nombreuses, on s'affairait autour d'elle et on l'aida à se lever, sans ménagement.

Soudain, finie la chaleur, elle était à nouveau dehors, mais il n'y avait presque plus de vent autour d'Åludden. Une allée avait été dégagée dans la neige, environnée de monticules blancs.

C'est Noël, pensa-t-elle.

Des portes claquèrent. On l'installa sur une civière, sous une faible ampoule. Puis on la laissa tranquille.

Tout redevint silencieux.

Elle était dans un char sanitaire. Sur le sol, un corps, dans un sac plastique. Il ne bougeait pas.

Quelqu'un toussa à côté d'elle. Tilda redressa la tête et vit une personne couchée à un mètre seulement, les jambes recouvertes d'une couverture grise. Le corps remuait un peu.

Un homme. Il lui tournait le dos, mais elle reconnut ses vêtements.

« Henrik… », fit-elle.

Pas de réponse.

« Henrik ! cria-t-elle, malgré ses côtes endolories.

– Quoi ? demanda l'homme en tournant la tête. »

Elle vit enfin le visage de Henrik Jansson, poseur de parquet et cambrioleur. C'était un type de vingt-cinq ans assez ordinaire, mais son visage était las et blanc comme la craie. Tilda respira profondément.

« Henrik, ta foutue hache m'a cassé le nez. »

Il ne dit rien. Tilda demanda :

« Tu as fait autre chose ? »

Toujours pas de réponse.

« Il y a eu un mort, ici, à Åludden, cet automne, continua-t-elle. Une femme s'est noyée. »

Elle entendit Henrik bouger.

« Des gens ont entendu un bateau, par ici, dit Tilda… le jour de sa mort. C'était ton bateau ? »

Alors, Henrik ouvrit soudain les yeux.

« Pas le mien, murmura-t-il.

– Pas le tien ? fit Tilda. Un autre bateau ?

– Je l'ai vu, dit Henrik

– Vraiment ?

– J'étais là le jour où elle est morte…

– Katrine Westin, dit Tilda.

– Elle a reçu une visite, continua-t-il. Un grand bateau, tout blanc.

– Tu l'as reconnu ?

– Non, mais il était plus grand que le mien, un bateau pour longues sorties en mer, une vedette, un petit yacht. Il a accosté du côté des phares, il y avait quelqu'un qui l'attendait. Je crois que c'était elle.

– D'accord. »

Tilda sentit qu'elle n'avait pas la force de parler davantage.

« Je l'ai *vu* », dit Henrik.

Tilda le regarda dans les yeux.

« On en reparlera… plus tard. Tu vas avoir droit à pas mal d'interrogatoires. »

Henrik se contenta de pousser un lourd soupir.

Le silence revint dans le char. Tilda aurait juste voulu fermer les yeux et perdre connaissance, pour ne plus souffrir et ne plus penser à Martin.

« Vous avez entendu quelque chose, cette nuit, dans la maison ? demanda soudain Henrik.

– Comment ? »

Une portière claqua. Puis le moteur démarra et le char se mit en branle.

« Des coups répétés ? »

Tilda ne comprenait pas ce qu'il voulait dire.

« Je n'ai rien entendu, dit-elle dans le grondement du moteur.

– Moi non plus, dit Henrik. Pas de coups. Je crois que c'était à cause de la lanterne… ou de la planche. Mais c'est fini, à présent. »

Poignardé, en route pour la prison, il semblait pourtant soulagé.

42

Au matin de Noël, il faisait encore noir à Åludden. Le courant n'était toujours pas revenu et des murs de neige s'élevaient autour de la maison.

Trois policiers accompagnés d'un chien étaient arrivés pendant la nuit à bord du char sanitaire. Ils avaient fouillé partout à la recherche du meurtrier de Martin Ahlquist, en vain. Joakim les laissa faire. Vers trois heures du matin, après l'évacuation de Tilda Davidsson et du cambrioleur blessé vers l'hôpital, il avait même réussi à dormir quelques heures.

Pour la première fois depuis des semaines, son sommeil fut calme mais, quand il se réveilla vers huit heures dans la maison silencieuse, il lui fut impossible de se rendormir. Il faisait encore un noir d'encre dans la maison. Joakim alla allumer quelques lampes à pétrole. Une heure plus tard, une lumière plus forte entra par les fenêtres enneigées.

Le soleil se levait sur la mer. Joakim voulait voir ça, mais dut monter à l'étage, ouvrir la fenêtre à côté de l'escalier et décoincer un volet pour voir la mer. La côte s'était transformée en paysage hivernal : des dunes de neige sous le bleu intense du ciel. Les murs rouges de la grange paraissaient presque noirs dans cette neige éclatante.

Il régnait sur Åludden un silence arctique. Il n'y avait pas un souffle de vent – pour la première fois peut-être depuis que Joakim était venu vivre ici.

La tourmente était finie. Avant de s'en aller, elle avait charrié sur le rivage un mur de glace d'un mètre de haut.

Joakim regarda vers la plage. Il avait lu des histoires de vieux phares s'effondrant dans la mer pendant des tempêtes, mais les deux phares jumeaux avaient résisté à la tourmente. Les tours se dressaient au-dessus de leurs remparts de glace.

Joakim ralluma les poêles vers neuf heures et refoula le froid hors de la maison. Il alla réveiller les enfants.

« Joyeux Noël ! » dit-il.

Ils s'étaient endormis tout habillés dans le lit de Gabriel. C'était là qu'il les avait trouvés en revenant de la grange, la veille au soir. Il s'était contenté de les couvrir chacun d'une couverture et les avait laissés dormir.

Joakim était prêt à affronter toutes leurs questions sur les événements de la nuit, sur le vacarme des coups de feu dans la cour, et tout le reste, mais Livia se contenta de s'étirer.

« Bien dormi ? »

Elle hocha la tête.

« Maman est venue.

– Ici ?

– Elle est venue nous voir pendant que tu étais parti. »

Joakim regarda sa fille, puis son fils. Gabriel hocha lentement la tête, comme pour confirmer que sa sœur disait vrai.

Ne mens pas, Livia, avait envie de dire Joakim. *Maman n'a pas pu venir ici.*

Mais il demanda :

« Alors, qu'est-ce qu'elle a dit ?

– Que tu allais bientôt revenir, dit Livia en le regardant. Mais tu ne l'as pas fait. »

Joakim s'assit sur le bord du lit.

« Je suis là, maintenant, dit-il. Je ne vais plus disparaître. »

Livia lui jeta un regard méfiant et se leva sans un mot.

Joakim réveilla Freddy qui, sans son frère, était un jeune homme calme et silencieux. Il n'y avait plus de place pour lui dans le char sanitaire, aussi lui avait-on fait passer la nuit menotté à un radiateur du hall.

« On n'a toujours pas retrouvé ton frère », dit Joakim.

Freddy hocha la tête d'un air las.

« Au fait, qu'est-ce que vous étiez venus chercher, ici ?

– N'importe quoi… des tableaux de valeur.

– De Torun Rambe ? dit Joakim. Nous n'en avons qu'un. Vous en avez cherché d'autres dans la grange ?

– Il n'y en avait pas d'autres dans la maison. Mais la planche ouija disait qu'il y en avait d'autres ailleurs. Alors on est sortis et on a mis le feu à l'escalier. »

Joakim le regarda.
« Et pourquoi ?
– Sais pas.
– Tu ne recommenceras plus ? »
Freddy secoua la tête.
Tilda avait confié la clé des menottes à Joakim, qui décida de faire preuve de bonne volonté, puisque c'était Noël. Il détacha Freddy du radiateur.
Vers onze heures, quand le courant revint, le cambrioleur s'installa devant le programme spécial à la télévision, en attendant que la police vienne le chercher. Il regarda d'un œil triste des dessins animés sur le Père Noël, des danses en direct autour d'un sapin, un programme culinaire diffusé depuis une bergerie couverte de neige.
Livia et Gabriel s'assirent chacun sur une chaise à côté de lui, sans rien dire. Il y avait malgré tout une sorte d'ambiance de fête, tout le monde semblait détendu.
Joakim, lui, alla dans la cuisine avec le carnet qu'il avait trouvé près de la veste d'Ethel. Pendant une heure, il lut les histoires terribles de Mirja Rambe sur la vie à Åludden. Et sur ce qu'elle avait vécu ici.
Il y avait à la fin quelques pages blanches, puis deux d'une autre main.
Joakim les examina de près et, soudain, reconnut l'écriture de Katrine. Des notes griffonnées, comme jetées sur le papier dans l'urgence.
Il les relut plusieurs fois, sans tout à fait comprendre ce qu'elles voulaient dire.

Vers midi, Joakim prépara pour tout le monde le traditionnel riz au lait.

Le téléphone fonctionnait. Le premier appel arriva juste après le déjeuner. Joakim répondit et entendit la voix faible de Gerlof Davidsson :

« Là, vous avez connu votre première vraie tourmente.

– Ça, on peut le dire. »

Il regarda par la fenêtre en pensant aux visiteurs de la nuit.

« On s'y attendait, dit Gerlof. Moi, en tout cas. Mais je croyais qu'elle arriverait un peu plus tard… comment ça s'est passé ?

– Pas si mal. Les bâtiments sont toujours là, mais les toitures sont abîmées.

– Et la route ?

– Disparue, dit Joakim. Il n'y a plus que de la neige, par ici.

– Autrefois, on mettait au moins une semaine à atteindre certaines fermes après la tourmente, dit Gerlof. Aujourd'hui, ça ira sûrement plus vite.

– On va se débrouiller, dit Joakim. J'ai suivi vos conseils, j'ai acheté des conserves.

– Bien. Vous êtes seul avec les enfants ?

– Non, nous avons un invité. Nous avons eu plusieurs visiteurs, cette nuit, mais ils ne sont plus là… Ça a été un Noël assez pénible.

– Je sais, dit Gerlof. Tilda m'a appelé de l'hôpital ce matin. Elle a arrêté des cambrioleurs chez vous ?

– Ils étaient venus voler des tableaux, dit Joakim. Des toiles de Torun Rambe… ils étaient persuadés qu'elles étaient cachées quelque part ici.

– Ah oui ?

– Mais nous n'avons qu'un seul tableau d'elle. Presque tous les autres ont été détruits, mais pas par Torun, ni sa fille Mirja. C'est un pêcheur qui les a jetés à la mer.

– Quand ?

– Pendant l'hiver 1962.

– En soixante-deux, dit Gerlof. C'est l'année où mon frère est mort de froid sur la côte.

– Ragnar Davidsson… c'était votre frère ? dit Joakim.

– Mon frère aîné.

– Il n'est sans doute pas mort de froid, dit Joakim. Je crois qu'il a été empoisonné. »

Il lui raconta alors ce qu'il avait lu dans le livre de Mirja Rambe au sujet de sa dernière nuit à Åludden, et du pêcheur d'anguilles parti dans la tempête. Gerlof écouta, sans poser de question.

« C'est du méthanol qu'il a dû boire, se contenta-t-il de dire. Il paraît que ça a le goût de l'alcool, mais c'est un poison. Mortel.

– Mirja devait penser qu'il l'avait mérité, dit Joakim.

– Mais il a vraiment détruit les peintures ? dit Gerlof. Ça m'étonne. Quand mon frère raflait quelque chose, il le gardait… il était trop rapiat pour détruire quoi que ce soit. »

Joakim se tut, perplexe.

« Ah, oui, autre chose, avant que j'oublie, continua Gerlof. J'ai enregistré quelque chose pour vous.

– Enregistré ?

– J'ai un peu réfléchi, dans mon coin, dit Gerlof. C'est une cassette avec quelques réflexions sur ce qui s'est passé à Åludden… ça vous arrivera quand la poste se remettra à fonctionner. »

Une demi-heure après, la police de Kalmar appela : ils allaient venir récupérer le suspect à Åludden – si Joakim pouvait trouver à proximité un terrain plat et dégagé où puisse atterrir un hélicoptère.

« Les terrains plats, ce n'est pas ce qui manque, par ici », dit Joakim.

Il sortit alors déblayer un carré dans le champ derrière la maison, en grattant la glace pour marquer d'une grande croix le sol gelé. En entendant un bourdonnement de moteur au sud-ouest, il rentra et tira Freddy de devant la télévision.

« Ce sont vos voitures ? » demanda Joakim alors qu'ils attendaient sur le champ.

Il montra du doigt deux monticules de neige sur le chemin qui descendait à Åludden. Quelques coins métalliques arrondis dépassaient de la congère.

Freddy hocha la tête.

« Il y a aussi un bateau, dit-il.

– Volé ? dit Joakim.

– Oui… »

L'hélicoptère, à cet instant, survola le champ, rendant impossible toute conversation. Il resta un moment immobile, soulevant un nuage de neige, puis se posa au milieu de la croix.

Deux policiers en casque et combinaison en descendirent. Freddy les suivit sans protester.

« Ça va aller, ici ? » cria un des policiers.

Joakim se contenta de hocher la tête. Freddy lui fit un signe de la main, qu'il lui rendit.

L'hélicoptère reparti vers le continent, Joakim se fraya un passage dans la neige jusqu'au chemin, où étaient les deux voitures couvertes de neige.

Il dégagea un côté de la plus grosse, une fourgonnette. Et jeta un œil à l'intérieur.

Il y avait quelqu'un, immobile.

Joakim attrapa la poignée et ouvrit la porte.

C'était un homme, recroquevillé comme dans une tentative désespérée pour conserver un peu de chaleur.

Joakim n'eut pas besoin de prendre son pouls pour comprendre qu'il était mort.

La clé de contact était insérée. Le moteur avait dû tourner au point mort jusqu'à s'arrêter, dans la nuit, à court de carburant. Le froid avait alors recommencé à pénétrer dans l'habitacle.

Joakim referma doucement la porte. Il alla ensuite avertir la police que le dernier cambrioleur avait été retrouvé.

43

Les jours suivants, le temps resta ensoleillé et sans vent sur Åludden. La neige ne fondait pas mais, de temps en temps, il en tombait du toit des pans entiers qui venaient s'écraser sans bruit parmi les congères. Les petits oiseaux revinrent à la fenêtre de la cuisine et, deux jours après Noël, l'isolement fut rompu par l'arrivée d'un chasse-neige en provenance de Marnäs. Il suivait la route côtière, mais on aurait dit qu'il roulait au milieu d'une mer blanche.

Joakim sortit, muni de sa pelle à neige, avec l'objectif d'atteindre la route en une heure. Il lui en fallut plus de deux, mais le chemin était rouvert.

Il changea les piles de sa lampe de poche, sortit par la véranda et gagna la grange.

L'escalier du grenier était carbonisé, mais il n'y avait plus aucune fumée.

Joakim regarda vers l'autre extrémité de la grange. Il hésita, mais finit par y aller et se glissa sous la fausse cloison.

Là, il alluma sa lampe et tendit l'oreille, mais on n'entendait rien à l'étage. Il gravit alors l'échelle.

Il se hissa dans la chapelle, où la lumière du soleil filtrait un peu par les fentes du mur.

Tout était silencieux. Les lettres et les souvenirs se trouvaient toujours à la même place, sur les vieux bancs, mais plus personne n'y était assis.

Il longea les bancs. Arrivé au premier rang, il vit que le cadeau de Katrine et la veste d'Ethel étaient toujours là.

Mais le paquet était ouvert. Les bouts de scotch étaient arrachés, le papier-cadeau déplié.

Joakim laissa le paquet où il était, sans oser aller voir si la tunique verte avait disparu.

Pour la première fois, par contre, il souleva la veste en jean d'Ethel – et sentit soudain sous ses doigts un petit objet plat glisser sous la doublure.

Joakim avait mis la veste dans un sac plastique quand le commissaire Göte Holmblad arriva dans sa voiture personnelle à Åludden, deux jours après Noël.

Une ambulance était déjà passée enlever le corps du dernier cambrioleur. Des policiers de la Criminelle étaient venus fouiller la neige à la recherche de projectiles et de douilles. La radio locale avait mentionné Tommy, sans donner son nom, comme l'une des deux personnes mortes à Åludden pendant la mémorable tempête de neige qui avait balayé le nord d'Öland. La « tourmente de Noël », ainsi qu'elle avait été baptisée, était déjà classée comme une des pires tempêtes depuis la fin de la Deuxième Guerre mondiale.

Holmblad sortit de sa voiture et présenta ses vœux à Joakim.

« Merci, de même, dit-il. Merci d'être venu.

– Je suis théoriquement en congé jusqu'au nouvel an, dit Holmblad. Mais je voulais voir comment les choses s'étaient passées pour vous, ici.

– Le calme est revenu, dit Joakim.

– Je vois ça. La tempête est terminée. »

Joakim hocha la tête et demanda :

« Et Tilda Davidsson… comment va-t-elle ?

– Bien, vu les circonstances, dit Holmblad. Je lui ai parlé hier… elle a quitté l'hôpital, elle est à présent chez sa mère.

– Mais elle était venue seule, ici. Ce n'était pas un collègue à elle qui…

– Non, dit Holmblad. C'était son tuteur de l'école de police… père de deux enfants, une tragédie. En fait, il n'aurait pas dû être là. » Le chef de la police réfléchit, avant d'ajouter : « Les choses auraient aussi pu mal tourner pour Davidsson, mais elle s'en est bien tirée.

– C'est vrai, dit Joakim en ouvrant la porte de la maison. J'ai quelque chose que j'aimerais vous montrer – voulez-vous entrer un moment ?

– D'accord. »

Joakim conduisit le chef de la police dans la cuisine, où il avait fait place nette sur la grande table.

« Voilà », dit-il.

Sur la table, le sac contenant la veste d'Ethel, et un étui en or qui était glissé dans sa doublure.

« Qu'est-ce que c'est ? demanda Holmblad.

– Je n'en suis pas certain, dit Joakim. Mais j'espère que c'est une preuve. »

Holmblad parti, Joakim prit un sac à dos et descendit vers le phare nord.

En chemin, il jeta un œil vers les bois, au nord. La plupart des arbres semblaient avoir résisté à la tempête, à part quelques vieux pins tombés de tout leur long.

Les tours blanches des phares brillaient sur le bleu sombre du ciel. Avant même d'arriver sur la jetée, il avait vu qu'il aurait du mal à passer. Les vagues avaient déferlé sur les îlots pendant la tourmente et les deux phares étaient couverts d'une gangue de glace d'un blanc de craie. Comme une étreinte de plâtre glacé à la base des tours.

Joakim posa son sac à dos devant la porte et dégagea le cadenas. Il avait pris les clés des phares – avec un gros marteau, un spray dégrippant et trois Thermos d'eau bouillante.

Il lui fallut presque une demi-heure pour dégeler et décoincer la porte. Comme la fois précédente, il ne parvint qu'à l'entrebâiller, mais réussit cependant à se glisser à l'intérieur.

Il alluma sa lampe.

Le moindre frôlement de ses chaussures sur le sol cimenté se répercutait jusqu'en haut de la tour, mais pas de bruits de pas dans l'escalier. Si un vieux gardien de phare oublié était encore là-haut, Joakim ne tenait pas à le déranger : il resta donc au rez-de-chaussée.

Une petite chance, avait dit Gerlof. *Mon frère avait les clés des phares, alors il y a une petite chance que ce soit là.*

Une petite porte en bois fermait l'espace situé sous l'escalier, formant une sorte de cagibi. Joakim ouvrit la porte et entra en baissant la tête.

Un calendrier de 1961 était accroché au mur. Des bidons d'essence, des bouteilles d'alcool et de vieilles lanternes jonchaient le sol. Ces objets lui rappelèrent ceux qui encombraient le grenier, dans la grange. Les choses étaient pourtant un peu mieux organisées ici : dans le creux du mur extérieur étaient empilées plusieurs caisses en bois.

Leurs couvercles n'étaient pas cloués. Joakim souleva celui du dessus et éclaira l'intérieur de la caisse.

Il vit des tubes en tôle – des vieux bouts de gouttière d'un mètre de long empilés les uns sur les autres. Ils auraient dû être utilisés pour les bâtiments d'Åludden des décennies auparavant, si Ragnar Davidsson ne les avait pas volés et cachés dans le phare.

Joakim plongea la main et souleva doucement un des tubes.

44

« Mais où on va ? » demanda Livia, alors que la voiture lourdement chargée sortait d'Åludden, la veille du nouvel an.

Elle est encore un peu grincheuse, remarqua Joakim.

« On passe voir votre grand-mère à Kalmar, puis on monte chez votre autre grand-mère, à Stockholm, dit-il. Mais, d'abord, on va dire bonjour à Maman. »

Livia ne dit plus rien. Elle se contenta de poser la main sur la cage de Raspoutine en regardant défiler le paysage blanc.

Quinze minutes plus tard, ils s'arrêtèrent devant l'église de Marnäs. Joakim se gara, prit un sac plastique dans le coffre de la voiture et ouvrit le portail en bois.

« Venez ! » dit-il aux enfants.

Joakim n'était pas venu là très souvent depuis l'automne – mais c'était moins dur maintenant. Un peu moins.

Le cimetière était enneigé comme le reste de la côte, mais les allées principales venaient d'être dégagées.

« C'est loin ? demanda Livia alors qu'ils longeaient l'église.

– Non, dit Joakim, on y est presque. »

Ils se retrouvèrent enfin alignés devant la tombe de Katrine.

La pierre tombale était couverte de neige, comme toutes les autres. Seul un coin dépassait. Joakim se pencha et, vite, la balaya du revers de la main jusqu'à ce que l'inscription apparaisse.

KATRINE CLAIR DE LUNE WESTIN, avec ses dates.

Joakim recula d'un pas et se plaça entre Livia et Gabriel.

« Maman repose ici », dit-il alors.

Ses mots n'arrêtèrent pas le temps, mais les enfants restèrent sans bouger à côté de lui.

« Vous trouvez… que c'est joli ? » demanda Joakim en rompant le silence.

Livia ne répondit pas. Gabriel fut le premier à réagir :

« Je crois que Maman a froid. »

Puis il s'avança vers la tombe en prenant garde de marcher dans les traces de son père et, en silence, entreprit de déblayer toute la neige. D'abord sur la pierre tombale, puis tout autour. Quelques roses séchées apparurent. Joakim les avait déposées lors de sa dernière visite, avant la neige.

Gabriel avait l'air content du résultat. Il se frotta le nez avec son gant en regardant son papa.

« C'est bien », dit Joakim.

Il sortit un lumignon de son sac plastique. La terre était gelée, mais on pouvait quand même l'enfoncer. Il plaça dedans une grosse bougie. Elle se consumerait cinq jours durant, jusqu'après le nouvel an.

« On retourne à la voiture ? » demanda Joakim en regardant ses enfants.

Gabriel hocha la tête, mais se baissa pour ramasser quelque chose sous la neige, contre la pierre tombale de Katrine.

C'était un bout de tissu vert clair, pris dans le sol gelé. Un pull ? Le lambeau qu'avait arraché Gabriel ressemblait en tout cas à une manche.

Joakim sentit soudain un souffle glacé dans son dos. Il avança d'un pas.

« Lâche ça, Gabriel ! » dit-il.

L'enfant regarda son père et abandonna le bout de tissu. Joakim se baissa et le recouvrit de neige.

« On y va ? demanda-t-il.

– Je veux rester un peu », dit Livia, le regard fixé sur la pierre tombale.

Joakim prit Gabriel par la main et regagna l'allée bien dégagée. Là, il attendit Livia, toujours debout devant la tombe. Elle les rejoignit quelques minutes plus tard et la famille regagna la voiture en silence.

Gabriel s'endormit dans son siège auto au bout de quelques minutes seulement.

Livia ne se remit à parler à Joakim qu'une fois sur la grand-route, mais elle ne mentionna pas Katrine. Elle demanda combien il restait de jours de vacances, raconta ce qu'elle ferait quand l'école recommencerait. Des petits riens, mais Joakim l'écouta volontiers.

Ils arrivèrent à Kalmar vers midi et allèrent sonner à la porte de Mirja Rambe. Elle n'avait pas fait le ménage pour les fêtes, au contraire – les piles de livres sur le parquet poussiéreux étaient encore plus hautes. Il y avait un sapin dans le séjour, mais il n'était pas décoré et commençait déjà à perdre ses aiguilles.

« J'avais pensé venir vous voir le jour de Noël, dit Mirja en les accueillant, mais je n'avais pas d'hélicoptère. »

Ulf, son jeune compagnon, était là et sembla apprécier la visite, surtout la présence des enfants. Il emmena Livia et Gabriel à la cuisine pour leur montrer le caramel qu'il était en train de préparer sur le gaz.

Joakim sortit le *Livre des tourmentes* de son sac et le rendit à son auteur.

« Merci de me l'avoir prêté, dit-il.

– Ça t'a plu ?

– Bien sûr, dit Joakim. Il y a beaucoup de choses que je comprends mieux, maintenant. »

Mirja Rambe feuilleta en silence les pages manuscrites.

« C'est un livre documentaire, dit-elle. J'ai commencé à l'écrire quand Katrine m'a dit que vous alliez acheter Åludden.

– Katrine a écrit quelques pages à la fin, dit Joakim.

– À quel sujet ?

– Eh bien c'est… une sorte d'explication. »

Mirja posa le livre sur la table.

« Je lirai ça après votre départ, dit-elle.

– Je me demandais une chose, à propos du livre, dit Joakim. Comment as-tu fait pour en savoir autant sur les habitants d'Åludden ? »

Mirja lui lança un regard noir.

« Ils m'ont parlé quand je vivais là-bas. Tu n'as jamais dialogué avec les morts ? »

Joakim ne savait pas quoi répondre.

« Alors tout est vrai ? se contenta-t-il de demander.

– Ça, on ne sait jamais, dit Mirja, avec les fantômes.

– Mais ce qui t'est arrivé, à Åludden… ça s'est vraiment passé ? »

Mirja baissa les yeux.

« Plus ou moins, dit-elle. J'ai revu Markus une dernière fois dans un salon de thé de Borgholm. On a bavardé… puis je l'ai suivi chez lui. Ses parents étaient sortis. Ce n'était pas la grande séduction romantique, mais je l'ai laissé faire – je pensais que c'était une façon de lui prouver… que nous formions un couple. Mais après, quand Markus s'est relevé et que j'ai rabattu ma jupe chiffonnée, il ne m'a plus regardée dans les yeux. Il m'a juste dit qu'il avait rencontré une autre fille sur le continent. Ils allaient se fiancer. Pour Markus, ce que nous avions fait dans sa chambre, c'était un "au revoir". »

Elle se tut.

« Donc ton petit ami Markus est bien le père de Katrine ? »

Mirja hocha la tête.

« C'était un jeune homme en partance pour le vaste monde… Avec moi, il a clos le chapitre, bien comme il fallait, avant de continuer sa route.

– Il n'est pas mort dans un naufrage de ferry, n'est-ce pas ?

– Non, dit Mirja. Mais il aurait dû. »

Nouveau silence. Joakim entendit Livia rire dans la cuisine. C'était le rire de sa mère, dans une version plus lumineuse.

« Tu aurais dû dire à Katrine qui était son père, dit-il à Mirja. Elle avait le droit de le savoir. »

Mirja se contenta de ricaner.

« On ne va pas en faire tout un plat… Moi non plus, je ne savais pas qui était mon père. »

Joakim abandonna la partie. Il hocha juste la tête en se levant.

« On a apporté des cadeaux de Noël, dit-il. J'ai besoin d'un coup de main pour les monter.

– Ulf va t'aider, dit Mirja, avant de demander : Des cadeaux pour moi ? »

Joakim jeta un œil à tous les paysages d'été lumineux qui emplissaient son atelier.

« Plein », dit-il.

Cinq heures après avoir quitté l'appartement de Mirja, Joakim et les enfants étaient arrivés à Stockholm. Il faisait presque aussi froid que sur Öland. Tout était calme et silencieux dans la zone pavillonnaire où vivait Ingrid Westin. Elle était tout le contraire de Mirja Rambe : elle avait fait un ménage méticuleux de son intérieur avant le nouvel an.

« J'ai trouvé du travail, annonça Joakim pendant le dîner.

– Sur Öland ? »

Il hocha la tête.

« Ils ont appelé hier… Je vais commencer par faire un remplacement comme professeur de travaux manuels à Borgholm à partir de février. En soirée et les week-ends, je pourrai continuer la restauration. Rendre l'étage et la buanderie un peu plus accueillants, que des gens puissent y habiter.

– Tu vas louer, l'été ?

– Peut-être, dit Joakim. Il faut davantage de monde à Åludden. »

On distribua ensuite les cadeaux de Noël dans le petit séjour d'Ingrid. Joakim remit à sa mère un paquet allongé.

« Joyeux Noël, Maman, dit-il. L'autre grand-mère des enfants voulait te donner ça. »

Le paquet emballé dans du papier kraft faisait presque un mètre de long. Ingrid l'ouvrit et en découvrit le contenu, interloquée. C'était un des morceaux de gouttière que Ragnar avait cachés dans le phare.

« Regarde dedans », dit Joakim.

Ingrid tourna vers elle une des extrémités du tube. Elle jeta un œil, puis y glissa la main et en tira un rouleau de toile. Elle le déroula avec précaution et le tint devant elle. Une peinture à l'huile grand format, aux couleurs sombres, qui représentait un paysage hivernal dans le brouillard.

« Qu'est-ce que c'est ? demanda Ingrid.

– Un tableau de la tourmente, dit Joakim. De Torun Rambe.

– Mais… c'est vraiment pour moi ? »

Joakim hocha la tête.

« Il y en a beaucoup d'autres… presque cinquante, dit-il. Un pêcheur avait volé toutes ces toiles et les avait cachées dans un des phares d'Åludden. Elles y sont restées plus de trente ans. »

Ingrid regarda en silence le grand tableau.

« Combien ça peut valoir ?

– Aucune importance », dit Joakim.

Dans la soirée, Livia et Gabriel sortirent avec leur grand-mère pour fabriquer des lanternes en neige dans le jardin.

Joakim monta à l'étage. Il passa devant la porte fermée de ce qui avait jadis été la chambre d'Ethel, et entra dans celle qu'il avait occupée depuis son adolescence.

Tous les posters et la plupart des meubles avaient disparu, mais il restait un lit, et une table de nuit où était posé un magnétophone. Il avait vécu. Son boîtier en plastique noir avait été fendu lors d'une fête, mais il marchait toujours.

Joakim y inséra une cassette. Elle était arrivée par la poste à Åludden quelques jours plus tôt. L'expéditeur était Gerlof Davidsson.

Il s'assit sur son lit de petit garçon et appuya sur « play » pour savoir ce que Gerlof avait à raconter.

45

Vers trois heures, le 31 décembre, Joakim prit le métro pour Bromma, afin de souhaiter la bonne année à sa sœur et d'essayer de parler à son assassin.

Il passa acheter un petit bouquet de roses chez un fleuriste près de la station de métro. Il suivit ensuite le sentier qui serpentait entre les maisons en bois, au-dessus de l'eau. Rien n'a changé, songea-t-il. Le soleil venait de se coucher, les fenêtres de nombreuses villas étaient éclairées.

Au bout de quelques centaines de mètres, il atteignit la rue de la Villa des Pommiers et s'avança jusqu'à sa grille. Il regarda son ancienne maison. Elle avait l'air déserte, mais la lumière était allumée dans l'entrée, peut-être pour dissuader d'éventuels cambrioleurs.

Joakim se pencha pour poser le bouquet contre le compteur électrique, près de la clôture. Il se recueillit quelques secondes en pensant à Ethel et Katrine, puis tourna les talons.

Chez les voisins, la plupart des pièces étaient éclairées. C'était la grande villa des Hesslin – la fierté du quartier.

Joakim s'était souvenu que Michael Hesslin avait mentionné au téléphone que la famille passerait le nouvel an à la maison. Il franchit leur portail, monta l'allée dallée qui traversait le jardin et sonna à la porte.

Lisa Hesslin lui ouvrit. Elle parut contente de le voir.

« Entre, Joakim, dit-elle. Tous mes vœux !

– De même. »

Il franchit le seuil et s'arrêta sur l'épaisse moquette de l'entrée.

« Tu veux un café ? Ou peut-être une flûte de champagne ?

– Ce n'est pas la peine, dit-il. Michael est là ?

– Pas pour le moment… Il est juste parti au supermarché acheter d'autres feux d'artifice pour les garçons. » Lisa sourit. « Ils ont fait sauter tous leurs pétards après Noël. Il ne va pas tarder, si tu veux l'attendre.

– D'accord. »

Joakim entra dans le grand séjour, avec vue sur les arbres dénudés et la baie couverte de glace, en contrebas.

« Tu veux lire quelque chose ? demanda-t-il.

– Quoi ?

– Ce papier. »

Joakim sortit de la poche intérieure de sa veste une copie du bout de papier qu'il avait trouvé dans la veste en jean d'Ethel, dans le grenier.

Il tendit le papier à Lisa. Elle le prit et commença à lire :

« *Faites disparaître…* »

Elle s'arrêta net et regarda Joakim, interloquée.

« Continue, dit-il. Ce n'est pas toi qui as écrit ça et qui l'as donné à Katrine ? »

Elle secoua la tête.

« Alors ça doit être Michael.

– Je… je ne crois pas. »

Lisa lui rendit le papier. Joakim le prit et se leva.

« Je peux allumer votre chaîne ? dit-il. J'ai quelque chose que j'aimerais bien te faire écouter.

– Euh… oui. C'est de la musique ? »

Joakim alla insérer la cassette.

« Non, dit-il. En fait, c'est juste quelqu'un qui parle. »

La cassette en route, il recula de quelques pas et alla s'asseoir dans le canapé, en face de Lisa. Du bruit dans les haut-parleurs, puis la voix métallique et un peu grincheuse de Gerlof Davidsson :

« Bon, voyons voir… j'ai emprunté ce magnétophone à Tilda, je crois qu'il tourne… très bien. J'ai beaucoup réfléchi à la mort de votre femme, Joakim. Si vous ne voulez pas y repenser, arrêtez cette cassette mais moi, en tout cas, je n'ai pas pu m'empêcher d'y réfléchir. »

Lisa adressa à Joakim un regard perplexe, mais la voix de Gerlof continua :

« Je crois que quelqu'un a tué Katrine : quelqu'un qui n'a pas laissé de traces sur le sable de la plage, et qui a donc dû arriver par la mer. Je ne connais pas le nom de son meurtrier, mais je crois que c'est un homme dans la force de l'âge. Il habite ou a une résidence au nord de Gotland, où il possède une vedette. Un bateau assez gros et rapide pour faire l'aller-retour entre les deux îles en une journée, mais cependant assez léger pour pouvoir accoster au bout de la jetée d'Åludden, où il n'y a pas plus d'un mètre de fond. Il doit avoir… »

« Joakim, qui c'est ce type, qui parle ? dit Lisa.

– Chut, écoute », dit Joakim.

« … et s'orienter sur les deux phares en approchant d'Öland, ce n'est pas sorcier, continua Gerlof. Mais comment le meurtrier savait-il que votre femme serait seule ce jour-là ? Je pense que Katrine le connaissait. En entendant le bruit du moteur, elle est descendue sur le rivage. Quand elle est arrivée au bout de la jetée, le meurtrier était à l'avant du bateau, l'arme du crime à la main. Mais votre femme ne s'est pas méfiée, car ce qu'il tenait, presque tout le monde l'utilise au moment d'accoster. »

Gerlof toussa, puis continua :

« L'arme du crime était une gaffe en bois… longue, lourde, avec un gros crochet métallique au bout. J'en ai vu utiliser dans des bagarres en mer. Le crochet se prend dans les vêtements de l'adversaire. On tire ensuite, pour faire perdre l'équilibre à la victime, qui tombe à l'eau. Si on veut la noyer, il n'y a plus qu'à maintenir la gaffe sous l'eau. Pas d'empreintes digitales, pas de grosses blessures. Tout ce qu'on trouve, ce sont quelques petites déchirures dans les vêtements. Les habits de votre femme en présentaient. »

Gerlof se tut encore, avant de conclure :

« Voilà, c'est comme ça qu'à mon avis les choses se sont passées, Joakim. Ça ne vous aide pas vraiment à faire votre deuil, je le sais bien… mais c'est toujours bien d'avoir des réponses aux questions qu'on se pose. N'hésitez pas à passer prendre le café un de ces jours. Bon, maintenant je vais couper ça… »

La voix grincheuse cessa, et il ne resta plus qu'un faible sifflement dans les haut-parleurs.

Joakim alla reprendre la cassette.

« Et voilà », dit-il.

Lisa s'était levée.

« Qui c'était ? demanda-t-elle à nouveau. Celui qui parlait ?

– Un ami. Un vieil homme, dit Joakim en glissant la cassette dans sa poche. Tu ne le connais pas... Mais est-ce que c'est vrai ? »

Lisa ouvrit la bouche, mais semblait ne pas trouver ses mots.

« Non, lâcha-t-elle enfin. Tu n'y crois pas, quand même ?

– Michael était-il dans votre maison de Gotland quand Katrine est morte ?

– Comment je saurais ça ? C'était cet automne... Je ne me souviens pas.

– Mais quand était-il là-bas ? Il a bien dû y aller, à un moment, pour mettre le bateau à l'abri, non ? »

Lisa le regarda, sans répondre.

« J'étais ici, à Stockholm, le soir où Katrine s'est noyée, dit Joakim, et je me souviens être allé sonner chez vous. Mais il n'y avait personne. »

Pas de réponse.

« Michael a-t-il un agenda, dans lequel nous pourrions regarder ? demanda Joakim. Ou un carnet ? »

Lisa lui tourna le dos.

« Maintenant ça suffit, Joakim... il faut que je prépare le dîner. »

Elle alla ouvrir la porte et le regarda sans rien dire.

Joakim se leva en silence. Avant de sortir, il regarda les photos au mur, une en particulier : Michel Hesslin à bord de sa vedette. Debout derrière le volant chromé, il faisait bonjour à l'objectif. Pas de gaffe en vue.

« Joli bateau », dit Joakim à voix basse.

Il sortit, et elle se dépêcha de claquer la porte derrière lui. Il l'entendit mettre le verrou.

Il soupira et redescendit sur la rue, mais s'arrêta en entendant un faible ronronnement : un moteur de voiture. Quand elle s'engagea dans la rue, Joakim vit que c'était la voiture de Michael.

Michael s'avança dans l'entrée du garage, coupa le moteur et sortit, quatre grosses fusées sous le bras. Ses deux garçons sautèrent du siège arrière et coururent les premiers vers la villa, chacun avec son paquet de pétards.

« Joakim, tu es de retour ? dit Michael en sortant dans la rue. Bonne année ! »

Il lui tendit la main, mais Joakim ne la serra pas. Il demanda juste :

« De quoi as-tu rêvé, cette nuit-là, à Åludden, Michael ? Tu t'es réveillé en hurlant… tu as vu des fantômes ?

– Pardon ?

– Tu as tué ma femme », dit Joakim.

Michael continuait de sourire, comme s'il n'avait pas bien entendu.

« Et l'an dernier, tu as attiré Ethel au bord de l'eau, poursuivit Joakim. Tu lui as donné une dose d'héroïne… puis tu l'as poussée. »

Michael cessa de sourire et baissa sa main tendue.

« Elle faisait tache, dit Joakim. Peut-être que les drogués donnent mauvaise réputation à un quartier… Mais les soupçons de meurtre, c'est pire. »

Michael se contenta de secouer un peu la tête, comme si le cas de son ancien voisin était désespéré.

« Alors comme ça, tu veux essayer de me faire plonger pour meurtre ?

– Je peux y contribuer », dit Joakim.

Michael leva les yeux vers sa maison avec à nouveau un petit sourire.

« Oublie ça ! »

Il passa sous le nez de Joakim, comme s'il n'existait pas.

« Il y a des preuves », dit Joakim.

Michael continua vers le portail.

« Tes cartes de visite, dit Joakim. Où tu les mettais ? »

Michael s'arrêta. Il ne se retourna pas, mais il écoutait de toutes ses oreilles. Joakim s'approcha et haussa le ton :

« Le vol est un réel problème, avec les toxicomanes. Ils n'arrêtent pas de chercher ce qu'ils pourraient faucher. Alors, quand tu as entraîné ma sœur au bord de l'eau, elle en a profité pour te voler… un objet de valeur que tu avais dans ta veste. »

Joakim sortit un polaroïd de sa poche. C'était la photo d'un petit objet emballé dans un sachet plastique transparent. Un étui plat, doré, avec, gravé sur le couvercle : HESSLIN FINANCIAL SERVICES.

« Ton étui était dans la veste d'Ethel, continua-t-il. C'est de l'or ? Ma sœur l'a sûrement cru. »

Michael ne répondit pas. Il jeta juste un coup d'œil à la photo que tenait Joakim, avant de franchir le portail.

« La police l'a déjà, Michael, cria Joakim. Ils vont certainement se manifester. »

Il se sentait un peu comme Ethel, à vociférer comme ça dans la rue, mais ça n'avait plus aucune importance.

Il resta sur le chemin à regarder Michael disparaître au bout du chemin.

Sa hâte le trahissait. Joakim devinait à quoi allait ressembler le nouvel an pour Michael : toujours à la fenêtre, à guetter. Attendre, avec des sueurs froides, le moment où une voiture de police s'arrêterait dans la rue. Deux policiers en descendraient, ouvriraient le portail et viendraient sonner.

Dans les villas, en contrebas, les voisins curieux écarteraient doucement un pan de rideau pour savoir ce qui se passait.

« Bonne année, Michael ! » cria Joakim au moment où il s'engouffrait chez lui.

La porte claqua violemment.

Joakim se retrouva seul dans la rue. Il souffla en baissant les yeux.

Puis il reprit le chemin du métro, en s'arrêtant une dernière fois devant la Villa des Pommiers.

Le vent avait fait tomber son bouquet – il le redressa.

Il resta alors quelques minutes à se souvenir de sa sœur.

« J'aurais pu faire plus pour elle », avait-il dit à Gerlof.

Il soupira en regardant la rue une dernière fois.

« Tu viens ? » demanda-t-il.

Il attendit quelques secondes. Puis il se remit en route vers sa petite famille, pour fêter le nouvel an.

Là-bas, à l'est, on voyait les premiers feux d'artifice au-dessus de Stockholm. Les fusées traçaient de fines traînées blanches dans le ciel nocturne, avant d'exploser et de s'éteindre comme des feux follets.

COMMENTAIRE AU LIVRE DES TOURMENTES

par Katrine Westin

J'ai lu tout ton livre, Maman. Comme tu as laissé des pages blanches, je voudrais y écrire une réponse avant de te le rendre.

Tu racontes beaucoup de choses dans ce livre. Tu prétends que mon père était un jeune soldat, Markus Landkvist, mort à bord d'un ferry chaviré dans la tourmente l'hiver 1962 – mais il ne s'est jamais produit un naufrage de ce genre. Aucun de ceux à qui j'ai demandé, sur l'île, n'en a en tout cas jamais entendu parler.

Évidemment, j'ai l'habitude. C'est que j'en ai entendu d'autres, au sujet de mon père – que c'était un de tes camarades des Beaux-Arts, qu'il était le fils d'un diplomate américain, ou encore un aventurier norvégien emprisonné avant ma naissance pour braquage de banque. Tu as toujours bien aimé les histoires rocambolesques.

Alors, as-tu vraiment empoisonné un vieux pêcheur, quand tu habitais ici ? Giflé Torun, ta mère à moitié aveugle, en l'abandonnant à son triste sort un soir de tempête ?

C'est possible – mais tu as toujours enjolivé la réalité et fabulé. Tu as toujours été allergique à la vie quotidienne, aux devoirs et aux responsabilités. Grandir avec une pareille mère n'a pas été facile – je devais toujours me demander si ce que tu disais était vrai.

Je me suis juré une chose : offrir à mes enfants un cadre plus calme et plus rassurant où grandir.

La sœur de Joakim me haïssait parce que je m'occupais de sa fille, mais elle était incapable elle-même d'en assumer la responsabilité. Avec ta vision romantique de la drogue, tu aurais dû voir dans quel état se retrouvent les toxicomanes, Maman.

La haine d'Ethel n'a fait que croître. Mais elle aurait pu venir hurler à notre porte pendant dix ans, je ne l'aurais jamais laissée récupérer la garde de Livia.

Les gens du quartier n'en pouvaient plus d'Ethel et de ses cris.

Je me doutais qu'il allait se passer quelque chose, c'était dans l'air. Pourtant, je n'ai rien fait, le soir où j'ai vu un voisin s'approcher d'elle, devant notre grille. Et j'ai été incapable de ressentir le moindre chagrin quand elle a été retrouvée noyée – mais je sais que ce fut différent pour Joakim. Sa sœur lui manque. Si quelqu'un lui a fait du mal, il voudra savoir qui.

Je n'ai pas encore toutes les réponses, mais l'homme qui a entraîné Ethel au bord de l'eau a promis de venir aujourd'hui sur l'île me les donner. Je vais descendre l'attendre sur la jetée.

Ton livre demeurera sur ce banc, en attendant, avec la veste d'Ethel.

Comme toi, j'aime bien rester dans la pénombre de la grange, Maman. C'est calme.

Jusqu'à maintenant, j'ai gardé pour moi cette pièce secrète. Je la montrerai à Joakim, quand il se sera installé ici. Il y a largement de la place pour nous deux.

C'est une pièce étrange, pleine de souvenirs des gens qui ont vécu à Åludden. Ils ne sont plus là. Ils ont passé la main et ont disparu – tout ce qui reste d'eux, c'est un nom, des dates et quelques brefs poèmes sur des cartes postales.

C'est ce qui restera un jour de nous tous.

Des souvenirs et des fantômes.

REMERCIEMENTS

Öland possède de magnifiques phares le long de ses côtes, et aussi des lieux où l'on a jadis sacrifié bêtes et hommes. Mais Åludden et ses environs sont une pure invention, comme tous les personnages de ce roman.

Un livre sur Öland qui a été particulièrement important pour moi pendant l'écriture est : *Tourmente – livre des tempêtes sur Öland* de Kurt Lundgren.

Merci à Anita Tingskull qui m'a fait visiter son beau domaine de Persnäs et à Håkan Andersson qui m'a ouvert les portes de la magnifique villa royale de Borgholm. Merci à Cherstin Juhlin et à la fille de gardien de phare Kristina Österberg. Merci également à trois Stockholmois : Mark Earthy (qui a retrouvé le vieux quai d'embarquement de mon grand-père Ellert), Anette C. Andersson et Anders Wennersten.

Merci, sur Öland, à la famille Gerlofsson, surtout à ma mère, Margot, à sa cousine Gunnilla et ses cousins Hans, Olle, Bertil, Lasse et leurs familles.

Pour leur travail autour du manuscrit, un remerciement spécial à Lotta Aquilonius, Susanne Widén, Jenny Thor et Christian Manfred.

J'embrasse Helena et Klara, mon père Morgan, ma sœur Elisabeth et sa famille.

Johan THEORIN.

Johan Theorin
dans Le Livre de Poche

L'Heure trouble n° 32118

À l'heure trouble, entre chien et loup, un enfant disparaît sans laisser de trace dans les brouillards d'une petite île de la Baltique. Vingt ans plus tard, une de ses chaussures est mystérieusement adressée à son grand-père. Qui a intérêt à relancer l'affaire ? Et pourquoi toutes les pistes conduisent-elles à un criminel mort depuis longtemps ? Dans une oppressante atmosphère de huis clos, une histoire de deuil, d'oubli et de pardon, hantée par les ombres du passé. Numéro un des ventes en Suède, déjà traduit dans une dizaine de pays, ce suspense complexe et envoûtant a été élu meilleur roman policier suédois 2007 par la Swedish Academy of Crime.

Du même auteur
aux Éditions Albin Michel :

L'Heure trouble, 2009.
Le Sang des pierres, 2011.

Les polars scandinaves dans Le Livre de Poche

Inger FRIMANSSON

Bonne nuit, mon amour n° 32330

Justine Dalvik vit dans la maison de son enfance, au bord du lac Mälar en Suède ; elle tente de survivre aux drames de son passé : la mort précoce de sa mère, la haine de sa belle-mère, la perversité de ses camarades de classe. Et voici que des membres de son entourage disparaissent dans des circonstances aussi mystérieuses que tragiques…

L'Ombre dans l'eau n° 32462

Justine Dalvik croyait pouvoir vivre en paix dans sa maison au bord du lac. Avec Hans Peter, le seul homme qui ait su apaiser ses démons. Mais les drames qui la hantent menacent de remonter à la surface. Comme le corps de son ancienne camarade de classe, Berit, qu'elle voit émerger des profondeurs dans ses cauchemars.

Anna JANSSON

L'Inconnu du nord n° 31848

L'île de Gotland passe pour l'un des plus beaux sites sauvages de Suède, Visby, son chef-lieu, est une cité calme où chacun se connaît. L'inspecteur Maria Wern y vit avec ses enfants et un ex-mari souvent absent. Jusqu'au jour où l'île bascule dans la terreur.

Le Pacte boréal n° 32547

Alors que le froid et la neige de décembre submergent la côte, la petite ville suédoise de Kronköping est soudain plongée dans la terreur. Des inconnus sont pendus ou mutilés selon des méthodes qui rappellent les pires châtiments de la mythologie scandinave.

Christian JUNGERSEN

L'Exception n° 37258

Iben et Malene, employées au Centre danois d'information sur les génocides, reçoivent des menaces de mort par e-mail, regorgeant de formules empruntées aux grands tortionnaires de ce siècle et à l'histoire des génocides. Les deux amies pensent être victimes de la vengeance d'un criminel de guerre serbe, Mirko Zigic. Mais, alors que l'enquête piétine, le doute s'installe…

Mari JUNGSTEDT

Celui qu'on ne voit pas n° 31678

Après s'être disputée avec son compagnon, Helena Hillerström sort promener son chien. Quelques heures plus tard, elle est retrouvée morte, tuée à coups de hache. Frida Lindh quitte le bar où ses amies et elle se rencontrent régulièrement. Une ombre la suit. Le commissaire Anders Knutas et son équipe mènent une difficile enquête sous la pression des médias.

Le Cercle intérieur n° 32468

Une étudiante, Martina Flochten, est retrouvée morte sur un site archéologique de l'île de Gotland. Meurtre rituel ? L'inspecteur Anders Knutas enquête. Mais il est vite confronté à des questions insolubles.

Les Ombres silencieuses n° 32114

Un matin brumeux sur l'île de Gotland, le corps d'un photographe marginal est retrouvé dans sa cave. Knutas croit d'abord à une querelle d'ivrognes qui aurait mal tourné. Non loin de là, la jeune Fanny est la proie d'un homme mûr et respecté de tous.

Leif G.W. PERSSON

La Nuit du 28 février n° 37189

Un journaliste américain tombe par une fenêtre du foyer d'étudiants de Stockholm dans lequel il avait loué une chambre. Le commissaire Lars Martin Johansson, de la Brigade criminelle, se retrouver mêlé à l'enquête d'une façon aussi inexplicable qu'inattendue. Et ce qui débute comme une affaire banale de suicide se révèle bientôt être un crime hors du commun…

Sous le soleil de minuit n° 37292

Sous le soleil de minuit est une chronique sans concession des événements qui ont marqué la société suédoise, de 1975 – l'année où eut lieu une prise d'otages sanglante à l'ambassade d'Allemagne de l'Ouest à Stockholm – à 2000. On y retrouve Lars Martin Johansson, qualifié de « seul flic suédois honnête »…

Johan THEORIN

L'Heure trouble n° 32118

Un enfant disparaît dans les brouillards d'une île de la Baltique. Vingt ans plus tard, une de ses chaussures est mystérieusement adressée à son grand-père. Qui a intérêt à relancer l'affaire ? Et pourquoi toutes les pistes conduisent-elles à un criminel mort depuis longtemps ?

Composition réalisée par NORD COMPO

Achevé d'imprimer en février 2012 en France par
CPI BRODARD ET TAUPIN
La Flèche (Sarthe)
N° d'impression : 67770
Dépôt légal 1re publication : mars 2012
LIBRAIRIE GÉNÉRALE FRANÇAISE
31, rue de Fleurus – 75278 Paris Cedex 06

31/6638/6